# 福爾摩斯案外案

Lost Mysteries of Sherlock Holmes

Lyndsay Faye
琳西・斐——著　劉麗真——譯

# The Whole Art of Detection

neo Sherlock HOLMES
新福爾摩斯探案系列

新福爾摩斯探案系列 6

# 福爾摩斯案外案

THE WHOLE ART OF DETECTION: *Lost Mysteries of Sherlock Holmes*

| | |
|---|---|
| 作　　者 | 琳西・斐（Lyndsay Faye） |
| 譯　　者 | 劉麗真 |
| 封面設計 | 莊謹銘 |
| 發 行 人 | 凃玉雲 |
| 出　　版 | 臉譜出版 |
| 發　　行 | 英屬蓋曼群島商家庭傳媒股份有限公司城邦分公司<br>台北市民生東路二段141號2樓<br>讀者服務專線：02-25007718；02-25007719<br>服務時間：週一至週五9:30～12:00； 13:30～17:30<br>24小時傳真服務：02-25001990；02-25001991<br>讀者服務信箱E-mail：service@readingclub.com.tw<br>劃撥帳號：19863813 書虫股份有限公司<br>英屬蓋曼群島商家庭傳媒股份有限公司城邦分公司<br>城邦網址：http://www.cite.com.tw<br>臉譜推理星空網址：http://www.faces.com.tw |
| 香港發行所 | 城邦（香港）出版集團<br>香港灣仔軒尼詩道235號3樓<br>電話：852-25086231／傳真：852-25789337<br>email：hkcite@biznetvigator.com |
| 馬新發行所 | 城邦（馬新）出版集團<br>Cite (M) Sdn. Bhd. (458372 U)<br>11, Jalan 30D/146, Desa Tasik, Sungai Besi,<br>57000 Kuala Lumpur, Malaysia<br>電話：603-90563833／傳真：603-90562833<br>email：citekl@cite.com.tw |
| 一版一刷 | 2023年10月 |
| ISBN | 978-626-315-381-3 |

城邦讀書花園
www.cite.com.tw



定價：480元
（本書如有缺頁、破損、倒裝，請寄回更換）

國家圖書館出版品預行編目資料

福爾摩斯案外案／琳西・斐（Lyndsay Faye）作；劉麗真譯. -- 一版. -- 臺北市：臉譜出版：英屬蓋曼群島商家庭傳媒股份有限公司城邦分公司發行, 2023.10
面；　公分. --（新福爾摩斯探案系列；6）
譯自：The whole art of detection: lost mysteries of Sherlock Holmes.
ISBN 978-626-315-381-3（平裝）

874.57　　112014953

# 目錄

## 第一部 貝格街之前



## 第二部 早年



## 第三部 歸來

## 第四部　晚年

# 第一部

# 貝格街之前

# 華波頓少校發瘋案

我的朋友夏洛克．福爾摩斯擁有我們這個時代最機敏的心靈，必要時，還能夠展現匪夷所思的體能；同時他也能坐在搖椅上，文風不動，歷時之久，為我生平僅見，但他渾然不覺自己擁有這身驚人的本領。我不相信他是刻意逞能，譁眾取寵；也不認為這「運動」，對他來說，會有多吃力。只是我依舊相信：一個明顯清醒的人，維持相同姿勢三小時以上並不自然，可能會對身體造成不利負荷。

那是一個天色鉛灰的午後，我放下手邊整理日記的雜活兒，轉過身來；看到福爾摩斯還是翹個二郎腿，兩手抱著頭，一動也不動。爐火映照，給他身上的晨袍鑲出一道金邊，一本書扔在地毯上，他也不理會。時間一小時一小時過去，這幅不變的景象讓人越發不安。眼見我朋友還有呼吸，我甘冒大不韙，放棄我從來不干擾他沉思的禁忌。

「我親愛的朋友，要不要跟我出去溜個彎？我想請大街上的鞋匠幫點小忙，現在外面的天氣多少清朗了點。」

我不知道外面看起來依舊死氣沉沉的深色天幕，是不是打消了他的行動念頭，或者打斷了他的沉思，只聽到福爾摩斯說，「我需要更好的消遣，我犯得著出門搞那些跟我沒關係的瑣事，還得冒著三月份陰晴不定的暴雨風險？」

「那麼，您到底喜歡哪一種消遣呢？」我問道，看他那副百無聊賴的樣子，我不禁微微動怒。

他那細瘦的手指揮了揮，埋在搖椅墊裡不知多久的頭顱，好歹抬了起來。「這就不勞你大駕了。眼前還是老套——整整兩天過去了，我沒收到有絲毫價值的來信、沒有任何倒楣鬼虐待我們家的門鈴，懇求我的效勞。這世界累了，我也累了，連喊累都覺得累。所以，華生，現在的我百無一用，無聊的零碎活計哪能讓我好轉？」

「要不是我知道工作對您有多重要，一定會覺得出入平安，沒人需要您的協助才是好事一樁。」我的語氣比方才流露出更多的同情。

「這個嘛，哀怨是沒用的。」

「是沒用，但至少讓我知道該怎麼幫上忙。」

「你能幫上什麼忙？」他冷哼一聲。「我還指望你別告訴我，你口袋裡的懷錶被人偷了，或者你姑婆莫名其妙失蹤了。」

「我倒沒有這方面的困擾，謝謝您。也許我可以提供您一個問題，讓您的腦子活動半小時。」

「問題？抱歉至極——我真忘了。如果你想知道抽屜的備用鑰匙跑哪兒去了，我可以告訴你，最近因為某種緣故，想要測試鑰匙的柔韌程度。我再去打了一把——」

「我根本沒注意到那把鑰匙。」我笑著插話。「如果您想聽的話，我倒是可以把我在舊金山執業的時候，碰到一連串稀奇古怪的事情，鉅細靡遺的講給您聽。有幾個關鍵，怎麼想也理不出頭緒，困擾我好些年頭。剛剛我在整理日記本，想起這件怪事兒，剛巧是您的拿手絕活。」

「至少你沒有算計我那批懸案資料箱，我想我應該感激你才是。」他說。

「是不是？這樣也有好處，總比出門強，因為外面又開始下雨了。如果您拒絕，我也只能跟您一樣無所事事，而我最討厭浪費時間。」我撒了小謊。如果他再跟雕像似的入定，我肯定受不了這種怪異陰森的景象，只好出門透氣去了。

「所以，你要告訴我你在拓荒時期的疑案，而我有機會破解？」他的口氣相當平靜，不過，眉毛揚起的角度還是漏了餡，我知道我勾起他的興趣了。

「當然啊，如果您有本事的話。」

「萬一你沒提供必要的線索呢？」

「我們只好來點白蘭地跟雪茄了。」

「這是難度極高的挑戰。」我鬆了一口氣，見到他用雙手撐直身體，翹起二郎腿，手伸向茶几，取來被他冷落已久的菸斗。「我不見得能識破玄機。但這是給專家的考驗，本身就很有意思。」

「既然如此，我就要說故事了，有問題請隨時發問。」

「一開頭你就得當心啊，華生。」他嚴肅的警告我，在閒散舒適的氣氛裡，心不甘情不願的集中起注意力。「記憶所及的各種細節，一個也別放過。」

「往日情景歷歷在目，剛剛我在整理日記的時候，依舊浮現腦海。您也知道，我只在美國住了相當短的一段時間，但對舊金山印象之深刻，絲毫不亞於雪梨與孟買。這個群山環繞的城市，成長快速，朝氣蓬勃，霧氣不時從海洋上空延伸而來，蒙哥馬利街上無數的玻璃窗，反射出慘白的琥珀色光芒，彷彿舉世具有創業精神的紅男綠女，都想在這裡建立一個屬於他們的根據地。淘金熱發跡在前，發現銀礦脈繼之於後，如今更有鐵路聯絡東部各州，當地人認為沒有什麼事情是不可能的，說來也是有幾分道理。舊金山跟倫敦一樣，全球各國、三教九流、各行各業，在這裡都見得著，匯聚出數以千計的奇特景象。即便看到法國女帽店跟義大利紅酒商之間，擠了一家中藥鋪子，也不奇怪。

「我在前鋒街一棟小磚房裡面，掛牌行醫。周邊有好些藥劑師執業，我便坐等自己撞上門來的病人。貧窮、富貴；流氓、紳士，對我來說沒有差別，反正我也只是剛投入醫界的新兵。拿不出什麼傲人的行醫紀錄，沒有理由盼望大人物上門。但是在這個城市裡，沒有人感到自卑，市民自認努力工作必有回報，前景可期；我也覺得轉過下一個街角，就會有成功的果實從天上掉下來。

「某個朦朧的午後，沒有病人預約。眺望停泊港灣的船隻，還看得到陽光在桅杆上閃爍，我呆坐得夠久了，便出門去活動活動筋骨。舊金山這座城市有個特色，無論你朝哪個方向走，都會碰到一道陡峭的斜坡。算算附近起碼有七座小丘陵。我背對海面，漫無目的晃半小時，信步爬上諾布山，看著成排的房子，不禁興起敬畏之心。

「說房子，可能過於輕描淡寫。大家管這裡叫諾布山（譯註：諾布，Nob，就是貴族，Noble的縮寫）是因為這住的都是礦業與鐵路大亨，感覺是路得希維二世（譯註：喜歡蓋城堡的巴伐利亞國王）或者瑪麗．安東妮（譯註：法蘭西皇后）治下的產業。好多豪宅的面積都比我們這裡小地主的領地還大，多半是在我抵達的十年前發家蓋好的。我緩步踱過歌德式城堡、新古典府邸，感覺在大街的另外一頭，就能看見義大利的莊園別墅，建築物勾心鬥角、爭奇鬥妍：彩繪玻璃、圓柱角樓，無不別出心裁。這個地方——」

「就是個富人區。」福爾摩斯嘆了口氣。從搖椅一躍而起，倒了兩杯紅葡萄酒。

我看得出我那率性的朋友，腦海裡浮現了俗艷的圓頂，遞給我酒杯的時候，帶著淡淡的嫌惡，我的嘴角不由得上揚。「那裡堪稱建築大觀園，一定有其他比較討喜的設計，我想。走著走著，來到山脊，俯視太平洋遼闊的海景。

「太陽的光芒把海浪染成亮麗的橘色，就在此時，我聽到開門的聲音，一轉頭，一位老先生急匆匆的經過精心修剪的小徑，朝大街走去，腳步有些蹣跚。他走出的那棟豪宅，算得上是這一帶最低調沉穩的設計，隱約有些希臘風格，漆成素淨的白色。他很高——幾乎跟您一樣高，我親愛的朋友——肩膀寬得跟蠻牛似的。他身穿幾十年前的老軍裝，灰色軍褲上面罩著有些襤褸的藍色外套，打著寬版領帶，繫布質腰帶，滿頭銀髮，根根直豎，彷彿剛剛打完一場大戰，從死屍堆裡走出來似的。

「儘管他的穿著打扮很引人注目，但我也沒有特別留神，這裡是大都會，怪人多得是。但是，有個年輕的小姐衝出來，追在他的身後，高喊，『叔叔，請留步！拜託啊。您不能走，我求您。』

「那個被他稱為叔叔的老先生，卻被路旁的欄杆絆倒，整個人摔在人行道上，就在距離我不到十英尺的地方。他的胸部不再起伏，身體壓住使不上力的那條腿。

「我趕緊衝向他。還有呼吸，但是斷斷續續的。從我的角度看得相當清晰，他有一條腿是義肢，扣環皮帶鬆了，害他跌這麼一跤。那女孩十秒內就趕到我們身邊，調勻呼吸，盡其所能，不讓眼淚掉下來。」

「他還好吧？」女孩問我。

「『我想是沒問題吧。』我回答說，『但還是要確定一下比較安心。我是醫生，很樂意把他扶到室內詳加診療。』」

「『我實在無法向您表達我們的感激。傑佛遜！』她扭頭叫道。一個高高的黑人僕役跑了出來。『請幫我們把少校扶到裡面去！』」

「三個人手忙腳亂的把病人安置在沙發上。那是一間玻璃牆圍住的晨間（譯註：女生梳妝用的起居室），布置得相當宜人，讓我可以從容檢查。我把那條細心製成的義肢重新固定好，除此之外，他的健康情況非常良好。要不是身子骨如此硬朗，我猜這一跤就會把他摔暈過去。

「『他沒傷到自己吧？醫生。』年輕女性問道，緊張得連氣都喘不過來。

「儘管滿面憂愁，卻掩不住她的秀外慧中，骨架苗條，充滿女人味兒，看得出來是大家閨秀，有著與身軀不相襯的從容大器。她留著一頭淺褐色的長髮，梳攏在腦後，紮成一個典雅的髮結，幾縷瀏海，鬆鬆的斜披在奶油膚色的臉龐上。她的眼睛是亮亮的咖啡色，閃著晶瑩的淚珠，穿著一件鑲銀邊的淺藍色洋裝，沒戴手套的雙手緊握，掩不住內心憂慮。她——我親愛的朋友，您還好吧？」

「非常好。」福爾摩斯又輕咳了一聲。我的脾氣再刻薄一點，一定會認為他的笑容不懷好意。「請繼續。」

「『這位先生只要休息一會兒，不會有大礙的。』我告訴她。『我叫做約翰・華生。』」

「『請您原諒——我是茉莉・華波頓。您照顧的是我叔叔，派崔克・華波頓。您知道我剛剛有多害怕嗎？再怎麼謝您，也無法表達感激於萬一。』

「『您看見了我們家族難以為外人道的隱情。』，她壓低聲音說，『我叔叔的精神狀況不大穩定。我擔心他最近——惡化得更厲害了。』

「我深表遺憾。」

「『故事說來話長，我找人泡點茶，您就知道來龍去脈了。首先要告訴您的是，華生醫生，我和我哥哥查爾斯跟少校住在一起。除了派崔克叔叔，我們兩人在這世上舉目無親，因此非常感激他的慷慨大方。早些年頭，在加利福尼亞還是共和國的時代（譯註：一八四六年，加利福尼亞曾經短暫獨立建國），叔叔靠貨運賺了一大筆錢。我哥哥從事攝影行業，剛起步；我還沒有結婚，先跟叔叔住在一起，日子過得倒也舒坦。』

「『我必須要說明的是：我叔叔年輕的時候是熱中政治的冒險家，在德克薩斯納入美國版圖之前，在那裡拓荒，看到不少戰爭的慘狀。德克薩斯人——我在這裡的意思指的是白人移民——跟德哈諾人（譯註：西班牙後裔與墨西哥人的統稱）的血腥鏖戰，使得他心有所感，加入了山姆・休士頓（譯註：德克薩斯獨立運動領導人）率領的德克薩斯軍，還在著名的聖哈辛托戰役表現英勇、出生入死，榮獲好幾枚勳章。後來，內戰爆發，他擔任南方的指揮官，在彼得堡圍城戰中失去一條腿。請原諒我這般嘮叨，您一定覺得無聊了吧？』

「絕無此事。」

「『從您的口音聽來，應該不是土生土長的美國人吧？』她面帶微笑，補上這麼一句。

「『你的故事我聽得興味盎然。他身上穿的就是德克薩斯舊軍服吧？』我問道。

「『對，您說的是。』她回答道，美麗的臉龐閃過一絲痛苦的扭曲。『他最近特別喜歡穿成這個樣子，頻率越來越密。我想不出別的形容詞，只能這樣說：這個讓人心碎的發展，開始於幾個星期之前，他突然修改遺囑，我相信就是最初的徵兆。』

「怎麼說呢？難道遺囑有什麼實質性的變更嗎？」

「『原本的繼承人是查爾斯跟我。』她回答說，緊緊的抓著小手絹。『現在，他卻把所有財產分配給不同的戰爭慈善團體。德州獨立戰爭慈善組織、內戰慈善組織。他始終沉迷在戰爭中。』她哽咽了，臉龐埋在雙手之中。

「她的故事深深感動了我，福爾摩斯，但是少校怪異的行徑更讓我想要一探究竟。

「『他還有別的徵兆嗎？』在她恢復冷靜之後，我這樣問道。

「『更改遺囑之後，他開始在暗處見到可怕的影像。華生醫生，他的情緒激動，經常講些莫名其妙的話，說他見鬼了，堅稱看到恐怖的德哈諾人，用手槍與皮鞭威脅白人女性。還有一次，他說，他目睹了幽靈使用刺刀屠戮休士頓的手下：這就是他惶惶不可終日的原因。就在今天早晨，他又說一群如狼似虎的鬼魂出現在他眼前，揮舞著火炬與刀劍，全都是相同的德哈諾人頭。我哥哥說，我們是他僅有的家人，有責任好好照顧他；但我也得招認，好幾次他都嚇到我了。如果我們棄他而去，那麼他眼前就只剩下一個老僕人陪他。我猜山姆．傑佛遜從德克薩斯時期就開始跟他，算算好些年頭了。叔叔蓋好這棟房子，傑佛遜自然而然的升任領班。』

「她的敘述被開門聲打斷，一個男人走了進來。我一眼就看出他是茉莉的哥哥。他跟茉莉一樣，有雙褐色的眼珠，看到我，清朗的五官糾結成一個問號。

「『哈囉，茉莉，這位先生是誰？』

「『查爾斯，剛剛實在太恐怖了。』她奔向他，高聲叫道。『派崔克叔叔衝出房間，結果摔倒了。這位是華生醫生。幸虧有他伸出援手，幫了大忙。我正在告訴他叔叔的近況。』

「查爾斯．華波頓立刻握住我的手。『很抱歉造成您的不便，醫生。但您應該看得出來，我們倆也搞不清楚發生什麼事情。如果叔叔的病情更加惡化，實在是不敢想像——』

「就在這個時候，晨間傳出一聲暴吼，回音不斷，接著就是破裂的聲音。我們三個人衝進走廊，發現華波頓少校目露凶光，旁邊有個摔得粉碎的花瓶。

「『我離家一次，』他惡狠狠的說，『就會出走第二次。這裡到處都是伺機報復的惡靈，我知道，你們個個不懷好意，才會故意把我留在這裡！』

「他的姪子、姪女想盡辦法安撫少校，老先生見到他們，反而越來越憤怒，舉止更加乖張，也只有山姆．傑佛遜的話，他還勉強聽得進去。我扶他走進房間，發現他的姪子、姪女也想跟著進去，但少校當著親人的面前，猛力把門甩上。

「我算是運氣比較好吧，費盡唇舌，好不容易勸他吃了鎮靜劑，見他昏昏沉沉的躺在床上，我站起身子，打量周遭。房間的布置相當儉樸，四面白牆，幾乎什麼都沒有，我想這是他從德克薩斯時期遺留下來的習慣吧。我不妨這麼告訴你：這棟房子的其他地方也反映了他對於浮華的嫌惡。他的房間在一樓，床安放在敞開的窗戶下，通風透亮，很舒服，望出去就是花園。

「我正待轉身去找我新認識的朋友，山姆．傑佛遜在我身後清了清嗓子。

「『我家主人沒大礙吧，醫生？』

「他的聲音低沉、緩慢，這是誕生於密西西比河另一頭的人，常有的講話特色。我先前沒注意，現在才發現有一道深深的傷疤劃過他黑色的太陽穴，看來他年輕的時候，性喜逞勇鬥狠，或者，更不幸的，在撕裂美國的殘酷內戰終結奴隸買賣之前，受過雇主的虐待。

「『我相信他很快就會恢復正常，但建議他的家人還是請教專家，聽聽他們的意見比較好。』我回答道。『他處於精神崩潰的邊緣。少校在年輕的時候，也會這樣胡思亂想嗎？』

「『我不知道什麼才是胡思亂想，先生。打認識他起，他就是這麼迷信，比一般人還怕鬼。老毛病了，先生，但我覺得我應該告訴你：我們家老爺除了中邪之外，還有別的蹊蹺之處。』

「『比方說？』

「『比方說這個，醫生。』他壓低聲音，簡直像是呢喃。『他第一次看到異象，我跟他說是夢。派崔克老爺的體質，比我還容易見到鬼，先生，我也不特別放在心上。但在他第二次見鬼——就是他說德哈諾人刺殺他袍澤的那次——他跑來找我，給我看了他對外人絕口不提的祕密。』

「『什麼祕密？』

「他走到少校歇息的床邊，指著舊軍裝胸口的凹處，衣服上有仔細縫補的痕跡。

「『就在派崔克老爺告訴我他做惡夢的同一天，我替他縫好了軍服上的這個破洞。他覺得自己瘋了，也是其來有自。因為這個洞，就是前一天晚上，他夢見德哈諾人刺殺德克薩斯軍人胸口的位置。你覺得這是為什麼呢？先生。』

「『我也沒有概念。』我回答說，『很奇特，但應該是巧合。』

「『然後又出現了第三次的恐怖景象。』他很有耐心的繼續說明。『就在昨天晚上。他說他看到一群德哈諾人手持火炬，惡魔般的朝他衝過來。我不知道該怎麼說。但我記得很清楚，昨天早上，我在書房生火，一半的柴火就這麼不見了，先生。當時，我沒想那麼多，現在卻成為挺值得推敲的疑點。』」

在我敘述過往的同時，福爾摩斯調整了好幾次姿勢，這是很好的徵兆。他不住摩挲修長的手指，隨後雙手緊扣。

「這故事精采，我的老朋友。肯定是第一流的疑案。房間幾乎沒有裝飾，對吧？」

「對。儘管生活如此優渥，還是不改簡單樸素的軍人本色。」

「能不能告訴我窗外的情景？」

我有些遲疑，盡力回想。

「我希望能提供線索，但窗外什麼也沒有，我看得相當真切。傑佛遜也跟我保證說，柴火不翼而飛之後，他曾經仔細檢查過房子周邊的情況，並沒有在地面上發現運送的軌跡。我還問他前方為什麼有一個奇怪的洞，他說，幾個星期前，窗戶前一棵高大的紫丁香被刨掉了，因為它遮住陽光。我想這無關緊要吧，因為我剛說過，床面對的是牆壁，不是窗戶。」

福爾摩斯歪著腦子，淺淺一笑。「對，你剛說過，我越來越佩服你做為偵探的調查本領了。接下來發生什麼事？」

「沒多久我就告辭了。華波頓兄妹急著知道房間裡的狀況，我跟他們說，他叔叔睡了，勸他們安心，今天看來並不會復發。然後我向兄妹倆還有傑佛遜保證說，明天下午我會回來，檢查病人的情況。

「就在離開之際，我不由自主的注意到通往後門的小徑上，有個人在走動。此人飽經風霜，古銅色的肌膚，一頭黑色的亂髮，穿著一條簡單的褲子，身上是墨西哥勞工偏愛的亞麻襯衫，色澤鮮艷，織法卻很粗糙。這個黝黑的漢子並沒有注意到我，筆直的朝目的地走去，我抓住這個機會趕緊記住他的舉止長相，萬一他跟這個案子有所牽扯，日後也不會茫然沒有頭緒。我不知道少校為什麼突然會碰上鬼怪作祟，也不明白傑佛遜說的那兩件怪事，又是在鬧什麼玄虛。硬用巧合來解釋，好像也說不過去。

「第二天下午，我看了一兩個病人，鎖好診所，找了部出租馬車送我到諾布山。傑佛遜在門口迎接，領我到看起來像是書房的地方，高高的書架上，塞滿了燙金字樣的軍事書籍跟歷史著作。華波頓少校站在那裡，衣著正常：灰色的夏季西裝，對於昨天的狂亂言行，自己也大惑不解。

「『這是不折不扣的詛咒啊，我禁不住這樣想，這毛病根治起來不容易吧。』他這樣跟我說，『有的時候，我知道自己神智不清楚；但也有的時候，我卻看到恐怖的景象，就跟你的五官一樣清晰。』

「『可不可以提供我一些線索，協助我進行診療呢？』

「『我自己也是如墜五里霧中啊，弄不明白，華生醫生。每次做惡夢，第二天醒來，總是頭痛欲裂。我使盡力氣也判斷不出這起怪事兒純粹是我的想像呢，還是我在德克薩斯戰爭中殺過的人，陰魂不散來討債。當年，我的確幹過見不得人的暴行，沒法假裝良心過意得去。情勢這般混亂，土地爭得凶，雙方各執一詞，這你明白吧？——沒錯，我錯殺過幾個德哈諾人。他們只是想保住祖先傳下來的土地。那時候殺到血流成河，誰還有工夫去思考什麼是對的？』

「『聽起來是過去的記憶盤據腦海，讓你難以負荷。我並不是專攻心智失序的心理醫生，』我提醒他，『只要幫得上忙，一定不遺餘力。但，你的症狀持續，甚至有惡化跡象，還是要找專家諮詢。我能不能冒昧的問您一個看來沒什麼相關的問題？』

「『請說。』

「『您有沒有雇用，或者您的僕役、園丁偶爾會請墨西哥籍人士來幫忙？』

「他對這個問題相當困惑。『我不記得我雇用過任何西班牙裔的朋友。他們如果需要額外的零工，會去找中國人。中國人手腳勤快，生性低調，所費也不多。怎麼會問我這個？』

「我費了不少唇舌，跟他解釋這是醫療專業問題，預祝他康復，轉身走向門廳，腦子裡琢磨著幾個新想法。傑佛遜送我出門，把我的帽子跟手杖遞給我。

「『家裡其他成員上哪兒去了？』我問道。

「『茉莉小姐出門探望朋友。查爾斯先生在暗房工作。』

「『傑佛遜，昨天我離開的時候，看到一個古怪的男士。你可知道這裡的園丁有沒有雇用墨西哥或者智利人的後裔？』

「我可以對天發誓，福爾摩斯，提問之際，我看見他的眼睛裡，閃爍著奇怪的光芒，但他搖搖頭。『不管是誰需要額外的幫手，華生醫生，我都會知道。少說半年內，可能還不只，並沒有人提出類似的需求。』

「『我只是好奇：少校有沒有可能看到什麼讓他感到不安的人而已。』我解釋道，『你也看得出來，他今天好得多了。只是發病的原因，我摸不著頭緒，如果有新線索、或者你覺得哪裡不對勁，希望能盡快跟我聯繫。』

「『誰料得準妖魔鬼怪什麼時候會出現呢？華生醫生。』傑佛遜回答說，『但如果有新發現，一定會讓您知道。』

「我離開他們家，腳步刻意加快，因為我想在夜幕降臨前下山。我才剛踏上歸途，一陣狂風從西邊颳來，二十碼不到的前方，我赫然看到昨天那個古銅色皮膚的不明男子，依舊穿著相同款式的衣服，很顯然剛從華波頓家的某處離開。一見到此人，我立刻熱血沸騰；那時，我還不認識您，對於調查推理一無所知，但是直覺告訴我，我應該跟蹤他，確認是不是有人在暗中設計少校。」

「你跟蹤他？」福爾摩斯面露驚訝的表情，「這又是為了什麼？」

「我覺得別無選擇——他與華波頓少校的夢魘同時出現，原委必須查個水落石出。」

「沒想到你也是行動派。」我的朋友搖搖頭，「你跟他上哪兒去了？」

「跟著他走到百老匯大街，這裡的地平得多，有好些雜貨店、肉鋪子跟雪茄店。他在那兒登上軌道電車，我的運氣不壞，順手招來一部剛巧經過的馬車，請駕駛跟著電車，直到我喊停為止。

「我就這麼一路跟到了海邊，見他下了車，我趕緊付了車錢，緊跟著他來到電報山腳。在淘金熱高峰，面海斜坡紮滿智利人與秘魯人的帳棚。小丘東側，外國淘金客與下層階級混雜成最黑暗的人間煉獄——雪梨城。澳大利亞的流亡罪犯跟假釋犯，在這裡經營最不堪聞問、最難以想像的地下酒吧。根據歷史記錄，一家叫做『凶惡灰熊』的酒吧還真的把一頭活生生的熊用鐵鍊拴在門口。」

「我對這個區域也略有耳聞，」福爾摩斯很敏銳的強調，「這個區塊叫做巴巴里海岸是不是？我實在很想看看全盛時期的面貌。其實，在倫敦有些地方，冒然闖進去也是自尋死路。你在那裡，沒遇到什麼野獸吧？」

「就字面上的定義而言，是沒有。我踏進那個區域才十分鐘，就發現自己經過好幾個琴酒酒吧，論其腐敗的程度，跟聖吉爾斯（譯註：希臘基督教聖者，終身茹素，據說曾經靠喝鹿奶為生）的清貧相較，簡直就是天上地下兩個極端。瓦斯燈光搖曳，明滅不定，窮凶極惡的酒徒，腳步踉蹌，從這個紅色布幕遮蔽的賊窩，晃蕩進入另外一個藏污納垢的所在，要不心甘情願的把口袋裡的錢，在賭桌上輸個精光；要不呢，就是痛飲黃湯，醉到昏天暗地，倒在不知名的暗巷裡，第二天起來，身上分文不剩。

「一輛運貨馬車從我們中間插了進來，就在我以為跟丟了的同時，卻見到那傢伙往某間劣酒館裡一鑽。我確認他的去向，遲疑一陣子，還是走了進去。

「廉價獸脂蠟燭發出昏暗的亮光，幾盞破舊的煤油燈有氣沒力的照出幾塊深紫色的光影。我沒有浪費時間，直接找上那個男子，問他能不能聊幾句？

「他默不作聲的看了我半晌，黑色的眼睛瞇成一條縫。跟酒保比個手勢，要了第二杯酒，隨後遞給我一小杯透明的液體。

「我謝過他，但他一臉茫然。『你會講英文嗎？』我終於開口問道。

「他微笑，手腕輕翻，一口氣把酒乾了，空杯往吧台一放。『我的英文說得跟你一樣好，先生。我叫做胡安．波帝洛，請問你有何貴幹？』

「『我想要知道你昨天跟今天下午兩度造訪華波頓公館，又是有何貴幹？』

「他嘴巴咧得更大了。『喔，我明白了，你跟蹤我？』

「『在那間宅子裡發生很古怪的意外，我有理由認為多少跟你有點關係。』

「『我清清白白的。他們雇用我做事，叫我不要張揚，所以我就悶不作聲。』

「『我得警告你，如果你想要傷害少校，不管用什麼方式，我都會找上你！』

「他看著我，冷冷的點點頭，依舊掛著微笑。『乾了這一杯吧，先生。然後，我給你看點東西。』

「杯子裡的透明液體，是方才酒保從相同瓶子裡倒出來的，沒理由拒絕。這東西強勁得跟琴酒一樣，但更辣口，喉嚨猛烈的燃燒起來。我勉強喝完，波帝洛頓時從藏身的刀鞘中，抽出一把珍珠母柄的長刀來。

「『我沒有傷害少校，我根本沒見過這個人，但我還是告訴你一件事情，膽敢追蹤我，這就是我的答案。』他說，手裡的長刀一揚。

「他用西班牙語咆哮了幾句。幾碼外，原本圍著圓桌坐著的三個漢子，突然站起來朝我們走來。其中兩個的皮帶上，插了把手槍；另外一個手裡拿了根短棒。我評估情勢，一時拿不定主意，該不該動用防身的匕首，還是趁著現在有點距離，趕緊落跑。就在這個時候，其中一個男子突然停了下來。

「『我就說是他吧，華生醫生，對嗎？』他的聲音相當殷切。

「我當場愣住了。過了一會兒，才想起這是不到兩個星期前，我曾經醫治過的病人。他連醫藥費都沒有給我呢。他在碼頭跟人鬥毆，腿上被拉出一條深深的傷口，相當嚴重；他的朋友連忙帶他去找最近的醫生。他顯然非常高興見到我，西班牙語連珠砲似的不斷從嘴巴裡冒出來，嘮嘮叨叨的講了兩分鐘，還得意洋洋的展示他復原的傷口，指給我看。被他們這麼一打岔，跟波帝洛的劍拔弩張，自然暫時被放到一邊。我可不想錯過難得的脫身良機，但盛情難卻，還是多乾了一杯劣酒，才跟他們揮手告別。波帝洛眼睛眨也不眨的看著我走出去，快步朝前鋒街的方向奔逃。

「第二天，我決定去跟少校回報波帝洛暗地出入他家。雖然我所知不多，但我相信此人一定圖謀不軌。在我趕到他家之後，屋裡鬧成一團，讓我不禁憂慮了起來。」

「我倒不意外。出了什麼事情？」

「山姆．傑佛遜遭到指控，擅闖查爾斯．華波頓的暗房，意圖竊取他的照相設備。女傭幫我開了門，臉上隱約掛著淚痕。早在進門之前，我就聽到屋內傳出惡毒的咒罵聲。她的情緒相當激動，告訴我說：查爾斯已經把傑佛遜解雇了；但是，少校不以為然，臉色鐵青的怒斥他的姪子，不管有沒有偷東西，叫人捲鋪蓋滾蛋，必須得到他的同意。我進屋的時候，兩個人鎖著門，正吵得不可開交。從我站的地方就可以聽得一清二楚。少校堅持要把傑佛遜找回來；查爾斯惡言相向，說他的尊嚴掃地，待在這間屋子裡，讓他這輩子抬不起頭來。您現在明白了吧？福爾摩斯也不得不承認，這個故事真的很離奇吧。」我忍不住加上這句。我朋友的臉上浮現血色，看來他極感興趣。

「用字有失精準。」他頗不以為然，淺啜一口紅酒。「我還沒聽完呢。過去半個世紀裡，在里斯本或者薩爾斯堡發生的奇案，會比你講的故事遜色？請把故事講完吧。你離開了，當然，紳士不可能在這種狀況久留的，第二天你又去拜訪少校了嗎？」

「我沒有。實際來說，我並沒有拜訪到少校。」

「沒有？你的好奇心戛然而止了嗎？」

「第二天，我再到他們家去。華波頓少校跟山姆．傑佛遜兩人都消失了。」

我還以為這個出乎意料的發展，會像是晴天霹靂。但，我卻失望了。

「哈。」福爾摩斯難掩得意的微笑。「他們還是走了？」

「家裡只剩茉莉跟查爾斯．華波頓兩人憂心忡忡。保險櫃被打開了，契據、證券，還有一堆現金，都不見了。沒有外力入侵的痕跡，他們認定一定是叔叔遭到脅迫或者是被誘騙出保險箱號碼。

「他們組成搜索小組，四處散發描繪華波頓與傑佛遜外觀特徵的傳單，但徒勞無功。發了瘋的少校與僕人，不知道是在一起，還是分頭行動，也不知道是自願還是受人脅迫，反正沒有留下一絲線索，從這個城市蒸發。根據我提供的證詞，警方找了波帝洛去問話，但他有確鑿的不在場證明，最後無法起訴。酷愛戰爭成癡的華波頓少校與高深莫測的僕人，不知所終，成為至今難以破解的謎團。

「您做何感想？」我洋洋得意的把故事講完。此時，福爾摩斯直起腰桿，身子前傾，全神貫注。

「我想那個山姆．傑佛遜——撇開你與你高貴的好意暫且不談，我親愛的朋友——才是這個故事裡面真正的英雄。」

「這話是什麼意思？」我問道，頗為狐疑。「暗房行竊事件應該使得他的嫌疑大增才對啊。據我們所知，他失蹤了，可能跟少校在一起，舊金山當地謠言紛紛，都說他們倆被盤據在屋裡的德哈諾人鬼魂拘走了。這當然是無稽之談。直到現在，我還是不知道這兩個人跑去哪裡，又是為了什麼。」

「這兩個人的行蹤是查不明白了。」福爾摩斯回答道，灰色的眼珠閃耀著光芒。「但我可以告訴你為了什麼。」

「我的天啊，您已經解開謎團了嗎？」我欣喜的叫道。「您不是開玩笑吧？這些年來，我想破了腦袋，也沒有線索。到底發生了什麼事情？」

「首先，華生，我得說，你從頭到尾都弄錯了。我相信茉莉跟查爾斯．華波頓才是幕後的主使者，精心設計出這個詭計，要不是山姆．傑佛遜及時出手阻止，兩人就要成功了。」

「您是怎麼知道的？」

「你告訴我的啊，親愛的朋友。你忙進忙出的奔波，而我就在一旁冷眼觀察。先問自己一個問題：少校的心智出了狀況，是從什麼時候開始的呢？也就是說病因打哪兒來呢？」

「他修改了遺囑。」

「這不就對了？你自己都知道，這不就是故事的起點嗎？當然要投入最多的注意力啊。」福爾摩斯一躍而起，在地毯上踱步，活像一個在沉思定理的數學家。「被取消繼承權之後，一個人能做的事情相當有限——無論是非法或是別種手段。偽造假遺囑比較可行，也是最常見的處置方式。謀殺不行，除非你讓立囑人先簽好相關文件。華波頓兄妹想出來的計策，極其狡猾罕見：他們要設法證實立囑人心智失常。」

「但是，福爾摩斯，這怎麼可能呢？」

「遺產幾乎就要落在他們手上了。少校滿腦子都是妖魔鬼怪，誰會認為他的意識清楚呢？除此之外，他的臥室，家徒四壁，而他姪子查爾斯的專長不就是照相嗎？」

「我親愛的福爾摩斯，我非常尊敬您推理的功力，但您剛剛講的每一個字全都莫測高深啊。」我招認。

他笑了。「那麼我就把原委講得再明白點。傑佛遜把幽靈講得這般活靈活現，我們有理由相信他在說謊嗎？」

「沒有。但有其他可能的解釋。比方說，他自導自演，自己把柴火偷走了。」

「這當然有可能。但你跟傑佛遜提到波帝洛這個人，然後他就闖進查爾斯的暗房。」

「所以，你找到波帝洛跟查爾斯．華波頓照相生意的關聯？」

「的確如此，除了這兩點，空蕩蕩的牆壁與紫丁香被挖走，我也想明白兩者之間的玄機了。」

「福爾摩斯，這些事情根本不相干吧——」

我突然住嘴，因為我也慢慢的琢磨明白了。畢竟，這是過去的往事，我也不復昔日的懵懂。

「您講的是幻燈片？」我緩緩說道，「天啊，我怎麼這麼瞎？」

「你其實非常敏銳。我的天啊，因為你幾乎記下了所有關鍵的細節。接下來，我想應該可以把這起案子破了吧。」他斯文的口氣裡，比平常多了幾分禮貌。

「少校不讓他的姪子、姪女繼承遺產，可能是因為他識破兩人貪婪的本質，寧可全部捐給戰爭慈善團體。」我的開頭有點遲疑，「他們靈機一動，決定把自己的叔叔捏造成難以甩脫戰爭陰影的精神病患，才會置親姪子、姪女於不顧。查爾斯雇用胡安・波帝洛偽裝成德哈諾人，拍攝數幀照片，要求他保密，事成之後，許以重金酬謝。查爾斯將影像洗在幻燈玻璃片上，挑個伸手不見五指的暗夜，投射在叔叔的臥室牆壁上。叔叔乍見幽靈，簡直嚇壞了，根本沒想到順著光源看去，就會發現有人在外面搞鬼。第一個影像，德哈諾人脅迫的白人婦女，想來是茉莉・華波頓假扮的。但是，第二片幻燈玻璃……」

「一把軍刀刺進德克薩斯人的胸膛，多半是他們把少校的一件舊軍裝，套在木偶上吧。柴火不見了，是因為他們找來幾個人，站在屋外稍遠的地方，偽裝成是手持火把的叛軍。紫丁香，就更明顯了——」

「因為這棵樹擋住幻燈片投射的去向。」我叫道，「這還不夠簡單嗎？」

「那麼，每次見到鬼，少校都會頭疼，這又是怎麼一回事呢？」我的朋友考我。

「他的姪子、姪女可能在他的飲食中，投入鴉片或者其他麻醉藥物，好讓他在臥室看到幻燈片的時候，視覺上更加栩栩如生，而頭疼就是後遺症。」

「那麼山姆・傑佛遜呢？」

「一個被低估的壓軸演員。他始終懷疑那兩個年輕人在搞鬼，持續監視他們的一舉一動。要說他真的偷了什麼東西，大概也只是他『偷看』了查爾斯暗房裡的幻燈玻璃片，完成最後一塊拼圖。兄妹倆打發傑佛遜走，他趁機把內情告訴少校，然後兩人——」

「從此人間蒸發。」福爾摩斯用詩般的雅致，結束了這次推理。

「其實，這是最完美的報復。」我想了想，不禁笑出來。「華波頓少校視財產於無物，保險箱席捲一空，這輩子都用不完。既然他被宣告死亡，那麼遺產自然得按照他的遺囑分配。」

「是啊，幾件好事一起發生。多謝了，我別的場合也說過，你真是不折不扣的大好人，親愛的醫師朋友。」

「我不明白您在說什麼。」我的確是被他弄糊塗了。

「我是用因果關係來看這個世界的。如果你不是那種看到有人鬥毆，被刀劃出一道傷口，明明知道對方付不出錢來，還是願意幫病人醫治的醫生；你可能就沒機會把這個故事說給我聽了。」

「沒這麼簡單吧，」我喃喃自語，有點慚愧，「但是，謝謝——」

「真是個不錯的故事。你知道嗎？華生。」福爾摩斯滅了他的菸斗，繼續說，「我聽說的美國，對於培育男子氣概而言，是塊過於富饒的土地。住在那裡的人民跟英國人相去不遠；但我遇見的美國人，無論守不守規矩，膽子多半不小。」

「他們身上可能帶著拓荒者冒險犯難的精神吧。不過比起膽識，不管是美國人還是其他種族，我想不出任何人與您差堪比擬。」

「我沒法駁斥你。那樣遼闊的土地，自然有不少藏污納垢的空間，但也刺激出相對應的想像力，單就這一點就值得我們欽佩。而我對美國的犯罪活動多少也算知道一點。」

「親愛的朋友，很高興聽到您對這個奇案的精闢剖析。」我慶幸的說，眼睛忍不住瞄向我的筆與記事本。

「下次我們再聊吧。」我的朋友停下來，修長的手指配合雨點滴滴答答的節奏，輕輕的敲了起來，他的眼睛望向前窗，眼神比底下被雨打濕的街道還要閃亮。「也許有那麼一天，我們能找到機會，設身處地，探索彼此的經歷。我特別想見見山姆．傑佛遜，此人深藏不露，目光如炬。」

「先不提此人的才智吧。他至少還目睹了事件的發生，而您，光聽二手的敘述就能識破玄機，更何況見證者還是一個當時對於科學推理沒有任何概念的醫師。」

「這世上罕見真正原創的犯罪，只有在恆常不變的十來個主題下，衍伸出的無窮變形而已。有一陣子，我計畫做個分類，寫一本專著，協助那些孜孜不倦的執法官員，處理他們面對的小把戲。比方說，偵辦過失殺人的警探，說不定連西班牙囚犯（譯註：一種古老的騙術）是什麼都不知道呢。」

我大笑說，「我還以為我的故事會難倒您呢——真是夠幼稚的了。」

他聳聳肩。「無論犯罪手法高超與否，故事本身倒是挺有趣的。居然想到使用幻燈片，儘管我永遠無法證實，但這個點子算是別出心裁的了。好啦，」他拉高聲音，取出他的小提琴，「剛才你好心好意的提到了白蘭地跟雪茄，現在輪到我來娛樂你了。你現在是不是比較能理解我為什麼喜歡克羅采（譯註：法國小提琴家及作曲家）了呢。好極了！謝謝你告訴我這麼精采的案件。下次見到我哥，我要跟他說，我連指頭都沒有動一根，就把案子給破了呢。不過，親愛的華生，我們還是得繼續努力，想個辦法打發這個死氣沉沉的下午。」

# 神奇動物園大探險

我那國際知名的大偵探朋友，夏洛克．福爾摩斯有句格言，「工作是紓解悲傷的最佳解藥。」身為他的傳記作者，我不時有機會觀察他在調查疑案時，展現幾近超人的能耐，多半跟這個信條有關吧。投入工作之際，他活像一部不知疲倦的機器，東奔西走，四處刺探，偵訊相關人證，評估警方提供的情報，還能另闢蹊徑，挖掘旁人注意不到的線索。但他閒下來的時候，卻是一副病懨懨的軀殼，眼神空洞到讓我心生最深刻的同情，同時，不免愕然，這人竟然可以如此兩極。

也許他的言行就是這麼不拘一格。福爾摩斯多次譴責我天真善良，遇事容易露出幼稚的本質。此時開口，不管多麼拐彎抹角，他也一定會揚起冷若冰霜的眉毛，問我有沒有發燒，還是躺下來歇會兒吧。但是，看到他如此難過，整個人失魂落魄，我也不能排除真有什麼悲劇降臨在他身上的可能性。他會不會打破沉默，敞開心扉，傾吐塊壘，還有待觀察；但是，我個人可以保證，在某種程度上，他的格言確有真知灼見。他告訴我一八九七年三月十五日發生的那宗案件，足為明證。

一如既往，在這個季節裡，我會收到西絲兒．佛瑞斯特夫人的來信，她是我以前的病人，也是我的朋友，更是我已故妻子，瑪麗的雇主。特別擅長處理某些棘手難題的瑪麗，跟我結婚前，在他們家當家庭教師。她的個性溫柔婉約，再難搞的新生兒，都能在她的臂彎裡安分下來，乖得跟鴿子一樣。

瑪麗貼心靈巧的手腕，不僅讓自己勝任愉快，更贏得了東家上下的心，尤其是佛瑞斯特夫人。她總愛管瑪麗叫「我的寶貝女孩」，喜歡她作伴，分享同住一處的親密。就連瑪麗跟我結婚，搬離她家，兩人還是好得掰不開；如同我尾隨那古怪異常的朋友出生入死一樣。從一八九四年開始，每年三月，佛瑞斯特夫人都不忘記寫一封情深意切的信給我：如果我想找人分享過去的回憶，那麼她不僅願意傾聽，還能夠參與。這是瑪麗摯友的典型反應，在我們共同蒙受失去她的痛苦之後，他們依舊不離不棄。每次見到佛瑞斯特，心頭就會浮起一片暖意，回想起她繼承的珍珠神祕失竊案以及我跟瑪麗因此而結識。當時，她是相當清寒的，不過只要有她作伴，環境總是舒適而愜意的。

不幸的是：佛瑞斯特夫人好心拉開序幕之後，卻讓我每年都心懷恐懼，生怕看到信使麥克菲爾先生。（麥克菲爾先生不該激起這種情緒。他氣色紅潤，生性樂觀，有四個孩子，第五個還在他太太的肚子裡。）那時，我獨自在貝格街，乘載她字跡的信件翩然抵達時，我正罹患嚴重的黏膜炎——穿著晨袍，鬍鬚沒刮、頭髮凌亂，一臉狼狽，弄髒所有的手帕，瞪著一口沒碰的土司與窗外悠然飄過藍天的幾縷白雲。有兩年，在她寄來年度問候時，福爾摩斯跟我都不在家；但在他奇蹟般生還之後，福爾摩斯成為警界最受歡迎的神探，卻也得承受英國史上最凶殘的地下幫派追索；而我始終在他的身旁，形影不離。

此時，福爾摩斯接受他哥哥邁克羅夫特的邀請，前往白廳，協助他們破解無跡可尋的密碼，事關機密，他沒露半點口風；而我，獨自一人，寂寞之餘，對眼前的事實，還懷有一種不理性的任性。說是因為身體不舒服，恐怕對自己太過寬容，因為我豈是禁受不住痛苦折磨的人？我在憂鬱之海浮沉，任憑自怨自艾滲進我的骨子裡。就在這個時候，我聽到我室友踏上台階的輕快腳步，瘦長的身影衝進房門，順手把他的珍藏——新出刊的各種雜誌報刊一扔，活像是將金幣撒向黎民百姓的專斷君王。窗外的天光黯淡，暮色已至尾聲，爐火奄奄一息，只剩餘燼般的冷寂藍光。我整個人癱在沙發上，止不住的噁心，什麼事情也做不了。

夏洛克．福爾摩斯吹著口哨，灰色的眼珠釘在一張報紙上。「我的天啊。報上竟然說你我即將應邀前往諾福克海岸，調查維京手稿，華生。外界傳言伯爵計畫出清過半財產的同時，一份完整的十一世紀連篇民謠全集突然現身，我不禁沉思這巧合來得正是時候。晴雨表告訴咱們，去那兒一趟毫不困難。只要搭上九點二十三分從查令十字車站開出的快車就成了。不過，還沒有當事的任何一方請我們協助，所以，犯不著超前部署，狗拿耗子。」

我只能咳嗽以對。他的眼光快速打量周遭場景，精準如電。快速變暗的房間、疏於照料，顯得有氣沒力的壁爐、手帕幾乎用罄、我自己連衣服都沒換、信也沒拆，只是往壁爐架上一放，我一眼就可以看到：凡此種種，天才一眼便看破原委。福爾摩斯說得沒錯：就連C區最菜的員警，都可以輕易的猜個八九不離十。

我的生活總是充滿應接不暇的驚奇。但無論我怎麼猜，也預料不到夏洛克．福爾摩斯竟然歪著五官分明的臉龐，若有所思，握住報紙，啪的一聲，往手掌一拍，順手扔到地毯邊的舊報紙堆裡，就這麼走了。

我聽到他把臥室房門關上，肩膀再也撐不住了，整個人陷進座墊裡。混雜著悲傷、病態與寂寥，我的精神完全崩潰；從這出人意表的發展來看，今天算是完了，只能希望明天能更好。就在我決定認命的時候，福爾摩斯回來了，穿著晨袍，腰帶沒繫，張揚的飄在兩邊，語重心長的說，「我沒法忍受這樣的虐待。」

我使盡力氣睜圓眼睛，看著他很快的打開天窗，挑亮爐火，忙了半天，再套上拖鞋，轉一圈，逐一把燈點亮，讓客廳漸漸變得跟蛋殼內部一樣，一片黃澄澄的。

「怎樣的虐待？」我的聲音嘶啞到難以置信。

我這副要死不活的德行，連自己都覺得不好意思。他可能以為黑漆漆、冰冰涼的客廳，是故意展現我的不滿，存心找他麻煩。他並沒有回答我的問題，一溜煙的離開客廳，腳步異常輕快，彷彿不想留下任何足以辨識的足跡似的。

我越發疼得厲害了。無論福爾摩斯覺得貝格街的這一天多麼無聊，我的感受都比他痛苦三倍。我掙扎著病體，正想離開沙發，免得無端招惹我的朋友；卻見他搬了口錫箱子回來。箱子裡面裝的是他最早期的辦案記錄，這時拿出來，實在很吊人胃口。他好像很不耐煩似的，把箱子往地上一扔，巨大的聲響會讓哈德森太太誤以為天要塌了。

「這是行不通的，華生。」福爾摩斯語帶傲慢。沒一會兒，他以流暢的動作在箱子後面盤好腿，活像是廟裡打坐的大佛。「即便是時間比我還不值錢的人，也會希望工作跟真正的志業相吻合——你總不能要求街上的小販有能力處理大臣的機要工作，或者強迫鳥類學家學習航海技能吧？直接把原則挑明了來說：我這個顧問偵探可不是用來處理三等船務的。」

我頗為敬畏的思考他這番話。「您到底在說什麼？」

他的手不耐煩的轉了幾個圈子，才把箱蓋打開。「阿特爾尼．瓊斯（譯註：蘇格蘭場的警探）把我們倆共同偵辦的案件檔案弄丟了。這很正常。此人每天能把左腳、右腳的靴子套對，就可喜可賀了。他現在需要寫一份二級報告，當然啦，我現在就可以告訴你，這報告寫不寫得出來，取決於他有沒有一個在做鑽石切割的孿生兄弟。你應該知道，他的腦子不靈光，精力倒是挺充沛的。」

夏洛克．福爾摩斯開始他的長篇大論，一貫的活靈活現、鞭辟入裡，卻是一發不可收拾，比攔住一頭狂奔的大象還難。我敢跟你賭，在我朋友罵夠、自己閉嘴前，是一點辦法也沒有的。我莫名其妙的看著他，在箱子裡東翻西找，用急促的高音喃喃自語，「好端端的夜晚，浪費在這種沒意義的瑣事上。我幫蘇格蘭場偵破這麼多奇案，現在還要幫他們整理報告？這件是葛里格森……這件是哈林貝瑞……天啊，醫生，我們還真花了不少時間在雷斯垂德身上……哈，瓊斯！」無論如何，他還是埋首搜尋，「真弄不懂，這是瓊斯的案子沒錯，我因此結識了老舒曼先生，早在我們倆碰面之前。仔細想想，你可能覺得這起案件很有意思——你當然記得舒曼先生的狗，突比吧。強納森．史摩案與莫斯坦寶藏案？」

他鋼鐵般的眼睛很快就鎖住我。「要我把案情講一遍嗎？你還有精神嗎？」

這下我確定了，這是我朋友精心布的局；儘管我的喉嚨沒有不舒服，還是清了清嗓子。他心裡明白：佛瑞斯特夫人每年都會寄來問候信，追悼瑪麗——也就是婚前的莫斯坦小姐——的故去。福爾摩斯不愧是福爾摩斯，藉由這個別出心裁的舉動，婉轉的告訴我，他了解我心情低落的原因；還以鮮明的方式悼念我的亡妻，又不至於勾起我太多傷感。更何況，我無需多費力氣，只要舒舒服服的坐著，洗耳恭聽就好。

「您這個人實在是無與倫比。」我好不容易發出聲音，這樣回答。

福爾摩斯不知道為什麼突然對壁爐架上的座鐘，產生了濃厚的興趣。「如果你比較偏愛——」

「這世上沒有其他我更偏愛的活動了。來聽您的故事吧。」

他還在遲疑，不太尋常，彷彿對自己的計畫不怎麼確定。「現在去柯芬園（譯註：英國著名的娛樂場所）還不算太晚，如果你能盡快換好衣服，應該還趕得上《阿依達》——」

「我的老天爺啊，不了。我的神經跟你的小提琴弦一樣緊繃，肌肉一動，就會疼到骨子裡去。如果方便的話，請您給我倒點白蘭地，加片檸檬，再告訴我，您是如何認識這個奇妙的舒曼先生的？」

依舊無言，但他的眉宇間舒展開來，福爾摩斯一躍而起，慢條斯理的調製了兩杯熱甜酒。他轉身回來，找張沙發，安安穩穩的在椅墊上坐定，伸直長腿，翻閱檔案文件，我的身體開始舒服了點。

「那麼，我就開始了。」他一邊說，一邊點燃菸斗。「在擁有自傳作者，宣揚我響亮的名號之前，我多半待在大英博物館裡。那段時光挺愜意的，我也習慣了孤獨與散漫。你知道，除了你，我並沒有真正的朋友，不過，當時更讓我困擾的是，我找不到顧問偵探的模型，難以按圖索驥。這是真正的難題，意味著我必須自闢蹊徑。你知道的，未來有哪些知識派得上用場，我也毫無概念。如果當時有人在觀察我，他可能會告訴你：我是知識浪人，或者無可救藥的傻瓜，跟蜻蜓一樣，在各個學科間點到為止。有時在默記哺乳類動物的腳印、研究不同型態的繩索，或者背誦泰晤士河的潮汐表。我不喜歡關在家裡，寧可東逛西逛，在心裡刻畫倫敦街道圖。」

「我一直沒搞懂最初您是怎麼會對倫敦街道這樣瞭如指掌，也不明白您怎麼還能不斷更新。」

偵探露出調皮的眼神。「如果，你想知道我是怎麼學習太陽系……」

「天啊，不想。要不是因為您知道怎麼在迷宮似的巷道裡鑽進鑽出，我們不知道死過多少遍了。請繼續吧。」

「我很懷念四月份的蘭貝斯（譯註：倫敦南部的自治市）。」儘管擁有鋼鐵般的本質，我朋友此時的語氣卻多了一絲惆悵；除了音樂之外，如果還有什麼能夠激起他些許的羅曼蒂克情懷，大概就是倫敦了，因為他深愛著這座城市。鋸木頭工坊、河裡載沉載浮的駁船、莊嚴雅觀的花園、倒映在河面上的西敏宮。我有足夠的理由，將注意力集中於此。根據相關記錄，這裡最近發生不符合比例的密集搶案，身為新進偵探，我想要調查疑似遭到鎖定的幾棟建築物。

「我逐一走過——工會路、拉克霍爾巷、蓋斯凱爾街。此地都是安分的住宅區，階梯剛剛清洗過、窗檻花盆裡的花朵含苞待放，一般住戶家境小康，稱不上大富大貴。家門口鑰匙孔沒有太嚴重的刮痕，根據我的推斷，肆虐此地的宵小，應該是經驗豐富的慣犯，不過，這線索未免空泛了些。訪談居民？我也不知道該問什麼。我很苦惱啊，華生。都到犯罪現場了，只能跟孩子一樣，扒著窗戶，透過玻璃，乾瞪著甜點。除了跟流浪漢一樣晃蕩，沒別的事情好做。」

「至少，那個時候的經歷現在還派得上用場。」

「這倒是真的。等一等，你知道我最討厭週二的晚餐了——還是我去告訴哈德森太太，八點的時候，準備點熱湯就好？好極了。反正呢，我就這麼信步走去，踏遍了沃克斯豪爾，一路來到以後我請你去借突比的古怪地址。那個叫做平欽巷三號的門口亂成一團，場面還挺罕見的。

「『你別惹我們！湯姆．舒曼。讓我們進去！』一個莽撞的大漢緊握拳頭，對著一棟破舊的紅磚屋，不斷揮舞。緊貼在他身邊的，頂著一頭紅髮的小個頭，佝僂著身子，即便畏縮，卻掩不住渾身散發出的威脅性。兩人穿著相同的衣服、粗毛衣、厚跟膠鞋，一樣粗俗，不只是窮，還一副無賴相。

「『我手上的毒蛇也說，你們倆甭惹我！』二樓住戶從上方尖叫道，手裡揮舞著一個褐色的粗麻布袋。『這蛇跟我的交情可不一般，聽清楚沒有？牠就是我兄弟！如果不快點滾的話，牠就要把你們倆的臭臉咬爛。只要一眨眼的工夫，我可就要把牠扔下去啦。』」

我朋友充分發揮模仿的技巧，笑得撕心裂肺，我淺啜一口檸檬白蘭地。壁爐現在才傳出霹靂啪啦的爆裂聲——多半是因為夏洛克．福爾摩斯不太習慣點燈生火之類的瑣事——客廳裡的光線亮了起來，產生極其細微的差異、一種幾近於家的感覺。我縮進鬆軟的椅墊內，把我腿上的毛毯裹得再緊一些。

「老舒曼跟他的『毒蛇』袋。」我回想起來了，「彷彿昨天才剛見過一樣。」

「很嗆吧？對不？」

「非常。平生僅見。」

「我知道你跟我一樣有冒險精神，這才打發你去找他。希望他對你也是一視同仁，沒有特別誇張。」

「您真的很體貼。儘管他也威脅我，說要把毒蛇扔在我的腦門上，但還算滿客氣的，留給我數到三的應變時間。」我補充說，乾笑兩聲。

「你現在笑得出來啦，華生？」福爾摩斯再度裝成粗裡粗氣的口吻，「你不是用我的名字當通關密語嗎？那時，我可是有理想、有抱負的偵探，眼前出現一幕強闖民宅的活劇，如果我逃之夭夭，自信心想來就此瓦解；但如果我挺身而出，搞不好一隻毒蛇就會從天而降。」

我的朋友夏洛克．福爾摩斯總是喜歡吹噓，從南華克（譯註：倫敦市南邊）到撒哈拉沙漠間，沒有他害怕的物事。但一講到蛇，他那彆扭的模樣，想要遮也遮不住。他會保留最惡毒的形容詞給這種最墮落的動物。我們在斯托克莫蘭（譯註：請見《花斑帶探案》）守夜警戒的那次經歷，終生難忘。我至今還在擔心，他乍見沼澤蛇時的驚恐，會對他的心靈造成永久性傷害；那時，他使盡力氣狂抽那條劇毒生物，彷彿是魔鬼從地獄中脫逃，非得把牠逼回去不可似的。我幾度動念挖苦他，但這怪癖挺可愛的，我也就算了。

我說，「您當然決定迎上前去。」

福爾摩斯的菸斗柄，在性格的下巴上，輕輕的點了點，回想過去，不禁笑了出來。「那是自然，我哪忍得住？我很快就知道，那個讓人毛骨悚然的小個頭，因為一頭猩紅色的頭髮，贏得了傑克惡魔的諢號；那個巨人般的大漢叫做普雷德（Plaid，譯註：原意格子）．查理。我從沒見過一個人身上同時穿了這麼多的格子衣物，華生——背心、長褲、外套、領帶一直到皮靴，全都是不同顏色、不同花樣的格子——此人起碼比我重二十公斤，也戴了一頂破破爛爛的小圓帽，蓋在濃密的側鬢上，見到我，好像很開心可以幹上一架似的。

「『這是怎麼回事？躲在一旁看熱鬧的這位紳士，想要挨上一頓好打是不？』他斜睨著我，露出一口歪七扭八的牙齒。

「『喔，請你見諒！』我說。『我只是找不到格子內衣，想問你在哪裡買得到罷了。』

「普雷德的鼻孔野牛一樣的噴出幾道氣柱。我暗自盤算，除了打上一架，還有沒有別的選項？目光一瞥，我見到了老湯姆．舒曼正在窗戶邊冷眼旁觀。你應該還記得吧？他是一個憔悴的瘦老頭，感覺是用木桿、繩索組成的，脖子的皮耷垂下來，像是一個皮質的窗簾，眼鏡的鏡片染成古怪的普魯士藍。那時他的頭髮還是沙子般的淺褐色。然後，我發現樓下地板上，放了好些古怪的標本，展現了相互殘殺的不同階段，不由得瞪大了眼睛。你也親眼見過吧──在乾燥的苔蘚、小草與樹幹上，分別有獵殺蛇的獴、伸出雙爪凌空撲向鼬的貓頭鷹以及攫取小兔子的雪貂。」

「是啊，還有老鷹抓住一隻藍綠相間的蜥蜴，稀有品種，我在博物館裡也沒見過。這是一首盛讚大自然奧妙的異國頌歌，萬萬想不到居然出現在一棟稀奇古怪的房子裡。」

「的確如此。」夏洛克．福爾摩斯把菸斗放到檔案箱上，雙手拉住一條腿，放在另外一條腿的腳脛上盤坐，繼續回憶往事，「普雷德．查理問題還問得挺有道理。我暗自思量，我是偵探？還是路過的紳士？而我選擇前者。問老舒曼尊姓大名？為什麼這兩個人來找他麻煩？」

「『因為這兩個人是惡棍，哪有為什麼？』舒曼高聲叫道。『騷擾安善良民不就是混混的看家本領？普雷德．查理跟傑克惡魔跑來攻擊我，一個有教養的自然學家奮起自衛，就這麼回事。』

「『喔，這麼說可就傷人了。』

「傑克惡魔終於開口了。拿掉頭上髒兮兮的水獺帽，露出衝冠怒髮，咧開嘴，大笑起來。我當時沒見過如此噁心的人。華生，現在你可能會說：這種貨色，我這輩子見得還少嗎？他的聲音很刺耳——又似哀求、又似抱怨，在喉嚨裡摩擦半天，才不情不願的吐出來。他的腦門子不斷的上點下點，或許是想要哄騙對方吧，但看了反而讓人感到極度不安。我不禁連想起邪惡的傀儡，木頭腦袋上綁著一綹綹紅色細線，咧開嘴，怪異笑容橫過臉龐，在小舞台上招搖撞騙的景象。

「『想都甭想，老舒曼。你的老搭檔不過是想跟你討個交代。別為難我，算我求你了。你還算不算是基督徒？』

「『這些人是你的搭檔？』我叫道，盡可能不去看舒曼先生慢慢鬆開握住布袋的手，裡面的囚犯蠢蠢欲動。

「『前搭檔！』屋主鬼叫道。『你這個壞蛋早就被我炒魷魚了！收拾收拾給我滾，我這輩子都不想看到你！當心毒蛇，牠馬上就要過去咬你了。』」

我的朋友笑意中有些懊惱。「事情演變成這樣，華生，看起來很難善了。附近也沒見著巡警，幸好我早就知道這個區域龍蛇雜處，帶了根重手杖防身，現在也只好採行比較積極的態度，強力介入。」

從我的角度看來，除了動粗之外，想不出福爾摩斯還有什麼其他介入的方法，催促他接著說。

「『你們這兩人實在討厭得很，』我叫道，『趕緊離開吧，否則我要吹哨找人支援了——我是便衣刑警，還沒有正式受理這個案子，否則，我一定會把你們關進監獄。』

「『喔，哈。』普雷德．查理頂嘴，『你是便衣刑警？那我就是抹大拉了。』

「你應該想像得到，華生。即便在這麼早期，也沒有人認為我是蘇格蘭場的一員，這可是一種恭維啊，回想起來還是慶幸不已。儘管我由衷的感激他，喬裝刑警的戲碼還是要演完，維持故事的可信度。我備好手杖，蓄勢待發。

「『我手上有別的案子要查。』我跟普雷德．查理重申一次。『但是，根據我的觀察，你的衣褲在膝蓋、手肘這兩個地方，都被扯得鬆垮垮的，皮靴龜裂，卻打著上好的絲質領帶，扣著凱爾特圖案的金質領帶別針，完全符合兩天前發生在埃克斯頓街的失竊物品描述。你那個畏畏縮縮的同黨，穿得邋遢，卻不忘記戴上象牙色的山羊皮薄手套。我敢跟你賭，手套指尖那樣乾淨，他頂多戴過兩次吧？我握有這麼多不利於你們的證據，建議兩位拜託造物主，多爭取兩天逍遙法外的時間吧。言盡於此，現在就從我眼前消失！』

「『如果……』普雷德．查理咆哮道，『我們現在就把你掐死棄屍，你覺得如何？瘦癆鬼？』

「在那個時候，他一定認為只要痛毆我一頓就搞定了。毫無疑問，他可以輕易把我的頭扭下來，醫生，幸好我練過武術，而且這個莽漢太低估對手。我暗自慶幸研究過這門學問，知道如何以棍棒防身。我先用手杖狠擊，繼之以左勾拳，再橫掃腿部，當場把他撂倒在街頭。我知道這攔不了他們多久，抬頭看了看舒曼的動靜；這才發現他站在敞開的大門後，招呼我進去。

「當時的我才剛出道，雖說擊倒對手有些得意，但覺得還是先進屋裡避避風頭比較妥當。才一起步，就聽到一個嘶啞的聲音，在我耳朵邊響起：『報上名來，警探！這次算我們栽了，下次要連本帶利討回來！』傑克惡魔開口了。每次回想這個場景，我的心頭都不免一陣寒意。

「我在大門前停下腳步。我的腦海裡冒出唯一曾經接觸過的警探名字，回身叫道，『今天你撞見的警探，大名叫做阿特爾尼．瓊斯！』」

福爾摩斯突然停了下來，或許是因為他扣準了敘事時機，也可能是因為我笑到幾乎喘不過氣來——笑聲很快的就轉成喘鳴聲，隨即劇烈的咳嗽起來，引起我朋友的關切。這次的發作一時間停不下來，但我不後悔，就算是肺部疼痛，也好過先前的憂鬱與顧影自憐。水端過來了，我淺淺的抿了一小口。

「我的天啊，實在是妙不可言。那時您幾歲來著？」我終於勉強開口。

這番稱讚淡淡的染紅了福爾摩斯的兩頰。他在地板上回復打坐的姿勢，就在我的膝蓋前，手肘擱在沙發邊緣，遞來一個頑皮的眼神。

「二十二歲，荒謬吧，是不是？」

「不急著下定論。先說說您對舒曼先生的店觀感如何？」

福爾摩斯搖搖頭。「你自己也見過那座奇妙的動物園，華生。打那時起，它就是那個樣子，想來至今也沒有改變。牆壁上掛著一排排的籠子，稱之為動物園，名副其實。一見到陌生人逼近，好幾隻野獸都用後腿站立起來。桌上散布著剝製標本的工具，看起來著實恐怖：縫線針、剝皮刀、用途不明的錐子，空氣相當刺鼻，滿是化學藥劑跟糞便的味道。儘管場面如此詭異，但非常矛盾的，這裡卻蕩漾著一種愉快的氣氛。當然，可能有人不以為然。年輕的我卻是樂在其中。我記得樑上有一隻喋喋不休的猴子，老是捉弄棲息在那兒的十來隻天堂鳥。兩隻齜齜牙咧嘴，很有默契，一起對著我嘶嘶威脅。樓梯邊還有一頭養馴了的狐狸，見到我靠近，一溜煙的躲到樓上去了。

「『你說的毒蛇在哪裡？』」舒曼鎖好門之後，我小心翼翼的問道。

「『啊，牠只是條玉米蛇罷了——一點毒性也沒有，先生，傷害不了這個世界的，溫馴得很，跟那邊的小兔子一樣。我壓根沒有要扔牠下去的念頭。但有條『毒蛇』在手上，他們想跟你動粗，多少有些忌憚吧，是不是？』

「我正想開口把原委問得再清楚一點。樓梯嘎嘰嘎嘰的響了起來，一個瘦小的女人——真的非常小，身材跟小孩差不多，卻已年過四十——從樓上的住處，拖著腳步走了下來。她的穿著跟舒曼先生一樣不起眼，赤褐色的頭髮裡，夾雜了幾莖灰髮，一對亮晶晶的棕色眼珠，手裡抱著一隻滿身斑點的小西班牙獵犬。

「『沒有關係的，親愛的。』舒曼先生呼喚他的妻子，原來他不是單身一人。『下來吧，現在安全了，門鎖得緊緊的。這位年輕的警探先生把那兩頭惡狼趕跑了。』」

「原來還有舒曼太太！」

「的確不像，但就是有。」福爾摩斯看了我一眼，確認我的身體狀況無虞，我朝他笑笑，請他放心。「你會喜歡她的，華生。只見得小獵犬掙脫了她的懷抱，一個勁兒的聞我的褲管跟靴子，顯然想把我在街上走幾個小時沾上的味道，牢牢記住。舒曼太太開口了：『你看來不像典型的警察，先生，但是你肯定想知道今天的衝突到底是為什麼吧？』

「我的確抗拒不了這個誘惑，連忙稱是。老舒曼告訴我：傑克惡魔原本是他填充鳥類標本的助理。雖說名聲不好，人人見了他避之唯恐不及，但工作表現卻是相當出色。那陣子生意好，更少不了他的幫忙。老舒曼製作出的標本，維妙維肖，手藝遠近馳名，本地、外地的訂單不斷。如果有人訂購鳥類標本，傑克負責初階工作，去除內臟，快手快腳，處理得乾淨俐落。老舒曼呢──真的是不折不扣的藝術家啊，華生──負責姿態調整，修飾細微之處，確認出貨品質。

「後來，傑克惡魔認識了著名的慣犯普雷德・查理。舒曼先生很不喜歡他跟這種人鬼混，但是每天傍晚，兩人喝上一杯的輕鬆場合，又不大好講這些。於是，他哼啊哈的，言不及義。除了舒曼尋覓來的珍禽異獸之外，他還有個心愛的寶貝──一枚鑽石胸針，是他岳母傳給舒曼太太的。但是，胸針卻不見了。老舒曼覺得沒法再放任傑克這樣無法無天了，請他捲鋪蓋滾蛋。看來傑克心有不甘，想要討回他的工作。要不是我出面干涉，雙方一定會大打出手。」

我聽得入神。「你決定要把傑克惡魔跟普雷德・查理的陰謀勾當，查個一清二楚嗎？」

福爾摩斯大笑。「假設沒錯，卻沒猜對。我在他家盤桓了好一會兒。你知道我這個人生性孤僻，但是，那隻狗卻很喜歡我──低低的咕嚕、不斷的用爪子刨我，可愛的模樣，著實逗趣。小獵犬茉莉儘管還小，卻擁有全倫敦最擅長追蹤的嗅覺，聞啊聞的，就這麼聞了十分鐘。舒曼太太說什麼也不肯放我走，堅持要喝杯茶再說。維持這麼一座動物園可不容易，錢都花在這上面了，舒曼的家境不算寬裕，卻擺得出一桌茶點；拿得出大吉嶺紅茶，喝得我讚不絕口。我跟舒曼先生聊標本製作，了解這門冷僻的生物學旁支，又跟舒曼太太討教訓練追蹤犬的祕訣，聊到一發不可收拾。告別之際，我留下我的住址，因為剛剛扯了謊，我也不好意思講出我的真實姓名。」

「您知道嗎？我可能真的會喜歡上舒曼太太。」我也聽得心頭融融暖意。「接著說，我的老友，第二天，您總展開行動了吧？」

我的朋友露出了調皮的眼神。「第二天一早就有警察來敲我在蒙塔古街住處的房門。昨天晚上，普雷德・查理遭人殺害了。」

我瞪著他，手裡的白蘭地放在大腿上。「我的天啊，福爾摩斯。警察上門了？為什麼啊？」

「大出意料之外，謀殺主嫌被他們逮著，收押拘禁了。」福爾摩斯一臉漠然，好像是尊雕像，但整副軀體仍蠢蠢欲動。「嫌犯一口咬定自己是無辜的，但唯一能證明他清白的就是阿特爾尼．瓊斯警探。照理來說，他就住在我那間寒傖的破房間裡面，但是……」

「阿特爾尼．瓊斯警探跟舒曼先生！」我叫道，我們倆爆出狂笑，一直笑到氣力放盡為止。

「萬萬沒想到吧？華生。」福爾摩斯雙手一攤，洋洋得意的說。「真有意思。真希望你人就在現場，到我那間破破爛爛的屋子看看，裡面有我的化學實驗設備、一張床、一個桌子，衣櫥裡面有兩套西裝、一把椅子，如今又多了可憐兮兮的舒曼先生跟怒氣沖沖的警探。

「『這是在搞什麼鬼？』瓊斯叫道。他那時只比現在苗條一點而已，華生，整張臉漲得通紅，油光晶亮，像是一顆蘋果。『喔，原來搞鬼的人是你！我逮捕了一個謀殺嫌犯，沒想到卻聽到我自己的名字。』

「『且讓我──』我才一開口。

「『他一直說阿特爾尼．瓊斯！阿特爾尼．瓊斯一定能證明他的清白。我請他描述一下那個阿特爾尼．瓊斯的長相，結果──』

「『請稍候一下──』

「『稍候個鬼啊，夏洛克．福爾摩斯！還說他有這個阿特爾尼．瓊斯的地址，而且──』

「『這點我可以解釋！』

「『你明明只見過我一次，膽敢冒充警探，這要怎麼解釋？還得聽你瞎謅出來的說詞！』他叫道，『喔，呵呵！現在你又要玩什麼把戲？』

「『您不是在偵辦蘭貝斯闖空門竊案嗎？警探，其中一名嫌犯上門恐嚇這位先生。』我還是試著解釋。但情勢對我相當不利，華生，幸好命運特別眷顧，我還是插進空檔，講完幾個句子，為我的偵探事業，保留一線生機。『我插手管了這檔閒事，在他們離開之前，我跟他們說，撞上了阿特爾尼．瓊斯，算他們倒楣。這雖然是個誤會，但也是對於您聲望的一種肯定。

「『這是真的嗎？』警探以嚴峻的口吻要老舒曼證實。

「再怎麼說，當時的我也有點心虛，華生。舒曼先生說，想來其中必有誤會，隨即向我眨眨眼；我明白這老傢伙根本不相信我是警察，只是個行事不按常軌的好心人罷了。在我助他一臂之力後，他將計就計，並沒拆穿我的真實身分。瓊斯警探昂首闊步，指指點點，比手劃腳，好不容易趁他轉身找巡警講話的空檔，我趕緊跟舒曼先生私底下講幾句話。

「『我跟雪花一樣清白。但是我很怕提到昨天晚上的行蹤，因為沒有任何目擊證人。』這個可憐的傢伙低聲說。藍色的鏡片閃出光影，看來有點恐怖，他那雙製作標本原本異常穩定的雙手，不住發抖。跟昨天愉快隨興的茶敘相比，舒曼的態度丕變，憂心忡忡。我看得出來，這個可憐的老先生擔心自己的老命不保。我轉念想到瓊斯的咄咄逼人，外帶刻意咆哮，多半也是出於自保的直覺。『你這個年輕小夥子眼光還算銳利。剛聽你說，你已經識破犯罪集團闖空門的伎倆？沒錯，我們倆素不相識，但我對你有種感覺。至於是什麼感覺，我沒法用語言表達，畢竟我年紀已經大到可以當你爸爸了。看在老天爺的份上，趕緊把案子破了吧，否則我就要親自動手了。』

「我好久沒遇上談得來的朋友了，醫生——打從大學畢業以後，算起來好長一段時間，除了跟維克多．崔佛短暫的友誼之外；但他現在也遠赴海外，到特萊（譯註：在印度）碰運氣開墾茶園去了——於是，我壓根不曾考慮，也不曾警告自己：像我這樣的生手，胡亂插手，非但幫不上舒曼先生，可能還會害到他。我那時一頭熱，什麼也不懂，過於天真。嚇得失魂落魄的老舒曼被押進警用馬車，我跟他保證一定會全力營救；瓊斯警探指著我的鼻子又唸了我幾句，我像兔子一樣趕緊開溜。」

「回舒曼家？」

「不是，我到街角去找賣報紙的了。」福爾摩斯聳聳肩，有些難為情。「我沒有錢把所有報紙買上一輪。謀殺案是怎麼回事？我真沒興趣再聽瓊斯講一遍。此人夾纏得很，顛三倒四，不知所云。簡單來說：普雷德．查理被發現陳屍在房間內，遭人用刀刺死。凶器非常特別，是專門用來對付野生動物的，打造得極為鋒利，刀柄上刻了『舒曼』的字樣。牆壁上歪七扭八的寫著『復仇』，一隻填充的小老鼠標本，放在死者的胸口。阿特爾尼．瓊斯沒花多少時間，就找上舒曼的鄰居，知道這老頭前一天遭受威脅，於是順理成章的推出最簡單的答案了。」

「實在是荒謬絕倫，為什麼——」

「喔，我知道。」他乾笑了兩聲，示意安撫。「我趕緊去找舒曼太太。她氣急敗壞的，起初，幾乎聽不懂她在說什麼；不過，她指出下面幾件事情，彼此之間是有關聯的。第一，普雷德．查理不僅僅是闖空門的小賊，更是買賣珠寶贓物的大盤商。第二，舒曼先生仔細檢查過最近的交易記錄，特別留意傑克惡魔經手的鳥類標本去向。第三，前晚，又有一戶人家遭竊了。這樣一來，來龍去脈你就看明白了吧。」

我還是一頭霧水，但氣氛相當融洽，也不用著急。夏洛克．福爾摩斯經常枯坐整夜，抽絲剝繭，釐清案情——我為什麼不能遵循他的專業風範？我的朋友平靜的吸著菸斗，我看著火星偶爾從斗缽濺出來。就在我苦思不得其解的時候，靈光一閃，叫道：「我的天啊！」

「實在不該這樣天馬行空。」福爾摩斯有點懊惱，「有違專業。」

我興奮的坐直身體，握住他肌肉糾結的肩膀。「普雷德．查理需要更好的方法，脫手贓物，於是跟傑克惡魔商議了一個計策，把贓物縫進標本的肚子裡。」

福爾摩斯眼睛亮了起來，「請繼續。」

「他們是在避風頭，等到大家以為再也沒有機會尋回失物之後，再裝成闖空門的小偷，隨意取走幾樣東西，掩人耳目，其實真正的目標是鳥類標本。老舒曼沒錯，偷走他太太胸針的人，就是傑克惡魔。」我一口氣說下來，「在他被炒魷魚之前，就把胸針縫進鳥類標本裡面了。」

「我無法反駁你。」

「舒曼先生亟欲追查胸針的下落，一時糊塗，也去闖了空門；有可能他自知表面上看起來太過荒謬，並不想向蘇格蘭場檢舉危險雙人組。這就是為什麼他請您證明他不在現場。他想要討回妻子心愛的胸針，對於自己的做法又羞於啟齒——講實話不就等於再添罪行？」

「然後呢？」我的朋友故意為難我，手裡的菸斗急切的轉了幾圈。「到底是誰殺了普雷德．查理呢？」

「這個嘛……」我沉吟半晌，身體靠回沙發。「想來一定是傑克惡魔了，但栽贓給老舒曼，又是為了什麼？」

「哈。」福爾摩斯點點頭，「那是因為他認為在舒曼入獄之後，他太太一定不知所措，只好重新雇用他，就可以繼續把贓物藏在鳥類標本裡，重施故技。這人明顯瘋了，華生——殺死普雷德·查理就是明證。他也想要做倫敦贓物買賣的大盤商，宰掉他的金主，連眼睛眨都不眨。想起他的鼻音、嘶啞的喉嚨、邪惡的笑容，還有閃閃躲躲、畏畏縮縮的德行——在我送進監牢的犯人裡面，論可惡，他可以排到第七。」

「您到底做了什麼？」我非常想知道。

「哪有什麼了不得的？」我朋友故做輕鬆狀。「我帶著茉莉循著舒曼先生的行進路線，走了一遍。」

我舉手制止。「等一等——您是說，舒曼先生起碼進出自己家幾千次，而茉莉還能分辨出最近的一次——」

「喔，牠有這種本事，絕無疑問——但牠並不是那麼做的。」福爾摩斯傻傻的笑了，「因為我相信瓊斯警探偏愛戲劇性的收場，而且已經培養出欣賞的能力，所以我倒過來演示。我們在前晚舒曼闖入的住宅那邊，給牠聞了聞舒曼老爹的一隻靴子——對茉莉而言，這是輕而易舉的小把戲，牠一路聞回來，發現舒曼把偷回來的標本，藏在店後方不起眼的角落。剖開一看，舒曼太太的胸針就在裡面。謀殺跟竊案發生的時間，先後只差五分鐘，但距離卻有五英里之遙。舒曼先生的不在場，也就不證自明了。」

「太棒了！」我驚嘆道，「最後是怎麼結尾的？」

「算是相當圓滿。我說服警方逮捕傑克惡魔，隨後，遭到處決——他下手太狠，沒注意到死者的血液沾到了他的衣服，小獵犬茉莉也證實他曾經到過普雷德．查理的房間，再添一個算是相當有力的間接證據。阿特爾尼．瓊斯稱我是幸運的小夥子，問我要不要加入蘇格蘭場，好跟我討教幾招，卻遭到我的婉拒。舒曼老爹以侵入民宅竊盜罪名起訴，但在我們歸還他取走的鳥類標本之後，罪名減輕為擅入民宅，皆大歡喜。一忙完手上的工作，我立刻去監獄探望他，說明來龍去脈。

「『喔，真的是太謝謝你了！』他叫道，『你洗刷了我的清白！先生。』

「『舉手之勞，何足掛齒？』我說，覺得他無需這樣大驚小怪。

「『千萬別說我老舒曼不識好歹，點水之恩，必當湧泉以報。我最多六個月的刑期，說不定只有四個月。還沒請教你的真實姓名，年輕人。』

「『請你原諒，我叫做夏洛克．福爾摩斯。』我答道，『深表歉意，因為我——』

「『不准再講這種話了！』他叫道，『將來有幫得上忙的地方，悉聽差遣，夏洛克．福爾摩斯先生，絕沒半點含糊。我會將各式各樣的生物解剖知識與大自然的奧秘，傾囊相授，多到你的腦子吸收不了。身為犯罪學者，誰料得準這些知識將來能不能派上用場。知無不言，年輕人，而且是發自內腑的開心！』

「『是嗎？』在那個時候，我親愛的朋友，我坦承有點被他弄糊塗了，『但你人還在監——』

「『絕對不能迸出任何一個不字！』他叫道，『你幫了這樣大的忙！真的，看不出來，你這個傻小子！以後可以把我們精心烹調的家常美味帶回家，我跟我太太還會把學問塞進那個竹竿似的脖子裡，就像我充填鼬鼠標本一樣，你就認了吧。』

「明白了吧？華生，湯姆．舒曼老爹在假釋之後，把如何在大自然中，進行偵察的實務知識傳授給我；他太太則在無數次的沏茶過程裡，教我犬隻追蹤與訓練的訣竅。需要嗅覺靈敏的追蹤犬，我自然知道在倫敦什麼地方可以找到。」

我們倆陷入舒適的寧靜中。福爾摩斯看著他吐出的最後一個菸圈，沉思出神；我呆呆的看著天花板。

「福爾摩斯，茉莉是突比的媽媽嗎？」

「祖母。」他糾正我。

「瓊斯把您的功勞搶走了？」

「那當然，每家報紙都登了。但我很高興在我五彩繽紛的知識架構裡，又多了一種算是相當罕見的冷門學科。」

我又冒出一個疑問。「在她先生身繫囹圄的同時，是誰幫舒曼太太填充鳥類標本呢？」

「我怎麼會知道？」他頂了我一句，隨即誇張的伸展四肢，站起身來。

「就是你吧。」我識破玄機，乾笑起來。

我的老友沒吭聲，默默的轉過身去，千言萬語盡在這一舉動裡：他默認了。

「明天我們倆有什麼新鮮事？」

他斜倚在壁爐邊裝菸絲，落寞的神情瞬間開朗起來，「喔，你倒是提醒我了，明天有一道耐人尋味的難題。這麼說起來，我們著實走運，維京手稿遲遲沒有進展，暫且按下不表。倒是你明天上午十點前，不知道能不能康復？某個匿名人士連續兩週，每天都寄給瑪麗安．錢德勒女士一束頭髮——信上還說，每一束頭髮都來自不同人。錢德勒女士一口咬定，剪法各有不同，不消說，她快嚇壞了。這還搆不上犯罪案件，警方不便涉入，所以轉而請我們協助調查這宗沒頭沒尾的怪事兒。是不是很有意思呢？不覺得嗎？」

「確實有意思。」我接了話，意味深長的補了一句，「謝謝您講了這個故事，謝謝您的照顧。」

福爾摩斯皺著眉頭，嵌在深邃眼眶的眼睛瞇了起來。「完全不費功夫。」

「夠了吧，福爾摩斯。我雖然還稱不上是偵探，但是，您剛剛的所作所為，難道還不夠明顯嗎？」

「真的沒有什麼了不起啊。」他有些不屑的聳起一邊肩膀。「我只是在低迷的氣氛裡，提供幾個鮮活的片段，充做療傷止疼的藥方而已——一個尚待破解的神祕案件或者聊聊過往的犯罪記錄。峰迴路轉的謎團、出人意表的結尾，解答繫著絲帶，靜靜的躺在錫箱子裡。在這樣的情況下，我個人選擇這種消遣方式，可能太過唐突，時地不宜……你不同意這個說法？不，不，你不用回答。如果我們位子互換的話，不該這麼莽撞的。但，念及你現在的處境，當然啦，我無法感受你的情緒，所以，我可能是世界上最不值得你信任的人。但至少我可以搖鈴，請哈德森太太給你端點熱湯來。這點小忙我總幫得上的。」

我嘆了一口氣，乾掉手上的白蘭地。我想要反駁他，至少有兩點他沒弄對。第一，他絕對不是世上最不牢靠的人。他從來不曾辜負別人的信任。或許他會不耐煩，但總是凝神傾聽，懷著默默的同情。這也就是我們這裡總有陌生人持續不斷登門向他求教的緣故。他其實是全倫敦最值得倚賴的人，一手開創出偵探這門專業。其次，他身兼慈母、兄弟、姐妹、朋友，擁有最善良的靈魂。一八九七年，我一度被誤導，還以為他鐵石心腸、冷酷無情，但至此已無需多言。夏洛克·福爾摩斯搖鈴，請哈德森太太送上熱湯，然後一頭栽進困擾錢德勒夫人的神祕案件中，推敲費解的細節。我給自己多倒了點白蘭地，回復寧靜，看著他苦思。放在壁爐架上，緊挨在我朋友折疊刀旁的那封信，已然被悄然遺忘。

# 酒商手抄本奇案

在我跟我那著名的室友夏洛克．福爾摩斯先生同住的漫長歲月裡，有個約定的習慣：每逢假日，我們必須盡可能的維持波希米亞式的風格，隨興低調的度過。住處走的是徹頭徹尾的單身漢路線，根本不需要那些浮誇俗氣的耶誕節裝飾，而我的夥伴——如果奮不顧身，在追查黑暗離奇的犯罪案件的話，哪裡還會有半點過節的氣氛？——在冬季裡，還更加不修邊幅。碰到這種腦筋派不上用場的空檔，厭倦總會裹挾住他，灰濛濛的天空與窗台下煤渣染黑的積雪，加深了他的無力感。我再粗心，也無法視而不見：最近他更頻繁的調動貝格街雜牌警探隊，打發他們去泰晤士河結冰的河岸，清除危險物品，不斷指使小鬼頭幹點零碎活；遇到暴風雪天，就加倍付錢。我也發現：倫敦在她最晦暗的幾個月裡，總是沉甸甸地壓在市民的心頭。而像我朋友這樣高度敏感的人，十二月的冰雪，一定會把他的神經折磨到難以負荷的極限。

在這樣的季節中，或者說得精準一點，除夕前後吧，我總會把自己裹得緊緊的，在下午外出散步，回家的路上，也經常不由自主的轉個彎，去馬恩波里街上，一間不怎麼起眼卻十分舒適的酒鋪。我跟福爾摩斯都挺喜歡在那裡盤桓。雖然時間還早，但是，天空已經閃出蛋殼藍色，風勢淒厲，獠牙般的劃過臉龐，慶祝新年的狂歡客此時多半已經在家中的調酒碗前就定位，或者在酒吧挑個火爐前的舒適座位，開懷暢飲。佳節將至，街上空蕩蕩的，轉角處，有個滿面鬍鬚的乞丐直打哆嗦，我在他的錫杯子裡，扔了一枚硬幣。站在這個冷清得頗為詭異的街道，我感受到歲月流逝的哀傷，只覺得欲振乏力。踏進雅克先生開的嘉年華酒鋪，朦朧而溫暖的燈光，讓我整個人又活了回來；但我不想逗留，趕緊挑點鍾意的酒，回貝格街，路上還得留神，不要因為心急，踩在滑溜溜的鵝卵石上，意外跌個狗吃屎。

這趟曲折蜿蜒的步行，就我看來，是完全有必要的；但福爾摩斯顯然會嗤之以鼻，如果我膽敢建議他出去走走，肯定只會得到他用乾瘦的手指比個不屑的手勢。根據我的估算，他已經有五天足不出戶，幾乎就在火爐前安營紮寨，一個勁兒的抽菸斗、寫文章，不時憤怒的撕下報紙，往火爐一扔，或者往椅背一靠，老鷹似的臉孔，看不到一絲生機，滿是疲憊。我倒茶，他就喝；請他吃點東西，他就語帶挖苦：反正我那麼喜歡出門，何不自願去慈善施粥場，討點什麼吃的回來，滿足我這越來越討厭的怪癖，別再來煩他了？他的所作所為不是什麼好徵兆。簡單來說，我越來越擔心他的健康狀況，就是這層憂慮促使我加速爬上樓梯，否則，以我挨凍的程度，哪有可能使出這麼多的力氣？

「我繞路到雅克那邊，買了一瓶帝國甜葡萄酒。他跟我說，這酒乾上一杯，迎接新年最合適不過了。」我人還在走廊，聲音先到了。我在門口跺跺腳，帽子掛在牆釘上，活絡四肢血行。「我可得說啊，這瓶酒灰塵挺厚的。別耽擱時間，趕緊試試它是不是當真名不虛傳——等我先把酒瓶拂拭乾淨，反正我的手套已經很髒了。」

我一轉身，眼簾映入的景狀半是心驚膽跳，半是意料之中。福爾摩斯站在書桌前，修長的四肢裹進陳舊的晨袍裡，拿著一個摩挲已久的摩洛哥皮匣。這是我最討厭看到的東西，總想把它扔出窗外，裡面裝的是一個特殊的小型注射器，專門用來把傷身的有害物質打進體內。福爾摩斯在工作或者精神好的時候，這個醜陋的玩意兒並不會出現；但陷入低潮、悶悶不樂之際，我就難以擺脫它即將登場的陰影。一瞥見我，他的眼睛瞇起來，評估眼前情勢，高傲、神祕的表情，充滿算計，讓人覺得自己像是夾在載玻片間的標本，供他顯微鏡下研究似的。

「您能不能稍微克制一點？」我抗議道，酒瓶往餐具櫃上重重的一頓。

「我道歉，但你究竟指的是什麼呢？我的好室友。」他懶洋洋的答道。

「這不是明擺著的事情嗎？」

「拜託，我是你肚子裡的蛔蟲嗎？——把話講清楚吧。」

「眼前的景象還不明白嗎？您接下來要做的事情，只會讓您獨一無二的特點，腐蝕殆盡！」

「每個人都是獨一無二的，這點並無疑問。」

「但又有誰比您更獨特呢？」我堅持。為了某些原因，這個明顯有語病的結論，招來心頭一陣疼痛。

「你剛才更新了字典上有關『獨特』的定義，希望你明白這一點。」

「福爾摩斯，今天是除夕啊。」

「華生，儘管過去你詆毀我，說我刻意在心頭抹去日常生活面向，保留記憶空間給自行車車胎不同的紋路或者無嗅無味的各類致命毒藥，但我跟你保證：日曆，我還看得懂。」

「您是在刻意諷刺我？」

「你講話前言不搭後語，難道是我的錯？我想，接下來，你是不是要嘮叨這把柳條椅？」

我吸口氣，冷靜一下。「好。可以請您不要再濫用毒品了嗎？」

「喔，拜託，在這件事情上，我難道有選擇嗎？」他叫道，「接連幾個星期，在這個邪惡的城市裡，連樁能勾起我興趣的事情都沒有，更別說激發出我的潛能、全力周旋的奇案了。在我們窗外，人們來來去去，漫無目標——一座擁有幾百萬人口的大都會，塞滿了相互算計的市民，照理來說，不是每個小時都應該有陰謀詭計、驚心動魄的抉擇與意想不到的巧合，等著我去釐清分辨？但我看到的只是婚姻、仇殺，讓我不屑的小打小鬧。哪裡有視野？哪裡有創意的火花？如果無從施展，空有一身本領，又有什麼意義？」

「過去您施展得開，將來也一定有用武之地。這點請您務必放心，只要稍微有點耐心就成了，福爾摩斯。」

「耐心？」他語帶嘲弄。「你剛才不是說，我這個人獨一無二，比其他人更獨一無二——姑且不論究竟在文法上說不說得過去。對了，我聽到個傳言，說你經常會發表一些小文章，無所謂——反正，我這個人就是獨一無二。如果我的命運就是關在家裡，呆呆的看著家具、閱讀窮極無聊的新聞報導；而某位領退休金的前軍官，卻經常在看連小孩都會斥為無稽煽情的黃皮小說（譯註：盛行在十九世紀下半葉的英國廉價小說），那麼至少該允許我在思考過程中，讓腦子清醒一點吧？」

我的下巴一緊，但還是不肯罷休。「撇開不費唇舌的瑣事不談，就我看來，儘管用這種方式，可以倚靠藥效短暫集中思考，但卻會造成嚴重的身體戕害，稱不上是慶祝新年的好方法。特別是以傳奇智慧，屢破奇案的人來說。」我針鋒相對。我早就習慣福爾摩斯的黑色幽默，不知道這次為什麼嚥不下這口氣。「無論如何，我就不打擾了。很顯然的，這樣對峙下去，客廳裡的氣氛，對彼此而言，並不會太愉快。那麼，我就先告退吧，我們倆的難題，就此迎刃而解。祝您新年快樂！」

我跟福爾摩斯很少發生爭執。此人冷漠而睿智，我對他推崇備至；不過，此時此刻，我只想找個更合適的朋友，小酌一杯，互道佳節愉快。我並不是落荒撤退，比較像是戰略性的思考，選擇更穩固的利基、更恰當的時機，另行決戰。我已經伸手去拿那副髒兮兮的手套，尋思是光顧本地的酒吧，還是索性招輛馬車，離開我們位於西敏市的蝸居；就在此時，一個威嚴的男高音阻止了我。

「停。」

我有些狐疑的轉過身來。福爾摩斯的目光盯著酒瓶，若有所思，雙手交叉在胸前，腦袋略略的側向一邊，有點像是一隻狡猾的烏鴉。既然我對他接下來要發表的高見，毫無概念，只得保持沉默。

「雅克鋪子裡的帝國甜葡萄酒，由酒商凡貝里精心挑選，品質無與倫比，是我平生僅見的佳釀。這家酒商賣的酒，從世界各地進貨，年份格外講究。至少十個以上的小國大公想要蒐羅罕見的名酒，做為私家珍藏，也都找他們幫忙。」

「是的。但這瓶酒的水準，想必難入您的法眼。晚安了，福爾摩斯。」

「他收藏一件中世紀的音樂手稿，上有彩繪，是他畢生的驕傲，也可能是地球上最有價值的文獻，一度莫名其妙的不見了，他請我設法找回來。」

「對他來說是意料之外；對您來說，頂多就是家常便飯吧。現在請您見諒——」

「你要聽這個故事嗎？」

福爾摩斯玩這種淺而易見的小把戲，維持自己的自尊，要我乖乖的成為他的聽眾？要不是為了下面兩個原因，我真的會拂袖而去。第一，我幾乎沒寫過我倆結識前的案子，除非他的心血來潮，否則總是絕口不提；偏偏我對這批歷史陳案特別感興趣。就算我主動懇求，他也是害羞推託，活像個大門不出、二門不邁的閨女。但就在我認定奇蹟不會發生的時候，他又突然訴說起往事來；扣人心弦的程度跟他最刺激的探案相比，毫不遜色，儘管在公開場合裡，他總是嗤之以鼻。他究竟是真的不想提，還是害羞不好說，不得而知，但結果是一樣的：對於這些即將失落的故事，我始終心癢難搔。至於第二個理由嘛，福爾摩斯已經把摩洛哥皮匣放回抽屜裡面，砰的一聲關上，大步走到餐具櫃前，取出兩個紅酒杯。他倒勾著杯柱，映著爐火，端詳杯腹，臉上掛著迷離的表情，看起來非常怪異。

「我不希望失去你的陪伴，如果你還受得了我的話。」他靜靜的說。

「容忍您是一種技巧，而我已經駕輕就熟。」我慢慢的把手套放回去。我朋友素來趾高氣昂，想來不會多加注意。發現他無意在除夕夜把我趕出家門，算是進步的徵兆，必須著意珍惜；一如既往，春天終究是會來的。「我至少可以保證：我容得下您過去的冒險史。」

他的笑意還沒到眉梢，瞬間消逝。隱隱約約，但難能可貴。「你真是好人。」

「未必。您早就知道我渴望聆聽您的早期探索。」

「不，我指的是你整體的心態，而不是一時的情緒。不好意思。不過，我也的確知道你很喜歡聽。」

「峰迴路轉，引人入勝。如果您沒把曲折離奇的案情，化約成枯燥的算數圖表，或者用拉丁文長篇大論，藉機探討抽象邏輯的實際應用，我應該會聽得很開心。」我逗著他玩兒，舒舒服服的縮進我的椅子裡。

他笑了挺久，帶點懊惱。「我盡量、我盡量，話得說在前頭，華生，我沒把握故事好聽到讓我的傳記作者滿意。你坐得舒服點，暖暖腳，讓我把具體經過，娓娓道來。」

他遞給我一整杯的甜葡萄酒，自己坐回搖椅，像是一隻羞怯的貓。把酒杯放在膝蓋上，找到平衡點，盯著金黃色的液體出神，好像從裡面可以看出未來的命運似的。他終於淺啜了一口甜酒，表情略顯驚訝。我坦承，我的內心一陣竊喜。

「這酒未必出自凡貝里的佳釀，」我乘勝追擊，仔細品味在舌尖上逐漸舒展的層次，「但也不壞。」

「天啊，這算是相當好的了。」

「雅克先生很篤定的說這酒是他鑑定過的。」

「我明天一定要到他店裡去，把所有存貨掃回來。」

「這個想法相當不錯。」我表示感謝，知道他其實是在道歉。「您會講個故事補償我，不是嗎？」

「那當然。」他清清喉嚨，顯得有些刻意。「大學畢業後，你應該知道，我已經拿定主意，要以偵調奇案為生，協助孜孜不倦卻毫無想像力的倫敦警方，解開他們視為無跡可循的謎團。」

「一開始，就出師大捷。」

「小有成就。很不幸的，沒人聽過我的名字。調查成果沒法變現，銀行戶頭還是可憐兮兮。在你遇見我的幾週之前，一八八一年的二月吧，發生了一起古怪的案件；當時我的財務狀況困窘已極，對於一個喜好沉思的紳士而言，還不只是節衣縮食，根本就是無以為繼。」

「您應該記得，那時候我也好不到哪裡去。」

「對啊。」他說，灰色的瞳孔閃出一抹幽靈似的慧黠。「請原諒我這麼說，華生，醫學院的高材生何需把功夫花在縫補舊手帕上？」

「您竟然注意到這件事情。」我嘆了口氣。

「看得出你這個人挺粗心的，胡亂挑根線，就縫補起來了。而我困窘的生活，在訓練有素的觀察者眼裡，更是無所遁形。但是，一個希望用自家做為辦公室的人，總是希望手上能有點酒精飲料，待客、自用兩相宜。我很快就發現附近的酒商攸賴亞・凡貝里名氣雖大，價格倒是相當實惠，大概每個月都會造訪一次。長時間的交道打下來，他對我也產生了興趣。我本來有些不愛搭理人，當時羽翼未豐，更像是個書呆子。但老凡貝里先生卻覺得我那些古怪的研究主題很有意思。」

「如果您還願意回答，表示您也喜歡他。」

「我想是吧。」福爾摩斯轉轉酒杯，沉思。「他喜歡音樂，熱愛蒐集跟歌曲有關的罕見文物，特別是帶點傳奇色彩的，更是他的最愛。講起我對小提琴的粗淺涉獵，他就會打開話匣子——他最重視的收藏之一，是一份中世紀的音樂手稿，六頁，綴有耀眼的孔雀綠寶石、紫寶石與藍寶石，仔細框好，放在後屋，遠離有害光線，掛在最罕見的蒸餾酒品之上，堪稱瑰寶之冠。墨跡清晰入微，嵌金技術更是巧奪天工。那是法語歌曲曲譜，作曲家正是著名的德．拉．阿勒（譯註：法國的行吟詩人、音樂家）。十五世紀，也就是他在死後良久的傳世手抄本。我每次上門打酒，總免不了花個幾分鐘，欣賞凡貝里的稀世珍藏。

「你應該也覺得那個人挺有意思的，華生。他是一個機鋒暗藏的小老頭，老是彎個腰，好像在聞上好的佳釀，一張蒼白的臉上，嵌著無數細細的皺紋，遍布著蜘蛛網似的，深邃的藍眼睛，不時從銀邊眼鏡後，射出犀利的光芒。他有許多身分高不可攀的貴客，大英博物館的學者也經常造訪他的酒窖，因為此人味覺奇佳，名酒身價，一錘定音。我就靠著他的專業知識、與人為善的耐心，找到比琴酒更好的酒品。

「距離我認識妙筆生花、讓我揚名國際的室友前一個月，我再一次上門挑酒，才走到他家門口，就發現這個老先生失魂落魄，在窗前的走道踱步，看來是有什麼無法承受的打擊，猝然降臨。他平素蒼白如紙的臉龐，印上幾許憤怒的血色，枯瘦的四肢不住顫抖，我走近了幾步，只見他身體一軟，靠在牆上。

「『凡貝里先生，您這是發生什麼事情了？』我趕緊上前問道。

「『簡直不敢置信啊，怎麼會發生這種事情？』他哭道，連招呼都忘了打。『怎麼可以這樣折磨我？』

「『到底是發生了什麼事情？』

「『我被搶了，福爾摩斯先生。冷酷無情、卑鄙無恥的小偷！』

「你應該猜到了吧，華生，聽到這個消息，我連忙把耳朵豎起來。我生性孤僻，但凡貝里先生卻對我很好，現在報答他的機會終於來了。」

「還捲入了犯罪中。」我實在忍不住，自作聰明下了這個斷語。

福爾摩斯嘆口氣，手指劃過鼻梁骨。「動機我不否認，犯罪可是自己找上門來的。」

「那是自然。」

「而且我也不怪你挾怨報復。」

我搖搖頭。「偵探是您的志業，不僅僅是您的專業。我的說法並沒有貶意。」

「喔——懇請見諒。不知道為什麼我今晚總是愛跟所有人、所有事唱反調。」

「我知道。抱歉打斷您了，請繼續。」

「『凡貝里先生，您什麼時候發現手稿不見的？』我問道。『肯定是您最愛的珍藏，否則，再罕見的名酒失竊，也不至於讓您痛不欲生；即便是損失一天的營業收入，也不在你的眼裡。』

「『此時、此刻，我根本就不想活了！』他惡狠狠的低聲道。『我想找點別緻的好酒，今天晚上跟老朋友痛快的乾幾杯，正在考慮哪一瓶——天啊，第一眼瞄向後屋，整個人就被嚇傻了。』

「很明顯的，華生，我最初懷疑的是凡貝里的兩個夥計，艾偉思與馬南替——凡貝里先生的起居很規律，店裡都是價值不菲的瓶瓶罐罐，晚上非得把門窗鎖得異常嚴實不可。那地方是名副其實的堡壘，一樓的大門與窗戶，全部用橫鐵槓扣好，後方有圍牆，出入口還加裝了一道沉重的掛鎖。看來，是某個夥計，或者兩人聯手，利用內賊難防之便，下手行竊：我觀察現場，初步歸納出這樣的看法。

「『沒錯，我已經打發一個小廝去報警了。』他說，搓了搓他嚴重麻痺的雙手。『兩個夥計都在我的辦公室裡面。兩人異口同聲，都說沒踏進這間房半步，也沒有理由來這裡。他們倆都很聰明、手腳勤快，就跟你一樣，我把我生平的葡萄酒知識，傾囊相授——斷難想像這兩人會背叛我。』

「『我的經驗或許不夠老到，』我急著告訴他，『但我能發現常人不曾留意的線索。如果得到您的許可，在警探抵達之前，我很樂意幫您四處看看。越早蒐集線索，尋回失物的機會就越大。』

「凡貝里馬上就同意了。我們首先檢查了所有窗戶跟每一道鎖，看來都沒有外力入侵的痕跡。隨後，我們趕往失竊手稿展示間，從地板到天花板，成排的架子上，擺滿了淺金黃色的白蘭地、干邑白蘭地跟其他名釀。六個空框架整整齊齊的疊在擦得光亮的木地板上。一回到傷心地，凡貝里先生忍不住，又是一聲哀嚎。除開失竊的手稿，我盡己所能，也無法察覺其他異狀：沒有任何一瓶酒歪了，甚至連條刮痕都找不到，我因此判定：竊賊動手從容，對於周遭環境並不陌生。凡貝里先生的庫房總是打理得一塵不染，現場更難找到蛛絲馬跡。直覺告訴我：這小偷一定在事前擬定了妥善的計畫。我開始擔心失竊的手稿真的找不回來了，假設其中一個夥計起了歹念，趁著同事不在的時機，串通同夥假扮顧客，把手稿裝進手提袋內，揚長而去，不會有人起半點疑心。

「我彎腰檢查地板，心情愈發沮喪。氣溫低，但是天氣清朗，找不到泥濘的足跡。只有一個小東西意外現身，感覺沒有追蹤的價值：一小段脫落的棉絨，跟線頭差不多，我收了起來，想等到蘇格蘭場的警探抵達後，拿給他們看。

「我很快的也把前屋檢查了一遍。這裡展示的是比較便宜的酒類，收銀機放在桃心木櫃臺上，頗有君臨天下的氣勢。我還翻了垃圾桶，發現更大一坨的棉絨，摸起來還有些潮濕，讓我大感意外。我不知道棉絨是幹什麼的，決定先收好，等會兒說不定可以用來質問嫌犯。」

原本在我腦海，還有揮之不去的煩惱，現在已經完全沉浸在故事中。「您說得對，這兩個夥計最可疑了。」

「沒錯。儘管我不能排除別的可能性，但，不從最可疑的嫌犯著手，不是包容，而是愚蠢。」

「那麼您要怎麼接近他們呢？」

福爾摩斯很有禮貌的喝了一口甜葡萄酒，深邃的眼眶裡，透露出掩蓋不住的淘氣，回答道：「我當然得爭取他們的合作啊。」

我微笑，舉起酒杯。「請他們一起來辦案——獨立偵探最著名的技巧。」

「沒錯，華生！我請凡貝里先生盡可能的拖延即將抵達的警探，好讓我跟兩人分別私下談談。他同意了，領我去他的辦公室。老一點的夥計阿洛伊修斯．艾偉思先生在這裡工作五年了，此時，靜靜的坐著填寫給歐洲供應商的訂單。沿著牆面走來走去，像是一隻野貓受困在牢籠裡的是安東尼奧．馬南替先生。他比較資淺，才來兩個月，負責管理商品儲藏。兩個人的舉止一動一靜，剛巧是兩個極端。

「『喔，哈囉，福爾摩斯先生，』艾偉思說，找塊手帕把指頭上的墨水污漬拭去，從桌子後面站起來歡迎我們。

「艾偉思是一個矮矮壯壯的傢伙，一張圓臉，金黃色的頭髮，白白的皮膚，跟人講話的時候，喜歡盯著自己忙個不停的雙手。他不時會抬頭看看對方，但更常注視著登錄在帳本上的細目，或者拿塊布把櫃臺與收銀機上擦得晶亮、撢去貨品上的灰塵。雖說這人客氣得讓人難忘，廣受客戶歡迎，但我總愛找凡貝里先生聊天，先前比較沒有留意到艾偉思先生。如今我仔細打量，從他穿的靴子研判，他的住家離店面不遠、領帶夾上有杜倫大學的字樣。

「『凡貝里先生請你來幫忙，是嗎？』艾偉思先生握著我的手。『實在可怕得緊啊，令人髮指，什麼人、什麼時候闖進來的？沒有留下半點線索。我們根本摸不著頭緒，先生。』

「安東尼奧．馬南替先生突然停下腳步，聽他的同事在講些什麼。他負責的是後場管理倉儲，安排卸貨、運送；所以我更是沒看過他。乍見此人，心下一凜，我絕少平視什麼人，但這傢伙身高超過六呎，一頭剪到貼近頭皮的短髮，頑強的蜷成一圈一圈，糾結成團，活像黑綿羊身上的羊毛。漆黑的眉毛跟畫得一樣，細緻的舒展在滿是提防的棕色眼珠上。他雙手十指交握，放在背後，客客氣氣的，卻是極不自然；等他重拾焦躁踱步，我可以清楚看到手指不安的抽搐。

「『一定是有人闖空門吧。請您務必這樣說。』艾偉思用溫暖、熱情的腔調說，流露出濃濃的西西里口音。

「『不用擔心。』凡貝里先生回答，語氣中難掩痛苦。『目前我們只有福爾摩斯先生拔刀相助，也許警探等會兒能夠發現他沒注意到的蛛絲馬跡。』

「這個建議著實可笑，華生；不過，保持禮貌，我也沒多說什麼。

「『有沒有可能是哪個客人，趁著我們都在忙的時候，悄悄走到後屋，偷走手稿？』馬南替先生用他那尖銳刺耳的高亢聲音問道。

「『我不這麼認為。』艾偉思坐回椅子，難過的說。『這樣一來，他勢必得小跑步，很難不驚動大家，還要膽大包天才成——框架好端端的放在地上，得費多少功夫才能取出手稿？應該是行家趁著月黑風高的死寂夜晚，撬開門鎖，慢條斯理的拿走他想要的東西，所以才幾乎沒有留下任何痕跡。我們只能寄望警方查明這個壞蛋的身分。』

「『警方，哈——真希望不要找這些人來添亂，但也許你說得沒錯。』

「『一顆心懸在這裡，七上八下的。也不是辦法。我也替您的損失痛心，凡貝里先生。這樣吧，我看您把我們兩人從頭到腳搜一遍，證明我們的清白如何？』

「『沒禮貌！』另外一人叫道，眼睛圓睜，『為什麼要搜我？我又沒做壞事。我跟你們說，我沒偷！』

「『冷靜點，馬南替，不要這樣激動。如果你是清白的，又有什麼好反對的呢？』

「『除非別無選擇，否則我是絕對不會搜身的。』凡貝里先生並不贊成這種做法。

「『您做人真好。』艾偉思說，『只要您覺得有必要，實在無需顧慮我們的感受，你說是不是呢？馬南替？』

「馬南替閉緊雙唇，無從反駁。儘管沒人作聲，我卻可以感覺到兩人之間的緊張，跟眼前的尷尬局面無關，顯然另有隱情。

「『兩位先生，不知道願不願意協助我？兩位的證詞都極具價值，想來凡貝里先生也會很重視你們的判斷與觀察。』我懇請道，『他已經同意把兩位借給我，問一兩個問題。為了避免將來在刑事法庭上鬧得不愉快，如果可能的話，在警方抵達前，我們不妨自行試試，看能理出多少頭緒來。請問兩位有異議嗎？感謝兩位的協助——我學過偵探技巧，沒靠蘇格蘭場，也解決過十來個案件。』

「『天啊，我們找來個業餘偵探！』艾偉思叫道，拍了拍成疊的訂單。

「『顧問偵探。』我忍不住糾正。

「『啊？不管你管這行業叫什麼，我都樂意協助。馬南替呢？』

「『隨你問吧。』他聳聳肩，眉角隱約抽動，出賣了他的不安。『我又沒偷東西，只希望這件事情能早點結束。』

「『謝謝你。靠著兩位的協助，希望能夠洗刷大家的清白。首先我想先私下問艾偉思先生幾個問題，然後是馬南替先生。』

「其他兩人很快的走出辦公室。我在艾偉思的桌子前，挑了把正對他的椅子坐下。他對我的笑容一閃而逝，注意力重新放回桌面，整理他的筆、墨水跟吸墨紙。

「『今天早上發現一批酒瓶的軟木塞品質拙劣，逼得你必須整批報廢，實在是很可惜。』我用友善的口氣，先聊會兒天。

「艾偉思的眼睛睜得滾圓。『你是怎麼猜出來的？』他驚叫道，『你知道嗎？你幹偵探這行肯定會闖出一番名堂的，先生。沒錯，我們今天的確收到一箱奇揚地（譯註：義大利著名紅葡萄酒），經過檢查，發現完全無法飲用。商品品質參差不齊，在所難免，只是讓人有些失望罷了。你是怎麼知道這件事情的？』

「『你的褲腳上有好些淡紅色斑點。如果不是把一些劣質酒倒進下水道，我幾乎想不出別的理由，說明為什麼紅酒珠會濺在那個地方。除此之外，你不是正在報銷那箱紅酒嗎？』我歪著脖子，朝著他的分類帳簿點了點頭，『整批貨還沒賣，就被迫銷毀，軟木塞腐敗是唯一的嫌犯。所以，你看嘛，一點都不難解釋。』

「『還真的是。』他大笑。『我現在覺得你非常聰明，這點你總不好反駁我吧？』

「『聰明談不上，但我發現一件事情，連我自己都覺得驚訝——我居然還可以倒著讀，在納卡雷利那一欄，標註缺貨。你可能注意到：我自己也買那個酒莊的產品，品質穩定，非常好喝，就連凡貝里先生都推薦呢。』

「『製酒是一個非常細緻的過程，許多酒莊一不小心，就把好酒給搞砸了。但你現在不是找我聊這些的吧？福爾摩斯先生。』

「『的確不是。坦白說，我並不認為你是嫌犯。』我聳聳肩，假裝有些無聊，撢去我褲腳上的棉絨。『如果你想動手稿的歪腦筋，幾年前就可以下手了，你說是不是？』

「『我在這裡五年了，福爾摩斯先生。』

「『確實是如此。我想知道你是怎麼看馬南替先生的。』

「『呃……』艾偉思的身子前傾，神色憂慮。『剛剛你不是看到他的反應？一提到搜身，他好像太過……激動。我跟他不熟，抱歉，因為我們倆在這裡的工作沒什麼交集。他也不是那種很活潑、健談的人。至於我呢，我真希望凡貝里先生掏空我們的口袋，叫我們打開隨身包包。我跟這起竊案無關，沒什麼好隱瞞的。』

「『聽你的口氣，彷彿對於馬南替先生沒有什麼信心。能不能多說一點關於他的事情？比方說：他在外面有沒有欠債？或者個性上有什麼問題？』

「艾偉思玩了玩手上的筆，咬著下嘴唇，每個姿勢都在表明他很不喜歡這個問題。『我真希望說沒有，福爾摩斯先生。但我也不好多說什麼。實在不好意思，我的確承諾要幫忙；不過，也請你諒解：儘管我們倆不熟，我也不想害他受到不公平的對待。你直接跟他談吧，自行判斷他是否誠實以對……到時候，我才可能被迫放棄對他的信任，在那之前，我沒理由懷疑他。』

「『講完這段話，我請艾偉思離開，換馬南替先生進來。他緊張得要命，華生，兩手緊緊的揪成一團，藏在背後，紅潤的臉色變得如同死灰。我伸出手來致意，他一把握住，手掌堅定有力，看來他的煩躁並不是出自於個性上的弱點。

「『希望不會耽擱你太多時間，馬南替先生。你的日常工作是什麼？』

「『拆箱、分類、清理。』他面無表情的答道。他並沒有坐在艾偉思留下來的空椅子上，還是一直在踱步。『我很受不了這一點，明白跟你說，好像是把我當成老鼠或者一隻狗。我不同意你們搜索我的私人物品，沒得商量。我問心無愧，不管艾偉思先生跟你說了些什麼。』」

「這種態度對你來說是很蹊蹺的吧？」我插嘴，轉身倒了點甜葡萄酒。我朋友慘白的臉龐上多了一些血色，這是可喜的徵兆。「一個無辜的人為什麼這樣心虛呢？不就是因為他趁著凡貝里先生不在的時候，動了手腳，擔心罪行曝光？」

「說得沒錯。」福爾摩斯同意，舉起手裡的杯子。「我也想知道這個問題的答案，所以單刀直入，不再兜圈子，『馬南替先生，』我說，『我知道你有犯罪紀錄。請你誠實的告訴我，手提包裡面有什麼，我就不再追究了。』」

我的下巴掉下來，福爾摩斯大笑。「馬南替先生的表情跟你相去不遠，我親愛的華生，只是他的臉上多了一絲恐懼。他問我如何得知他的過往，呼吸急促、膝蓋發抖。我跟他說，無需緊張。你知道嗎？我始終不認為馬南替先生把手藏在背後是故意的──完全相反，他只是控制不住神經性抽搐罷了。我早就拿定主意要仔細觀察。在握手的同時，我感覺到他的手掌上緣，有一排硬繭；還看了領口後的肌膚一眼，當場就確定我的假設。」

「告訴我您假設了什麼，又是怎麼確認的好嗎？」

「當然好。那排硬繭形成的原因不是拉犁、拉車，就是推磨，而且還是最近的事。雖說我那時稚嫩、沒什麼歷練，卻立刻感覺到了──手指正下方的手掌橫過一條硬皮，突起得相當明顯──原本我以為他種過田、當過裝卸工，直到我注意到他的膚色。」

「膚色有什麼打緊呢？」

「他的色素沉澱比我深，卻不是風吹日曬造成的傷害。他轉頭或者領子偏移的時候，隱約看得到比較淺的膚色。這是前幾年夏天曬出來的分界線，雖然淡了，卻相當清楚──我不相信農夫下田的時候，更無從想像裝卸工在碼頭推車的時候，還會夾上硬紙領圈的。送去碼頭幹苦力的，幾乎都被關在室內。此人以前肯定是紳士打扮，手掌的繭是服刑時磨出來的。」

「了不起！」我驚呼道。

「對熟知我推理手法的你來說，不過雕蟲小技。」他說。但我卻在他冷酷的眼睛中，看到一絲驕傲。「說也奇怪，馬南替最終還是跌坐在椅子上。

「『你是要毀掉我嗎？』他怒氣沖沖的說。『你一定是跟艾偉思勾結在一起了吧？我知道我的個性，即便是——』

「『冷靜一點，好不好？』我打斷他。『聽我說。從你手上的繭厚度研判，應該是六個月的苦刑吧。我可以跟你保證，艾偉思並沒有跟我搬弄你的是非，不過卻強烈暗示我，他知道更多內情，只是不便明言罷了。你到底為什麼坐牢？』

「『殺人罪，獲得減刑。』他的聲音嘶啞，『否則，我服苦刑的時間，至少要增為十倍——如果真有正義這回事，審判過後，我就該恢復自由才對。死的是一頭豬，不是人，自己把脖子摔斷了，我根本沒動手。』

「華生，我的腦子拚命想把謎團中的兩片拼圖組起來。當時，我的心智敏銳度自然不像今天這樣訓練有素；必要的證據其實早就在我意識邊緣，瘋狂的向我示意。幸好我習慣每天都要把倫敦所有的報章看完才肯罷手，馬南替的新聞突然在我腦海裡冒了出來，前因後果，就此貫通。

「『克莉絲蒂娜．馬南替。』我補了這麼一句，『你妹妹——在法庭作證的時候，指認一名住在附近、酗酒成性的醉漢，連續跟蹤她數個月之久。此人陰魂不散、糾纏不休，害得她幾乎都不敢出門。最後一次，你命令他離令妹遠一點，他卻酒氣上湧，一陣暈眩，摔到樓梯底下。孰料，他媽媽告你謀殺，說你是故意把他推下去的，媒體趁機大肆炒作兩人子虛烏有的戀情。我猜，你應聘的時候，多半沒跟凡貝里先生講這段尷尬的往事吧。』

「『我應徵五個不同的單位，沒有人願意雇用我，所以這次悶不作聲了。我有老婆孩子要養，總不能因為我愛我妹妹，就連累他們挨餓受凍吧？』

「『我猜你手提包裡面的東西，多半跟這起案件有關吧？』

「『法庭文件。我今天晚上跟保釋人約好了，把最後一期保釋金交給他，這事兒就算是了了。』他鬆了一口氣，身體一軟，揉了揉太陽穴。『現在你還懷疑我是小偷嗎？福爾摩斯先生？』

「『從來不曾懷疑過。我倒認為艾偉思先生有藉機漁利之嫌。』

「『怎麼說呢？』他問道。『我是不喜歡他——他經常對客人猛灌迷湯，騙他們買一些他們根本負擔不起的名酒。即便如此，我也不覺得手稿是他偷的。』

「『聰明人偷藝術品，自然知道自己是嫌疑最大的兩人之一，所以一定會把責任往另外一個人身上推——我猜艾偉思從報紙新聞上認出了你，慶幸運氣來了，剛好可以栽贓在無辜的你頭上。他根本不怕人搜，顯然是把手稿藏妥當了。』

「『無論如何，我算是毀了。只要凡貝里先生打開我的手提包——』

「『不見得會鬧到這個地步。』我說，一躍而起，心中盈溢著無比自信，腦子裡突然冒出一個想法。『根本犯不著搜身，我們運氣好。跟我來！』

「我們匆匆忙忙的趕到前屋，凡貝里跟艾偉思站在蘇格蘭場一位看起來很不耐煩的警探面前。幾乎就在同時，我看到了我要找的東西——手推車上的一小箱酒，準備要出貨。酒瓶是墨綠色的，現在，你知道最關鍵的一點了吧？華生。

「『我根本不知道這個夏洛克．福爾摩斯在搞什麼鬼，也不知道他是何方神聖。』警探威風凜凜的說，『但如果你們需要我偵辦——』

「『我看得出來，你正要出貨，艾偉思先生。我插嘴道，『六瓶，義大利製造的瓶子，重量素來不輕；但我不認為你需要一部手推車。』

「他的臉色有些蒼白，儘管態度依舊從容。『我不知道你為什麼會對這種事情感到興趣。』他嘟囔道。

「『最近正在鍛鍊體能。』我漫不經心的回答道，『讓大家看看我的成果。』

「話才說完，我舉起那個小箱子，一個手掌托得四平八穩。」

完全沒料到我朋友竟然還會出這一招，我禁不住爆出一連串的笑聲，福爾摩斯微笑相應。

「現場自是一片譁然，我親愛的朋友。艾偉思知道詭計被拆穿，拔腿想跑，警探一把揪住，把他撂倒在地。你現在應該知道發生什麼事了吧？——艾偉思倒掉的酒根本沒壞，他只是需要這批不透明的瓶子罷了。酒瓶洗乾淨之後，他用我找到的棉絨擦好、晾乾。在酒鋪裡面偷手稿，還有比藏在酒瓶裡更好的掩護嗎？凡貝里打開酒瓶，立刻找到珍藏，六幅手稿好端端的捲在酒瓶裡。」

「他一定感激涕零吧。」

「喔，對啊。」福爾摩斯沒否認，還乾笑兩聲。「他給我一箱上好的白蘭地做為報酬，你或許還記得我們在貝格街的早期時光吧？」

「天啊，當然——那批白蘭地確實讓人讚不絕口。大概三年之後，才全部喝完吧。」

「兩年又八個月，我想。艾偉思苦心設局，功虧一簣，憤怒絕望之餘，決定報復，揭發了馬南替難以啟齒的過往，還把偷手稿、藏在酒瓶的事情，栽贓到他同事頭上。不過這是毫無根據的指控，終究是白費力氣。艾偉思異想天開，偷雞不著蝕把米。凡貝里是個大好人，對於馬南替既往不咎，自然也在我的意料之中。馬南替更是感激到無以復加，協助蘇格蘭場完成調查之後，他重獲自由，還被升任為主管。保護親愛的妹妹、家人，委屈入獄的無辜者得到重新做人的機會、精心設計的陰謀遭到拆穿、老先生的寶貝完璧歸趙、兩個窩在貝格街的單身漢，得到一批夢寐以求的佳釀。這真是一個皆大歡喜的結局，對吧？」

「更是第一流的好故事，我親愛的朋友。」我說，手中的杯子一斜，「脫帽向您致敬！」

「這種小事何足掛齒？」他並不承情，「只適合在寒冷的冬天，拿出來閒談消遣一番罷了。」

我為之浮想連翩，歲末年終，思緒難免紛亂，念及我的朋友與他那驚人的才華，還有無數的倫敦人在眼前一片漆黑的絕望中，不斷的登門救助；我不禁暗自沉思：擁有醫學專業知識、跟他如此親近、自認是他唯一朋友的我，無論要面對怎樣的挫折與反彈，都該協助他戒除終將斷送他非凡能力的惡習，否則就是荒謬、就是恥辱。如果我能挽救素昧平生的人，阻止他們自毀前程；不是應該付出更多，防範福爾摩斯走上絕路嗎？酒杯空了，窗外黑壓壓的雲層罩頂，夜色更深了。我主意拿定，心思篤定要朝向目標，全力以赴，百折不撓。此時，我赫然發現這世上最有先見之明的眼光，正集中在我的身上。

「怎麼了嗎？福爾摩斯。」我問道。

「今年怕是沒辦法了，親愛的朋友。」我的朋友溫柔的說。他只瞅了一眼，便讀透我紛至沓來的想法，就跟看路牌上的標示一樣。隨後，眼光垂到膝蓋。「也許再一年吧。我得實話實說，我是沒把握的。」

「但我抱持希望。」我說，「我們終將迎向勝利。」

# 第二部

# 早年

# 誠實妻子大冒險

我跟夏洛克．福爾摩斯早期在貝格街生活的經驗，稱得上是妙趣橫生，主要是因為我投入不成比例的時間——至少比一般人花在室友身上的時間要長上許多，因為沒有第二個人跟「顧問偵探」同處一個屋簷下——分析他那古怪的個性，到底哪些是天生的；又有哪些是選擇這個奇特的專業給逼出來的。想來他的成長經歷跟一般人差不多：有些能力與生俱來，有些靠後天培養，讓他得以在自己的領域裡，大展身手。

但他有個態度卻讓我大惑不解——他總愛公開表明對於女性的反感，就這點而言，福爾摩斯是不折不扣的前後矛盾。我的朋友動不動就賭咒：這世上沒有哪個女人是完全信得過的。這個性別裡頭最好的樣本也擺脫不掉謊言與任性，會把邏輯推理引上岔路。但他也有裝不像的時候。真有女性在場，他卻是呵護備至，讓人覺得他的厭女症只是憑空想像出來的。沒有比一八八二年三月的崔德威爾醜聞案，更讓我困惑的了。不知道他那集兩種極端於一身的怪癖，是打哪兒來的。

那時，我還沒從阿富汗戰爭創傷後遺症中完全復原，除了我的右肩依舊不大靈便之外，神經系統也會作怪。鄰近的噪音，特別是突如其來的巨響，總讓我一陣心驚肉跳。子彈貫穿的舊傷周邊不時劇痛，或者不由自主的抽搐，始終無法淡忘那撕痛的一剎那。這一天，我好不容易熬過了一個難眠的夜晚，春天就快要到了，隆隆的春雷此起彼落，驚醒我三次之多。早晨七點，我胡亂披件衣服，蜷在客廳的長沙發裡，手裡捧本書，壁爐裡只剩小小的一團殘火。都退伍了，精神不是該好一點嗎?下定決心，今天晚上一定要好好睡上一覺。

皮靴後跟拖曳的聲音吸引了我的注意。仰頭一看，著實吃了一驚，夏洛克・福爾摩斯穿著整齊，一臉精神，正用拇指擦袖扣呢。看了我，停頓下來，直接去找前天留下來的菸草渣。最近，他常把一些抽過的菸絲放在壁爐架邊緣，我沒有理由深究，更沒有興趣檢查那些玩意兒。他朝著我的方向，輕輕的揚了揚黑色的眉毛。

「這樣早醒來做什麼?」福爾摩斯問道，順手把那團其貌不揚的碎菸絲，塞回菸斗裡去。

「您留著那坨菸草渣?」我聞到一股淡淡的味道，頗為刺鼻。「我知道我們倆在這時候都不好奢侈敗家，但我桌上還有好些菸絲，如果有興趣的話，別客氣，自己拿。」

他笑得挺開心的，搖搖頭。「謝謝你，這不是為了省錢，毋寧是一種習慣或者傾向。抽菸呢，我偏好較為強烈的味道——越濃越好。會不會打擾到你?味道集中讓我心思集中，如果你懂我的意思的話。」

「我不確定您的意思。但不會，我一點都不介意。」

「好極了。那麼請你告訴我，為什麼跟太陽一起醒過來了?」

「那是因為我寧可讀點什麼，也不要賴在床上強迫自己再睡一會兒。我的肩膀在這種天氣不大舒服，神經也跟著緊張了起來。」

「這沒什麼好驚訝的——昨天晚上是有點恐怖。我自己也睡得很淺，所以乾脆出去研究一個醫學課題——酒精對於血液凝固的影響。」

「您看起來精神倒是挺好的。」

「我跟一般人不一樣，不認為睡眠是什麼值得重視的事情。要不是非休息會兒不可，我真希望連睡覺都一併免了——想想看可以省多少時間、做多少事情？如果床在生活中消失，人類現代化的程度起碼要比現在快上一百年！」

「我真希望分享您的激情，儘管可行性有待商榷，但我寧可放縱一下，躺在床上好好休息。」福爾摩斯不知道嘟囔些什麼。「我比較有想像力，醫生。命中注定的，肯定不是什麼好事情。」

我突然發現我的發言趨近抱怨，不是平心靜氣的聊天；在這當口我可不想多找麻煩，趕緊換個話題。「您的研究做完了沒有？您應該不大習慣這麼早吃早飯吧？」

「是不習慣。我約了客戶了。」

「啊，我明白了。那麼我先告退，讓您好辦事。」

「想留下也無妨。」福爾摩斯說，一屁股坐在沙發扶手上，就在我的腳邊，塞他的粗製菸絲。「崔德威爾先生十五分鐘後到。」

「那我就不在這裡礙事了。」

「多一個人在這裡就礙事？這種說法有點牽強吧，是不是？一夜輾轉難眠，還有什麼事比直接投入工作，更讓人精神為之一振的呢？」他明快的補充了這麼一句。

福爾摩斯是個討厭繁文縟節、裝腔作勢的人，確認他不介意有個人從旁見證他神乎其技的辦案能力；我跳了起來，這才發現體內蘊藏著連自己都意想不到的能量。挑上我看來也只是他的權宜之計——我人本來就在這裡，身體不舒服，也幹不了別的事情，正是最佳觀眾——而我由衷期盼參與，他經手的離奇案件與抽絲剝繭的能耐，始終讓我著迷不已。

「我馬上就回來。」我連忙往房間奔去。

「少了你，我連怎麼開場都不知道。」他說，臉上露出些許興味。

我連忙刮好鬍子，穿戴整齊，回到客廳，這才發現福爾摩斯已經跟客戶見面了。崔德威爾先生是個壯碩的紳士，不及我朋友高，體格卻比福爾摩斯寬厚得多，嘴角微微揚起，很有派頭；金黃色的頭髮下是蠻牛似的倔強眉宇，整個人頗為英挺，威風凜凜。眼珠黑得出奇，看起來精明卻閃爍著明顯的不耐。我認為他不是好惹的角色，不由得懷疑：在累積偌大家產的成功之路上，他到底擊潰多少對手，讓他們一敗塗地？他身上的衣服用的是最好的布料，手工剪裁，看來甚是名貴；砂岩般的下巴翹出一個不耐的角度，脖子上有個翡翠的領巾扣環，手中一隻金光閃閃的懷錶，刻意啪的一聲，扣了起來。

「客人已經到了，盧西安．崔德威爾先生，這位是我的朋友兼同事，約翰．華生醫生。」福爾摩斯根本不在意即將雇用他的崔德威爾，臉上依舊是不屑一顧的神情與莫測高深的微笑。「我們的團隊到齊了。你可以跟我一樣，信賴華生醫生提供的珍貴協助。」

「你幹了什麼好事？」他勃然大怒，「我雇用的是夏洛克．福爾摩斯，可沒要你組織一個任務小組。」

「這個嘛……」福爾摩斯還是心平氣和。「你不妨把他看成是意外的驚喜。我建議大家坐下來，把你覺得困擾的事情，詳細的跟我們說上一遍。」

落座之際，盧西安．崔德威爾先生硬是把一肚子的火氣嚥下去。「我需要雇用偵探，」他很坦白的說，「現在的情況下，警察根本幫不上忙。這是私人的事情、私下的事情，卻直接衝擊我的婚姻。因此，替我查明真相的人，必須要是真正的親信。這就是我找你的原因。聽說你很謹慎，福爾摩斯先生，而且也不特別貴。」

我的朋友相當不屑他的開場白，深知他習慣的我見到他的下巴有些抽動、臉上咧出的微笑，足夠讓室內下降二十度。

「各位明白吧，」崔德威爾還在說，左手摸到褲腳上有條讓他不甚滿意的接縫。「我要你們找到證據，揭發我老婆在外面偷人！」

「再見了，崔德威爾先生。」福爾摩斯起身，一派輕鬆。

「你又在玩什麼把戲？」崔德威爾先生又驚又怒。

「我並不想把寶貴的時間，虛擲在調查你夫人的休閒活動或者紊亂的人際關係上。」我朋友毫不客氣的頂回去，手上的菸斗點了點門口。「你有興趣是你的事，無論你給我多少錢，我都覺得這事非常無聊、毫無吸引力。如果你堅持要追究，我也沒有勸阻的意思，只是麻煩你去雇個偵探吧。」

「你到底是幹哪行的？福爾摩斯先生，你不就是偵探嗎？」崔德威爾冷笑道，隨即站起身來。「難道是東家長、西家短的長舌公？」

「事實上，夏洛克 福爾摩斯先生是一位獨立的顧問偵探，無解的難題到他手上都能迎刃而解的最後靠山。」我插嘴道，「你現在需要的是一個盯梢的人，崔德威爾先生，還是請你另請高明吧。」

福爾摩斯投給我一個頗為驚訝的眼光，夾雜著公開肯定的意味，這倒是挺不尋常的。接著，他長長的雙手，有點刻意的往胸前一叉，注意力轉回這位不見得會接的客戶。崔德威爾先生此時更是怒氣沖沖、臉色發紫。

「我這輩子從來沒聽過這種廢話！偵探不去偵察刺探，不是廢物是什麼？我不被你們逼瘋了才怪！」

「我偵察刺探啊，你說得沒錯，次數還不少，功力也深厚。」福爾摩斯慢吞吞的說，菸斗塞進嘴角邊。「但我不攪和。你要我做的事情就是去瞎攪和。」

「攪和？胡說八道！我需要人幫忙，你自以為是高手，我的錢配不上你？你錯了，福爾摩斯先生，你壓根不值。」

「完全相反。事實上，我值得更好一點的人掏錢出來。」

「不懂你這種莫名其妙的自信是打哪裡來的。荒謬！不，不！福爾摩斯先生，每個人都告訴我，你是這個領域裡面的頂尖高手，皇天在上，我告訴你，你就得來幫我查！我想要的東西，一定弄得到手。」

夏洛克・福爾摩斯橫眉豎眼，敵意漸濃。多數的血肉之軀見狀應該溜之大吉才對；崔德威爾恰恰相反，反而上前一步，兩個人就這麼大眼瞪小眼，劍拔弩張。

「關鍵是什麼？錢？自尊？你覺得這工作讓你沒面子？這是你犯的第一個錯誤，福爾摩斯先生，我給你的是一道真正棘手的難題。告訴你，這是一個真的得花心思才能破解的奇案。我有幾個線索。舉個例子來說，愛麗絲現在會把她的收信箱鎖起來。她為什麼要做這種事情？每一封送過來的郵件，我都檢查過，她有什麼好隱瞞的呢？」

「我毫無概念！」福爾摩斯一聲暴喝，看起來是完全被激怒了。「如果有人想要偷看我的信件，我也會把信箱鎖起來！維護自己的隱私，怎麼會跟違法的婚外情扯在一起呢？」

我現在也是越看崔德威爾越討厭，在壁爐前轉過身子，瞥見他眼睛射出火山爆發般的怒火，彷彿要把地毯烤焦似的。

「這事兒跟隱私沒有關係！她私底下做了見不得人的醜事，甭想瞞過我。生活受到威脅，像樣的男人難道會不知道嗎？福爾摩斯先生，聰明人當然會挺身而出，捍衛權益。我終究會逮到她的。她把信件藏起來，每天尋個莫名其妙的藉口，擅自出門、悄悄回來——」

「說不定她只是覺得家裡的人都不好相處。」我插嘴說。

我的朋友輕輕的咳了一聲。

「一整個下午失魂落魄，在家裡走來走去——」

「崔德威爾先生，我記得我已經跟你說過再見了。」福爾摩斯冷眼旁觀。

「——一直唸叨，為了修復關係而送她的珠寶，上面竟然有毒……」

「對不起，請你再說一遍。」

「愛麗絲的珠寶，」崔德威爾先生正想重複，突然發現福爾摩斯的表情，臉上露出勝利的訕笑。「這下你有興趣了是不是？我太太日漸消瘦、臉色越來越蒼白，給她什麼建議，全部遭到拒絕。我想要套出實情，是不是外面有人了？她卻反過頭來誣賴我給她的珠寶首飾，全都下了毒。項鍊、耳環、手環，全都是上好的質地；她卻呼天搶地，誣賴我搞鬼。這簡直是荒謬，不，不是荒謬——豈有此理啊！」

「勉強有那麼一點點……意思。」福爾摩斯不情不願的退讓了一點，放下手裡的菸斗。

「我對她這種沒完沒了、要死不活的德行，可以說是非常寬容。過去六個月，她再也不願意碰我送給她的首飾。即便我們去參加社交舞會或者正式晚宴，強迫她穿戴點什麼，第二天，她的病情馬上惡化。躺在床上，奄奄一息，臉色蒼白得像牛奶，講話跟貓叫似的。我跟你們說這是藉口！她那是裝的，目的是混淆視聽，想要騙我做出錯誤的推斷！」

「華生醫生，你對所謂的金屬不適症有多少了解？」

「你是指類似花粉熱，可能會導致猩紅熱、呼吸窘迫，還無法完全解釋的那種病嗎？」

「對。」

「我只知道便宜的玩意兒，比方說，鎳，有可能造成不適；但貴重金屬，像是金、銀？我從沒聽說過誰對貴金屬過敏，也沒看過類似的病例。」

福爾摩斯眼光流轉，不再把焦點放在客戶身上，機械的把手壓在口袋。這批新線索使得他的情緒翻騰。同時，我幾乎無法再按捺我的憤慨——不管愛麗絲．崔德威爾夫人得了什麼怪病，強迫她穿戴她認為有礙健康的珠寶首飾，這不是流氓或者暴發戶的行徑嗎？

「崔德威爾先生，在你夫人開始鎖信箱前，喜歡穿戴珠寶嗎？」這一次，福爾摩斯的聲音聽起來是真的感興趣了。

「你這樣高貴，何必為了這個案子弄髒手？我又何必浪費時間告訴你？」這個總是愛唱反調的崔德威爾先生用嘲謔的口氣反擊。

福爾摩斯知道眼前的這位貴客，比起先前打過交道的對手更加得理不饒人；聳聳肩，就像是著名的樂評家被強迫聽完整場廉價演唱會一樣。他表面冷漠，看來是精心盤算過的。我也佯裝出意興闌珊的模樣，演技或許不及福爾摩斯；滿腦子想的都是怎麼把盧西安．崔德威爾先生摔下樓梯間，否則真難出胸中的這口惡氣。

「我沒有時間陪你玩，」福爾摩斯正告他，「這個案子沒半點出奇之處，除了你夫人對於珠寶有異常的恐懼之外；但我反而因此相信，尊夫人並沒有外遇。如果一位女性想要勾引其他男性，雖然不必把所有家當都穿戴在身上，多半也會挑上一兩件在視覺上有吸引力的首飾吧？無論如何，眼下都無關緊要了——我需要盡快跟崔德威爾夫人談談，也想在你家四處看看；如果我還派得上用場，那麼，我就不想浪費這個早上。」

「啊哈！現金終究超越了你的原則。我早就想好了。你也不會浪費今天早上，我付二十英鎊請你到漢普斯特德跑一趟如何，福爾摩斯先生？調查完畢，再奉上相同金額。還是說你壓根沒這本事？」

我的朋友低聲咒罵了幾句，取出懷錶跟壁爐上的座鐘對時。崔德威爾先生怒目而視，但我卻在他的眼神中看到混亂與挫折。

「我想，我得取消一兩個約會。實在是很糟糕。」福爾摩斯強裝冷酷，找自己的帽子。「想不想跟我一道去漢普斯特德，華生？」

「並不十分情願，」我的聲音也一樣冷漠，「但我會跟你一起去。」

「崔德威爾先生，請幫我們找輛車在樓下等，我們收拾幾件必要物品，馬上動身。」

我們那個非常難伺候的客戶才剛下樓梯間，我就扯了扯我朋友的袖子。「我非常討厭這個盧西安．崔德威爾，福爾摩斯。」

他用不太尋常的力道熄掉菸斗，嘴唇古怪的扭動了幾下，好像眼前還站著那個難纏的客戶一樣。「『事實當前，豈容推論？』（譯註：原文是拉丁文）話說得快了吧？他人還沒離開大門呢。」

「顯然您是同意的吧？」

「我的心中冒出三個我最不想看到的謀殺犯身影，其中一個還是縱火慣犯，崔德威爾排名第四。他實在太卑鄙了。」

「那您何必跟這種人糾纏？」

「天啊，不。我馬上就要跟梅菲斯托費勒斯（譯註：《浮士德》中的邪靈）握手了。」

「既然如此，我親愛的福爾摩斯，為什麼要委屈自己，非接下這個工作不可呢？總不可能為區區的二十英鎊吧？您難道墮落到要去扒糞，蒐集那位女士的黑資料嗎？」

「我講過了，不是為了錢；而是崔德威爾夫人有生命危險。」偵探降低音量，繼續解釋。「我知道，她的恐懼狀似幻覺，但你可聽過烏頭鹼（譯註：劇毒，三至五公克即可致命）？」

我嚇了一跳，瞪著他。「天啊，福爾摩斯。附子花？」

「正確。雖說機率不高，但是，毒性是可以滲入皮膚的，你應該知道吧？」

「您的想法駭人聽聞。假設他夫人的執念確有其事；那麼最有嫌疑的丈夫何必登門請您調查——還堅持非您親自出馬不可？」

「我倒不是說執念一定有事實根據，但也無法排除這種可能性。這個案件裡有足夠的謎團吸引我深入調查，可能有崔德威爾先生無法察覺的外力，威脅深藏在沉默與隱密之中。」套好手套，福爾摩斯再找鑰匙。

「您當然是對的。但即便是最大劑量的烏頭鹼，一股腦全附著在金屬上，也不可能對穿戴者造成這麼嚴重的影響。」

「我知道。但這案子裡好些地方都挺奇怪的。」

我搖搖頭，套上大衣。「說不定您真的需要我幫忙——崔德威爾夫人可能只是罹患某種慢性疾病，原因尚未查明罷了。」

「也許吧，無論如何，拒珠寶於千里之外，跟外遇沒半點關係。崔德威爾先生純粹是魯鈍、下作，才會覺得自己戴了綠帽子。我們必須以相信她的清白為起點，展開調查。」我的朋友抿緊了嘴唇，揚起方正下巴對著我，好像是一隻貓看到窗台上有碟無人照管的奶油。「但是，她先生儘管態度不堪聞問，講的卻全都是實話，至少是他所知道的事實，這點我可以賭上我的名聲。事有蹊蹺，陰謀正在醞釀中。」

「您還相信崔德威爾夫人是個誠實的好女人嗎？」福爾摩斯下樓梯的角度異常尖銳，一跨步就是好幾階，我緊緊的跟在後面，問了這麼一句。

「我不覺得哪個女人誠實。」在我們步入明媚清朗的春天晨光中，他糾正我，轉身把門鎖上。「每一個都會騙人。現在的問題是：這位夫人在騙什麼呢？」

「福爾摩斯，這麼說很不禮貌。」

「對的。很多事實就是這麼不禮貌。」

儘管福爾摩斯一竿子把所有女人全都打翻了，但我知道挑戰他會有什麼後果；想要說服他，無異是竹籃子打水，終究一場空。福爾摩斯尾隨在我的身後，兩人魚貫登上等在街邊的馬車。崔德威爾跟馬伕報了個查爾斯王子路上的地址。一行人出發，行過石板路上的車輪聲，迴盪在西敏市紫色的早晨中，融入熙來攘往的嘈雜人群裡。麻雀在晨曦勾亮的枝椏間嘰嘰喳喳、陽光在逐漸乾涸的污水坑裡閃爍，像是摔壞的醒酒瓶碎片般的精亮耀眼。儘管所有徵兆都預告今天會是好天氣，我卻開心不起來——每當腦海浮現愛麗絲．崔德威爾夫人的身影（想像中她是個皮包骨、幽靈般的生物）戴著一顆華麗的鑽石，鈷藍色的血管中流著毒血，一點一滴的摧毀她。

在移動的過程中，崔德威爾先生不肯浪費任何一分鐘的時間，不斷的陳列事實，讓我們不堪其擾。他跟愛麗絲結婚兩年了，一度被認定是天作之合——他是財大氣粗的銀行家，有錢有勢，喜歡自吹自擂；而她卻是藤蔓上最優雅的一朵花蕾。六個月前，她突然把散放在家中各處的信件（多半是來自她的姐姐蘿絲，住在布萊頓，另外有一兩位閨密也會跟她通信）收起來，鎖進柚木花雕盒中，放進自己的臥室。崔德威爾先生想要強行撬開，又不想明目張膽，啟人疑竇；這個想法得到福爾摩斯由衷的讚許，看起來並非虛情假意。

就在同時，愛麗絲．崔德威爾夫人不再戴那條由紅寶石、珍珠串成的項鍊，以往可是她最鍾愛的首飾。夫人說，只要碰過它，胃部就會不住的犯噁心——有一次，她參加慈善晚宴被迫佩戴了那條項鍊，第二天就臥病在床，虛弱得像要斷氣一樣。從此以後，鑲嵌瓷片，由名家手繪的羅馬廣場遺跡胸針、通體猩紅，上好波希米亞石榴石串成的手鐲，還有綴滿小粒珍珠的模造髮飾，全都被她打入冷宮。一件又一件——包括崔德威爾先生新買回家，想要逗她開心的各種珠寶——

被收進保險箱，無論她先生怎麼抗議、僕人怎麼誘使，她都置之不理。問她究竟是為了什麼，崔德威爾太太堅持說，上面敷了有毒物質，強烈暗示崔德威爾先生意圖不軌，故意害她難受。

「是你搞的鬼嗎？」福爾摩斯淡淡的插了這麼一句。

「當然不是。」崔德威爾先生下巴往前一頂，我覺得把他比擬成獅子，恐怕引喻失義——暗巷裡的野雄貓可能更精確一點，神氣活現、顧盼自雄，卻擺脫不了小人嘴臉。「她有罪惡感，僅此而已。不好好操持家務，跑出去跟男人鬼混，所以覺得愧疚，絕無疑問。光用想的，就覺得不舒服；但我一定會硬起心腸，全程見證，反正，兩位很快就會查明真相、蓋棺論定。」

「不好好操持家務？」我重複他的說法，從福爾摩斯的神情看來，這番論斷好像讓他的身體也受到戕害似的。「這個缺點跟你指出的憂鬱現象會不會有關聯呢？」

「這是當然。在日常生活中，愛麗絲其實是很沒用的。」崔德威爾先生聒噪的聲音裡，帶著一抹不屑。「我跟她解釋好多次了，衣食無缺就是一種特權，管帳總比沒錢可管好，但沒用。愛麗絲長相姣好、個性柔順，這是她的優點，照理來說，有妻如此，沒有什麼好要求的——但她的個性有些輕佻，不把我的話放在心上。」

「還真是十惡不赦啊。」福爾摩斯陰陽怪氣的說，完全沒有抑揚頓挫。之後，我們三個人就都沒開口，直到旅途終點。

我們抵達一座獨門獨院的大洋房，由昂貴的純白石建成，亮麗輕快的白色百葉窗與窗戶，在逐漸轉成象牙白的朝陽下，閃耀出鑽石切面般的光彩。這棟房子一看就知道身價非凡，完全不需要跟它的主人一樣，拐彎抹角的炫富。我想知道在這兩年的時間內，愛麗絲·崔德威爾有沒有留下她入住的印記？我自己也在不久之前，才剛脫離抑鬱的獨居生活。那時候的我，住在河濱街黯然灰敗的旅館中，百無聊賴，也沒有可以一起出生入死的夥伴，我不禁暗自同情這種在隱喻上無家可歸的同類。相反的，在貝格街二二一號B座到處都是夏洛克．福爾摩斯。空氣中充滿了粗製菸草絲的味道——角落裡放了一具戴著無邊土耳其帽的人骨遺骸、信件用折疊刀釘在壁爐上、幾根細緻的吸量管穩穩當當的插在植物盆栽裡——那屋子也能說是我的，散落著我的書、雜誌，還有雪茄菸頭。

福爾摩斯跳出馬車，迫不及待，好像是被彈弓射出去似的。我緊跟不捨，車費留給崔德威爾先生打發。目的地就在眼前，不安開始侵襲我的神經。

「福爾摩斯，」我低聲說，「我知道我們當然該去見她，但總不能這樣大剌剌的走進去，說我們是——」

「當然不行。」他的聲音卻相當高亢，「我們是保險公司的公估人。這麼說對不對，崔德威爾先生？」

「只要有結果，你們愛當什麼都成。」崔德威爾先生狂吠。

我們進到客廳，發現一個年輕可愛的女子，斜倚在扶手椅上，讀一卷法國詩集。現實的崔德威爾夫人跟我的想像相去不遠，不禁心頭一沉。她的頭髮是偏近牛奶的淺黃色，打扮得整整齊齊，在金黃色的燈光下，閃耀動人；同樣細緻的臉卻是一片慘白，只有嘴唇還保留自然的血色。當面審視病人，我更無法確定福爾摩斯說的烏頭鹼中毒，是不是異想天開；但她的白，絕對不是足不出戶、生活慵懶造成的。儘管這種大門不出、二門不邁的習俗，影響好些出身名門的貴族少女，只是這種堊土般的白是生病的徵兆。我還想到，崔德威爾先生實在沒理由懷疑他太太在外面偷人；因為她身上散發的氣質，讓我無從想像，在她半透明的肌膚下，藏著口是心非的雙重人格。愛麗絲．崔德威爾有一種女性雕塑的沉靜與細膩的感觸，此時她滿臉訝異的看著我們，無論福爾摩斯多麼想探究她厭惡珠寶的原因、無論我們想維護她的生命安全，理由又有多麼正當，我還是對這種表裡不一的兩面手法，非常反感。

「這些人是誰啊？盧西安。」她有氣沒力的問，勉強在臉上擠出一個疲倦的笑容。

「這是福爾摩斯先生與華生先生。他們來檢查我們的居住狀況，提供我們新的保險選項。」他的解釋很生硬。「你今天早上又在讀書啊？愛麗絲。」

「還沒到九點呢。」她回答說，聲音跟陰影一樣的黯淡。

「您說得一點也沒錯，現在的確還挺早的，崔德威爾夫人，但我要懇請原諒，打擾您今天的時間安排。」福爾摩斯道歉，手伸向一隻彷彿受到驚嚇的森林小動物。「我們想要快速的掃瞄一下這棟豪宅，評估面積，研究模版、塗工，檢查家具，但我們絕對無意打擾您個人。請您一切照常，不用麻煩招呼我們，我們會盡快把工作做完。」

「請便啊。」她同意了，儘管困惑之情溢於言表。

「崔德威爾先生，我們也無需勞你大駕；事實上，我們還想請你暫時迴避一下，讓我們在不受任何影響的前提下，完成公正的評估作業。」福爾摩斯補充了這麼一句，一把抓住我的肩膀，調整方向，突然往外一推。「我們先進行初步調查，再回來找你們！這邊，華生，我們從樓梯間離開。」

我們很快又回到前廳。一跨出門檻，福爾摩斯輕輕的關上雙扇門，一轉身看著我，一反馬車裡的模樣，眼睛燃燒出熊熊烈火。起初，看起來幾近憤怒，隨後暗自收斂，又是一副莫測高深的模樣。

「並非烏頭鹼的毒性。」

「不是？您怎麼知道？」

「他先生提及兩件被她棄如敝屣的首飾，分別是胸針跟髮飾，都不會跟肌膚有過長時間的接觸。」

「福爾摩斯，我以醫生的身分，必須要告訴您，她的病情相當沉重——您有沒有注意到她那種奇特的臉色？」

「我的眼光還算銳利，謝謝。」

「她看來是真的生病了。」

「她的身體一定有問題，但未必是烏頭鹼害的。」

「我的天啊，她是怎麼了？究竟跟她身上的珠寶首飾有沒有關係？」

「如果我的假設正確，她的身體與珠寶肯定有關。為了確認我的診斷，醫生，我們要盡快搜索她的梳妝間。走快點！」

樓梯間也鋪上了厚厚的地毯，福爾摩斯踩在上面的腳步跟貓一樣；我加快腳步緊跟在後，直覺不斷吶喊我們正在捍衛性別平等！但騎士風度可需要這般鬼鬼祟祟？我的朋友側著腦勺，削瘦的肩膀盈盪能量，不住顫動，我們究竟急著幹什麼呢？我眼前一團迷霧。最終，我打破沉默。

「福爾摩斯，請明白的告訴我：您不會撬開崔德威爾夫人的信箱吧？」

福爾摩斯硬生生的止住腳步，在欄杆邊倏地轉過身來。「你怎麼以為我會幹這種事？」他問道，看起來是真的大感詫異。

「我真的很抱歉，我根本不知道該怎麼想，也不知道現在在幹什麼。」

「我有相當不堪的懷疑，必須查個明白，華生。」

「有關於？」

「非常個人的隱私。」

「是不是那位可愛女人疑似給老公戴綠帽子的那檔事兒？」我追問。

「這就是你的不對了，醫生。」他的語調變得冷酷多了。「你的假設會把我們引去調查錯的崔德威爾。」

我正想追問這段古怪的說詞，只見我朋友用一個明確的手勢要我噤聲，兩人一起進入崔德威爾夫人的個人臥室。她的閨房很漂亮，裝飾得極有格調，牆上掛著隱約透出玫瑰花紋的帷幕，饒富藝術氣息。福爾摩斯卻沒半絲侷促，以難以想像的速度，看到什麼就檢查什麼。屋內格局具體解答了我先前在屋外的疑問——愛麗絲．崔德威爾夫人還真的幫自己開闢出一塊專屬空間。在這裡，我感受不到自吹自擂的粗俗，跟相處一小時，就漫長、疲憊到難以忍受的老公相比，實在有天壤之別。一念及此，我稍微的鬆了口氣。就在我收攏胡思亂想之際，福爾摩斯卻直驅化妝檯，打開不同的抽屜，蒼白的手指遊走在各類乳霜與髮飾間。

他忙活了好一陣子，但我不能稱之為「摸索」，因為他鎖定一個小瓶子，全神貫注的研究，把它舉到光亮處，鷹鉤鼻子突出的尖銳輪廓頓時暗了下來。我火大到喘不過氣來，乾脆轉頭去看樓梯間，眼角餘光卻瞥見他白森森的牙齒一閃，再回頭，那表情已經消失了。

「那是什麼？福爾摩斯。」

「舞台用遮瑕霜。」他回答道，「這牌子我也用過。實在是很頭痛！使用刪去法分析女人的習慣，比在蜂巢裡搜索某隻特定的大黃蜂還難……抽屜裡沒有腮紅，也找不到眼影。這一定是有理由的！對了，對了，應該沒有別的解釋了。」

「她的確是沒有畫眼影、刷腮紅，也沒有塗口紅。」我補了這麼一句，摸不太著頭緒。「還是我看不出來？我們都覺得她的臉色不大正常。您現在的假設是：她臉色慘白是因為她使用了某種遮瑕化妝品，而不是生病的緣故？」

「喔，那是當然。這種特殊化妝品會產生一種瓷器般光滑的白色，在舞台冷光燈照射下，就跟面具一樣。有一次我受雇扮演肺結核病人，這個故事有機會再跟你說。」

「那麼，一個並不需要舞台效果的女性，到底需要這種遮瑕霜幹什麼？」

「非常好，華生。」福爾摩斯用嚴峻的語氣肯定我的判斷。「啊，最可疑的雕花柚木盒就在床頭櫃上，這就是她窩藏證據的地方吧？我猜。」

「藏什麼？福爾摩斯。」

「崔德威爾先生！」我的朋友叫道，滴溜溜的一個轉身。他的耳朵實在很尖，我根本沒聽到，話聲剛落，臥室門外的灰綠色地毯上，就響起我們客戶的腳步聲。

「我的天啊，立刻跟我解釋！」崔德威爾先生倒吸一口冷氣。「你們是我雇的，明明知道我要你們幹什麼，還在我家裡亂搞——」

「我們正想去找你，」夏洛克・福爾摩斯完全不搭理他的抱怨。「你夫人棄如敝屣的珠寶擱在哪兒？我們能看一下嗎？」

「在這兒，」崔德威爾先生冷靜了點，掀起圍住邊桌的紫色帷幕，露出一個小保險箱，轉了幾個密碼。「你要不要乾脆把那個可惡的信盒撬開算了？現給二十英鎊？福爾摩斯先生。」

「稍後你可能就明白了，完全沒有這個必要。」福爾摩斯回答道。崔德威爾先生打開厚重的保險箱小門，我朋友屈膝跪下，取出一兩件精光四射的小飾品，湊到燈下檢查。「就這幾樣？」

「很寒酸是嗎？多了又有什麼用？我問你。每次參加社交活動，身邊伴著個脖子光禿禿的女人，跟個剛從鄉下直接跑到倫敦的村婦一樣。」崔德威爾皺著眉頭，手掌攏了攏黃褐色的頭髮，我朋友漫不經心的看了寶石跟底座一眼，交還給崔德威爾，此人粗手粗腳把保險箱鎖上。「好啦，說實話，我待兩位可不薄啊。既然都摸過底了，你說，是我太太騙人，還是首飾真的有毒？」

「本質上有毒，也許，但確定沒被下毒。」

「這到底是什麼意思？」崔德威爾先生咆哮道，兩個大男人大眼瞪小眼，互不相讓。

「意思就是：你運氣好，證據我已經蒐集得差不多了。」福爾摩斯聲音高亢頂了回去。「現在能不能請你協助我們做個小實驗，證明我的理論。」

「我要怎麼協助你？」

「正對客廳的陽光房裡面有沒有火爐？」

聽到這個莫名其妙的問題，我承認我的表情跟客戶一樣茫然。福爾摩斯見招拆招，說服崔德威爾先生實驗行動確有必要，隨後交代了他的指示：我去客廳訪談崔德威爾夫人；同時呢，崔德威爾先生綁好布條，保護手部，進到陽光房，帶上門，再把擋板（譯註：這裡指的是連結煙道與煙囪，調節氣流用的百葉鋼板）關緊、爐火燒旺。等上一會兒，再把門打開，讓刺鼻的煙霧布滿整個一樓。起碼有十來個人認定應該讓福爾摩斯穿上約束衣，送進精神病院；但我從未見過像崔德威爾先生這樣堅信不疑的。

「請容我解釋，崔德威爾先生。」福爾摩斯說明他的想法，手指挨個輕點在拇指上，好像在掐指算些什麼。「你問我說，究竟是珠寶被下了毒，還是你夫人在撒謊？其實，你忽略了截至目前為止機率最高的第三種可能性。根據我手上的證據，我相信你夫人沒有做對不起你的事，她的不幸純粹是受到某種歇斯底里的情緒毒害。」

「太好了！」他整個人都開心起來，「真是這樣嗎？」

「幾乎沒有可疑的地方。你把她的病徵敘述得很正確，卻誤以為她外面有男人，其實是她的腦子出了問題。家務管理失當、情緒低落、你用以示愛的珠寶首飾，她避之唯恐不急，但你的假設都偏了——各種證據顯示她的理智已在失控邊緣。我們必須立即採取行動來拯救你夫人，崔德威爾先生。半點也耽擱不得。華生醫生也同意我的判斷，夫人承受的痛苦急速增加，幻象、偏執將導致整體心智狀況的瓦解。」

我正想張嘴，福爾摩斯的鞋跟重重的踩到我的鞋面上，我趕緊閉嘴。

「不，不，這太糟糕了！」崔德威爾先生叫道。「我無法原諒自己犯下的巨大錯誤。我怎麼如此莽撞呢？華生醫生，真是幸運，有你在場確認福爾摩斯先生的診斷。」

「是的，感激他能在這裡吧？」福爾摩斯不依不饒，「這個好醫生今天早上發揮的功能遠遠不只出診而已。如果你需要我的意見：他的蒞臨堪稱無價！」

「確實如此。我很樂意在你的酬勞中，酌增十英鎊。」

「我真不以為——」我的嘴第二次被迫閉上，因為又有人攻擊我的腳趾頭。

「但是這個火爐計畫又跟歇斯底里有什麼關係呢？」

福爾摩斯用指點江山的氣勢，環繞這間豪宅。「當一位女性相信自己的住處陷入火海，下意識會衝去保護自己最珍貴的財產；我深信崔德威爾夫人在心智失序的情況下，急怒攻心，會指引她搶救某些心愛的物品。這點更加證實了她的歇斯底里，並非空穴來風；如果你同意我進行實驗，就能證實我的假設。」

「我的天啊，我還可以親眼目睹！」崔德威爾先生喘了一口大氣，「小愛麗絲歇斯底里，我倒沒注意到。實在是鬆一口氣！我一定要告訴你，你重拾了我的信心。這比我認定自己戴了綠帽子要好上一百倍，兩位先生——但這不是說我希望她得病，兩位明白吧？我真的雇到了一等一的專家！」

「絕無疑問。」我的口氣很冷淡。

「那我們就開始吧。」福爾摩斯建議，順手比了一下門邊。

我們連忙下樓，崔德威爾先生消失在陽光房裡。我第三次轉向福爾摩斯，設法勸他懸崖勒馬。

「崔德威爾夫人，」我柔和但清晰的說，「並沒有比我更歇斯底里。您這樣講到底是什麼意思？」

「我的意思就是救她一條命。」我的朋友也吸一口氣，手指扣住了我的手腕，見他原本慵懶無神的凝視中，又燃起熊熊的火焰，我的呼吸也緊張起來。「如果她以為她的信件盒收藏在安全的地方，那麼她可就犯大錯了——相信我，華生醫生，照我的話做，算我求你了。情況緊急，已非言語所能形容。如果崔德威爾夫人真的去搶救信件盒，我會想個藉口，設法從她手上搶走。」

這個決定實在不無矛盾。但在這樣混亂的情勢裡，遵照福爾摩斯專斷的命令，已經成為我的第二天性；除了相信他，別無選擇——但心裡依舊七上八下——我陪著他回到客廳，愛麗絲・崔德威爾夫人放下手中的書，換上針線盒。她那蒼白得很古怪的臉轉向我們，露出羞怯的笑容。

「我們就快要結束了，但是，我有點疑問，方不方便列一張表，告訴我這屋裡哪些小地方調整一下會更好呢？」福爾摩斯客客氣氣的問道。「像是屋頂漏了要補啊、廚房的石板有沒有裂開——這些訊息對我們有很大的幫助。」

「喔……我盡量喔。廚房的爐子修了兩次了，廚師還是不滿意。房屋後方的棚子狀況很差，但還找不到時間整修。」

崔德威爾夫人花了好幾分鐘細數待辦事項，福爾摩斯跟我還挺用心的在聽。終於，我瞥到陽光房湧出的煙霧，從身後一波波滲進來，原本深感不安的神經，這時更是緊繃到顫抖的邊緣。崔德威爾夫人順著我的眼光，看了過去。

「我的天啊！」她的氣差點沒喘過來，慌不迭的跳起來，原本放在大腿上的布料、針線撒落一地。「幫忙啊，兩位先生！請快找人來幫忙！」

崔德威爾夫人像是一支疾射而出的箭，飛快的衝上樓梯；同時，灰煙中已經隱約可以看到她先生魁梧的輪廓，臉上蒙了塊手帕。古怪的黑眼珠，盯著他的妻子迅速移動。

「看起來實在不像是歇斯底里的女人。」他咆哮道，手遮著咳嗽。「意志這麼果決，跟魔鬼似的。」

「意志果決，不管那是什麼，都是非拿到不可的無價之寶。」福爾摩斯高舉手臂過肩，往前一揮，率先踏上階梯，緊跟著崔德威爾先生的腳步。「記清楚我的話！」

待我們趕到樓面，看到崔德威爾夫人臉色還是跟乳霜一樣的蒼白，雙手緊緊抓住裙襬，把自己裹進一件長長的酒紅絲絨斗篷裡，衝出臥室。手裡並沒有拿著信件盒，我突然鬆了一口氣，但並不明白為何有這種感受。

「火警誤報。」福爾摩斯回報說，攤開手掌心示意安撫。「陽光房裡的煙囪擋板出了點狀況，導致這場虛驚。」

「真是謝天謝地。」崔德威爾夫人低聲道，小小的腳掌撐不住，身體突然往一側倒了下去。

福爾摩斯的速度跟念頭動得一樣快，瞬間輕輕托住她的手肘，就好像她是玻璃做成的一樣，扶她回到臥室。他消失了十幾二十秒之後，再度出現，順手把門關上，嶙峋削瘦的骨頭跟通了電的避雷針似的；深深嵌進眼眶裡的灰色眼珠閃耀光芒，在輪廓分明的臉龐上，像是面精光四射的鏡子。

「你想得出比眼前更能說明歇斯底里發作的場景嗎？福爾摩斯先生。」崔德威爾先生叫道。

「她應該衝進收藏珠寶的房間，要不然也該去搶救那個爛信盒，但她什麼也不理，只套上那件斗篷。房子都著火了，拿斗篷幹啥？這是我欠你的酬勞，三十英鎊，你的服務，我很滿意。」

福爾摩斯從客戶手裡，搶過三張鈔票。一語不發，轉身就走；我莫名其妙，只好匆匆跟崔德威爾先生告別。福爾摩斯下樓梯，出了門，站在明亮的三月天光下，向一部路過的馬車招手。我在這種尷尬的場景裡，無能為力，跟著他就是了。

「福爾摩斯，」我說，當我們坐進這輛剛巧從威爾斯王子路駛來的馬車車廂，裡面什麼都在響，吵得很，「到底發生什麼事情？是不是我壞了您的事？能不能接受我的道歉？我到現在眼前還是一片漆黑，或許不該懷疑您的動機，您怎麼會是想撬開私人信盒的人呢？」

福爾摩斯豎起食指，比在嘴唇中間，手肘靠在窗沿。「也不見得，」他笑了，但矜持得很，只有左邊的嘴角微微上揚。「但需要好上一千倍的理由。」

「這到底意味著什麼？我毫無概念。」

「其實大部分你都看明白了，我敢跟你賭。重點就是放在梳妝檯抽屜裡面的遮瑕霜，她根本不喜歡浮誇的造型，要那個幹什麼？你可能沒有看到在她下巴邊緣，有一塊奇怪的陰影，但受過充分訓練的我，一眼就看出來了。儘管我並不想目睹這個慘狀。她的臉嚴重瘀青，而且是新傷——不需要大費周章，你也想得出來是誰幹的吧？醫生，而且也不難了解她為什麼總是閃閃躲躲，掩飾那個人粗暴施虐留下的痕跡吧？」

「這個怯懦的惡棍！」我叫道，怒氣盈盪四肢。「一想到那位可愛、無助的年輕少婦——喔，我真的應該用馬鞭抽死那個無賴！福爾摩斯，我們不能拿了錢，就這麼——」

「這個早上，你老是貿然輕下結論，親愛的朋友，雖說你的想法不無道理。」福爾摩斯客客氣氣的打斷我。「我拿這三十英鎊，是因為混帳老公懷疑老婆外遇，我跟他澄清此事子虛烏有。這錢是我應該掙的，不是嗎？來，這是你的十英鎊。不，不，你也有貢獻，我很堅持，什麼也不要說，你推辭不了的。至於崔德威爾夫人，等她找到機會溜出豪宅，到貝格街找我們，相信她會和盤托出的。護送她進臥室之際，我把名片遞給她。她不會浪費任何時間，應該馬上就會來找我們了。」

我心頭頓時輕鬆，欣喜溢於言表，點了點頭，折好鈔票，看了半天，很是遲疑，直到福爾摩斯哼了一聲，不耐煩的再次翹起二郎腿，細條紋褲腳顫抖似的擺動。看似失敗的收場，原來是勝利的前奏。我放下心了，朝他苦笑，把鈔票收進皮夾裡。

「看來您一開始就說對了，她真的是個誠實的女人。」我若有所思，往椅背一靠。

「你沒在聽我講話嗎？並非如此。」福爾摩斯反駁道。

「但是——」

「我只想知道她為什麼撒謊，因為我強烈懷疑她先生——在某種尚未清楚界定的類型裡，某個較為平庸的個體，我想你會同意吧——根本沒有能力分辨精巧的複製品跟珠寶原件的差別。所以，她當然不願意在公共場合穿戴！硬說上面有毒，只是膽大妄為卻又聰明無比的藉口罷了。她在抑鬱的居家生活中，早就開始使用遮瑕霜，慘白的臉色更能圓謊。她的先生不明所以，在家裡踱步無計可施，忍受疑雲罩頂，長達半年之久。」

「她把珠寶都典當掉了？」我驚呼道。

「在過去的六個月裡，是的。我想你應該明白吧，華生。欺騙自己的先生是一回事；但在社交場合中瞞過那麼多雙眼睛，可是另外一回事。我大概可以還原百分之九十的經過，但我們還是等待崔德威爾太太趕到，親自揭露原委吧。至少是她自己所掌握的真相。」

我的心思翻攪不定，非常高興在我跟我那絕難反駁的室友之間，有這麼一段寧靜的空檔。我們準時抵達貝格街，在輕鬆的沉默中上了樓梯，客廳壁爐裡的煤炭外殼呈現灰色，我們挑明了火，請人送茶上來。就在這個時候，樓下響起刺耳的鈴聲與兩個女人匆忙的交談聲，樓梯間傳來急促的步伐，沒聽到敲門，門就砰的一聲打開，愛麗絲．崔德威爾夫人出現了，她的呼吸斷斷續續，胸口起伏不定，臉頰泛出不自然的紅色，穿著早上急著逃出火場的斗篷外套。

「崔德威爾夫人請坐。」我的朋友連忙攙住她的手肘。「華生，辛苦你一趟，給這位女士倒點白蘭地。」

就在我遞給崔德威爾夫人一杯酒精飲料的同時，她跌坐在我逐漸覺得「那是我的」扶椅上。

「福爾摩斯先生，」她上氣不接下氣，「原來你是偵探。我的先生已經發現我的祕密了，是不是？」

「崔德威爾先生還被蒙在鼓裡。但我非常想知道究竟發生了什麼事情，以滿足我的好奇心。」我的朋友坐上他的專用座椅，我只好在沙發上將就一下。「你先生是怎麼對你的，不方便明言，請勿勉強。我們確定他是個不可理喻的莽漢，除了維護你的周全之外，並不想跟他有什麼糾葛，夫人——請原諒我的唐突，整起事件是不是在六個月前開始的？」

「六個月前，我的父母喬治與瑪麗．達林頓過世抛下了我們。」崔德威爾夫人虛弱的回答，

「所謂的『我們』指的是我姐姐跟我。我不應該覺得這是一件好事——這實在是太冷血、太不孝了。我單身的姐姐蘿絲‧達林頓，一直是我最親近的倚靠，一夜之間，變得她必須自立更生了。盧西安活得好端端的，我自然不可能繼承什麼遺產，儘管我的情況……這樣特殊。」

「我可以跟你保證，我也痛恨看到這情景。有朝一日，我們這個偉大的國家能夠給予你足夠的援助，離開盧西安‧崔德威爾這樣的惡魔，我個人願意出資在皮卡迪利廣場舉辦慶祝遊行。」福爾摩斯的聲音並不大，但我聽得出來，他講的每一個字都是認真的。

她的臉更紅了。「希望我們倆都能活著看到那一天，福爾摩斯先生。無論如何，儘管我拿不出自己的財物賙濟家人，蘿絲卻不斷用熱情的語言，勸我離開盧西安，跟她住在一起。當時我害怕得不得了，也沒臉跟人去說。我把那批信鎖在盒子裡，其實，我應該燒掉的。盧西安發現信盒上了鎖，又拉不下臉撬開，只好想別的方法——不，我不需要你的憐憫，也不需要我姐姐的同情。」她繼續，強忍眼角快要掉下來的淚水，「如果我們倆想要一起過日子，我想，身上總得有點錢。我幾乎不敢再看鏡子裡的自己，只好心一橫……偷偷溜出家門，找人偽造珠寶，鑲回去，把真品賣掉，杜撰一個荒誕不經的故事，說有人在珠寶上下毒，讓我先生覺得我神經不正常，懶得跟我吵架。我用盡女人想得出的所有方法避開他——頭疼、操勞、昏厥、疲乏。我想要回復愛麗絲‧達林頓的身分，重新生活。我知道你們兩個一定覺得我很下作吧。」

「事實上……」我溫和的打斷她，「我恨我自己是個傻瓜，竟然看不出你經歷過這樣的心路歷程。」

「而我認為你是我這輩子最難纏的對手之一，夫人，但我老實說：我們也希望有機會站在你這邊。」福爾摩斯意氣風發的跟她說。

她試著擠出一個笑容，但嘴角一揚，隨即癟了下來。「希望你不要跟盧西安多說什麼，可以嗎？你還想知道什麼？」

「我想知道你把多少錢縫進斗篷的襯墊裡？」

這女士喘了口氣，手指飛快的摀住嘴巴。「我沒想到！您是怎麼知道我……先不管這麼多，算是一筆不小的意外之財，接近一千五百英鎊。」

「崔德威爾夫人──不，達林頓小姐，請原諒我──你現在要趕緊離開了。」福爾摩斯抽出火車時刻表。「兩點十五分有一班火車從查令十字車站開往布萊頓。不要回家打包衣物、書籍，或者跟朋友告別。只要穿著這件貴重的斗篷，直接從貝格街去火車站。找樓下的門房彼得森，要他陪你一道去，我們會負責他的費用。走吧，千萬不要推辭，我要親自護送，看你安全上火車。祝你平安順遂！還有一件事情，也請你見諒：火災警報是我幹的好事。我一直覺得盒子裡面有些蹊蹺的物事，但不確定其價值──實在很高興，你比我想得要機伶得多。」

「實在不敢講完全了解您的所作所為，但我非常感激，請務必讓我補償你的辛勞。」她低聲說。

「喔，不。我可不想越來越貪心。」他心滿意足的說，「你看，我已經得到二十英鎊的酬勞了呢。」

兩週後，達林頓掉包醜聞，在社交八卦版上完整披露，由於情節過於離奇，成為街頭巷尾熱議的焦點，長達一個月，歷久不衰。出乎我們的意料之外，崔德威爾先生還頗為怡然自得，他深信福爾摩斯的說法，認定他的妻子歇斯底里。東窗事發之後，他說，任何正常的男人想來都應付不了女性精心策畫的陰謀吧。我的朋友每次聽到崔德威爾先生的名字，嘴角鮮少不露出噁心的一撇，歪著頭沉思一會兒。而我則是困惑於人性中難以捉摸的雙重面向，至今，折衷不出滿意的答案。

# 乞丐盛宴大冒險

在我跟夏洛克．福爾摩斯共同承租貝格街公寓之後，每當陰風晦暗，慈悲心油然而生的季節，我總會奉獻部分時間，到醫院擔任義工。每週兩個午後，到倫敦醫學院幫忙是我溫暖的負擔。在醫生或者其他醫事人員忙不過來的時候，一般執業實務與短暫軍旅經驗足堪應付的工作，就由我一肩承擔。管理人員很快就習慣我的存在，把我當成臨時代理醫師。責任並不輕鬆，他們也不會跟我客氣。有一次，他們請我去處理馬車車禍導致的肢體傷害；還有一次安排我進入貧民窟（在我們這個肆意擴張的大都會裡，多的是這種被遺忘的角落）照顧水痘患者；或者流行性感冒大爆發後，請我治療不幸感染的老百姓。

一八八七年十二月底的一個傍晚，我站在病房角落，料理完一個意外受傷的病患、整理好醫療器材、消過毒，放進醫事皮包中。心裡暗地尋思：一會兒福爾摩斯發現我沒及時趕上聖詹姆斯音樂廳的弦樂四重奏，嘴裡又會嘟囔些什麼。幾秒鐘之後，讓我吃驚到闔不攏嘴的怪事發生了：他竟然在走道另一頭踱步，甩著他的手杖，身後的大門折射出偏斜的光線，朦朧中，他瘦瘦高高的身影，顯得更瘦、更高了。

「我剛忙完。您是怎麼在這迷宮裡找到我的？」我問他。福爾摩斯對倫敦醫學院熟門熟路沒錯，以前他一天到晚在這裡做化學實驗，只是不知道他怎麼知道我在這裡。

「簡化思考，我親愛的朋友：掌握最佳資源。」他把手杖抵在擦得晶亮的地板上一轉，在它還沒墜地前，倏地抓住。「有人協助，耗費時間可以減半；一意孤行，不就犯下最可笑的錯誤？」

我大笑，問道：「誰幫了您的忙？」

「這地方跟蟻窩一樣，一堆人忙進忙出，我決定問最有可能知道的專家，在大廳跟我擦身而過的第三位護士，一下子就幫我找到你了。分辨醫院中最會掌握狀況的工作人員，並不是難事。這麼說吧——這位女士看來有些倦態，但很矛盾的，偏偏又是把自己打理得最為整潔的一位。明明起碼二十小時沒有入睡了，指甲上卻看不到半點污漬。事無鉅細、瞭若指掌的萬事通，一般都有這種特徵。」

「經您這麼一說，我好像也能跟您一樣講出一番道理了。」

「對，本來也沒什麼高深的學問，華生，可惜我已經先說了。」他的語氣挺嚴厲的，我不由得乾笑兩聲。

「好啦，好啦。」我啪的一聲扣上醫事包，「現在幾點啦？」

「就我的錶來看，四點四十七分。我叫了輛馬車在外面等。做了一整天的慈善工作，這是我應該提供的服務。咱們現在可以準備去欣賞海頓了。」

正當我們朝大門走去的時候，遇見兩個看護推著輪床，上面架著擔架，躺著遭逢不幸事故的倒楣男子，旁邊還有個護士在照料他。此人身材苗條，衣著時尚，頭部似乎遭到重創，眉毛以上被裹了一層又一層的紗布，跟個蠶繭似的。他看起來心事重重——但我卻無法判斷是過於悠閒，還是過於哀傷——年紀明顯不到二十五歲。乍見此人，我就只有老練醫師加上戰場老兵的自然反應，祝他早日康復而已。已經有一個同事快手快腳的施予急救，病人現在最需要的就是安靜休息，我的直覺是無需操心，就像巡邏中的強壯士兵不會引發我任何關切一樣。我已經繞開輪床，沒想到福爾摩斯卻大剌剌的擋住他們的去路。

「這位可憐的朋友怎麼啦？」他的語氣極其平淡，其實已經是他最諂媚的姿態了。

病患身邊的護士——一位年輕能幹的女士，名喚卡莉，我曾經跟她一道工作過——見到福爾摩斯跟我在一起，嚴肅的臉龐放鬆下來，回復她一貫的表情。「所知不多，這位先生，只能說他挺可憐的。我們確定他遭到打劫，身上找不到任何證件，無法確認身分，沒有現金，也沒什麼值錢的東西。一個馬伕在黑衣修士（譯註：倫敦的一個地名，在城市的西南角）的河邊發現他，趕緊報警。」

「馬伕到得太晚，沒看到事發經過，還是看到衝突正在進行，並且能夠及時干預？」

「沒關係的，卡莉護士。」她晶亮的褐色眼睛，突然瞇起來，我趕緊打個圓場，儘管我自己也弄不懂，為什麼福爾摩斯對這起意外興起濃厚的好奇心。「這是我的朋友，夏洛克・福爾摩斯先生，他的專長就是犯罪調查。」

她看起來略略的放下心來，但依舊提防，手不由自主的按住蓋著病患的被單。「那麼，我想，講講應該無妨吧，醫師。主治醫師跟送他來的警探還有馬伕都談過，我略有耳聞。衝突之際，沒有人干預——發現他的時候，損害已經造成了。」

「請原諒我，案發的確實地點在哪裡？」

「在盛宴主事庭院的窄廊裡，先生。」

「好極了。請繼續。」

「當時架應該打完了。」她的語氣裡有明顯的不耐。「據說馬伕發現他躺在地上的同時，瞄到一個人在窄廊的另一頭窺視。那人的模樣噁心至極，馬伕說——一頭蓬亂的長髮、枯草似的灰黃，駝背、五官惡形惡狀，鼻子應該被打斷過，鼻梁歪七扭八，一身襤褸，就連馬伕都沒有看過這麼不堪的人，朝著他大喝一聲，那人就消失無蹤了。馬伕覺得他還是留在現場陪伴受傷的紳士，趕緊求救比較好，犯不著去追那個說不定跟案件一點關係都沒有的乞丐。馬伕是非常值得信賴、個性穩定的人；我個人的意見啦。如果您覺得我的觀察不牢靠，那麼不到半個小時前離開的警探，也有相同的看法。」

「相較於警探，我願意花千倍的努力，來取得你的觀察，卡莉護士。從大量頭髮跑到護士帽外面的現象看來，你值班的時間已經超過十二小時，眼眶下緣的黑眼袋也是佐證。儘管你這樣辛勤工作——你看，你的手經過重複擦洗，還保持著粉紅色——護士圍裙上卻沒有半個污點，意味著你經常更換。我猜是每天兩次。我必須向你保證，你的意見無比珍貴。」

「對，我的確是一天換兩次圍裙，但是……」卡莉護士眉頭一皺，很聰明的避開我朋友，眼神向我拋來。

「這是讚美。」我解釋說，「他……別理他了。能不能多告訴我們一點事發經過？」

她撫平整潔的圍裙，搖搖頭。「事情再普通也不過了，醫師。一個人走進巷弄，就沒走出來……如果真有天使在天上守護，好歹也該出聲警告他，危險就在眼前。至少我是這麼想的，我不在乎真相，只祈禱上帝能讓他早點甦醒，醒來以後還能知道自己是誰，否則我們就再也找不到他的親友來照顧他了。」

我冷靜的點點頭。卡莉護士一邊說，看護一邊把這個臉色蒼白、失去意識的紳士，推進空無一物的牆壁凹處，拉上一圈簾幕。護士去找乾淨的醫院罩袍，換掉他身上價值非凡卻滿是髒污的華服。我跟著她往前跑了兩步，猛地醒悟，回頭一看，福爾摩斯還留在原地，一動也不動，目光冷峻，好像一把練習用的鈍劍，直直刺向無名的受害者。

「福爾摩斯，」我大著膽子問，「馬車是不是在樓下——」

「我不禁懷疑，華生，」我的朋友開口了。食指比在嘴唇上，腳跟微微後仰，陷入沉思。

「我看得出來您在懷疑，只是不知道您在懷疑什麼？」

「我在懷疑這個人為什麼不穿自己的衣服？」

我退回輪床邊，把這個人從頭到腳端詳一遍，大惑不解，找不到任何線索，證明這件衣服是借來的，只看得出來他慘遭痛毆，遍體鱗傷，還被扔在陰冷、骯髒的通道裡好一會兒。他穿著昂貴的深綠絲絨背心，鈕釦還是擦得雪亮的珍珠母，被扯得稀爛的領結，用的是上好的絲，及膝的雙排釦西裝手工細緻貼身，我把衣領翻回去之際，發現這件大衣襯裡還是深藍色的綢緞。

「您為什麼說這不是他的衣服？」

「請看他襯衫的袖口。」

我這才把注意力轉向袖口，全是污泥，但剪裁得宜，緊貼著這個不幸男子的手腕。

「不，不是指尺碼合不合。你看第二個衣袖孔，原來是用袖釦扣住兩個袖孔，所以距離比較開，但現在被人連同賽璐珞一起縫起來了。你總不會告訴我說：負擔得起這身衣物的人，手腕周邊明明短了兩英寸，卻不願意買一副新袖口吧？（譯註：在維多利亞時代，由於清洗不便，講究的男士在正式穿戴的時候，袖口跟下文講到的領口，都是另外附加上去的，材質多半是硬質的賽璐珞，看起來比較挺；由於袖口還要搭配袖釦，所以兩個袖孔會隔得比較開）」

福爾摩斯搓了搓他枯瘦的手指，在輪床周遭兜了一圈，眼睛片刻不離這個醫院剛剛收治的傷患。「我還可以再補充一點：褲子合身，但是膝蓋的裂痕卻沒出現在應該的位置，整整差了兩英寸——我親愛的朋友，膝蓋最關鍵。如果這話是我第一次說，那麼接下來，再強調十來遍也不嫌多。這麼貴的背心，卻在肋骨的最低處，出現一個不該有的皺折，單就這做工，如果我穿著這個年輕人的鞋子，站在他的立場上，跟裁縫就有得吵了。更何況這人腳底下的鞋子還未必是他的，更不是一個在街頭要飯過日子的人負擔得起的。」

我的訝異溢於言表。福爾摩斯彎身卸下那人的領口，輕輕解開沒用針固定的領結。我卻開始懷疑：說不定我也能從手上的證據歸納出正確的結論？眼前的景象確有幾分蹊蹺——但就像是病患考驗醫護人員的效率一樣，這個案子最終還是要靠夏洛克．福爾摩斯指引我思考的方向。

「我看到的，你也看到了。你能推出怎樣的結論？」

「我不知如何設想。」

「不，不，你當然可以，只是你的心智不敢朝著虛空處縱身一躍罷了。要不要把我的假設跟你報告一二？」

「求之不得。」

「這傢伙是個乞丐，之所以這麼說，是因為他身上的泥濘並非鬥毆導致——而是藏在他衣服底下的陳年污垢。他在跟人鬥毆前就是這麼髒，絕對不是打到這麼狼狽。請看他的雙手。」

我的朋友舉起此人的一隻手，供我仔細檢視。這隻手有好多厚厚的老繭，最特別的地方是他的手指。指頭附近有好些水泡留下的小瘢，有的還是比較嚴重的出血水泡癒合後的痕跡。身為醫生，我當然知道這些證據的意義——但是，我從未見過這樣凍傷後再復原，反反覆覆，集中在同一個人身上的古怪現象。

「這些是很普通的小傷，但是成套、成組出現就很不尋常。我只有在『短處討生活』的人手上，才見過這種印記。」福爾摩斯冷靜的解釋，把這個不知名男子的手再放回床單上。

「您說什麼？」

「我道歉。江湖混混的黑話，有教養的英國人根本不想聽進耳裡。有的時候，我的詞彙會混入這種下層階級用語。『在短處討生活』是一種乞討方式，就跟『想當燃兒』一樣。」

「用一個我同樣不知所云的句子來回覆我的疑惑，不是一個很好的解釋方式。」

「這抗議非常合於邏輯，華生。」

「是啊，不然呢？」

我朋友的嘴唇一陣扭曲，揚起一個自嘲的微笑。「所謂的『想當燃兒』，指的是行乞者自殘，故作可憐狀，博取同情。弄些刀傷、擦挫傷、瘀青，甚至不惜自焚——只要能多討點施捨的小零角子，什麼都幹。砍掉一隻手能夠讓人覺得他不只挨餓受凍，就能激發出更多同情……」

「福爾摩斯，您是說有人寧可自斷手腳，就只是想要——」

「就只想要換口飯吃？」他意味深長的揚了揚眉毛，目不轉睛，看著仰臥著的病患。

我嘆了一口氣，只覺得肩膀上的肌肉一緊。「請繼續。」

「『在短處討生活』則是在酷寒的冬天，衣不蔽體，沿街行乞——這當然是精心算計過後的策略——蔽體的衣物越少，得到的金錢報酬就越豐厚。外行人頂多就是不穿大衣，真正的行家可以脫到一絲不掛，擺出一副幾秒鐘前，才剛把隨身衣物全部典當的可憐相。他們維持最低限度的公共觀瞻，想盡辦法，裝出身無分文、飢寒交迫的模樣。在我們貝格街附近當然看不到這種搏命演出，但我在白教堂（譯註：倫敦的一個區，也是開膛手傑克肆虐的地方）與聖吉爾斯卻是多次目睹。這只是舉兩個例子，在倫敦好些區域，類似的景象層出不窮。」

「我在印度也看過這種為了要錢不惜自殘的人。」

「膽子大的，什麼都豁得出去。」我的朋友搜索年輕人的全身，手指探進口袋，解開華麗的背心，看看有沒有暗袋。「如果我是對的，乞討就是他的本業，哪有什麼身分證明好偷？簡單來說，他身上不會有任何值錢的物事，除了那一枚領結針以外。把他身上的衣服送進當鋪，想來可以發一筆小財；但是要把他扒個精光，卻不是可以在大街上公然犯下的罪行，一般得把倒楣的路人引進室內，才好從容動手。不，這個嫌犯是很衝動的，只想要些能夠輕易脫手的小東西——像是懷錶、手錶、皮夾、零錢包、戒指——但是那枚領結針，想來會讓他得不償失。」

「福爾摩斯，什麼領結針？」

「領結上有個新針孔，卻沒看到珠寶。」

「所以領結針不見了。」我這才恍然大悟。搖搖頭，自己也不禁笑出來。

「應該是。啊，這裡有個東西。」

他從背心內袋中取出一張薄薄的紙片來，打開，仔細檢查一遍，轉交給我。這是一張家具店的收據。

「這件背心真正的主人，儘管不知道是誰，剛買了一個好大的珍玩匣。」我說，順手把紙條還給福爾摩斯。「沒名沒姓，也沒有送交地址——只有販售者訊息。警方沒有注意到，也算是個小小的奇蹟吧？」

「小奇蹟，無誤。這也就是警方既無法確認被害者身分，也找不到加害人的緣故。」我的朋友冷哼一聲，把手上的證據小心翼翼的收起來。

「福爾摩斯，」我不得不問一聲，「我們不去聽海頓音樂會了吧？」

他無辜的眼神正視著我，二分訝異中夾帶著一分受傷。不過，現在是一八八七年，這種表情已經無法再愚弄我了。

「票就在我的大衣口袋裡，我親愛的朋友。如果聽音樂是你不可或缺的娛樂，那麼我們在很短的時間內，就可以沿著岸濱街，朝皮卡迪利前進。不過呢，家具行偏巧在高伐木街園丁巷黑衣修士附近，距離這個不幸的傢伙遇襲、扔在路邊等死的地方不遠。」

我把帽子戴在頭上，拎起我的醫事包。「那我們還是去看一看，對吧？」

福爾摩斯朝我客氣的笑了笑，示意讚許；手杖往上一拋，輕鬆接住，大步朝大堂走去。我兩步併一步，緊跟著下了樓梯，進到中庭。花園蕭瑟，滿是冬天枯萎的氣氛，草木被剝去最後一絲水氣，噴泉上結了薄薄的一層冰。還真是奇蹟發生，我朋友叫的馬車居然乖乖的在原地等待。駕駛裹進厚厚的毛毯裡，不耐煩的馬匹鼻子裡不斷噴出冰霧。

我們在黑衣修士下車十分鐘後，太陽加快步伐，迅速落在暗褐色河面上，像是一隻受創的火鳳凰。藥劑師在擦得雪亮的窗戶後面，拉下百葉窗；酒吧，倒是一家家的開張，搖曳出一朵又一朵黃色的火花，在一片晦暗中，繁星點點，像是散布在灰藍大海中的小燈塔。正值非日非夜，幾近神祕的時刻，地球傾斜進入薄暮。我招認：我渴望這種意料之外的疑案、喜歡享受窮追不捨的刺激，而不願意被動的欣賞音樂，消磨這個夜晚。福爾摩斯朝著河邊，走出半條街，絲質禮帽壓到眉毛上方，突然間碰了碰我的手肘。

「往前走。」他低聲說道。「掏出你的懷錶，提高警覺，盯著對街，好像你在計算抵達目的地的時間；然後，立刻回頭看。」

我強自鎮靜，面無表情的照著他的話去做，眼光投向大街的另一端。只見到一個我遍歷世界各地，都沒見過的古怪生物，朝著我們逐漸逼近。我的脊椎一陣刺痛，馬上就認出他就是描述中的那個人。他的個頭不大，肩膀佝僂，駝著背，腳步時而蹣跚、時而踉蹌，身上的衣服骯髒至極，惡臭撲鼻，就是些爛布條覆蓋在枯柴般的四肢上而已，千瘡百孔，像是一縷一縷的苔蘚。此人應該是拾荒者，在泰晤士河裡淘摸些可以變賣的垃圾，或者鑽進下水道尋覓掉落的硬幣。但跟他噁心的嘴臉一比，身上令人作嘔的髒勁兒又算不了什麼了：污穢的灰髮髒到打結，歪七扭八的掛在臉龐上，本來的德行多半就是面目可憎、下流粗魯，偏偏他的鼻子還在多年前重創斷過，兀鷹般的輪廓看起來更像一張破碎的臉。

我朋友的步伐倒沒改變，一路來到某個角落，猝然停下，再開始繞圈，仔細觀察一棟建築，手指輕輕撫摸磚頭邊緣。

「那家挺蹊蹺的家具行就是這裡。」他轉過頭來告訴我。

「但是，福爾摩斯，我們大可晚點再去造訪——如果卡莉護士夠牢靠的話，毫無疑問，這裡就是那個盛裝乞丐遇襲的地點。」

「卡莉護士絕對信得過。」我的朋友頓了一會兒。「等這事有了結果，你把事實改編成肥皂鬧劇，打算取什麼篇名？『盛裝乞丐大冒險』還是什麼垃圾？」

「不必假裝您已經把這案子偵破了。」我當場頂回去，其實不需要這麼生氣。

福爾摩斯眉頭一皺，打量我半晌，嘴巴一陣蠕動，居然化成一抹淡然的笑容。「一針見血，華生。現在脫掉你的大衣，拿下圍巾。」他傲慢的命令我，同時也解開自己的圍巾，照我的樣子把手從斗蓬大衣裡抽出來。

我心不甘情不願的聽命行事。福爾摩斯把他的大衣交給我，不用交代，我也知道他想幹嘛，便把我的大衣交給他。我的朋友身形極高，他的羊毛斗蓬大衣穿在我身上，下襬超過膝蓋，模樣很是狼狽。而福爾摩斯換上我的斜紋軟呢外套，卻足足比他那件短了六吋，乍見之下，連我自己都忍俊不住。

「不再是約翰．華生與夏洛克．福爾摩斯了？」我這麼推測。

「這兩身裝束想來不像剛才那麼合身，但人依舊是好人。現在跟著我，照我的動作做。」

福爾摩斯接近對街的邊欄，跟著一小群行人前進。目標就在前頭，大約一整條街的距離。我的朋友看上一個腳步輕快的行人，直接閃進他的正後方；灰色的眼珠穿過前者的肩膀，盯著我們跟監的對象，眼神空洞，一片茫然。沒多久，我也找到掩護，照著福爾摩斯的做法，臉上流露疲倦、不耐的神情，盯著他前進的方向。

我的興奮之情比福爾摩斯明顯得多。不知道為什麼，他好像完全退縮進自己的內心世界裡。在正常情況下，福爾摩斯外表出眾，經常吸引周邊閒人好奇的眼光；此時，他收束起全副鋒芒，就像是鵝卵石上的一條裂縫，哪裡會有人注意呢？他的偽裝也沒多厲害，不過換上我的大衣，駝個背，讓他的身高感覺起來跟一般人差不多而已——但就這麼點小調整卻讓他變了個人似的。跟許多在蘇格蘭場服務的朋友一樣，我也不禁浮想聯翩：假設渾身散發專業演員氣質的福爾摩斯環遊世界，想來各國的觀眾都會對他精湛的演技，報以如雷的掌聲。我朋友勁氣內斂，想不到個性中還有這種與生俱來的表演特質。除了他在世上唯一的朋友以及蘇格蘭場少數識貨的警官，發自內腑的稱讚，能讓他臉上微微一紅；其他人的吹捧，他根本置若罔聞。福爾摩斯顯然已經找到他這輩子最適合的職業。

走了幾條街，經過好些蔬果攤、報攤與郵局，醜惡異常的男子下了階梯，進到一家名為盲象的酒吧。入口兩邊的鐵架上，各懸了一盞煤氣燈。也就這麼一眨眼的工夫，我朋友大步的跨下階梯，推開酒吧大門，一股溫暖的啤酒氣息，迎面撲來。

「終於到了！」我的偵探朋友刻意拉高音量叫道。「倫敦橋這一頭最棒的愛爾啤酒吧，我親愛的朋友。我可沒有偏見——難怪柏金斯強力推薦這家；天啊，我現在知道為什麼了！」

所有的眼光瞄向福爾摩斯，隨即撇開，這就是他要的效果——在倫敦這樣的大都會，越想出鋒頭，大家就越不搭理你。這裡的環境相當舒坦，擺放了好些從俱樂部收購來的二手家具與裝飾；可不像一般酒吧，盡是硬邦邦的粗木板凳與搖搖晃晃的矮椅子。福爾摩斯跟我手中各握一杯差堪入口的黑啤酒，陷進滿是傷痕、逐漸褪色的皮扶椅裡。

從拿到啤酒之後，我們一路尾隨至此的神祕男子，始終跟老闆聊得很起勁。老闆的身材矮矮短短、皮膚黝黑，頭髮掉得厲害，只剩幾莖黑髮，遮不住發亮的腦門。他相當關照這個骯髒的乞丐——而且頗有誠意——讓我訝異不已，不明白為什麼遊民竟然能得到老闆的敬意。福爾摩斯看來也有些疑惑，從他空洞的表情研判，我確定他正全神貫注的偷聽兩人對話。

「我的人已經在外面調查兩小時了。」酒吧老闆平靜的說。「請您放寬心，馬威克先生，沒有理由把罪責往自己身上攬，您又沒有傷害任何人。我叫史考特．孟迪跟皮手指吉姆到街上拚老命去找，不可能逃得出我們的手掌心。」

「就這麼消失得無影無蹤？」那個畸形的生物說，手裡抓著一杯褐色的液體，聲音同樣讓人不敢恭維——沙啞中混進哀嚎，刮得耳朵生疼。「喔，皮孔先生，我這輩子大概是好不了了。如果放任這種行徑不受懲罰，我的人生要怎麼走下去呢？還不如乾脆死掉算了。」

「把手上那杯酒乾了吧，馬威克先生。」皮孔先生建議，語氣中再次流露出我不明就裡的敬意。

馬威克先生手上那杯看來像是威士忌，他淺啜一口，雙手不甚靈便，灑了好些在桌上。皮孔先生安撫了幾句，只有最善體人意的酒保才有這種功力；隨後把吧台擦乾淨，彷彿闖禍的人是他一樣，補滿威士忌，雙肘架在吧台，等著眼前這位不悅的顧客繼續感嘆。

「我被下了詛咒吧。」馬威克呻吟道，「等我找到那傢伙，我一定要——」

「這不勞您費心。讓孟迪跟皮手指去忙吧——您知道他們用不了多少時間就會追到他的下落。多一點耐心，馬威克先生，一點點就行，一切都會平安無事的。我保證。再喝一點，稍微放輕鬆些，先生。」

「我無法忍受眼前的景象，我告訴你——」

「別再說了，真的。我不再多言，您的耳裡只有福音。去主持晚宴吧。相信我，我自有分寸。」

馬威克先生雙手捧住玻璃杯，掙扎著把裡面的液體喝下去。然後，朝著酒保感激的點點頭，一毛錢也沒付，拿起手杖，踉蹌的走了出去。

我還沒站起身，福爾摩斯就飛快的在吧台上放了幾枚硬幣，二十秒內，我們倆已經站在門外，在寒風中簌簌發抖。我縮著頭，鬼魅似的跟著古怪的馬威克先生。福爾摩斯還是那副漫不經心的模樣，我卻無法強迫自己的眼神離開神祕的跟蹤對象，兩條街後，我放棄了，實在裝不出若無其事的樣子。結果大出意料之外：馬威克先生又把我們領回案發地點。在抵達家具行前，馬威克先生瞪著地上的垃圾，頗為惱火，一腳把它踢出淺淺的台階，隨後，掏出一把大鑰匙。入口很寬，兩側各有一道鐵柵欄；他還掏出髒兮兮的手帕，把上面的污點擦乾淨，這才打開大門，走進去。

「我的天啊，這地方原來是他的。」我的朋友輕輕的驚呼道。「我這輩子還沒見過行藏如此離奇的人。」

「您當然也注意到了：酒吧老闆對他出乎尋常的客氣。」

「很明顯，是的——的確讓我困惑了一會兒，但現在我已經蒐集到更多情報，無需再多費功夫，真相已然呼之欲出了；我是沒料到他就是家具行老闆，但考慮他的手杖，我也不會太吃驚。」

「他的手杖，福爾摩斯？」

「華生，有關這個離奇的傢伙究竟是何方神聖，我還有幾點疑問。但你想不想把外套換回來？我得承認你的衣服穿在我這麼高的身上，短了幾吋，實在沒有心理準備——每次用力扯，都讓我彆扭一陣子。現在讓夏洛克．福爾摩斯跟約翰．華生回歸本來面目，應該是再合適不過的事情了。」

這番話意味著福爾摩斯認為此時隱藏身分已經沒有意義了。我們倆很快的交換衣服，福爾摩斯走到馬威克先生方才進入的大門前，按了門鈴。

一片木板倏地滑開，一雙看了就不舒服的混濁雙眼瞪著我們。

「小店晚上不營業。」馬威克先生嘶啞的聲音摩擦我們的耳膜。

「我們特別想要買一個珍玩匣，馬威克先生。」我朋友平靜的回答道。

我們當場看到老闆的臉孔一陣扭曲，極為不悅。「我說得很清楚：小店晚上不營業。不要來添亂！到別的地方找去，晚安！」

「但我們對你們家的珍玩匣特別感到興趣。這點你明白嗎？」

「到陰曹地府找去吧。你這種人懂什麼珍玩匣？」

「馬威克先生，跟你保證，我們絕對無意傷害『玩票行乞社』。我們只想協助某個在醫院裡接受治療的朋友，而且我們知道——」

「你們知道個屁！」這個小個頭惡狠狠的尖叫聲，穿過門孔傳出來。然後我們聽到一雙拳頭重搥在門框上，憤怒全落在眼眶中。「根本沒有什麼玩票——」

「也許我應該早點自我介紹。在倫敦街頭有一小群人，稱為『貝格街雜牌警探隊』，雇主正是在下。我叫做夏洛克．福爾摩斯。」

傳話口啪的一聲又闔上了。沉重的腳步聲逐漸遠去，等他再度回來的時候，我們隱約聽到鑰匙啷噹作響的聲音。馬威克先生終於把門打開了，比了個姿勢，領我們進去，兩隻手臂擺動得格外吃力。

福爾摩斯知道我們在跟誰打交道，我可是毫無概念。所以，我仔細觀察周邊環境，不敢冒失的問些可能會影響大局的問題。這個家具行內部相當凌亂：幾件大家具上頭盡是蜘蛛網與污垢。小東西胡亂一堆，實在激不起購買的意願，還有好些玩意兒用廉價的亞麻布蓋著。灰塵與霉味兒滲進家具行的每個角落，上次清掃地板，大概是十年前的往事。這裡給人的印象是徹底的廢墟，是家具的墓地，而非展示的空間。顧客上門來，買賣當然也做得成，只是氣氛想來不會太愉快。更何況馬威克先生招呼客人也不殷勤，長相醜惡不說，現在還嫌惡我們貿然闖入——但儘管怒氣沖沖，他還是按捺性子，勉強跟我們周旋。

「現在是唱哪齣？我的確聽過那群小鬼的流言。你真的是夏洛克．福爾摩斯？」

「正是敝人，任憑差遣。」偵探回覆。「這是我的朋友與同事，華生醫生，經常在倫敦醫學院施展專業技能。」

「傑洛米還好吧？」馬威克抓住我的大衣袖子，要求我趕緊告訴他最新情況。

「我離開他的時候，沒有任何病況生變的跡象。」我答道，「他在休息，傷勢有人照料。雖然說不是我親自治療，但我對我的同事有信心，他們一定會盡力救人的。」

「那就好。雖然還是擔心，但多少好一點。喔，真是倒楣的一天。如果你是夏洛克．福爾摩斯，想必此時，你已經知道來龍去脈了。」他的口氣很差，對我的朋友很是輕蔑。

「我的推論持之有故，所以很有信心，如此而已。我相信那個年輕人……你說叫做傑洛米是吧？」

「傑洛米．克欽。」

「那就是克欽先生了。他在街頭被誤認為是有錢的紳士，於是遭遇襲擊——」

「錯。這就是最糟糕的部分。」家具行主人繃緊下巴咆哮道。「他根本不是被誤認為有錢人。既然現在你掌握了些線索，帶你看遠比聽我說來得好。」

「你今天晚上，是不是要主持年度餐會？」福爾摩斯問道，刻意壓住語調中的興奮之情。

馬威克先生點點頭。「如果兩位願意發誓，今天在這裡看到的一切，都不對外揭露，那麼我也可以打破近十年來奉行不渝的老規矩，帶兩位參觀一下。要不是『貝格街雜牌警探隊』，我絕不考慮；不過，既然這些人是你的手下，我就鼓起勇氣，姑且相信你們一回。請問兩位能不能承諾守護我的祕密？」

福爾摩斯同意了，儘管我有些為難，但也只好跟進。三個人走到家具行的後面，進入一個面積比較小，但布置得反而比較疏朗的房間；以前可能是辦公室，但現在顯然用來收藏各種泛黃、脆弱的文件。接著，我們看到一道陡梯，出現在房間後方。金屬階梯與欄杆螺旋向下，來到地下室，發現自己置身於一個大廳內，一排又一排，更多勾不起購買慾望的爛家具。馬威克先生縮到一個尋常的書架後頭，扳動隱藏的機關，只見得書架一轉，隨即露出通道。

「我的天啊。」我大喘一口氣。

「我從沒想到，有朝一日竟能親眼得見。」福爾摩斯低聲補充道。「謝謝你的信任，馬威克先生。這真的是意料之外的驚喜。」

我們進到的這個區域，寬敞至極，面積等同於上方的家具行，蕩漾著杯觥交錯、歡欣暢快的嬉鬧聲；裝潢得富麗堂皇，罕有其匹，我在英格蘭前所未聞。深色雕花花梨木與鑲框鏡板相間的牆壁設計，明暗交錯；頭上是六盞巨大無朋的水晶吊燈，精光四射，像是一個又一個的小太陽。我沒有看到僕役，只見到堆積如山的美食，窮奢極侈：小丘般的蛋糕與果凍、一堆又一堆的冷肉與起士、隆冬時節在倫敦能取得的水果，無一不備；此外，還有無數的水晶杯，裝滿香檳。

還有到場嘉賓！我從未見過任何的單一聚會，竟能如此雍容華貴；也從未見過與會人士如此盡興、沉浸喜悅到這種地步。來賓身上非絲即綢，鑲以雅致的花邊，每張臉上都洋溢著燦爛的笑容。大致了解狀況後，我卻注意到幾碼外，有個好幾個月甚至好幾年都沒有剃鬚的人，坐在他隔壁的賓客，三根手指的第一個指節都不見了，看起來是受過嚴重的凍傷。

「我們就這麼走過去。」馬威克先生低語道。「他們根本不知道我是誰，福爾摩斯先生。」

我們直直穿過大廳，走出對面第二道造型頗為搶眼的大門，經過一個向馬威克先生微微躬身的警衛。眼前是一個長長的甬道，通向挺遠的地方，牆壁上亮著一整排的壁燈。

「地下室內門配置一名警衛，還有一個在一樓外門把守。」馬威克先生說。「『寒士入口』，你知道嗎？位於家具行另外一頭的勤務大門，外表看起來是垃圾場。福爾摩斯先生，不知道你怎麼弄到今年的入場券找上門來。我猜是從傑洛米身上搜出來的吧？」

「沒錯。珍玩匣的收據的確是放在克欽先生的背心暗袋裡。」

家具行老闆領著我們走進略有起伏的長廊，打開另外一扇比較樸素的門，這才是他真正的辦公室。我們幾個在舒服的扶手皮椅落座，爐火燒得很旺。沒有人想開口，一如既往，率先打破沉默的是福爾摩斯。

「我雇用幾個貧家小孩充當我的眼線耳目。幾年前，我偶爾聽到了乞丐也有年度饗宴。」我的朋友以一種小心翼翼的口氣道來。「其中一個打聽出一個名為『玩票行乞社』的神祕組織，每年都會辦一個盛大的聚會，他還得意了好一陣子；但是細節，知情的人都絕口不提，怎麼套都套不出來。」

「以往的確如此，今天算是破功了。」馬威克先生招認，聲音中頗有痛楚。「我們鼓勵與會者用最離奇的語言，把邀約描繪得跟天方夜譚似的，可信度不能超過發現小精靈的藏金。（譯註：愛爾蘭非常有名的矮妖怪，穿戴綠色衣帽，留紅鬍子，喜歡蒐集金子，藏在彩虹的盡頭）。」

「入場券載明宴會的入口——這次是選珍玩匣的收據，上面印了家具行的地址——只發放街友。除此之外，我的孩子共同確認的一點是：只有真正的寒士才有機會參加這種國王等級的盛宴，衣著服飾全部免費，只是沒人知道主辦者的真實姓名。」

「主辦者就是眼前的考德羅易．馬威克先生。」這個放在乞丐裡大概也是最寒磣的人吸了幾口氣。「他們不會知道隱身在幕後的主事者是誰。永遠不會。我只有一個知心交底朋友，就是在大街上開酒吧的皮孔先生。其他人只知道我是個賣二手家具的。實話跟你說，壓根沒有顧客上門，我是刻意把門面搞成一副拒人於千里之外的模樣。他們還以為我以前是幹裁縫的，收了人家的錢，準備晚會行頭；我也當真在家具行下面，蒐集了各式各樣的衣物。這職業讓我擺脫嫌疑，跟『真正的』盛宴主辦人完全沾不上邊——你明白吧？最終利於故布疑陣。好了，先生，現在請告訴我，對於今天的事件，你到底了解多少？」

福爾摩斯歪著頭，想了一會兒。「你已經證實我的推測——克欽先生並不是因為他被誤以為是有錢人，而遭受攻擊。他在中午過後沒多久，就到家具行來了，可能是試穿、修改衣服，我猜得八九不離十吧？」

馬威克先生有些畏縮。「對的。」

「我想應該有明確的規定：穿上大會提供的服飾，絕對不能離開會場，就是因為擔心他們會遭受攻擊，對吧？但是，克欽先生……受到某種誘惑，不辭而別？」

「他深愛著某位生活拮据的女士。她也收到邀請，卻斥之為荒謬無稽，根本不想參加。」

「啊，克欽先生想要說服她饗宴是真的，千萬不要錯失良機，因此，還有比穿著一身光鮮更能打動她的方法嗎？我只能推論到此，剩下的，請你指點。」

「有關這件事情，我講話可是有權威的——街頭流浪漢，我跟你一樣瞭若指掌，福爾摩斯先生，這可沒什麼諷刺的意思啊——攻擊傑洛米的是當地的一個惡棍。此人也是無家可歸，但氣焰太過囂張，經常欺壓善良，所以從來沒有得到過邀請函。」馬威克先生的語氣裡有著深深的遺憾。奇怪的是，他講話的聲音比先前平順得多，聽久了，甚至還有幾分悅耳。「他的名字叫做湯姆．史格里普。我們相信他自以為這次肯定受邀，沒想到希望落空，又看到傑洛米一身華服，於是出手報復，事後清查，他還偷走了我借給傑洛米的鑽石領結針。發現那個傻孩子偷偷溜走之後，趕緊出去追，不過卻晚了一步，還被警方看到。我承認當時嚇慌了，決定先離開再說，事後卻是越想越氣。可是我不便露面啊。你知道，我撞上巡邏員警多半沒有好下場，所以能避就避。」

我們沉默好一陣子。然後，福爾摩斯問道：「除了調動本地助手搜尋罪犯之外，你還採取了什麼行動？」

「我真想問你怎麼知道得這麼清楚？來龍去脈都逃不過你的火眼金睛。是的，皮孔先生找了幾個老朋友，到處去搜尋凶手的下落。這是壓倒駱駝的最後一根稻草了，福爾摩斯先生——湯姆．史格里普橫行霸道，動輒把街友打到頭破血流。他欺人為樂，肆意竊取他人財物；無論使出怎樣下流的報復手段，都不算過分。我不確定皮孔先生的朋友會怎麼做，但我的態度很清楚：一定要把史格里普趕走，但不能對他造成永久性傷害——除此之外，我也無計可施。我討厭驚動警方，唯一的見證就是個身無分文的孩子，鬧上法庭，我猜連正式的起訴都無法成立。」

我朋友的重心往座椅前方移動，十根手指頭在他的鷹鉤鼻前捏對輕壓。「馬威克先生，以往，我們倆只是久聞彼此惡名，這次算是不打不相識。你願不願意留點插手的餘地給我？讓我跟皮孔先生談談。我跟你保證，我會緊緊盯著湯姆．史格里普，一週之內，將他定罪，不留任何狡辯的餘地——只是得讓我蒐集證據，以別的罪名起訴他——這事兒就交給我們吧。讓我想辦法將這個惡棍繩之以法，發配他去做點苦工，總比靠你們的手下違背良知，動用私刑要好得多。我可以保證：對我而言，這只是舉手之勞罷了。」

馬威克先生的五官逐漸鬆弛下來。「你為什麼會這麼熱心呢？」

「現在是感恩慈善季不是嗎？」我朋友開始故作冷漠。「而且，明年度你再安排宴客名單的時候，我也需要你的回饋。請你允許我推薦少數幾個候選人。我可以保證他們的個性都非常開朗，頂多衛生程度有點疑慮罷了。」

「你所謂的『少數幾個候選人』究竟是多少人呢？」馬威克問道。他可不傻。

「喔，天啊。數字肯定不會超過十來個雜牌隊員吧。」福爾摩斯冷靜以對。「有幾個年紀非常小，不過，我得提醒你，不要錯估他們的胃口。特別要注意皮契斯——八歲不到，但他一個人把白金漢宮裡儲存的食物全部清光，我也不會訝異。」

馬威克先生思考良久，這才拿定主意，站起身，握住我朋友的手。

「好極了！」偵探歡呼道。「咱們算是成交了，馬威克先生。在本週結束前，你應該就可以聽到湯姆．史格里普被押往碼頭服苦役的消息。」

福爾摩斯跟我正待轉身，一個問題攔住我們。

「告訴我，福爾摩斯先生——在你來敲我們家門之前，你怎麼會知道，藏在芸芸眾生中的我，就是『玩票行乞社』的創始者呢？我默默行善，歷時這麼久，我還以為沒有任何人會懷疑我其實是百萬富翁。」

「你的手杖上刻了聖亞勒克西的名字。補充這一點，你就恍然大悟了吧。」我的朋友胸有成竹。「請原諒我，馬威克先生，我也要冒昧請教一個問題：為什麼你要用如此奇特的方式，散掉萬貫家財呢？」

「我是馬威克家族的最後一人了，福爾摩斯先生。」這位古怪得讓人側目的男人說。「在這黑暗的世界裡，已經沒有任何繼承者了。馬威克家族偌大的產業，歸根結柢，也就是靠賣蘭姆酒跟非洲奴隸積攢下來；想到這筆錢的由來，我這輩子從來沒有好受過。截至目前為止，我找了不同的理由，已經散去四分之一的家產，多半是做傳統的好事。在今天的悲劇發生前，我認為再也沒有比創辦『玩票行乞社』，更能為窮人謀福利、更能讓我開心的事情了。這是我開風氣之先的創舉，也是我幫自己掙來的最高榮譽。」

「福爾摩斯。」我們倆一回到大街上，我迫不及待的問道。「我太感激您了，險些為了海頓音樂會，錯過這麼有趣的奇案。您的表現太精采了。」

他一隻手朝我搖了搖，示意友善；另外一隻手卻在掏他的香菸盒。

「請您告訴我，聖亞勒克西是何方神聖？您是怎麼知道這號人物的？」

「雜牌警探隊員跟我說，在晚宴結束前，大家要乾上最後一杯；他們還耳聞，共同舉杯就是彰顯聖亞勒克西的榮耀。」我的朋友笑了。「我也沒聽說過這個人，所以，做了一點小調查，很快找到答案。聖亞勒克西是羅馬某位參議員家的獨子，含著金湯匙出生，但他毅然拋棄家產，過著刻苦清貧的生活。看來，在這世界上，散盡家財賙濟窮人的悠久傳統，其來有自。好心偶爾會出點差錯，但樂善好施總是美事一樁。跟皮孔先生談完之後，我們到馬熙尼餐廳歇腳，吃頓熱食。我親愛的朋友，我相信，接下來的這個星期，你會發現我是個停不下來的大忙人。」

# 勒索蓋斯凱爾回憶錄

## 摘錄自顧問偵探夏洛克·福爾摩斯私人日記。貝格街，二二一B座。倫敦，W1區。

### 一八八八年，九月二十九日，週六

我送華生、亨利·巴斯克維爾爵士與莫提默醫師離開查令十字火車站。（譯註：這篇故事衍生自《巴斯克村的獵犬》。故事開頭，福爾摩斯說他正在處理一樁勒索案，事關重大，無法分身，第一時間請華生醫生前往調查。下述故事中的時間、地點、事件可參照原著小說）

車廂剛離開月台，利刃般的秋風便迎面劈來；毫無疑問，這是我遍體生寒的原由，因我絕少受無端遐想的影響——但我也坦承，盤桓在我心頭的一宗疑案，讓我感到很是不安。當時，華生跟我正在調查糾纏亨利·巴斯克維爾爵士不放的神祕鬍鬚男，如果我已經掌握有力的線索，或許每天早上我比較有臉打量剃鬚鏡中的自己。相反的，過去的羞辱，一幕幕浮現眼前，一念及此，除了那句警告我切忌傲慢的密語「北堡」（譯註：這個典故出自《黃色的臉孔》）之外，想不出更好的對策了。（華生得到這個不得有誤的命令，要在我妄自尊大的時候，澆我一盆冷水；但我每次出醜的時候，他總是太過客氣，拒不執行我交付給他的任務。下次見到他，我一定要再次要求他，不顧情面，必須要重提那段尷尬的往事。）

我現在非常擔心即將繼承大筆遺產的亨利爵士——懷璧其罪，巨大的財富導致威脅如影隨形。這麼說來，查爾斯．巴斯克維爾男爵繼承者的人身安全尚未確保，莫提默醫生的顧慮，並非空穴來風。無論來者是誰，都不是來玩的。

或許我應該盡快趕往巴斯克維爾莊園，只是直覺告訴我，情勢尚未發展成熟，過早暴露自己的關鍵身分，未必明智。我一出現，只會讓意圖不軌的一方提高警覺，（這多半得怪華生——我承認享譽國際對我的工作大有裨益，卻不利於我隱匿行蹤）或許藏身暗處比較能保有優勢。與此同時，我再三提醒華生小心行事。毫無疑問的，相信他會盡快把疑案原委，詳細的寫一封信給我。真希望這封信現在就能到我手上，但他還在火車上，這種期盼不切實際。

嚴格說起來，我有草率打發我朋友之嫌；但我正在調查一起勒索案，事涉我國最具身分的家族之一，只好暫且留下。但我沒有告訴他，受害者是一名女性，省得給華生錯誤的印象，以為我又要去解救哪位哀怨的未婚女子。三個月前，我們才剛剛料理完深具爆炸性的麥維頓案（譯註：麥維頓是收購醜聞信件，勒索當事人的壞蛋，此人遭受害者槍殺時，福爾摩斯跟華生袖手旁觀）。華生總是執意要跟我一起把案子追查個水落石出，但從此之後，每次我接到勒索案，他都顯得異常不安——好像我會在倫敦這個大都會中，誤入歧途、陷進迷宮般的街道，無法脫身、莫名其妙的跟女僕訂婚（譯註：在麥維頓探案中，福爾摩斯偽裝成水管工跟麥維頓的女管家訂婚），或者開錯保險箱。一個人一生訂一次婚也就夠了，至少我是這麼由衷期望。

不過，有件事情，醫生是對的：對於勒索，我深惡痛絕。

孟浪浮躁的暴力行為跟圖個人私利——用惡劣的手段，一步一步的搾取對方的金錢、幸福與安全——刻意摧毀他人生活，是有差別的。這種行徑卑鄙下流——謀殺偶爾還能見到高尚的品德——套句莎士比亞的名言，加害者心中的憐憫，比雄老虎泌出的乳汁還少（譯註：《柯里奧蘭納斯》第五幕中的台詞）。可恥！我義憤填膺，將罪大惡極的麥維頓比之為蛇。蛇（我小心翼翼的藏好這個祕密）總讓我反胃，但窺人隱私橫加勒索的歹徒，讓我更噁心。

年輕的梵歐蕾·蓋斯凱爾女士（克里夫蘭侯爵的女兒）是英國最高貴的世家後裔。一般而言，這對我沒有特別的意義，但跟一般老百姓接獲黑函相比，勒索這種上等大戶，我會格外擔憂。她寫的卡片上沒有太多訊息。我先把它黏在這裡，等我跟她談過，便知分曉。

親愛的福爾摩斯先生，

我受到全天下最下流的惡棍威脅——再寫下去，恐怕會玷污這張紙，因此只能簡單的告訴您，我被勒索了。您是我唯一的救贖。深盼週六下午四點，至薩里郡郤辛頓大宅一晤，我會當面向您解釋清楚。懇請切勿失約。

誠摯盼望，

梵歐蕾·蓋斯凱爾

**一八八八年，九月二十九日，週六（餘意不盡）**

這個下午被這封信鬧得著實心煩。

隱約覺得蓋斯凱爾這件事情中，遺漏了什麼環節，但我卻無法清楚察覺。下意識中有些暗自震動，但絞盡腦汁，依舊不知不安所為何來。長久以來，我學會相信直覺，靜待它揭開真相，即便我生性不耐煩，此時也只能被動等待。同時，我的思緒不只一次飄往巴斯克維爾莊園的神祕案件。華生早就該抵達目的地了，按下我對於地獄來的幽靈惡犬做何感受（顯然是胡謅）不表，取得這隻體型碩大的猛獸腳印（有潛藏風險），正是當務之急。

前往薩里郡的短暫旅程，一路無話。天氣很好，入秋之後，樹葉變色，火焰燃燒般的各種色調，簡直就是大自然的調色盤。卻辛頓大宅是建築經典，富麗雅贍，設計極具匠心，想來會驅使華生醫生素來質樸的書寫風格為之一變、扭轉不帶感情的邏輯，將筆鋒引去描述攀附的長春藤與饒富巧思的直櫺窗戶。我相信，橘紅落葉鋪成的地毯深處，那個顫顫危危的石堆，肯定會博得他的讚賞。

隨著領路的管家（名：蓋爾，老家在新堡，未婚，有哮喘，父母顯然是工人）穿過大廳，我更加確定卻辛頓大宅表裡如一，全都散發著豪奢的貴氣。其中一個火鐽之類的工具，可能就要花掉我環遊世界的旅費；我更因此確定勒索金額肯定不小。

我等了四分半，梵歐蕾沒走大廳正門，而是從隔壁較暗的房間，打開一道內門，輕飄飄的走了進來。我一眼就發現她心事重重，因為我還聞到一股淡淡的頭疼藥粉味兒，細緻的臉龐也有些蒼白。如果華生在場，記錄這個場景，一定會竄改事實，讓她從一道逆光的走廊出場，「搖曳昏暗的燈光，在她婀娜的身形後，暈開一道新月型的弧線。她優雅的站著，一隻手壓在淡紫色洋裝的百褶裙下襬上，橢圓形的甜美嘴唇，微微分開，看來很是焦慮」，或者是諸如此類的渲染筆法。我始終弄不明白：為什麼這傢伙總是迷戀女性的剪影；在我眼裡，這景象只是讓感受有些朦朧而已。一次又一次（共計八次），他老愛描繪體態來凸顯女性的特質（這倒不奇怪），光源一定要從身後照過來（沒必要吧？），襯著天使聖像的光圈。但事實上，每次向我們求救的女性早早就位，等著我們匆匆趕來。

這是一個連我也解不開的謎團。

我離題了。梵歐蕾小姐，二十歲左右，身材嬌小，黑得發亮的頭髮，湛藍色的眼睛，象牙白的皮膚，少了些血色，貴族血統的標準長相，高聳的顴骨自然少不了，外帶女性臉龐上慣有的高深莫測。伸出來相握的手，力氣不算大，卻是異常果決；給我的感覺是：即便面臨前所未見的窘境，她還是堅強如昔、自信依舊。一開始，我就喜歡上這個女孩。我發現她手指頭上有個小小的繭，位置在中指的最前端，無法判斷是怎麼磨出來的。我知道她最喜歡的閨中消遣，就是油畫。進到薩里郡最有錢人家的深宅大院前，任何人都不可能不做點功課——梵歐蕾小姐天資聰穎，在她那個為數不多的藝術同好圈裡，頗負盛名。

「真高興見到您大駕光臨，福爾摩斯先生。」她慢慢的說，「這件事情——請原諒我的信件過於簡略、不近人情。不過，那是因為這次的打擊同樣殘忍無情的緣故。請坐。」

「你的信切中要害，梵歐蕾小姐。我不是讚嘆來信的精鍊，而是欣賞你的言簡意賅。」

我們在錦緞沙發的兩頭落座。「我其實是不知道該跟您講什麼，而且我很害怕。」她坦承。

這證實我的判斷，梵歐蕾・蓋斯凱爾小姐的個性十分堅毅，儘管心亂如麻，落筆還是一絲不苟，我回覆的口氣也盡可能平靜。「我跟你保證：任何一種爬蟲類都比不上勒索歹徒更讓我覺得噁心。請將事情原原本本的說出來——我知道一定很痛苦，但我必須要掌握事件的本質以及你究竟受到怎樣的威脅。」

「這故事有點年頭了，福爾摩斯先生。但恐怕我們得先講一宗令人遺憾的緋聞，導致有人心生歹念，意圖敲詐一筆小錢。」她從洋紅色洋裝的口袋裡，取出一個薰衣草香包，放在鼻端，輕輕的聞了一下。「請您原諒……偏頭痛又犯了，我得想辦法讓自己舒坦些。壓力像大山一樣的當頭壓下來。」

「我們看有沒有辦法減輕點壓力。歹徒第一次找上門是什麼時候？」

「三天前，福爾摩斯先生。頭兩天，我把祕密藏在心裡，誰也不敢講。最終，我還是被迫告訴姑姑，先父的妹妹，艾迪絲．康利太夫人。實在是不好意思，難以啟齒，但事已至此，也別無選擇。」

「想來是碰到什麼財務方面的問題？」

「正是如此。您不知道，我只能取用小部分的現金，財產由她代為管理。我的零用錢根本不夠支付那樣大筆的贖金。」

她長嘆一口氣，身子靠回沙發的軟墊上。「歹徒挑的時機，再惡毒也不過了。福爾摩斯先生，我馬上就要結婚了，嫁給衛勒斯理．萊特雷頓爵士，準備已然就緒。當然，那個惡棍顯然知道這件事情，算準我不敢聲張。」

「這是非常可能的。」

「我現在有點不舒服。福爾摩斯先生，只好盡可能說得簡要些。三天前，我收到一封打字的來信，要求我在當天下午，進城一趟，徒步穿過海德公園再兜回來。您可能無法想像一張簡短的字條，引發我多大的恐懼。」

「或許不能。但是我有格外清晰的想像力。字條能給我看一下嗎？」

「我嚇壞了。當場把它燒了。抱歉——難道一張打字機打出來的字條，也能協助您辦案嗎？」

「比字條更微不足道的小東西，都能讓我找到破案的線索。如果你又收到什麼東西，千萬要保存好。」

「當然。我完全聽從您的吩咐，福爾摩斯先生。」

「字條上寫些什麼？如果你還記得，請一個字、一個字的告訴我。」

「再次請您原諒，我已經無法引述了。字條要求我獨自一人走進公園，不得跟任何人洩漏行蹤，必須遵照他的指示，以免醜聞東窗事發。等我看到那封信的最後一句話，心臟頓時像花崗岩一般的死寂——幾個字而已，『羅伯特·溫特的朋友』。」

「我這麼推測：這位紳士當年追求過你，而你寄了幾封表達愛意的信件給他，對嗎？」

「您真的跟外傳一樣的明察秋毫，福爾摩斯先生。」她微笑，露出一個酒窩。在我眼裡，僅是一個外貌的特徵；不在場的華生，卻痛失了一個可以加油添醋的大好機會。「是的，四年前，大約就在這個季節，我在一個軍官舞會上遇見他。羅伯特·溫特中尉，皇家工兵第五團的新進軍官；而我只是個十六歲的小女孩。他的前景無限，卓越不群，吸引了所有人的目光——一頭金髮、肩膀寬厚、言談舉止平易近人。除了寫幾封情書，我也沒有做過什麼逾矩的事情。福爾摩斯先生，您的推理沒錯，就這麼點蛛絲馬跡，牽拖出我的行為不檢，就夠衛勒斯理推遲我們的婚事了。他是一個最……愛挑剔身邊事物的人了。」

「你剛說——原諒我的直率——你無法自由處分財產，還是受到一定的限制？」

偵探最厲害的地方，就是洞悉他人最不經意的小動作；梵歐蕾小姐的手指也不過是稍微不耐的撫過身上的百褶裙，也難逃我的法眼。（如果我的家產沒法自由支配，我顯然也不會太高興。）

「我只是窮得很體面罷了，福爾摩斯先生，遺囑白紙黑字，而我就此成為先父遺願的犧牲者。」她透露更多細節，「直到我婚後，或者年滿二十五歲——」

「年滿二十五歲，還是嫁不出去的老小姐，我們家可丟不起這個臉——但，到那時候，你也沒什麼好在意社會異樣的眼光了。」一個像是蘋果剛剛轉青的酸澀聲音說，「這位就是你所謂的……計時偵探，我沒說錯吧？」

如果有人說我是偵探，而不是獨立的顧問偵探，在語意上，可能不精確；但在技術定義上是正確的。但說我是受雇的「計時偵探」，就是刻意的侮辱了。

「我姑姑艾迪絲，」梵歐蕾介紹說。她有些臉紅。「您不好這樣說——」

「都到這時候了，我該說什麼，又不該說什麼呢？」這老女人聲音淒厲。她挪了挪屁股，慢慢在有靠枕的扶手椅上坐定，好像是打她出生起，就有一根鐵棒，從天靈蓋上插下來似的。

艾迪絲．康利太夫人倒不醜。她其實是一個相當出色的老太太，有著姪女瓷器般的細白膚色，下巴不知道長得像誰，平添幾分好勇鬥狠的氣質，頭髮呈現雪茄菸灰的顏色。擦她短靴的人看來有些惡意，袖口黑蕾絲邊雖經貼身女僕燙過，看來也是挺馬虎的。她是承繼帝國遺跡的活化石，總覺得家裡得養幾隻獵犬，才稱得上是上等家庭的老規矩。要說四十多年前愛爾蘭爆發大飢荒（譯註：一八四五至四九年，愛爾蘭主要的糧食作物馬鈴薯歉收，導致百萬人死亡）是因為缺乏遠見，那麼她的毛病就是缺乏道德意志力。打從見她第一眼開始，我就很不喜歡這個人。

我不是革命分子，但這種自恃身分、傲慢過頭的行徑，卻冒犯了我的平衡感。

「女孩子家就是要嫁人。」老巫婆一本正經的說，「福爾摩斯先生，如果你是個閨女兒，還有什麼別的可能性嗎？你一定要阻止這個勒索的歹徒，否則的話──」

「否則的話會怎樣呢，姑姑？」梵歐蕾小姐問道，眼睛睜得滾圓。

「要不然我只能付錢，一了百了！」康利太夫人尖叫道，手指輪動，好像是在祈禱這個歹徒拿了錢就安分了，從此以後，不再找她姪女的麻煩。我知道事情哪有這麼簡單，清清喉嚨，很不耐煩。「梵歐蕾小姐剛剛說到的遺囑……」

「結婚的話，每月兩百英鎊；否則，只有二十五英鎊。」康利太夫人的口氣很清楚的表明：要麼，嫁人；要麼押赴泰伯恩（譯註：英格蘭最著名的刑場）上吊處決。「如果那傢伙的陰謀得逞，我們的家聲就算毀於一旦了。她都二十二了──再蹉跎，哪找得到好人家廝守終身？怎麼生養孩子？」

「這情況我非常明白。」我冷冷的說。「梵歐蕾小姐，回到海德公園事件吧──當天到底發生什麼事情？」

「有個陌生人找上我。」她回答道，聲音有些緊繃。「我遵照指示，獨自前往，一個人走著走著，一輛精緻的輕便馬車靠近我。裡面的人命令我進去，我不知道怎麼拒絕；只得進到一個黝黑的車廂裡，心臟都要從嘴裡跳出來了。歹徒朝我微笑，引述幾句我寫給中尉軍官的情話——基本上無傷大雅，但是聽進衛勒斯理耳裡，一定會認定我是不守婦道的浪蕩女子。我懇請那個壞蛋把信件還給我；他說，他要一萬英鎊做封口費。」

「這一萬英鎊的損失，總稱不上是『無傷大雅』吧？」康利太夫人嗤之以鼻。

我的身體前傾，握起拳頭。「希望不會落到那般田地。請描述那個人。」

「我說不上來。」梵歐蕾小姐說，口氣裡盡是酸苦。「情況好一點的話，說不定有可能；但車廂裡很暗，他還戴著面罩，所有特徵都隱沒進黑暗中。我勉強分辨出袖釦，至於那人的眼珠是什麼顏色，我就毫無概念了……真的很抱歉，福爾摩斯先生。我最怕的就是線索不足，您愛莫能助。」講到這裡，她哭泣起來。

我多次面對死亡。有機生物裡，只有淚眼婆娑的女子，比蛇跟勒索犯更能讓我提高警覺——部分原因是我真不希望她們承受這樣大的壓力，部分原因是我不知道怎麼遏止淚水，把她們引回到事實層面上，協助我想出幫得上忙的實際做法。幸好我有不錯的能力，知道怎麼拯救自感絕望的人，於是我加速安撫她激動的情緒。

「梵歐蕾小姐，雖說你無法提供歹徒的特徵與線索，我還是願意做你的代理人。我可以毫不誇張的向你保證，除了我，沒有任何人更能捍衛你的權益。但我擔心另外一起案件也少不了我，所以希望盡快離開倫敦。那個壞蛋要你怎麼跟他聯絡？如果我有辦法追蹤他的下落，就有辦法阻止他的陰謀。」

「是啊，快啊！」康利太夫人不高興了。「我花了這麼多年，好不容易才給我姪女安排好這門親事，可不能眼睜睜看著這麼好的機會，在我眼皮子底下毀掉！」

梵歐蕾小姐拿著一條繡花手絹，壓在淚水還沒完全止住的眼睛上。「他說要給我時間去籌措贖金。明天下午以前，會送一封信給我，要我聽命行事。這也就是為什麼今天一定要請您跑這一趟的緣故。」

我按住她的手臂。「明天下午前，你一定要即刻把那封信轉交給我，等我看完之後，該如何處置，自然會告訴你。」我把名片交給她，隨即起身。

「我一得到消息就會立刻趕去貝格街。」她向我保證，也站了起來。

就在這個時候，大廳門突然打開，一個看起來怒氣沖沖的人惡狠狠的跨過門檻。此人年約六十許，留著一副很神氣的大鬍子，挺挺的伸向臉頰兩側（飽受痛風所苦、家財萬貫、曾經在南非待過、政治態度保守、養了好幾隻西班牙小獵犬），手裡握著一支粗陋的手杖，杖頭微微指向天花板。梵歐蕾小姐畏縮到一旁，康利太夫人一臉諂笑，趕緊裝出熱烈歡迎的姿態。

「我在院子裡坐了快十分鐘了！」這個老人火氣可不小。「我們今天下午到底要不要駕車去兜風？」

「但您也沒叫人來招呼我們啊——我正要出去呢，衛勒斯理。」梵歐蕾小姐結結巴巴的說。

我的心一沉。再也沒有哪句話更符合眼前的景象了：「悲傷不會個別來襲，而是成群結隊的連續報到。」（譯註：莎士比亞《哈姆雷特》中的台詞）

「這個人是誰？」他咆哮道，指著我說。「是哪裡來的小販吧？顯然是上門來籌辦婚禮的。」

「是的。」梵歐蕾小姐用哽咽的聲音說。「他是花匠。福爾摩斯先生，請允許我跟您介紹我的未婚夫，衛勒斯理．萊特雷頓爵士。」

## 一八八八年，九月二十九日，週六（續前）

我不喜歡。完全無法接受。

華生壓根不知道，在亨利．巴斯克維爾爵士遺失第二隻靴子之後，我為什麼帶他去龐德街的畫廊看畫。那裡正展出梵歐蕾小姐的一幅畫，主角是她的閨中密友蘿絲蒙．葛林珊，筆觸精微，耐人尋味。我編了個藉口告訴華生，我想要欣賞幾位比利時名家的風景畫，實則藉機端詳梵歐蕾小姐的作品，因為我將要代她行事。

我曾經提醒華生，藝術提供更細緻的推理依據，所以要觀察的是畫家而非畫作——但這個頑固的傢伙始終不同意，反駁我說，我的想法充其量也只稱得上粗糙而已。（我把如下的事實暗記在心：在我面前的畫作告訴我，梵歐蕾小姐是一個高度敏感、果決、機警的女性。）華生無法接納我的觀點讓我格外困惑，我在演奏我自己創作的小提琴曲的時候，也不是在模仿外在，而是傾吐我的內心世界。那是想像中的山水，跟我的思路一樣深沉黑暗，透過藝術表現，抒發我的沮喪。

華生錯了——他的血液裡沒有半點藝術細胞。他這輩子看過諸多邪惡，但悲劇、苦楚，卻不曾玷污他的心智以及對於樂觀的期盼，儘管他在邁萬德戰役（譯註：第二次阿富汗戰爭中的主要戰役）受創的心靈，至今尚未痊癒。我的朋友是頂好的人，無可救藥的樂觀主義者，但是，很不幸的，他卻沒有辦法在大鍵琴中聽見林布蘭。

為什麼一個心思敏銳、面目姣好的年輕女生，必須嫁給暴躁的糟老頭呢？

偏偏我的工作是阻止勒索醜聞影響這宗婚事。如今，我發現我渴望梵歐蕾小姐揭開謎底。我以花匠的身分當掩護——這女孩真機伶——在衛勒斯理．萊特雷頓爵士身邊僅僅只待了三分鐘，即可判定這是個愚蠢任性、愛頤指氣使的混蛋。一個有錢、愚蠢任性、愛頤指氣使的混蛋，我絕對可以保證。即便是將富可敵國的東印度公司，每一進帳都納入囊中，偌大的財富都不足以彌補嫁給這個糟老頭的痛苦。離婚在我們這個社會是完全不可能的事情。儘管我自己也不免跟女性一樣，永久禁錮在衣櫥大小的長眠之地，但這不意味我對於女性受困在難堪的處境裡、強忍著財務無法獨立的殘酷婚姻中，無動於衷。

剛剛說過，有件事情我覺得很不對勁，目前無法分辨蹊蹺在哪裡。只知道鏡片上有一道裂痕，卻苦無線索分辨。苦惱。梵歐蕾小姐是我的客戶，我必須捍衛她的權利——但她真正的權利跟她要求我幫忙解決的難題，似乎背道而馳。

我希望華生醫生在這裡。他的建議是無價之寶——英勇，你的名字就是華生醫生。他以前是那麼單薄、漂泊無根、陰鬱糾結。我們在聖巴多羅買醫院初次見面，真不知道他從哪來的勇氣，竟然沒有打退堂鼓。我回到貝格街就收到他打來的電報，說他們已經平安抵達戴文郡，在大宅裡舒舒服服的安頓下來。我曾經借給他一本研究絞刑挫傷的專著，找著找著，卻發現他忘了帶羊毛圍巾。時近十月。這是謹慎的醫師會做的事情嗎？老實說，這人有時也挺讓人操心的。

我把圍巾拿給哈德森太太，請她明天一早趕緊寄去。她一直叨唸，要我吃點東西；打包圍巾至少可以讓她分心二十分鐘。

儘管我非常關心梵歐蕾小姐的婚事，但也得承認：接下蓋斯凱爾委託案的第一天，所獲不多，令人沮喪。祈禱上蒼明天能賜給我更好的機會，做出點成績來。

**一八八八年，九月三十日，週日**

三個小時的睡眠，輾轉反側，夢中莫名出現滴著口水的下顎與閃著地獄火的瞳孔。我的眼睛乾得跟新聞紙一樣，脖子僵硬得直追電報桿。我在工作的同時鮮少睡眠；但夢中的情境讓我驚擾不安，又不得其解。我似乎不是擔心醫生——他在阿富汗都能履險如夷，沒有理由應付不了一頭傳說中的惡犬。巴斯克維爾事件再次證明了他的勤謹（孜孜不倦是他最顯著的特性之一；而我，大概是敏銳吧），應該寄一張背光女士的明信片給他，做為獎勵才是。

我必須要趕去達木耳。

我覺得有必要調查皇家工兵第五團。羅伯特．溫特還在不在這個單位服役，不得而知，但是，既然有人自稱是他的朋友，偷走梵歐蕾小姐當年的情書，那麼從這裡開始調查，自然是合理的起點。我翻閱了備忘錄，發現工兵喜歡在薩克維爾俱樂部聚會。梵歐蕾小姐最快也要下午才會來我這裡，現在正是溜出貝格街的好時機——今天早上，哈德森太太已經兩度把蛋強加在我盤子裡了。情況對我相當不利，乾脆遠離餐桌，一勞永逸。

## 一八八八年，九月三十日，週日（續）

天啊，沒想到，著實可惡。

薩克維爾俱樂部是位於布魯姆茨伯里的磚砌建築，距離貝格街不算遠，一路過來，淌過一條條小濁流似的大街小巷，幸好，天色已經逐漸開朗。我跟業主表明身分，他很熱心的幫我找到第五團成員，厄尼斯特．沙托克中尉（訂婚但尚未成親、酷愛拳擊、潛水艇專家、未婚妻養了一頭鬥牛犬）。我自稱是第五團某位成員的前同學，他已經被敬了不少杯蘇打白蘭地，在深色裝潢的遊憩間裡高談闊論。

「我聽傳言說，工兵喜歡在這個地方聚會，所以，我想應該有機會找到我的老同學敘舊吧。」我呆滯的眼光，從抽雪茄的小團體，一路掃到在暗處玩撞球的那夥人，心裡暗自沉思。

「這事兒不難辦，福爾摩斯先生。你說你老同學叫什麼名字？」沙托克中尉細啜一口飲料，態度很是友善。

「羅伯特．溫特中尉。至少，我聽到他在這裡服役的時候，還是中尉。」

沙托克中尉皺著眉頭。「這倒怪了，我還以為第五團沒我不認識的人。但這名字陌生得很。約瑟夫！你聽說過一個叫做羅伯特．溫特的人嗎？」

這個叫做約瑟夫的傢伙（賭徒、精通弓箭，老家在格拉斯哥）在幾英尺外，安安靜靜的讀他的《帕爾．莫爾》（譯註：倫敦的一份晚報），聽到召喚，把報紙折好。「溫特……實在說不上來有這號人物。」

「你確定他不是跟軍隊簽約的平民雇員？福爾摩斯先生。」沙托克問道。「或者隸屬於軍隊技術兵團？」

他又報了幾個他曾經服務過的單位，幫我跟其他人打聽一輪。完全沒有回應——羅伯特・溫特，這個意外危及梵歐蕾小姐名節的軍官，顯然並不存在。

我一肚子狐疑的離開俱樂部，蘇打威士忌讓我空蕩蕩的胃，更加難受。

實在說不通。我高度懷疑這群工兵壓根是在相互推諉。他們沉著冷靜、慎思明辨，標準的軍人氣質，而華生醫生更是其中的典型。我真希望他記得把左輪放進口袋裡。我再三告誡：一定要槍不離身。一般來講，他會謹記我的指示，更何況這次的惡犬（無論是來自於陰曹地府還是現實世界）可真的是會把人的喉嚨扯個稀爛。

幸運的是：華生是卓越的神射手。在我還沒跟他那麼熟的時候，對他有一種莫名的好奇心，便請邁克羅夫特調查他在短暫的軍旅生涯究竟有何經歷。其中一筆寫道：轉調到伯克郡之前，他曾經在坎達哈，隔著匪夷所思的距離，擊中一名狙擊手。精采的服役紀錄證實他有潛力成為未來的好幫手。有一次我在早餐桌上，跟他提及這起往事。「好傢伙，福爾摩斯！」他叫道，曬得黝黑的臉龐，突然煥發光芒。「這種事情您都推理得出來？」他非常高興。我壓根不敢告訴他這訊息是怎麼弄到手的，我哥哥動用見不得光的手段，調閱他的私人記錄；我只好神祕一笑，賣弄邏輯哲學，糊弄過去了。

我始終無法掌握軍人的個性。不是華生——他渴望冒險，在陷入偵辦瓶頸的時候，他會比我更加不安——而是膽敢置部下於險境的領導。儘管我慣於掌控全局，卻不喜歡命令他人。我孤身涉險，向來義無反顧；但只要同伴安危堪虞，我就會有所保留。我如果從軍，肯定是一名很窩囊的上校。

梵歐蕾小姐隨時會抵達貝格街。是吧？我彷彿聽到門鈴響起的聲音。

## 一八八八年，九月三十日，週日（續）

梵歐蕾小姐剛剛離開。她交給我的那張紙條，寫著勒索歹徒的指示，如何交付一萬英鎊。至此，真相大白。我實在是個白癡，怎麼會一直被蒙在鼓裡？這案子簡單得要命，是我把它想得太複雜，因而混淆我的判斷。梵歐蕾小姐說車廂太暗，她看不見歹徒相貌的細微處時，我就應該恍然大悟的。但，我卻虛擲時間去調查羅伯特．溫特，跟那群工兵周旋半天。糊塗。以後聽到我重述此時的經歷，華生一定會笑到前仰後合。（這次失敗也是個很好的機會，看看他日後會不會更常提到「北堡」這個密語。）

「梵歐蕾小姐，經過反覆思考，我確定這是你自己設計的陰謀，只是想利用你姑姑的慷慨而已。」我這麼跟她說。她點點頭，抓緊手套，看起來有些病態，臉色白裡透青，眼眶下有著一圈慘藍色的圓弧。（我好像也犯了醫生的老毛病，放鬆警戒後，筆鋒跟著誇張起來。）「康利太夫人絕對不會怠慢，一定已經把錢電匯進我的戶頭了。至於遵照歹徒指示，在今天正午把錢放進查令十字火車站寄物櫃的工作，為了安全的理由，就交給我，你的代理人來執行，免得橫生枝節，你同意嗎？」

「再同意不過了。」她嘆了一口氣。「您已經盡全力了，絕無疑問。千萬不要覺得我不知道感恩。」

「不客氣。梵歐蕾小姐，這起齷齪的勒索案，明天過後，便成為記憶。」

「謝謝您，福爾摩斯先生。」我握起她的小手，她優雅的向我淺淺躬身。「我這輩子不會忘記您的大恩大德以及超凡入聖的能力。」

「指的是花藝還是調查？」我問道，微笑。「我必須說，梵歐蕾小姐，你的未婚夫實在是個……令人難以忘懷的人。」

她眼中的痛苦遮也遮不住，脖子的青筋隱約抽動。一如先前的料想。我對情愛無感，眾所皆知，但是，任何意志清醒的女性都不可能迷戀衛勒斯理．萊特雷頓爵士，誰會喜歡一隻桀傲不馴的獾呢？

「他當然是有錢人。我姑姑是傳統女性，我並不想譴責她，她就是在那樣的環境裡長大的。您想知道我夢想過怎樣的生活嗎，福爾摩斯先生？」

「當然想。」

「住在佛羅倫斯閣樓上的陋室，簡簡單單，畫我的畫就好。一個人，只要有帆布跟顏料，我就會跟雲雀一樣快活。聽起來是不是很傻呢？」

「一點也不。我很遺憾的說：你訂下的這門婚事，很不幸的，構成了你生涯規畫上的障礙吧？」

她勉強擠出一抹微笑。「何止『障礙』而已？我可以抱怨三天三夜，但只怕您沒有這麼長的時間。再見了，福爾摩斯先生。在我最需要幫忙的時候，得到您伸出援手，感激涕零，不敢言謝。」

送走梵歐蕾小姐，我關上門，搓搓雙手，整理我紊亂的思緒。

我終於拿定主意，想來華生也會贊同。如果我不時充任法官，華生絕對就是陪審團，我相信這一次他會支持我的判決。

遺憾的是我必須要等到明天，才能啟程。我應該打包行李，拍封電報給卡瑞特（譯註：受雇於福爾摩斯的郵電局小廝），問他願不願意跟我一起跑一趟，以確保我的信件能以十萬火急的效率，送去戴文郡。卡瑞特是個相當牢靠的小鬼頭，此時也是貝格街雜牌警探隊成員，而我已經找好了一個很妥適的洞穴棲身。只是高手過招，不好太早洩漏全盤計畫；更何況，我相信黑暗勢力已經在亨利爵士身邊集結完畢。即便我得在溝渠裡過夜，還是希望早上能換上乾淨的襯衫領子；如果有辦法的話，能盡量維持衛生比較好。再者，如果華生持續撰寫詳盡的報告，天啊，我也需要盡快讀到。儘管不免有逆光女子那樣的冗筆，但讀來肯定會讓我精神為之一振。不管華生在信中如何浪費筆墨在描繪曠原的蒼涼雄偉，我可是一封都不想錯過。

我決定通知雷斯垂德，這是計畫中不可或缺的一環；在最後關頭，我需要一個信得過的蘇格蘭場警探，從眼前局勢研判，警方介入恐怕也是不得不然。雷斯垂德的想像力跟他預知未來的透視能力一樣乏善可陳，但聊勝於無。跟其他警探相比，他還是最靠得住的一位，勉強還能共事。這起犯罪機詐百出，布局縝密，且看我的破案手段，最終能把他的名氣推上怎樣的新高。我自然能平均分配資源，但集中在一個人身上，不是更有趣嗎？倘若雷斯垂德有野心，他可以憑藉著我提供給他的破案功績，榮升局長。假設他胸無大志，起碼也能確保他跟白思崔與葛里格森一樣，一年至少偵破三起謀殺案。（這兩個人都比他精明得多，但不為別的，我就是喜歡糾正他的邏輯謬誤、喜歡看他愁眉苦臉的樣子。）

要怎麼跟女皇的郵政系統說，把信送去空無一人的曠原，給正在追蹤罪犯的某人？我實在無法提出這種離譜的要求。「此信煩寄夏洛克．福爾摩斯先生，戴文郡，格林本泥沼左邊數來的第三個峭壁」？

## 一八八八年，九月三十日，週日（續）

時近午夜。諸事就緒。

在不斷批評我「釘住不動」之後，哈德森太太終於放棄，回臥室休息。我真的應該反駁她荒謬的斷言，但實在是不值得浪費力氣。我坐在搖椅上，足足抽了兩個小時菸斗，只是在「沉思」，絕非「苦思」。這是我的職業，感謝親愛的上帝。

我只希望這不是哈德森太太老糊塗的徵兆。她是個脾氣很好的房東太太，如果我的化學實驗不出現意料之外的差錯的話。除開華生繳納的租金，我該分攤的那份，足足多付了兩倍，這可能也是她對我特別關心的原因，而且我對家務也很少提出什麼要求。

華生拍發一通電報，謝謝我把圍巾寄給他，還說，他將會寄給我一封更詳細的報告，祝我調查順利，警告我不要跟過去一樣，為了偵辦勒贖案，走上旁門左道，莫名其妙的跟廚娘或者幫傭訂婚。等我們碰面，我一定要他付出代價——如果華生只是心血來潮，順筆虧我一下，自然沒有什麼好譴責的；嘲弄如果是算計過的，就不免招來我的反擊。不過，我講這話純屬玩笑，不至於意氣用事。

明天的第一件事情就是幫助梵歐蕾・蓋斯凱爾小姐狠狠的教訓可惡的衛勒斯理・萊特雷頓爵士。

## 一八八八年，十月一日，週一

這節私人車廂掛在「基督教世界中最慢的火車頭」上。卡瑞特坐在我的正對面。鐵路單位即將接到我的申訴，語氣想來不會太客氣。

我的計畫進行得很順利。今天早上我去到銀行，把康利太夫人電匯給我的一萬英鎊，全部取出來，裝進一個小書包裡，塞進查令十字車站的指定寄物櫃，再混入熙來攘往的人群暗中觀察動靜，跟兒戲般的簡單。梵歐蕾小姐拿到這筆錢，歡欣的模樣，為我生平僅見——她終於掙脫了殘酷的牢籠，可以在佛羅倫斯的閣樓裡，建立一個小小的畫室，實現她的夢想，在那裡畫出動人的作品。像梵歐蕾小姐這樣縝密的觀察者，再怎麼樣，也一定能跟我描述出神祕勒索歹徒的特徵或者氣質。但無論是羅伯特・溫特或是勒索信，一開頭就是無中生有，她不想編造謊言，節外生枝，免得讓我逮到把柄。聰明。我算是被她利用了——幸好我也不十分在意，只要對手能像梵歐蕾小姐那樣的勇敢，而且在道德上也站得住腳。

我實在很想提醒她，如果還需要從康利太夫人那兒，訛詐更多金錢，最好不要使用自己的文具，就是這點疏忽，讓我識破了她的詭計。一比對她的求救信與所謂「勒索歹徒的指示」，立刻就露出馬腳。但她是才華出眾、筆觸細膩的畫家，我想她應該不再需要倚靠家族的賙濟。等她開設畫廊，我一定要提醒自己寫封信給她，買件她的畫作，紀念我們這次偶遇。

終於擺脫衛勒斯理．萊特雷頓爵士了。粗鄙的老頭。華生一定會讚許這次義舉，我非常確定。

只是，這火車是永遠不會抵達戴文郡嗎？

洛瑟莊園神祕案件

「華生，我恐怕得跟你道歉了。我知道你正處於文思枯竭的乾旱期，很想在半個小時，或者更短的時間內回去寫作。但是，我被迫要阻止你了。」夏洛克．福爾摩斯說。他沒精打采的，小提琴琴弓在地毯上，點了又點，朝我投來一個沮喪的表情；整個人癱在沙發上，疲倦到提不起任何興致。「我已經沒招了，我親愛的朋友。」

「您說什麼？」

「我們沒有任何得以逃避的選項，非得參加今天傍晚在洛瑟莊園舉行的正式茶會不可。」

我嚇壞了，連忙把報紙折好。不確定是在他不可思議的人生歷練中養成的怪癖，還是天生反骨，反正他素來痛恨社交性質的聚會，任何浮面的交往都會被他怒斥為無聊。在這世上的芸芸眾生中，他的待人接物只容得下哈德森太太的關心以及跟蘇格蘭場必要的周旋。我問他，下午連續收到的三封信，是不是都來自於客戶的委託？他反問我，還有可能是誰？會透過皇家郵遞服務寄信給他的唯一朋友，就坐在十二英尺外的地方。他疏懶的生性眾所皆知：凡是花園派對、政治晚餐、時尚表演，特別是慶功宴之類的酬酢，全都避之唯恐不及。這個人寧可一動也不動，靜靜的等待，窩在精確編織的蜘蛛網裡，無懼黑暗、寒冷與緊張，保持完美的冷靜，也要把神經緊繃到極限，足以感測最細微的變化；在這時候，哪怕是跟他聊槌球，都會讓他退避三舍。癱成爛泥似的、裹在褪色的藍睡袍中的福爾摩斯，卻嚴肅的要求我今天跟他一起前往漢普斯特德的豪華莊園。

「我的天啊，為什麼非去不可？」我真的被弄糊塗了。

「很抱歉，但非去不可。」

「您怎麼知道我今天早上寫作受阻，打算醒醒腦子，再接再厲呢？」

「一個小時前，你很不耐煩的把筆扔下，跑出來看報紙，卻沒有把右手指上的墨跡洗乾淨。你養成了異常講究清潔的醫師習慣，但也是講究實際的人。假設你洗了手，我猜你今天就不會再寫了；但你顯然覺得過一會兒墨水還是會染到手上，因此，我推測你應該是會繼續寫作。」

「太驚人了！每個細節都猜對了。」

「然後，我要道歉——我需要你。」

「花園派對？我想，是不是有人需要您幫忙？」

「我自己都覺得奇怪，怎麼半點興致都提不起來？」

「還有——難道他們也邀請我了嗎？關於這點，我個人是很懷疑啦——能問一下，這是為什麼呢？」

「血濃於水啊，華生。要我跟十來位白廳前途無量的年輕官員交際應酬，你不得不承認，這需要很濃的親情吧。」福爾摩斯輕快的移動腳步，把琴弓靠在小提琴盒上。「我哥哥要求我觀察他在政府機構中的某個屬下。邁克羅夫特懷疑他的忠誠出了問題。」

「我的老天爺！你哥哥懷疑我們政府裡面有叛徒？」我把折好的報紙放在地毯上，身體前傾，很感興趣。

他朝天花板瞥了一眼，表情中並無惡意。「我應該把你的反應想得再戲劇化一點才對。」

「要不是事態危如累卵，您也不可能同意出席這種社交場合。那傢伙也會出現在洛瑟莊園吧？」

「那傢伙是主人，如果沒現身，會引起很多閒言閒語吧。」

「戴米恩．肯沃斯？」我驚叫道，「您是指『非常尊敬的』（譯註：大英帝國對於政府重要官員的尊稱）詹姆士．肯沃斯最小的姪子？」

「據我所知，更是他們家族裡最耀眼的政治新星。」

「我也是這麼聽說。肯沃斯家族跟社會每個環節都有淵源，是不是？政治、紡織、中國船來品、兵工廠——清單根本開不完。為什麼令兄會覺得戴米恩．肯沃斯的忠誠不牢靠呢？他們倆的關係又是什麼？」

「涉足外交事務的任何人，都不可能跟邁克羅夫特無關；政府的每一個部門，也總免不了他的插手。」我朋友悶悶不樂的說。「偶爾還會強迫我幫忙。千萬別介意，我對官僚間的勾心鬥角，與鑽研土星季節變換的興趣不相上下。事實上，土星運行的模式我已經弄明白了——你當然會跟我去洛瑟莊園吧？」

「這是當然。陪您追捕凶嫌，我都不棄不離了；參加高級茶會，難道會放你自生自滅？」

福爾摩斯怎麼訴苦，我都只當他是半開玩笑，但他愁眉苦臉的掏出懷錶，表情卻精準的傳達出他的委屈。如果氣氛不是這樣悲慘，眼前的景象說不定還有幾分滑稽；而我仔細端詳，終究讓我逮到一個深具威脅意味的微笑。

「今年春天，我整整花了五天的時間，穿著滿是琴酒味兒的爛衫破褲，從瑟里碼頭一路追到羅瑟希德，調查硬幣偽造集團的蛛絲馬跡，你還記得吧？哪一處的調查行動最驚心動魄，我就留給你猜了；但我得說，泰晤士河的這段彎道，欠缺藝術美感。有辦法讓這裡改頭換面，我就把你的畫像貼在馬車上。」

儘管這次任務，事關重大，福爾摩斯看起來還是一副欲振乏力的樣子。在達達的馬蹄聲中，我們的馬車穿越人潮逐漸聚集的主幹道，我們兩個人手上都是雪白的手套、頭頂著細心拂拭的絲質禮帽，碧藍的天空托著幾塊肥嘟嘟的白雲，夏日空氣出奇的清澄與溫和。福爾摩斯沒有浪費半點時間，趕緊把他哥哥的難題娓娓道來。

「邁克羅夫特最近承命遴選一位菁英部屬，來督導某個評估英國電報系統效率的委員會。」福爾摩斯翹起二郎腿，細瘦的手指箍住膝蓋。「我應該不用特別告訴你，這個研究包含了一系列的實際應用，兼具民間與軍事用途，因為通訊的速度，是我們這個現代化社會中，不可或缺的一環。戴米恩・肯沃斯在內閣擔任高階秘書，表現優異，看來是非常合適的人選。他深受同事讚揚，執行任務時展現全方位的精明幹練，而且思路清晰、手段高明。我哥哥推薦了這個人，肯定他敏銳的組織能力；你也知道，邁克羅夫特在沒經過深思熟慮前，不會輕易提出建議……」

「而令兄的判斷能力在西半球堪稱無與倫比，這宗人事案想來可以輕騎過關。」

「一點兒也沒錯。」福爾摩斯從盒子裡抽出兩根香菸，路西法火柴（譯註：使用白燐做為原料的火柴）往車廂一擦，斜睨著雙眼，望向車外灰僕僕的來往行人與隱隱泛光的草地逐漸沒入鵝卵石間。他身子前傾，替我點燃了香菸。「從任何一個角度來看，肯沃斯都表現精采、勝任愉快，英國內部通訊系統評估報告，進展神速。」

「哪裡出了差錯？」

「昨天早晨，他放了一份文件在邁克羅夫特桌上。那是一份效率報告，架構跟他負責的全國調查非常類似。報告來自總部設在巴塞隆納（譯註：在西班牙）的大型電報公司，要求撰寫報告的是公司前總裁，富可敵國的生意人，法蘭西斯科．穆里洛。肯沃斯先生建議使用穆里洛電報公司的報告，做為綱要指引，不過卻引發一個問題。」

「什麼問題？」

「穆里洛電報公司，」福爾摩斯抖著舌頭說（譯註：這幾個西班牙文是顫音），「根本不存在。」

看著我困惑的表情，我的朋友低沉的乾笑兩聲。

「邁克羅夫特對於皇室的特殊價值，在於他的無所不知。這份報告的架構來自一家捏造的公司，撰寫者偏偏是他最信任的手下，邁克羅夫特不免有些困惑。我承認：我們倆都歸納不出個所以然來，情況不明，貿然做出結論也不合適。戴米恩．肯沃斯因為這個評估報告，接觸了許多高度敏感的內部文件，包括軍事通訊的內部情資，而且鉅細靡遺。我哥哥不免會擔心現行通用的密碼有外洩的可能。看來，」他冷靜的補了這麼一句，「非得他親自調查，否則難以安心。」

雖說兄弟倆的智慧都出類拔萃，但邁克羅夫特．福爾摩斯從未親自調查，緊要關頭請弟弟出馬，我並不意外。這個年紀比較大（體格也比較壯碩）的福爾摩斯，足跡範圍僅在第歐根尼俱樂部、政府辦公室與帕爾摩公寓間，絕少突然逸出常軌。

「因此他需要您出現在社交場合。致上我最誠摯的哀悼之意。」

「我在你的口氣裡，察覺到某些戲謔的成分，但我就聽而不聞了，這麼輕佻的行徑跟你的身分不合。」福爾摩斯說，嘴角浮現難以察覺的上揚角度。「我想我哥也想加入我們，但身不由己，他正在跟聖彼得堡打交道，哪離得開辦公桌？你跟我，華生，就是偵察先鋒隊僅有的兩名成員。」

半個小時後，我們駛進洛瑟莊園的環形車道，此地的草坪經過精心修剪，大樹深色的葉子，在七月的陽光下，閃耀出天鵝絨般的光澤。我看到一輛又一輛的鑲銅馬車停在淺色的碎石入口，魚貫放下盛裝打扮的縉紳仕女。相較之下，我們的平民馬車就顯得寒酸多了。

「我的天啊。拉利森爵士還是不願意節制他對於賭博的興致。」福爾摩斯眨眨眼，低聲說，「他養的純種馬，總是會碰到對手。你看，在那匹紅褐色馬旁邊，不是有匹上了馬具、肝栗色、額頭有一撮白毛的母馬？真是驚人！就在這樣公開的場合，竟然……先把你的眼光從這個不雅的場景移開，讓我們去探索屋子裡面的陰謀吧。」

豪宅內裝豪華得跟皇宮一樣，窗簾是亮金色的，每個壁龕裡都掛著一幅法蘭德斯風景油畫或者工筆繪製，氣色紅潤，頭髮上簪顆珍珠的仕女畫像。鋪張的陳設讓我目眩神迷，我的朋友卻處之淡然。他一換上這身裝束，彷彿就能毫不費力的展現禮儀、掩飾他對於上流社會的極端蔑視。他遞出一張名片給僕人，沒一會兒，他就領我們到主人跟前。

「年輕版的福爾摩斯先生！」戴米恩．肯沃斯叫道。「華生醫生。以往我只能從《岸濱》月刊憑空想像您的風采！」

「我也是久聞大名。感謝您的邀請。」

「我確定兩位一定是最受歡迎的貴賓！邁克羅夫特．福爾摩斯先生精明幹練，多虧他的賞識，我才能得到這個新任命。」

我這時才發現，我在不同報紙上看到此人的圖像，但都描繪得太過走樣，完全無法捕捉他那種飛揚又帶點孩子氣的神態、無法感受到熱情灌注進每一個細胞的躍動。有人把難以壓抑的能量藏在故作冷漠外表下——我知道，我室友就是——但是，肯沃斯先生的熱切甚至還透出一股純真。他身材不高，活力充沛，略顯蒼白的五官搭配上兩撇亞麻似的鬍鬚，不過一雙黑色的眼珠，精光四射，頓時壓住了感覺有些孱弱的體態。他的凝視洞悉人心，帶點算計。眼光素來犀利的福爾摩斯，儘管只跟他握手致意，比起我來，想必更能穿透他的表面，從華麗的燕尾服、青筋浮現的手掌中，獲致更透徹的觀察。

「家兄的確是相當罕見的品種，這我得承認。」他說。

「特立獨行看來是您家族的特色。」肯沃斯領我們走過寬敞的大廳，來到屋後的走廊上，莊重自持的年輕紳士、妙齡女性輕紗荷葉裙襬飄飄，手指輕輕的挽住陽傘的象牙柄，三三兩兩的漫步閒聊。「啊，這位貴賓來得正是時候！福爾摩斯先生、華生醫生，容我向兩位介紹法蘭西斯科．穆里洛，加泰隆尼亞穆里洛電報公司前總裁，不遺餘力的協助我們執行目前的計畫。」

我頗感意外，連忙相互介紹。在我們面前站著一個皮膚黝黑，身材跟頭熊似的大漢，額頭寬闊，看起來相當聰明，精心修飾的鬍鬚圍住他那飽滿、幾近倔強的嘴唇。他的穿著打扮比一般英國人要張揚得多，西裝外套還鑲了金色滾邊、刺繡背心上是一顆顆精心打磨的貝殼鈕釦。在陽光的照射下，他梳得光滑的大背頭跟擦得雪亮的靴子，閃閃發光。穆里洛腳跟一踮，向我倆深深一鞠躬，甚是恭敬；但注意力隨即集中在我的朋友身上。很明顯的，無論穆里洛電報公司究竟存不存在，前總裁神態威猛、生氣蓬勃，卻是不爭的事實。

「很榮幸認識兩位先生。」

「我們倆才是深感榮幸。」福爾摩斯客氣的回應。「據我所知，執行中的評估案參考你的經驗，深得裨益。」

「並無此事。我只是提供一個模式罷了。」他的西班牙口音低沉卻有些刺耳。「我來倫敦處理其他業務，上週在一個招待外國政要的宴會上，遇見了肯沃斯先生，我打電報給我的前公司，希望我們過去的成果能夠幫點小忙。」

「你真是太貼心了。能不能請教你的新投資是怎樣的性質？穆里洛先生，是多大的事業雄圖才能驚動你的大駕蒞臨敝國？」福爾摩斯發問之際，冷冰冰的灰色眼睛中，閃出一絲幾乎無法察覺的光芒。

「截至目前為止，我並沒有任何創業計畫，倒是想在一年內開闢一條新航線。我在英國持有許多產業——不動產、股票——今天早上已經處分好了，預定晚上返回巴塞隆納。其實，我現在就必須告辭了。」

「這位是不是大名鼎鼎的夏洛克·福爾摩斯先生？」一個柔情似水、抑揚頓挫的女高音，在我的左手邊響起。「賈桂琳·波斯特很開心終於見到您的廬山真面目了。」

聲音出自一個可愛的女士，一頭漂亮的棕色波浪捲髮，披在乳白的肩膀上，只見她伸出纖纖玉手，約在我朋友的領結高度，福爾摩斯順手握住。我注意到一個事實：福爾摩斯好像半點都不興奮；至於我，第一時間就心醉了——波斯特小姐的鼻子有點短，白磁般的下巴尖尖的，但配上曲線愉悅的嘴唇、靈動至極的眼神，顧盼中另有風情，好像是一隻活潑的藍鳥，遮住各種缺點。見到她，任何人都會覺得，聚會中有了她，氣氛一定會熱絡起來。她穿著一件亮寶藍色的洋裝，掛著一條古銅色的飾帶，襯托她紅褐色的辮子，小圓帽上插著幾根鈷藍色的羽飾，亮麗又俏皮。

「福爾摩斯先生，您一踏進這裡，我馬上就知道不可能是別人，」她說個不停，睫毛眨啊眨的，像是一隻振翅飛去的蝴蝶。「下顎、體態——佩吉（譯註：指的是為《福爾摩斯》系列繪製插圖的畫家悉尼・佩吉）先生在《紅髮俱樂部》的插畫，簡直比照片還傳神。我真希望貝格街最近還是被神祕案件搞得雞犬不寧，免得因為鎮日無聊腐蝕您昂揚的鬥志。喔，親愛的——原諒我的冒昧，但我是《岸濱》月刊的狂熱讀者，所以感覺起來，我好像已經跟您很熟悉了。」

「那你得好好謝謝這位醫生了，波斯特小姐。」福爾摩斯慢吞吞的說，「至少，我是很感謝他的。」

「非常榮幸見到您，華生醫生。請您多多撰寫你們的冒險事蹟，真希望在我們聊天的此時，您的腦海裡已經有一個故事要跟讀者分享。請您千萬不要辜負我的期盼。」

「我今天早上本來在創作的。」我回答的時候，意味深長的看了我的偵探朋友一眼。「但我的注意力被引開了。」

「如果您能直接回去工作，就是我個人無上的尊榮了。請您快馬加鞭好嗎？」她開了個玩笑。「讀您寫的故事，緊張到連氣都喘不過來，在我的生命裡，心還沒跳這麼快過。只要有您的短篇，我每次都會買兩本《岸濱》——一本一讀再讀，一本原封不動的放在書架上。有幾個朋友覺得我很神經，但我的閨密都很能理解我的感受。我希望能蒐集全套的故事，全靠兩位持續偵破奇案了，您說是吧？我真的很想聽到更多有關福爾摩斯的消息。」

「聽您這樣說，我非常開心。」我笑著回答。

「至於我的部分，」我朋友嘮叨了兩句，聲音低到只有我才聽得到。「有沒有那麼高興，就大有爭議了。」

「福爾摩斯先生，幾個月以來，我始終痴想能當面碰到您。我夢寐以求的就是學習調查科學，只是我覺得您的調查已經踏入藝術的境界。您的生活一定很精采，所以——」

「很遺憾，波斯特小姐，福爾摩斯跟我剛剛跟人談話談到一半，」福爾摩斯狠狠的掐了我的手臂一把，我只好打斷她的滔滔不絕。他引導我掉頭，發現宴會主人跟神祕的穆里洛先生正朝屋內走去。「也許咱們下次再聊？」

「我的天啊，我們正代表皇室執行機密任務耶。」福爾摩斯很不高興，唸了我一頓。「花園派對哪是聊閒天的地方？」

「不是嗎？」

「別在有人提防我們的地方啊。我只要在公眾場合拋頭露面，大家就指指點點，好像是廉價小說裡跳出來的怪物英雄：我希望你滿意。」

「福爾摩斯，《岸濱》是一本文學雜誌，而且，您壓根就不想出現在公眾場合，不是嗎？」

「你不要再東拉西扯的，這跟——」

「我的手提箱！」走廊間閒適的氣氛被一聲恐怖的尖吼劃破。「我的天啊，出了什麼事？有小偷，抓小偷啊！」

十來個戴著講究禮帽的男男女女嚇了一跳，回過頭去。騷動的起點來自法蘭西斯科．穆里洛先生。他站在通往石柱走廊的門邊，兩手抓著一個空無一物的手提箱。慘重的損失讓他連站都站不穩，瘋狂的揮舞手提箱，看起來好像有一道水柱橫過熊似的五官。

「我把這口箱子留在肯沃斯的私人書房裡。」他咆哮道，「裡面有股票、不動產契約，價值超過兩千英鎊。到底是哪裡冒出來的魔鬼？怎麼可以這樣欺負無辜的陌生人？我為什麼要成為這宗離奇犯罪的受害者？」

「不可能啊。」肯沃斯結結巴巴的說，血色幾乎從慘白的臉上悉數褪去。慘叫響起的幾秒鐘之內，他就現身了。「書房是我親自鎖的，唯一的鑰匙在我身上。」

人群把目光投在他們兩人身上，探聽八卦的腦袋漫無目的的上上下下，像煞了麻雀的鳥喙。夏洛克．福爾摩斯動也沒動，全神貫注。他就是渴望這種怪案的呼喚，讓他原本就引人側目的存在，變得更加像是刀刃般的鋒利。他非常享受這種環境，整個人變得容光煥發，神采奕奕。雖然我見過十來次了，卻怎麼也不厭倦；至於我們的新相識，波斯特小姐更是雀躍不已，興奮得像是中國煙花。

「或許我必須強烈建議，肯沃斯先生：與會人士是不是全部暫留原地，直到我們釐清案情，有所掌握之後再離開呢？」他這麼說。

「這是當然，當然好——當然，當然。各位先生、女士！」肯沃斯叫道，「致上我最誠摯的歉意，在我們完成初步調查之前，勞駕各位留在原地，暫勿離去。願上帝只是開了一個無傷大雅的小玩笑，讓我們順利尋獲穆里洛先生遺失的財物！」

「又被偷、又被限制自由！運氣竟然好成這樣，實在不敢置信。而且夏洛克・福爾摩斯先生人就在犯罪現場。」賓客陸續被招呼到屋內，波斯特小姐還是難捺激動的情緒。

我有點期待福爾摩斯反唇相譏，但混亂的犯罪現場反倒逼出他的好修養；興奮得滿臉通紅的波斯特小姐擦身而過，微微躬身。

「天啊，我真不知道該怎麼想——更不知道該說什麼。」肯沃斯拿出手帕擦擦眉頭的汗。我們走進屋內，僕人連忙請走廊上的賓客移駕餐廳，新做好的點心擺滿一整桌。「書房在這一邊，福爾摩斯先生。應穆里洛先生的要求，我把他的手提箱放進書房裡。我確信這個房間是很安全的，天啊，如果有人——」

我的朋友腳步輕盈得跟隻貓似的，撲向書房門前，指尖輕撫過門鎖的輪廓，跪了下來，緊皺眉頭。接著從他的禮服內袋裡，取出放大鏡來，貼近檢查隱隱泛光的金屬——就算不藉助放大鏡——都可以看見上面有幾道淺淺的，但明顯是人為造成的刮痕。這裝置才剛剛抵禦過外敵入侵，痕跡頗為清晰。在完成檢查之後，偵探看了我一眼，莫名其妙的微笑起來。

「看清楚這鎖上有趣的地方了沒？華生。」

「喔，當然，看起來有外力試圖破壞。」

「啊，我是對它的設計格外感到興趣。」他說著說著，聳了聳肩。「這是美國人的發明，源起於阿弗列德・查爾斯・霍布斯，古典專利保護鎖。沒所謂，無需深究。我們繼續好嗎？」

我跟著他，心底卻在琢磨這鎖的型制難道跟竊盜案有關聯？進入書房，我們的主人跟他憤憤難平的客人穆里洛緊緊跟在我們身後。福爾摩斯半點時間也沒有浪費，立刻展開搜索。一個擦得隱泛光澤的厚重橡木桌，穩穩的坐鎮在面積不大、沒有窗戶的一個小房間裡，兩張豪華舒適的扶手椅放在前方角落。看起來是個很俐落、很男性的工作地點，安排得很貼心；另外一個角落，配置一部小推車，上面放著幾個酒瓶，邊桌上備妥一盒雪茄。我看不出現場有什麼東西不在原位，但這也沒什麼好奇怪的——如果小偷鎖定的就是穆里洛的手提箱，他或她自然也不需要去碰什麼旁的東西。

「你把手提箱放在這裡？」福爾摩斯看也不看肯沃斯，手指輕撫書桌表面。

「是的。我把門鎖好之後，就回去參加宴會了。您說，這道鎖曾經被人為破壞過？」這個政壇新秀的語氣有點緊張。

「我並沒有這麼說。這是華生醫生的診斷意見。我以前還沒見過他錯得這樣離譜。」

聽到這個結論，肯沃斯跟穆里洛吐出悶悶的哀嘆。我眼角一斜，正瞥到福爾摩斯草草看了火爐幾眼。我很難不注意到，他這次的竊盜現場勘查，不及過去的鉅細靡遺。他的眼神飄浮閃爍，不曾在特定的事物上留駐，跟先前相比，簡直判若兩人。他在斗室中繞了兩圈，並沒有仔細觀察周遭的異狀。一般而言，福爾摩斯的調查分做兩個層次：蒐集資料、反芻思考。讓我覺得奇怪的是：自始至終，他只停留在第一個層次，遲遲不往下一個層次推進。地毯，他一掠而過，目光在窗戶與門之間遊走，手指呆呆的東摸西摸，感覺也是虛應故事。穆里洛把空手提箱放回桌面上，他還把玩了一會兒。我坐立難安，也只能強行壓下衝動，不讓自己逼問福爾摩斯推論結果。

肯沃斯跟穆里洛看著福爾摩斯，也越來越煩躁；除了我朋友之外，所有人的耳朵裡都是角落座鐘一分一秒消逝的滴答聲，腦海裡想像的是竊賊口袋滿是有價證券，吹著口哨，腳步輕快，越跑越遠。

良久，福爾摩斯終於撇開洗劫一空的手提箱，轉身，手指扭捏的纏在一起，臉上明白寫著尷尬與抱歉的神情。「嗯，好吧，沒有什麼好掩飾的了——很遺憾，我得向列位承認：我一頭霧水，沒有任何線索。這種狀況前所未見。穆里洛先生，我深信小偷是這行裡的佼佼者，除了在進門前，不慎留下幾條刮痕之外，完全沒有留下任何可供追查的線索。我在房間裡採集不到證據，從你的手提箱上也看不出所以然來。」

「我親愛的福爾摩斯，」我實在忍不住心中的狐疑，「這怎麼可能呢？」

「天啊，我自己也是不明所以——我只知道我被徹底擊敗了。你一定覺得我辜負了你對我的信賴。」憂慮沮喪籠罩他的面容。「我也不好怪你。」

「正好相反！」我叫道，嚇壞了。

「沒關係，沒關係。你失望是完全合乎邏輯的！抱歉了，各位，既然沒有線索可供觀察，我自然也觀察不到任何線索，唯一的徵兆是房門有強行進入的痕跡。我們面對的是一個難纏的高手。只有真正的行家才能破解這道鎖——我自己在十分鐘之內是辦不到的。說不定我根本打不開，而我並不是什麼門外漢。」

「總能採行什麼步驟吧？」穆里洛還是不肯死心。

福爾摩斯咬著下嘴唇，聳聳肩。「現在唯一的調查手段就只剩下逐一詢問賓客，不容他們打半點馬虎眼，禱告其中一人會據實以告。但我也沒法告訴你，這種做法有幾分把握，因為真正的竊賊，可能早就逃之夭夭了。我的大半輩子，屢破奇案，手到擒來，毫無疑問，這起神祕案件是我職業生涯的最低點。」

被厄運折磨到渾身無力的穆里洛，軟癱在最近的扶手椅子上。肯沃斯還是一副陰沉的表情，扶著他的手臂，從餐車上倒了一杯紅酒給他。率先衝進我腦海的想法是鼓勵我可憐的朋友。打從我認識他開始，從來沒看過他這麼危疑震撼。只聽得他喉嚨冒出一聲哀嘆，匆匆的離開房間，我簡單的交代幾句場面話，趕緊追上來，希望他的黑色幽默還在，願意跟我講幾句話。

「福爾摩斯？福爾摩斯！希望您知道，我從來沒有——」

我朋友在走廊盡頭突然停下腳步，轉身面對我，表情頓時一變，和顏悅色，感覺前所未有的與人為善。他窄窄的胸膛硬生生的憋住了一肚子的開心，臉色泛紅。我這才知道：我們都被他騙了。我鬆了一口大氣，被戲弄成這樣，居然一點也不生氣。

「你是怎麼看的？」福爾摩斯低聲說，「表演是不是很精采？」

「我還摸不透這個空頭公司的前總裁是什麼底細，也不明白門鎖這樣難撬開，手提箱裡的文件是怎麼不見的？」雖然我也感染了他的詼諧，但還是出言反駁。

「喔，別琢磨了。我心裡有底，不用白傷腦筋了。」

「您今天的作風，判若兩人。」

「怎麼說？」

「犯罪現場調查大而化之，我以前沒見過您這樣草率。」

「華生，你傷害我了。」

「不，我沒有。還加演失敗落寞秀——這到底是在演什麼？」

「這哪裡是演戲？不，不，不！這起犯罪案件是破不了的，醫生，我剛剛已經很嚴肅的說明過了。天衣無縫，沒有破綻。我要去偵破另外一起案件，讓自己好過一點。」

我的偵探朋友又開始大步走去，這次的目標是餐廳，裡面想必有許多焦急等待的賓客。我正想問他，是不是要著手偵訊，福爾摩斯揮揮手，示意我噤聲。他停在一扇雕花拉門前，耳朵貼得緊緊的，傾聽裡面低不可聞的交談；聽滿意了，手往口袋裡一插，斜倚著牆壁。

「您根本就不想偵訊賓客。」我猜，不知道他在鬧什麼玄虛。

福爾摩斯的頭輕巧的低下。「浪費我的時間。」

「為什麼？」

「因為他們知道的事情跟你差不多，親愛的朋友。」

拉門被推開了，露出一頭褐色頭髮跟興奮的五官，這位當然是賈桂琳．波斯特小姐。

「兩位都在這裡！」她赫然看見福爾摩斯靠在旁邊的木板上，而我叉著雙手，面露慍怒，站在附近。「我的腦筋挺清楚的，但我要招認：非常高興看到事情這樣發展。不是很棒嗎？」

「的確沒錯。」福爾摩斯的熱情看起來挺誠懇的。「態勢著實不壞，波斯特小姐。」

波斯特小姐更是容光煥發，身子縮回去，又把門拉上了。

「福爾摩斯，您在搞什麼鬼？」

我的朋友豎起食指、中指，往嘴唇上一比。「稍安勿躁。幾個狀況正在醞釀，華生。首先，也是最重要的一點，對手並沒有意料到我們會出現。你沒帶槍吧？是不是？」

「沒有。」我很是驚訝。

「可惜。」

「我的天啊，福爾摩斯——」

他的手突然握住我的手肘，我趕緊閉嘴。不疾不徐的腳步聲從走廊的另外一端響起。全身緊繃，等待即將降臨的危險，照著福爾摩斯的模樣，身子緊貼牆壁，準備迎戰。

法蘭西斯科．穆里洛先生的身影跟著出現，看起來氣定神閒。一見到我們，突然停下腳步，隨後，重拾自信，踩著穩定的步伐，繼續前進。幾秒鐘之後，戴米恩．肯沃斯也出現了，微微顫抖的手捋了捋亞麻色的頭髮。

「你是不是盤問完所有可疑的賓客了？」穆里洛說。

「盤問完？我根本還沒開始呢。」

西班牙人的牙齒咬住黑貂般的鬍鬚。「沒有？」

「喔，沒有。做這種事情簡直無聊透頂。在我們好好跟你辭別後，再來問也不遲。不瞞你說，我反覆考慮手上的情報，組合不出合理的解釋。盤查與會嘉賓，再怎麼快也得花上兩小時，我覺得還是先跟你告別為宜。案情陷入僵局，再次懇請見諒。」福爾摩斯面不改色，振振有詞，隨即打了呵欠。「在我彌補前過、展現我的能耐之前，是不是暫時保持沉默，不要把我今天的無能，公諸於世，避免流言流竄於歐洲大陸。名聲，對於顧問偵探而言，簡直就是第二生命。這點我相信你是了解的。希望你三緘其口。」

肯沃斯從福爾摩斯看到穆里洛，又慢慢的看回來，脖子都急紅了。「我說，福爾摩斯先生，我們很能理解偵辦工作陷入瓶頸的苦衷；但您出言無需如此輕率，畢竟受苦的是穆里洛先生。」

「實在是豈有此理——丟人現眼的醜聞——但我不能浪費任何時間了。」焦躁的穆里洛恨恨的說。「肯沃斯先生說得沒錯，我已經丟了一大筆錢，現在再不離開，連船都趕不上了。」

「真是遺憾。」福爾摩斯笑說，好像舌頭含著一個冰塊。

「你這樣沒禮貌，我們可全都看在眼裡，福爾摩斯先生。」穆里洛頂了回去，我下意識的朝我朋友靠近半步。「但我還是祝你好運，儘管你身陷在苦無線索的窘境裡。如果失物真的有機會尋回，我想肯沃斯先生會盡快知會我吧。」

「一定會的！」肯沃斯先生叫道，「這是我的榮幸啊，總裁——福爾摩斯先生是倫敦最卓越的犯罪調查家，一時的挫折絕不代表永遠的失敗。他終究會重拾以往的功力，而我也會在最短的時間內，將您損失的財物如數奉上。」

「這是對一個人最嚴厲的考驗，看來他也是束手無策。」穆里洛咆哮道。「那好，就讓我立刻離開這個天殺的鬼地方吧。」

「請容我看手提箱一眼之後再走好嗎？」我的朋友有意見。

穆里洛踩出一半的腳步，硬生生的僵住。「裡面是空的啊。再看又有什麼用？對我、對所有人都無濟於事。」

「這就是我想要弄明白的事情。」福爾摩斯的聲音跟姿態一變，全身散發著一股對戰的氣勢。

「您就別再鬧了，福爾摩斯先生。」肯沃斯灰白的皮膚上，滿是汗珠。「今天晚上我已經受盡屈辱了，您說是不是？怎麼會在我緊鎖的書房中，發生竊案呢？我很欽佩您敬業的態度，但是，這個人已經夠不幸的了，現在又違反他的意願，恐怕不好吧？您一時興起，說不定連穆里洛先生的船班都耽擱了。」

「那麼，穆里洛先生，」夏洛克．福爾摩斯宣布，「你就別上船了。」

接下來幾分鐘裡發生了戲劇性的變化，無論日後我怎樣老態龍鍾、糊塗昏聵，都無法忘記當時的誇張程度。穆里洛好像火燒屁股似的，碩大的身軀狂奔，衝向中央通道。福爾摩斯一聲吶喊，緊跟在後。一秒鐘後，我拔腿急追，一路穿過藝術珍品、花瓶與盆裝羊齒植物，沒多久，出了前門，置身夕陽下。

福爾摩斯一路追到前門塞滿馬車的車道，幾秒鐘之後，我也尾隨而至，渾然不知即將見到的可怕情景。我那動作靈巧得多的朋友，早就伸出長臂扣住穆里洛的脖子，但是這個西班牙人不肯雌服，仗著身體沉重，往後一壓，試圖掙脫福爾摩斯的控制；福爾摩斯手肘被迫頂住馬車窗戶，玻璃就在我眼前裂開，星星點點的碎片匕首般的刺進他的皮膚。

我一聲尖叫，儘管已經不記得當時驚呼些什麼。福爾摩斯露出略帶疼痛的苦笑。等我衝向糾結的兩人，已經可以很清楚看到車窗上的血跡，猩紅的鮮血滴了下來，像是惡龍的毒牙，我這才明白至少有一塊玻璃碎片，重創了我朋友。

憤怒與恐懼在我心中交戰——加速行動，法蘭西斯科．穆里洛哪裡是我們倆的對手？我先給他一記重重的上鉤拳，打得他一陣踉蹌；福爾摩斯展現江湖賣藝者的靈活，先把他的手腕往背後一拗，強壯的前臂全力壓在那頭野獸的喉頭。十多秒鐘內，穆里洛不支倒地，失去意識，手提箱手到擒來。鮮血直流的福爾摩斯迫不及待的打開皮包扣環，將裡面滿滿的文件，公諸於眾。

「我親愛的朋友，等等——」

「軍隊內部通訊報告，」福爾摩斯喘息稍定，撞在馬車上的衝擊，一時之間還緩不過來。他猛烈的咳了幾聲，手底卻不停的搜索。

「停！我警告你！讓我——」

「高度敏感的政府文件、電報通訊規定……等我把這批文件交給我哥哥，你能想像他臉上的表情嗎？」

「好啦，好啦，您是很聰明。現在請冷靜點，如果您不讓我檢查受傷狀況，我可能要把您綁起來了。」

「天啊，就差這麼一點，這批文件就要外流了——你看肯沃斯。」

順著福爾摩斯上挑的眼神，我看到這座莊園的主人正在前門口。整個人趺坐在石階上，頭垂在兩臂之間，表情黯然，氣息奄奄，了無生機。

在幾個白廳的年輕幹員與兩位退休將軍的協助下，我們把肯沃斯與穆里洛監禁起來，打發信差去蘇格蘭場，再通知邁克羅夫特．福爾摩斯，請他們派出執法人員趕來漢普斯特德。同時，我說服福爾摩斯：滴著血在屋裡到處跑，且有女士在場，有礙觀瞻，才把他趕進廚房，頂著工作人員恐懼的眼光，接過他們遞來的醫藥包，幫福爾摩斯清理傷口。好不容易請他在桌前坐定，我還兩度動怒，斥責這個始終不停扭動的傢伙，終於讓他安分了點，同意我扯掉外套、把袖口撕得更開一些。傷口從他的手肘一路延伸到手臂，大約有六吋長，幸好只有一個地方很深，大致上都還滿淺的，可以先用乾淨的布條與繃帶固定好，等我們回到貝格街再仔細縫合。我終於鬆了一口氣，準備用碘酒完成最後的消毒。

「你對於性別平等的論述也不盡公允。」福爾摩斯的眼裡閃出光芒，在我裁剪繃帶的同時，把破破爛爛的外套折好，推到一邊。「波斯特小姐是淑女，當然想親眼目睹為了維護正義所流下的鮮血。我說，醫生，你看起來怎麼有點頭昏？」他補了這麼一句，語帶關切。

「您可能因此身受重傷，」我嘟囔道。「事實上，您心裡應該明白：這次傷勢並不輕。以前，我的運氣再不好，也沒碰過像您這樣倔強的傷患。好了，請您稍安勿躁，我還得預防傷口感染。」

「華生，我無意嚇你。」

「也許不是故意的吧。動機姑且不論，您的確是嚇到我了。」

「別那副表情，我親愛的朋友──只不過是點小擦傷。」

我嘆了口氣，搖搖頭。「我知道。但您這次還是過分了點，福爾摩斯。我以前協助您面對凶險，偶爾幫您排遣茶會上的尷尬，但從來沒有這樣被左右夾攻。」

「這點倒是真的。」福爾摩斯觀察我的表情，帶著嘲弄的神態。「這是一場兩面臨敵的苦戰，的確沒錯。而你的表現確實英勇。」

「您過獎了。能不能請您略做回饋，在您公開案情原委之前，能不能指點一二，不要讓我墜入五里霧中好嗎？」

我的朋友跟他把壞蛋壓在舉辦茶會的草地上一樣開心，和顏悅色的接受我的要求。

「那是一道保護鎖。」我持續清理傷口，他彷彿一點感覺都沒有，就只剩眼光依舊銳利如刀。「我們倆都知道穆里洛開的是空頭公司，那道鎖是第二個謊言。這種鎖只有絕頂高手、使用細緻的工具才有辦法打開。金剛鑽，或者人稱蛇耙的工具，都無濟於事。我個人偏愛皮針去破解這樣難纏的鎖頭。只把金屬鎖頭刮出幾道痕跡的器材，根本派不上用場。因此？」

「因此，肯沃斯是想故布疑陣，讓我們懷疑有人破壞了這道鎖，實則不然。」

「正是如此。」

「但他們的陰謀究竟是什麼呢，福爾摩斯？穆里洛電報公司是從哪個環節開始涉入的呢？」

「戴米恩・肯沃斯會在稍後招出正確的細節。根據我的推論：肯沃斯跟許多年輕貴族一樣輕狂，為了這個那個的原因，搞到手頭上沒錢了。拿家裡的古董繪畫或者繼承的產業去賣，動靜太大，等於是公開承認自己揮霍成性；所以他改偷更有價值的商品——趁任務之便，得以接觸到的高度機密軍事文件，便找來穆里洛做為同謀。

「當務之急當然是找個栽贓的替罪羔羊。但是，肯沃斯的計畫要周密得多。他先捏造出穆里洛前總裁的身分，替他開一家空頭電報公司；接著交給邁克羅夫特一份來自上述公司的研究報告。他想，這個漏洞一時半刻應該沒人注意得到才對。同時，穆里洛以老友的身分，參加肯沃斯的茶會。帶了一個空的手提箱，鎖進肯沃斯的書房裡。肯沃斯呢，故意在鎖頭上劃了幾道痕跡，偽造出有人闖入的假象，可能還會順勢把嫌疑栽贓給某位賓客。在發出遭竊的慘叫、書房被檢查完之後，他剛好給假裝怒氣沖沖、心煩意亂的穆里洛一個藉口，讓他進入犯罪現場。收藏真正的無價之寶——也就是軍事文件的保險箱，會刻意沒有鎖好，或者肯沃斯挑個沒人的空檔，自己打開，把文件轉交給他。所謂的『有價證券』根本子虛烏有，怎麼可能會查清楚呢？穆里洛便順理成章把軍事機密文件裝進『空皮箱』裡，趁機離開洛瑟莊園。截至目前為止，你還跟得上我的推理吧？」

「非常清楚，但為什麼——」

「這把戲也就是從英國的樞紐竊取機密栽贓嫁禍罷了。明天，或者兩天以後，穆里洛遠走高飛，形跡已經無法追蹤，肯沃斯可能扭扭捏捏的拿著帽子，裝出滿臉驚駭的神情，到我哥哥面前懺悔。坦承機密文件已經失竊。他在家中無法偵破的竊案是精心設計的騙局，譴責穆里洛是幕後的策畫者，徹底摧毀這個西班牙大漢的信用之後，再揭露穆里洛電報公司根本不存在。他會降級，但不至於被逮捕。幸好邁克羅夫特一眼就看穿這家公司的玄機，當然啦，這也就是我們倆出現在這裡的原因。」

「假設您是對的。」我說，把繃帶上的結打好。「這是個挺卑鄙、下作的計畫。」

「也許是這樣吧。」福爾摩斯陷入沉思。「但這個茶會也有功勞。算是我參加過最棒的社交場合。」

現場還有其他賓客跟福爾摩斯有著同樣的感受。對我朋友的冒險事蹟幾近狂熱、卻對作者不屑一顧的賈桂琳．波斯特小姐，原來還是知名的倫敦婦女雜誌的社會專欄作家，善於將身邊的趣聞軼事，寫成讓已婚婦女、家庭主婦心馳神往的小故事。她立馬把這次的冒險經歷寫出來，形容肯沃斯茶會是「這個時尚季節中無與倫比的精采聚會」，得以「第一手親眼目睹夏洛克．福爾摩斯先生大展神威，在關鍵時刻，拯救國家於危難之中」。看到這則報導的哈德森太太，跑來報信，我又拿給福爾摩斯看。在他回話的語氣中，我察覺到一絲喜悅。

「有一點你倒是沒說錯，華生。」他說這話的時候，揚揚眉頭，帶點挖苦的表情，櫻桃木菸斗果決的往雙唇間一塞。「不比較不知道，原來《岸濱》月刊還真算得上是一本高水準的文學刊物。」

# 第三部

# 歸來

# 空屋

## 摘自約翰・華生醫生日記，一八九四年三月十七日

原本以為這個下午並不容易過，甚至可能撐不下去。鍾愛妻子的丈夫多半會這樣以為吧？但我很不好意思的說，我只覺得異樣……好像跟我沒相干，好像約翰・華生站在一個薄薄的灰色平面上，時間照樣流轉，卻沒有自己的存在。

這樣看來，悲劇發生在越親密的人身上，生者就越偏執、心就越疏離。

在墓園的門前，我的靴子踩在乾沙上，小徑鋪著碎石，邊緣堆滿落葉，墓碑邊圍著簌簌顫抖的小草。鳥兒呼喚同伴，不起眼的小教堂響起連綿不絕的鐘聲，不會因為任何人而中斷。頭頂上的天空隱伏著蠢蠢欲動的閃電，疾風迎面撲來，像是警告我們大洪水即將來襲。我總是覺得，倫敦三月的天氣格外古怪；眼見要轉晴了，無情的雨滴，卻不住的打在所有人頭上。

停。

這種心境上隱約的躊躇，看來很像是福爾摩斯嘴裡常說的「色彩與人生」；但跟他對我寫作方式的不屑相比，其實嚴重得多。我的記述是在寫實的基礎上，酌添幻想的色調，他的譏誚無傷大雅。但現在我是逃避、拖延我終究得面對的事實：我流不出半滴眼淚、不曾在葬禮上演出躍進墓穴以身同殉的激情戲碼，就連狗都還會嗚咽幾聲，而我卻沒有任何反應。如果我能有真正的感

受，會覺得自己是個比較好的人吧。當然，對於她的過世，我早有心理準備；病情這樣拖下去，對她來說，是很殘忍的折磨。回想起兩天前她的模樣——甜美的容顏嵌著枯萎的雙唇與空洞的眼眶，現在終於永遠的安息了——如果我回復理性，不要凡事只考慮自己，或許應該開心一點吧。

但我卻坐著。腦袋、喉嚨都在疼，只能寫無關痛癢的天氣。

我今天埋葬了我的妻子。

瑪麗從來不曾要求我做這種事情。我非常肯定。但我對自己的要求總要實現吧。我的天啊。誠實或許會受到欺瞞，情感可不會。

我的妻子今天入土為安了，多少可以放下了，不再胡思亂想。如果我哀悼之心尚存，現在應該像野蠻人一樣，對著瘋狂的月亮，嚎啕大哭，握拳怒斥。

只是這樣張狂的人眼前並不存在。或許我應該休息了，希望在我沉睡後，些許的精力能悄然歸來。

## 摘自約翰．華生醫生日記，一八九四年三月十八日

閱讀我先前的記載，對於痛失至親之後，我展現的軟弱與冷漠，深感不齒。他人的言行不符合我的期望，我始終不曾報之以陰毒的批評——那麼，我讓自己失望，難道就應該對自己惡言相向嗎？除了向前，我別無突圍之道；而我恐懼的，則是更無低處供我沉淪。

解決方法：鼓舞鬥志、勇於揮別，在工作中尋求慰藉，就算放不下，至少也該重拾自信。多

少男男女女只求能有這樣的情緒出口？我真的不幸嗎？在我生命中，遇過多少奮戰不屈的心靈？我深愛他們，也博得他們的尊敬，這還不足以自豪？

的確無需苛責。我得到的祝福遠遠超乎想像——我並不希望只結交少數幾個知己，過著門前冷落的枯燥日子。我要提醒自己。看來，必須每日一省。

昨天是我生命中的低潮，以致於忘了記錄如此醒目的細節。長久以來，瑪麗就沒有什麼親戚朋友，我的家庭也幾近瓦解——父母雙亡、兄弟自暴自棄，多年不曾聯絡。因此，我妻子的喪禮，只通知幾個需要知道的人。我很高興的發現，我錯了。伊沙．懷特尼夫妻、瑟西兒．佛瑞斯特太太、幾個經常找我看診的病人、老家親友，還有為數不少、哭成淚人兒的好鄰居。儘管他們的誠摯令人動容，我卻像是柵欄柱子一樣，無動於衷。但有個動靜卻讓我大吃一驚。儀式結束之後沒多久，一個熟悉的尖銳聲音在身後響起，讓我的心思不禁波動起來。

「華生醫生，我沒法說很高興見到你，但在這種情況下，只能是深感遺憾。但是天啊，能夠再跟你碰面，實在是好事一樁。」

我一轉身，發現講話的人是雷斯垂德探長。他深邃的眼眶裡，鑲著一對精亮的眼珠，像煞閃閃發光的大理石，堅強、精明依舊——但幹練的外表下，卻是一顆善體人意的心，蘊藏著難以估量的憐憫。他經常跟隻寵物狗似的，時而大驚小怪、時而沾沾自喜，不過，我一直喜歡雷斯垂德真情流露的時刻。我緊緊握住他的手，儘管我並沒有那樣激動。我跟雷斯垂德稱不上志同道合，也不會經常想起他。偶爾合作（想來以後也沒機會了吧），也只覺得這個人心地不錯，但，讓人過目即忘。我不是說我有什麼過人本領，可以臧否他人，只是挺喜歡這個人的，真正的高手幾年前已經離我們而去。

我們講到瑪麗過世前幾個星期的病況、眼見著要下雨幸好沒下下來：諸如此類的客套話。最後，我不得不中斷跟這位仁兄的瞎扯。我感覺胸口囤積一股絕望的吶喊，掙扎著，想要傾洩而出，而我得使盡渾身解數，強壓下去。

「雷斯垂德，謝謝你參加內人的喪禮。但是你怎麼知道今天要到這裡來？是不是看到昨天刊登的訃文？」

他又露出小獵犬似的笑容，兩手轉到背後，虎口相握。這個熟悉的姿勢讓我不禁莞爾。他的氣色不錯，但不改習慣性的眉頭深鎖、臉頰隱隱抽動。

「唉，」他承認，「儘管好些人覺得我的腦筋不夠靈光，但是，有什麼蹊蹺我還是感覺得出來。你以前經常會去我們那裡，核對案情調查記錄；一個星期至少也要跑上兩趟，但是最近……」聲音漸漸低了下來，瘦瘦的肩膀跟著一聳。

雷斯垂德說得對，難怪他們會想念我。看來，我太不關注僅存不多的朋友了。從一八九一年七月（就在失去我的朋友後不久）到一八九三年十二月（我又失去瑪麗）之間，我以激昂的筆調寫出二十四宗探案，也在不知不覺中成為蘇格蘭場的常客。

「我該打通電報給你的。」我語帶歉意。「無意冒犯。在我心頭上壓著千鈞重擔。」

「這是什麼話！這陣子夠你忙的了。訃文？哈。很合理的猜測就是了。總有一天你也會變成很厲害的偵探，醫生。」

或許我有些異樣，臉色從不適轉成慘白，因為他面部也失去血色，突然緊握我的手臂，「我要道歉——我並無意刺激你。」

「不會的。」我嘆口氣，「我想只是疲倦而已吧。」

「你可千萬當心。疲倦這個詞兒輕易說不得。這三年來，在這世上，你是我最期盼能平安喜樂的人。華生醫生，如果我講了什麼不得體的話——」

我搖搖頭，儘管他的確觸碰到我的舊傷口，緊貼心房的熟悉痛楚，提醒我這絕非一道淺淺的裂口，而我只能安慰自己，這種事情在所難免。有些痛苦像毛毯一樣裹住我們，麻木了感知；還有一些卻尖銳如匕首，直沒至柄。在我心裡，彷彿看到了一個瘦瘦高高的人，摹挲著雙手，灰色的眼珠炯炯有神，側著緊盯著探長，就像一隻機警的麻雀，全神貫注研究眼前的蟲子。

「不，不。」我回答，連忙轉移話題。「一點也不。既然你提到了，我最近還真的在寫一個故事。你還記得亞伯奈特家的恐怖事件？」

雷斯垂德的眼睛瞇起來，勉強擠出微笑，頗為謹慎。這是為了討好我，並不是他的真正反應，我變得更喜歡他了。「喔，我當然記得。是個陰氣森森的案子，肯定的！每次想到，我總起一身雞皮疙瘩。你真的把那個故事寫下來了？」

「沒錯。」

「不寒而慄。」他聳聳肩。「為什麼呢？這件事情發生在……」

「發生在瑞士意外之前，對的。這三年來，我一直記錄他出生入死的冒險經歷。你用不著刻意避開夏洛克．福爾摩斯這個名字。找個時間跟我吃頓晚飯吧。」我朝墓園出口比個手勢，好些滿懷悲憫的朋友，刻意把眼光從我臉上移開，手帕緊緊按在臉頰上，拭去止不住的淚水。「在這裡再多留一秒，我會發瘋的。我現在茶不思、飯不想——你可知道，雷斯垂德，這種日子不知道過了多久。難道某些偵探氣質也出現在我身上了？晚上失眠也就罷了，現在連飯也不吃了？這樣有用嗎？來找我吧，讓我分辨一下荷蘭芹纖細悠微的香氣好嗎？」

雷斯垂德搖搖頭，搶在我前面一步，也想離開這個避之唯恐不及的新墓園。「提起那件事情，我沒法原諒福爾摩斯先生，我想你也了解——那傢伙突然就把謎底揭開了，我還是一頭霧水呢，難堪得無地自容。」

「我們倆不都是？」

「喔，呸。你心裡跟我一樣明白：我們並不是唯二試圖說服全英格蘭最敏銳的邏輯推論者，這世上可能真有厲鬼吧？」

我似笑非笑承認了。「他的確推翻了我們的理論，沒錯。但這並不意味著我不害怕。」

「至少你沒有流露出來。他一定以為我是沒脊梁骨的小兔子。」

「他絕無此意，至少從來沒提過。」

「喔，對啦，沒必要老是惦記著我。」雷斯垂德嘲弄道。

「沒錯。真的——他倒是提過巴斯克維爾沼澤地，那個恐怖的夜晚，你真被獵犬嚇壞了。福爾摩斯說，要不是你嚇成那樣，他還以為你比他想得還魯鈍呢。不過，你有一股不服輸的倔強勁兒，勇於面對險境。他對這點很佩服。他在嘴巴上是沒饒過你，但這個人什麼時候講過好話？你說對不對？」

雷斯垂德臉上回復些許血色，他戴著手套握拳，遮在嘴前，大聲的清了清喉嚨。「對。但難聽的話出自福爾摩斯口中，無異是一枚榮譽勳章。謝謝你告訴我這段往事。有的時候，我也會好奇：在福爾摩斯這輩子裡，害怕過嗎？他的標準始終這麼高嗎？他總是跟鐘錶一樣精確嗎？醫生，你有沒有看過什麼極端惡劣的情況，讓他也懷憂喪志呢？」

我想起福爾摩斯帶著病態的透明肌膚，大步走出診療間的模樣——連聲招呼都沒打，看著我，把我當成一般客戶——倏地把百葉窗全都關上，好像有人會趁機攻擊他似的。

「您也會害怕嗎？」

「喔，我會啊。」

「怕什麼？」

「空氣槍。」（譯註：除了作者特別註明出處，本篇的楷體字率多引自《最後一案》）

「沒錯，最惡劣的險境還是會影響到他。」我說，「先顧眼前吧。前頭有一家還不錯的肉類專門餐廳，而且眼見著就要下雨了。」

一路無話，我們安然抵達一家酒店，鏡子上滿是污垢、空氣中蕩漾著一股焦炭氣味兒，腳底下的栗子殼，被踩得咔嗤作響。我已經想不起來通過我雙唇之間，嚥進去的是什麼食物，只記得探長滔滔不絕的議論亞伯奈特奇案，抑揚頓挫的節奏跟我口袋裡的懷錶很接近。

雷斯垂德實在是個好人。我從來沒有告訴過他，這起案件在我記憶裡，栩栩如生，就像是昨天剛發生一樣——但也許他也牢牢的記住每一個細節——只是他不願意提罷了。

「我知道你從來都不信鬼神，福爾摩斯。」雷斯垂德說，用力扯了扯他的袖口。這位警探暴躁易怒，我習以為常；但這副惶惶不可終日的模樣，還是我生平首見。「我以前也不信——不，我該這麼說，老子我就是不相信。但是我看得見的，想來你也看得見，而且看得比我透澈，這點並無疑問。但是，老天爺啊，如果真有詛咒橫行屋內的話，那麼就一定是眼前這副景象了。」

夏洛克．福爾摩斯意味深長的抿起嘴唇——薄薄的眉毛聚在一起，湊成一條緊繃的線——刻意的搖搖頭。太陽從拉了一半的窗簾底下，悄悄的爬進飽受詛咒的亞伯奈特大宅。時已過午，我的朋友牽著獵犬出去透過氣了；但是雙方拉拉扯扯，牠還是想掙脫無情項圈的束縛。在福爾摩斯剪裁樸素的外套底下，全身的筋肉躍躍欲試。三具承受不同痛苦折磨、死狀各異的屍體，橫陳在據說鬧鬼的大宅子裡，在仔細檢驗後，目前已經被移走，上窮碧落下黃泉，搜了半天，整間屋子找不到半點毒物的痕跡。福爾摩斯凝重的面容深處，激情持續累積，一望而知。

「我假設啊，」雷斯垂德還是不肯放棄，削瘦的臉頰因為憂慮有些緊繃。「假設說，魔鬼有沒有可能伸出魔掌介入這起事件——」

「哪說得通？」福爾摩斯叫道，拳頭很不耐煩的往手掌上一拍，揮揮手，好像覺得自己無法控制脾氣，有些懊惱似的，身子又倚回窗台。「這裡的環境陰氣森森，的確是很容易讓人懷疑是厲鬼作祟，但是，只有沒受過教育的小毛頭，才會擔心這世界上有幽靈。請讓我們總結一下，藉以整理思緒：這家裡死了五個人，據說他們跟南美咖啡商從事令人髮指的交易，而受到詛咒——冷酷刻薄的男主人在辦公室裡斷氣，助紂為虐的母親死在慈善藝術品義賣會場，三個無辜的姐妹，玩牌玩得好好的，暴斃在客廳。現在，我可以跟你保證，這起事件裡面確實有『鬼』，但絕對不是鬼去動手殺人的。」

「那麼是誰幹的？」

「目前還無法確認，需要蒐集更多證據，而不是刻意安排在我們眼前的故布疑陣。」

「但這是不可能的啊。我告訴你，這家人相隔好幾英里，卻幾乎是在同一時間倒地身亡。」

「當然不是不可能！」福爾摩斯雙手一攤。「你今天這些胡說八道的鬼話，到底要糾纏我到什麼時候？雷斯垂德？你有完沒完？難道我應該怕這種莫名其妙的迷信嗎？事情發生在眼前，就是可能。亞伯奈特這家人是中毒了。」

「怎麼中的毒？」雷斯垂德質問道，「我們在現場搜尋不到半點毒物痕跡。他們雇用的僕人是外國人沒錯，但是，口供全部得到證實——除了午夜的尖叫聲與大鐘指針亂指有點蹊蹺之外。而這兩點我們也在調查當中。現在你卻告訴我，有個看不見的刺客把毒針同時刺進這麼多人——」

「雷斯垂德，你太恭維我天馬行空的想像力了，我的心思可沒你想得那樣荒誕不羈。」

我的朋友低聲抱怨，「簡單，就優雅。這一家人在五分鐘內先後死亡。因此，他們可能是中了同一毒，只是發作時間被延後罷了。」

「我不知道哪種毒藥會產生如此古怪的死狀。」我打斷兩人的對話，相當困惑。單單想到三姐妹斷氣的場景，寒意就如同白霜一樣，順著脊椎一路凍下來。我現在就可以確定：這三具屍體日後一定會常駐我的夢境，揮之難去。「她們全都死於急性呼吸窘迫，肺部有大量積水，就在彼此眼前窒息而死。在我的行醫生涯中，這種命案僅此一件——她們等於是在旱地上淹死似的。」

「正是如此！」雷斯垂德叫道。「哪種歹毒的藥物能夠達到這樣的效果？」

「據我所知，沒有。哪有辦法把人在萬里無雲的天底下活生生的淹死？不是砷、氰化物或者顛茄，任何常見的——」

「華生，」福爾摩斯帶著難以遏抑的怒氣，「如果這起命案出自雞鳴狗盜之輩，我怎麼會在這裡呢？」

**摘自約翰・華生醫生日記，一八九四年三月二十三日**

原本以為就算舊傷口遭到重壓，隱隱生疼，都到這個時候了，即便吃得不香，多少也該有點胃口、能夠正常書寫福爾摩斯的冒險事蹟。但兩件事情目前我都做不到。

我開始懷疑，有沒有（或者根本沒有）辦法，把我從行屍走肉般的日子裡搶救出來？

每年固定跟哈德森太太的聚會，照常舉行，地點總是在貝格街與梅爾康姆街交叉口的茶館。今年她還特別寫信告訴我，如果不方便，不來也沒關係。我想不出交代得過去的理由，也拉不下臉來拒絕，於是我跟她保證，我好得很，非常樂意跟她共享一壺錫蘭好茶，吃幾塊小三明治。

「喔，小可憐。」她說。我才靠近印花棉布蓋著的小矮桌，她就一把抱住我。「我最衷心的哀悼，華生醫生。如果有任何事情，不管是什麼，只要我辦得到——」

「我沒事，哈德森太太。」我把帽子掛在牆釘上。「你的氣色看起來真好。」

她還是老樣子——一頭雪白的頭髮，亮藍色的眼珠，和藹可親的態度，還有已故的哈德森先生一見就開心的清爽五官。這老先生真是夠走運的。我猜想她以前一定很美麗，雖然害羞，卻擁有洞若燭火的智慧。她總是把福爾摩斯當成一隻馴服的龍，待在她的客房裡——備受尊重、眾人景仰、始終提防——她其實非常喜歡福爾摩斯，愛屋及烏，順帶也照應我一下。

「實在很抱歉，我沒有辦法用相同的形容詞回敬你。你看起來跟剛到貝格街那時一樣單薄，眼睛下面有兩個可怕的黑眼圈。」斟茶的時候，她好像有點煩躁。「我真希望你能回到二二一號來，醫生，讓我親手料理一點好吃的，就算是紀念過去的時光吧。」

我笑了笑，沒說話——哈德森太太知道我為什麼不願意回去，話題隨即轉到別的地方。

我們以前的房間，被他哥哥邁克羅夫特．福爾摩斯保留成一間另類紀念館，悼忌我失去的朋友。他的嗜好不多，一旦養成，就難以自拔；更準確一點來說，邁克羅夫特是遵照每日固定模式行事的人。我老是覺得：在邁克羅夫特的生活裡，就該有個弟弟，所以他始終拒絕面對夏洛克已經不在的現實。這是我絞盡腦汁，唯一想得出來的解釋。邁克羅夫特比夏洛克年長七歲，這點對他一定有很深的影響。他從小照顧到大的天才神探，英年早逝，足以擾亂偉大的心靈——對偉大的心靈或許干擾尤甚——造成幾度的傾斜，總是免不了的。以前的客廳、我的老房間、福爾摩斯的臥室，還是有人定期打掃，房租則由大福爾摩斯先生支付，很誇張，至今沒有任何人入住。

這的確是一起悲劇，但坦白說，我對福爾摩斯的決定並不全然意外。這對奇特的兄弟，從來不在眾人面前展現對於彼此的關愛；但把二二一號B座維持得一如福爾摩斯生前，兩人生死以之的情誼也就默默的透露出來。哈德森太太可能覺得她應該把這間專屬於少數人的博物館照料好，於是盡心竭力，數年如一日。

跟邁克羅夫特．福爾摩斯將我們分租的公寓，當成木乃伊一樣的保存下來一樣，當成他弟弟仍在人間，固然不錯；我則執筆繼續撰寫短篇故事。兩人的做法頗有異曲同工之妙。但從此以後，我卻無法再踏進原來的住處一步、無法無動於衷。畢竟他受過這麼多苦楚，無法忘懷福爾摩斯在史特拉斯堡要求我盡速返回倫敦，保障我的安全以及我們在餐廳裡長達半小時的爭論。幾乎難以辨認的陰影籠罩在他的眉頭，強擠出的笑容滿是黯淡，還有那句話，「我想，時至如今，至少我可以這麼說，華生，我這輩子也不是完全白活。」當時的情景依舊烙印在我的腦海。

「在你最後一篇故事印出來以後，我開始擔心你了。」哈德森太太說。我從遐想中掙脫出來，給她倒了更多茶。「畢竟是耶誕節，選擇這樣的主題……並不像你啊，醫生。」

「《最後一案》？」我拿起雞蛋三明治，咬了一小口，又放了下來。「我倒覺得這名字挺像我的——至少，這本書賣得還不錯。」

這個和氣的老女人咬住嘴唇，點點頭。我暗自譴責自己的粗魯無文。

「請你原諒，我現在有點事情要忙，哈德森太太。」我握住她的手，勉強擠出笑容。「我還是會持續追述我們的冒險事蹟，請你不用懷疑。但是，前陣子，眼見瑪麗的身體狀況，越來越壞……我開始覺得，無論如何，我都要正視生命中的殘酷，這就是我現在的態度。日後會盡可能的不要尖酸刻薄、不要自怨自艾。我答應你。」

她按住我的手，報以溫暖的表情。「你讓我安心多了，謝謝你的體貼。無法治癒的傷口，我以後絕口不提。不過，我還有一個問題——到底為什麼你會寫說，你從來沒有聽過莫里亞提教授這個人？」

「這是我們這行業的技巧，哈德森太太。」我很客氣的回覆她，同時展現英雄氣概，把剩下的三明治一掃而空。「在開頭解釋太多，讀者會不高興的。」

「啊，我明白了。寫故事的時候，把自己說成不知情比較好。」

我想起那個瑞士男孩——跑得上氣不接下氣、臉頰漲紅、迫不及待——我眼前的焦點，頓時一片模糊。三年前，福爾摩斯把他的登山裝備往草地上一扔，一聳肩，示意放棄。

「不，不，不，回梅瑞根去，我親愛的朋友。那個小夥子會帶著我避開懸崖峭壁，稍後我們可以在羅森勞伊會合。我們看過瀑布了，我可不能這麼自私。那位不幸的女士一定希望在她最後的記憶裡，能有一位英國大夫，對她而言，在這個陌生的國度踏上未知的旅程前，是一大寬慰。你總不好否定她雅致的品味，或者澆熄臨終前的最後希望吧，是不是呢？」

我的大拇指強壓手腕，覺得都快瘀青了。深吸一口氣，細啜一口茶。「你說得對極了，哈德森太太。」我把盤子朝她那邊一推，看著她拿起另外一塊水芹三明治。「我倒沒意識到這樣能說出更動人的故事。」

我向哈德森太太告辭，走向一樓，慎重考慮我對前房東的承諾。這絕對是我現在最好的宣示，此言既出，一定能鼓勵我振作起來。等我寫完這段日記，就要去做點像樣的事情，繼續撰寫亞伯奈特滅門血案。這半年多來，妻子的病情一直盤踞在我的心頭——而今，我已無病人讓我分心。

## 摘自未印行手稿，《亞伯奈特家族滅門血案》

「什麼都找不到！」雷斯垂德探長在前廳高喊，雙手縮回外套袖子裡。「什麼證據都找不到，我跟你說——這點你怎麼反駁我？」

「你終究會發現我是有辦法的。」福爾摩斯斷然回擊。

「那麼，你終於第一次犯錯了。到時候看你怎麼辦！別白費力氣了。要不就是所有僕人說的都是實話，這些年來，滿懷怨念的幽靈搞壞了大時鐘、偷走了藏書、拆了下襬的縫線、把鹽放進糖罐裡；要不，就是這夥人串通撒謊。不管是哪種，都算我們走運了。我現在要去斂房，希望他們能在屍體上找到什麼新發現。反正，去哪兒都比待在這個鬧鬼的地方強！」

我的朋友咬了咬牙，最終還是放棄說服他。「那麼就請便吧。有消息打通電報給我們。

我要留在這裡，尋找失落的線索。」

「到底失落了什麼，福爾摩斯先生？」

「答案啊！我的老天爺。」名偵探叫道。

雷斯垂德探長搖搖頭，離開了，狠狠的把門摔上。

「來吧，華生。」福爾摩斯嘆口氣，手指在他鷹鉤似的鼻梁兩端捏了捏。他率先走進大廳，沮喪至極的我尾隨在後。「回去工作吧。」

重新進入發現亞伯奈特家三位大小姐陳屍的客廳，福爾摩斯狀似跌進遐想中，面無表情。屋裡的空氣沉重，幾可觸摸，卻瀰漫著新近死亡的氣息，不是氣味，而是類似鐘錶停止運作、錯過火車、情書寄錯地址，一種遲滯不去的凝重。他黑髮底下的腦門搖了搖，下巴緊繃，有些苦惱。

「你我都不吃詛咒這套說詞。」我沉思，眼睛卻在細細打量桌上那幾副用過的紙牌與散落在桌上的茶具，「在這家裡發生的離奇命案，雖說與邪靈無關卻不無欺瞞與陰謀蠢動的可能。幾個小姐年紀輕輕，死於非命，這裡的空氣當然讓人喘不過氣來。」

「確實是如此。」福爾摩斯同意，嚴肅的斜睨桌子。「濫殺亞馬遜原住部落，所到之處不留活口，就只為了讓他已然富可敵國的金庫再添新的財富，這種貪婪的感官主義者顛覆了流汗播種、歡喜收割的道義平衡，喪盡天良，確實也該遭天譴。女孩們卻是無辜受累，死狀如此之慘，她們犯什麼錯？何需如此殘酷？對於理性的靈魂而言，確實是一種冒犯。」

我的朋友好像在桌邊結凍了似的，只有在幾乎窒息之際，嘴唇才突然微微一張，細瘦的手指飄浮在他身體下方的棕櫚植物上，看起來好像是準備分開紅海的摩西，或者在冒泡的藥水前，施加最後詛咒的魔法師。

「您到底在考慮什麼？」

「華生，你看！」他叫道，「巴西里沉到奶油裡面去了。」

「您在說什麼啊？」

「華生，」他呼吸嘶嘶作響，抓著我的手腕微微顫抖，「巴西里沉到奶油裡面去，在科學上，是不可能發生的事情。」

**摘自約翰．華生醫生日記，一八九四年三月二十五日**

雖然我沒有持續好轉，至少也沒有惡化。但是，天啊，為何我如此的疲憊、腐敗、平庸、欲振乏力……

我那可憐的朋友曾經宣稱：找到阻力最小的路徑就是解決問題的起點。他總愛說心思縝密的推理者，藉由分辨異狀，在蕨類植物糾結的叢林中，披荊斬棘，開闢出一條生路，其實是很簡單的。這個信念讓我慢慢冷靜下來。我看不到平坦的捷徑、無法辨識隱隱約約、暗藏不露的地形記號，難以在跨越荒原途中，看到讓人心為之一寬的燈火，哪怕它僅僅來自一間東拼西湊的簡陋小屋。

我百尋不獲突破點。福爾摩斯嚴峻的聲音在我耳邊響起，一如既往，「請勿詩情畫意，華生，此時不宜。」我努力自圓其說，儘管連自己也說服不了。

我自認是身經百戰的老兵。每個人都有前途茫茫，手邊卻沒有地圖的徬徨時刻。從第二次阿富汗戰爭負傷歸來，我漫無目標——直到偶然間，我碰到一個十字軍，跟我一樣全然孤單，但我發現，他的能力深不可測，遠非我所能及。我倆的氣質天南地北，卻對立得如此協調。能夠參與夏洛克．福爾摩斯的冒險，我深感榮幸。缺乏此人的指點，我難辨東西。失去了他，我哀慟逾恆，儘管我無法親手埋葬他。那時我妻子尚在，太陽般溫暖，照耀著環繞她運行的小星體。雖然我黯然神傷，但至今她仍是不可或缺的安定力量。

獨自看病人、獨自照料家務。獨自發現她閱讀他的航海小說，看得入神，忍不住親吻他美麗的妻子、輕撫她仲夏草地般閃閃發光的頭髮，慶幸她降生在這個世界、慶幸自己能夠跟這讓人心疼的生命如此親密，一念及此，心頭依舊一片暖意。

如今我失去瑪麗，只覺頓失地心引力。難道我也可以是福爾摩斯？能夠掙脫禁錮想像力的閣樓？

狐疑不已。或許我只能尋求詩的撫慰。

**摘自約翰．華生醫生日記，一八九四年三月三十日**

夠了。

今天早上出診，給了病人一瓶通寧水、一個處方以及一副假笑。回到家，我關上小診所的大門，卻發現自己的眼光梭巡在古柯鹼瓶上。

深自譴責。也許是我把可憐的福爾摩斯逼過頭了吧。此人的思路無跡可尋，有能力發明各種我既不了解又無法脫身的折磨手段。

我發現眼下的我，無法放鬆的描述這個人，一寫到，心頭便宛若重擊。偵辦亞伯奈特滅門血案的同時，他正殫精竭慮的準備顛覆詹姆士．莫理亞提的犯罪帝國；每夜夢及瀑布與遺留在阿爾卑斯山上的背包，我變得越發難以承受。

不能再這樣消沉下去了。這是我的結論，必須制訂行動計畫。現在無需多言，必須全力捍衛復原的希望。

**摘自約翰．華生醫生日記，一八九四年四月三日**

雷斯垂德前天送來的紙條建議我到蘇格蘭場兼職，強化他們的醫療能量，順便給自己多賺個幾英鎊。他知道我妻子死後，行醫所得每況愈下。我明白他的好意，單單為了這一點，我覺得親自婉拒比較禮貌。

帽子拿在手上，我出現在熟悉的雷斯垂德辦公室，很快的就被招呼落座。雷斯垂德抿著端正的嘴唇，全神貫注，正在擬一通電報，沒花多久時間，就寫好了。此人素來過分熱心，經常讓我莞爾一笑、讓我已故的朋友勃然大怒。我挺喜歡這個人的。此時，他十指交錯，臉上滿是期待。

「得跟你說聲抱歉了：恐怕沒法接受你的好意。」我告訴他，「我今天跑了幾家船務公司，他們登廣告找船醫。獲聘的機會非常高。我的醫術遠遠超過他們的要求，而我也很想在船上擁有一個床位。」

可憐的雷斯垂德，再沮喪也不過了，一直勸我打消這個念頭。但我心意已決。他反覆反駁、語無倫次、長篇大論，一口氣講了十五分鐘；在此之前，我還沒像查火車時刻表一樣密集的諮詢過他的意見。這是一個我應該謹記在心的教訓，朋友交了就不能置之不理。我還想不到在倫敦，還有哪個人會像他這樣如此強烈的希望我留下。我好不容易才說服他，站在我的角度上思考。他站起來，隔著桌子，緊緊抓住我的手，烏雲罩頂，愁眉深鎖。

「在你拿定決心、做出最後安排前，能停一會兒再思考一下嗎？」他還是不肯放過我。

我跟他保證絕不衝動，隨即走進燈光黯淡的白廳宮（譯註：舊蘇格蘭場位於白廳宮），儘管心頭沉重，情緒上卻輕鬆不少。這是正確的決定——也是真正的決定。現在只要順其自然就好。

我的心情變得浮躁起來，很想趕緊打理好一個皮箱，躲到安斯特魯瑟取回一紙健康憑證；出租我的醫生執照，直到我決定要不要重操舊業為止。福爾摩斯的精神好像寄託在古老的鵝卵石裡、深深的紮在我的記憶中。瑪麗溫柔的存在像是她纖細的手指輕拂，無論在家裡、在診所都能清晰感受。有一兩次，我想短暫回去加利福尼亞，甚至印度，但是這種過激的紓解手段，似乎只是遙遠的遐想。

沉湎於過去，找不到出路。

很快的，我會再度陷入迷惘。我的技能比較貼近生活，我相信，至少暫時如此。如果我連這本事都沒有，那真的就是面臨嚴厲的考驗了。眼前的處境要求我找到一個去處、一個目標。

天生我材，我就得設法給自己張羅出點用處來。

那天早上，我想起一八八六年某個場合來。那時，福爾摩斯累日操勞，處於情緒低潮。他用琴弓胡亂刮了刮小提琴，完全無視我見到他取出邪氣的摩洛哥皮匣，臉上總會浮現的痛苦表情。在沒完沒了的間奏曲，足以磨去聖人所有耐心、隨我自生自滅之後，他坐上餐桌，還——堪稱奇蹟中的奇蹟——拿了一個蛋。我的描述可能過於平淡；事實上，他銳利的眼珠轉到眼眶邊緣，彷彿是在說如果不可一世的夏洛克・福爾摩斯學得會道歉，那麼他也可以試試。

但他只是乾咳兩聲，抄起離他最近的報紙。

「你看起來有些許不適，我親愛的華生。」他說，鼻子深埋在使人不安的報紙內容中。「不用擔心，我會給我們找些事情來做。你只需要一點小運動——像你這樣的人，關在屋子裡，是受不了的。請把鹽遞給我，有勞你了。」

福爾摩斯不見得永遠都對，只是希望自己不要犯錯。不過當時他說得沒錯。

我預計在五月份左右離開，下定決心去貝格街看哈德森太太。在我揮別此地之前，兩者我都要探訪一遍。最後一次。我要再看一次餐桌、我確信還留在煤斗裡的長雪茄以及安放在火爐前的那兩把椅子。椅子上放了一本我的植物百科全書，我跟瑪麗訂婚期間，不時用它來壓花。那些小花是她在倫敦公園或者僻靜小徑散步之際，順手摘來，塞進我的鈕釦孔。我想把乾了的小花蒐集起來，放在她的墓碑上。

然後，我想駐足一會兒，跟那裡好好說聲再見，向流連的陰魂致意；隨後拋下一切，混跡陌生人群間，展開新生活。

我似乎拾回活力。這城市淒厲的空氣，呼吸起來，彷彿帶了點甜味兒。改變即將展開，我深信夏洛克．福爾摩斯會由衷贊成。舉個例子來說，朗諾．愛德爾（譯註：在《空屋探案》遭到槍擊死亡的犧牲者）的離奇命案勾起我的興趣，或許我也可以調查一二，解開謎底，向我最睿智、最特異的好朋友，致上最後的敬禮。隨後，我就告別安全的陸地，迎向大海，挑戰風車！暴雨，下吧！暴風，來吧！命運中各種橫逆儘管放馬過來，我這條可悲的懶惰蟲絕不畏懼！

我即將要脫胎換骨。我想不到比過去的住處、貝格街、持續靜默、依舊淒苦的空房間，更能鮮明、不斷的提醒我，是該揚棄悲傷的時候了。

## 摘自未印行手稿，《亞伯奈特家族滅門血案》

福爾摩斯化身有史以來最偉大的演員，在廚娘面前，將一個小小的顆粒高舉在半空中。她那健康的南美洲臉龐，褪去血色，卻露出牙齒，狀極挑釁。

「這是亞馬遜流域最致命的毒物。」我的朋友這麼說，眼睛盯著褐色的小核果，好像它是一枚名貴的珠寶。「一種類似蓖麻的植物，但毒性強了一千倍都不只。經過小心的處理，當地的土著可以食用；但如果是生的，就像是蓖麻毒蛋白，吃了會要命。」

「原來如此！」我倒吸一口冷氣。「天啊，難怪我發現了類似的癥狀，只是想不通為什麼病情會如此嚴重。肺部液體混和了抽搐——」

「一點也沒錯。」福爾摩斯冷峻的目光緊緊鎖住毫無悔意的嫌犯臉龐。「你提煉出毒油，混進新鮮的奶油裡，所以比正常的奶油要來得軟。今天又熱，才讓我發現巴西里竟然沉進奶油裡面。如果是純正的奶油，不可能出現這種現象。亞伯奈特家族裡的每個成員，都吃了你『特製』的奶油，身體吸收毒素，痛苦的死去。這是惡魔般的復仇行為。」

「就算你把我揪出來，相同的事情，我還是會做上一百次。」廚娘的英文帶著濃濃的口音，咆哮道。「一家人的命抵一家人的命。依納爵·亞伯奈特在過去的十五年內屠戮了我們整個部落。殺人償命不是很公平嗎？他們活在報復的恐懼裡，萬萬沒注意到惡魔其實就在他們眼皮子底下。」

「再怎麼伶牙俐齒也無法替你的行徑辯護！」超乎筆墨形容的慘劇，使得福爾摩斯的指責格外凜然。

她的眼睛炯炯發光，明亮如赤道上方的太陽。「不，說得過去的。你的話講得如此傲慢，可曾有半點體諒？你經歷過身邊一切都被剝奪的絕境嗎，福爾摩斯先生？」

一抹陰影橫過我的朋友老鷹似的五官，遲疑了好一陣子，為我平生僅見，彷彿受困在慘不忍睹的血腥場景中。

「不，我沒有。」他終於開口了，彷彿全世界的重量全壓在他的肩頭。

「就算沒有，你總能想像吧？」

「我想我可以，女士。」他嚴肅的回答。

「如果你不行的話，你怎麼知道你究竟做了什麼？哪裡知道要走多遠的路，」廚娘呢喃，「才能找回完整的自己？」

## 摘自約翰·華生醫生日記，一八九四年四月五日

在我生命中，最古怪、最耀眼、最讓人開心、最難以思議，奇蹟中的奇蹟剛剛發生了。我承認我深受撼動。我的手會不由自主的突然抽搐，即便是正在書寫的此時，依舊無法停歇。我的腦子一團混亂，無法歸納出到底發生什麼事情。我發現我自己不時停筆，呆坐案前放縱想像力突破書房四壁的侷限，讓方才的經過，一幕幕的再次上演。我發現自己跟戲迷一樣，在欣賞一齣撲朔迷離的好戲——或者迷戀某位名角——想一再回到劇院，捧著大把鈔票，只想重新回味同一種經驗。

此話絕非虛言。想想那個老態龍鍾的二手書商的演技，是如何出神入化。在我書房驚天動地的急轉直下、前往空屋的旅程、蠟人像被調整出各種熟悉的剪影——真實得如在目前。一定得是真的。我用左輪槍柄狠狠的砸向莫倫上校的頭顱，硬生生的把他從緊扼住的福爾摩斯身上拖開，害我的肩膀隱隱生疼。而我朋友發出的尖銳胡哨至今仍在耳邊作響。

我的朋友——我難以評價。

夏洛克·福爾摩斯還活著。更重要的是，現在我知道了真相，驚喜無限。

夏洛克·福爾摩斯回到貝格街。

# 死亡備忘錄

一八九四年春天，或許不至於驚動喜愛我的讀者；但在我個人認知的最底層，卻面臨了天翻地覆的極端調整。在那段時間裡，我終日緬懷讓我生命為之一亮的美麗靈魂，同時，灰色西裝、黑色袖箍與剪裁比以前窄一些的背心，終究還是取代了沉重的黑色厚大衣，強迫我從陰鬱的回憶中走出來。在痛失最珍貴的伴侶之後，我發現，思念總在我絕無提防的當口，冷不防的竄出來——或者在我注意某個苗條的金髮女郎過街，或者是在耳邊響起動人的情歌。瑪麗至今還藏在某些毫無關聯的事物裡，藏在一小塊刺繡、細得跟頭髮一般卻讓她感到煩心的玄關裂縫中。我不想放棄對她的思念，還是跟新喪偶的鰥夫一樣，貪婪的珍藏起任何有關她的點點滴滴。

突如其來、絕無可能、意想不到的事實，徹底顛覆了我的理解基礎，讓我既驚且喜。福爾摩斯竟然沒有死，現在好端端的在貝格街，過得挺逍遙的——難以置信，幾個星期前，我還以為他葬身在無情的瑞士谷底，就此永別。

我的目標是洗刷而非玷污我好友的名聲。福爾摩斯以他溫柔的語調、誠懇的態度，解釋他被迫裝死，引導我做出如下的結論：在他……現在，我應該稱之為失蹤……前，我跟他都有性命之憂。而我下筆之際，盡量避免觸及他的歸來其實既是傷藥也是傷口、既是燙傷也是軟膏。夏洛克．福爾摩斯犧牲自我，剷除倫敦有史以來最邪惡的犯罪組織，顯然，我扮演的角色就是公開哀悼英雄逝去。如今，這位英雄依舊生龍活虎——你可以說，他吃了一兩頓飽飯，躺在床上睡了個好覺，整個人就「活」了回來——而且一天到晚出現在我的診所門口。

「華生，」夏洛克．福爾摩斯這天又衝進我的診療間，腳尖急煞，勉強保持身體平衡，「咱們有活要幹！」

「對啊。」我嘆口氣，「我的醫院就要關門大吉了，的確有很多活要幹。」

福爾摩斯打量著我，表情相當認真，活像一隻黑頭八哥，發現垃圾堆裡，竟然有一個閃閃發光的小玩意兒。我坐在書桌前，手肘壓著一疊我不願意再次回顧的文件；瑪麗病入膏肓的末期階段，我幾乎放棄了一切，不過，為了不讓她失望，我還是勉強維持業務。然而，我太太已經在垂死掙扎，我還得治療病人的輕微痛風或者咳嗽，實在苦不堪言。我的心思無法須臾離開她，還得勉力擺出行醫的排場，只是注意力始終無法集中，自然沒法好好照顧病人。

起初，小疏忽還不至於引發嚴重的後果，反正我還有存款。但在我朋友戲劇性的死而復生之際，我已經被逼到要放棄倫敦的困窘邊緣，必須嚴肅面對虧空的財務。我明明想重振專業，卻日日夜夜、每個小時都被拉去調查犯罪案件。福爾摩斯在我寫完《空屋》之後，為什麼會死纏著我，不斷入侵我的診間，還是個未解之謎；但，隨它去吧，畢竟，我不是聞名全球的神探。

我的朋友把一件小東西放在我的分類帳本上。上面寫明是要給夏洛克．福爾摩斯的。稍早，他用一把拆信刀很仔細的拆開來。我打開褐色包裝紙，看到一個用過的雪茄盒，裡面有一枚銀色的胸針放在皺皺的新聞紙上，看起來不值錢，製作得卻很精巧；一縷黑髮，看起來是人工燙過，穿入飾品的中間，壓在擦得精亮的玻璃下面。我翻過來一看，底部鐫著一行字「*Omnes vulnerant, postuma necat*」。

「時時刻刻都是傷口，最終奪去性命。」我翻譯道，「這不是所有人都該銘記在心的嗎？」

「人生自古誰無死？對的——這個座右銘的底層是哲學沉思，生命飛逝。」

我把那玩意兒推開。福爾摩斯迅速摘下帽子，輕輕一揚，很靈巧的甩在一把扶手椅上，隨後再拋一件濺滿雨點痕跡的風衣。熬過寒冷的四月天，天氣不見好轉。雨點落地的時候，已經凍成堅硬的冰珠，砸在鵝卵石地上，碎成一片，天空好像渾然不知現在已經是五月了。我朋友的身子往我桌上一靠，淡色的眼睛閃閃發光，一絲血色劃過臉頰，意味著我這個日常早晨並不尋常。

「我有帳目要整理。」我懶得掩飾不耐。「我很高興的發現：您看起來一天比一天好了。」

「什麼？」

「您像個嚇人箱似的突然跳出來的時候，蒼白得跟屍體沒兩樣。現在看起來健康情況進步很多。」

「這倒是真的。哈德森太太每天都把她最拿手的蘇格蘭燉湯，強灌進我嘴巴裡，實在有違人性。」福爾摩斯沉思中，繼續仔細檢查他收到的怪東西。「我們這個物種，就是會把自然循環，搞得神經兮兮的。」

「人沒有那樣特別。我正在忙，福爾摩斯。」

「你總知道斯多噶學派吧？你當然知道。我深受這派學說吸引：透過客觀的推理過程，人類心智有能力分辨真偽。我們以前會翻譯塞內卡的名言，寫在筆記本上。他有關生死的討論尤其讓我折服。中世紀的哲學家以此為基礎，沉溺在過客之墓（譯註：一種屍體雕刻藝術）、熄燈天使與絕望饑饉的骨骼造像中，難以自拔。」

「福爾摩斯。」

「在某些具有高度藝術性的個案中，我將全副注意力集中在衰敗而非腐朽，因我們不可能靠著標誌時光，就能阻止它的逝去。當然啦，從死者屍體上取回某些物件，穿戴在身上的習俗，最遠可以追溯到上古時代——」

「十一次。」

他眨眨眼。「你說什麼？」

「在過去兩週，您來我這裡十一次，每次都把在您消失期間，蘇格蘭場難以索解的各種謎團扔給我。而您每次大駕光臨，我的生意都別做了。」

我朋友的手伸進大衣前方口袋，掏出一張折好的紙條。「跟胸針一塊兒送過來的。」

我接過來，短柬上是這樣寫的：

> 我讀過您許多英勇事蹟。請您救我，福爾摩斯先生，趁現在還不算太晚。紅白相間的獨立塔，拔地而起，遠遠傳來火車的行進聲，太陽在左邊落下，雷電劈出焦痕的榆樹，死亡的氣味。盡您所能幫我。除了自知終究難以倖免外，我已無話可說。

夏洛克．福爾摩斯急匆匆的踱到我書桌右方，隨後又踱回左方，指尖輕輕劃過抿成薄薄一線的嘴唇。至於我，只得承認看到這張語意曖昧卻令人動容的請求，又開始熱血沸騰起來。我對記帳本的興趣，實在不及我想參與調查的衝動於萬一。

「郵差第二次投遞的時候送過來的。」福爾摩斯以其一貫的清晰、明快、精準的口氣說。「你應該看得出來，並沒有回信地址。奇特。」

「實在很不幸。她的訊息寫得語焉不詳。」

「沒錯。這是女人的筆跡。」踱步中的福爾摩斯閉著眼睛。「告訴我，你還推論出什麼別的？」

「但是，我——」

「我親愛的朋友，我跟你保證：你的心靈受到難以預測的限制，但對我的思考過程，卻具助益。」

福爾摩斯若有似無的輕蔑，我已經忍受多年，不久前，我還以為再也聽不到這種冷嘲熱諷呢。皮裡陽秋的評語，傷不了我分毫。我照他的請求，垂下目光，仔細打量桌上的小玩意兒。

「胸針本身沒什麼特色——您剛說過，死亡備忘錄也只不過是老生常談。」皺著眉頭，我舉起那個小盒子。「包裝用的是最普通的褐紙，盒子是廉價松木。兩者都看不出蹊蹺。您顯然已經分辨出墊著的是什麼報紙了吧？」

「《晚報》，第一次印行，時間是前天。」

「那麼，就是說您已經想到了。這封短柬，匆匆寫就，出自一個受過教育的女性手筆。我還有沒有錯過什麼？」

「當然有。」福爾摩斯十個指腹兩兩相對，托在他堅毅的下巴下，毫不留情的回了我這麼一句。「不過，我得遺憾的說：具體證據無法引領我們查明她目前的確實位置。除此之外，還能發現這封短柬是在深夜裡寫好的，來信者被關在非常狹窄的空間裡，應該是一處祕密的所在。這個人對於自己身在何處跟現在的我一樣，沒什麼概念。她極可能已經被拘禁五個月以上，情勢相當嚴峻；除此之外，我就真的說不出別的來了。」

「您是怎麼知道這些的？」我驚叫道。

他對著空氣揮揮手。「至少有三種動物油脂滴在盒子表面，還有一種滴在短柬上。保守推論，至少能確認她在照明與活動空間全都受限的條件下，勉強完成她的構想——情勢嚴峻至此，她也只能東拉西扯的描述周邊情景，可見得她壓根不知道自己在哪裡。否則的話，把地址告訴我不就好了？」

「但是，福爾摩斯，您說她被拘禁五個月以上，是怎麼得到這個確切時間的？」

「有件事情我們應該很篤定：因為她說，她熟知我的冒險事蹟，但我避新聞記者唯恐不及；那麼，她之所以找上我，一定是看了暢銷的《岸濱》月刊。除此之外，她還知道我們的——我的地址，」他連忙糾正。「卻不知道郵政編碼，空著沒填。可見得她是從你寫的故事裡認識我的，不是查通訊錄。如果她看到最新發展，也就是五個月前發行的那一期，根本不可能找我幫忙。」

福爾摩斯講話就這德行，冷冷的語調，不帶感情，卻能把他卓越的本領發揮到淋漓盡致。這在我的意料之中，一分不多，一分不少；但我卻不由自主的一陣怒氣上湧。他當然是對的。《岸濱》刊出我最後一篇故事，贏得廣大迴響，好些報紙也跟進報導，轉載其中的內容。倫敦的男男女女如果行動自由，不會不知道夏洛克．福爾摩斯死了——而且還在三年前——我只是持續撰寫他的冒險事蹟罷了。

「華生？」素來習慣打破沙鍋問到底的福爾摩斯，發現我沉默下來，忍不住朝我的書桌逼近一步。

「沒什麼。」

福爾摩斯皺著眉頭，腦門一側。「應該是有什麼吧？」

「請不要追究了。最近這陣子，我心亂如麻。」

「但是——」

「我說啊，別追究了吧。這女生的短柬究竟透露出怎樣的訊息？」

福爾摩斯挑把沒被大衣帽子佔住的空椅子落座，眉宇之間皺起憂慮的深線。「確實是煞費思量。在一般的情況下，難不倒我，只是如今能不能找到她，全靠這段含含糊糊的描述，偏偏我剛從海外回來……」

我立刻了解他的意思，但想通之後，反倒不安了。「您對現在的倫敦地貌沒以前那麼熟悉了。」

名偵探的眼光瞄向不近不遠的地方。擺出這姿勢並非茫然渙散，而是意味著他正在集中心思。「碰到眼前這種案子，一定要嚴格分類，逐一判定其價值。」

「怎麼說？」

「按照重要性排定先後順序。首先，這房子位於火車行進在耳力所能觸及之處，這個線索比較肯定；至於太陽在她的左手邊落下，無法在辨明建築物之前，而是要之後才派得上用場。雷電劈出焦痕的榆樹意味著矗起、相對於地表的高處，但這只是一種可能性罷了。我們現在最有把握的是頭一句跟最後一句，但我沒法像以前一樣，放進合適的情境裡。」

「紅白相間的獨立塔，拔地而起……死亡的氣息。」我大聲唸道。「後面這一句聽起來很不吉利。」

「也許吧。」他有點挫折，擦了擦下巴。「或許也不是。單就她關了這麼長的時間來研判，比較可能在偏僻的地方，而不是繁華的鬧區，所以，我們搜尋的主力應該放在倫敦郊區。死亡的氣息居然能成為路標，代表這不是偶發現象，而是當地環境經常出現的一股味道。如果是腐敗屍體傳出異味，即便是偶爾經過的路人，都會提高警覺，導致東窗事發。所以，我認為最可能的就是皮革廠的下風處。」

「太精采了！」也許是天生的好奇心、也許是我好久沒有經歷這種水落石出的暢快時刻——反正我忍不住對這樣卓越的因果邏輯擊節讚賞。「皮革廠全都設在倫敦的偏遠外圍，當然不可能出現在市中心，這樣說起來，順理成章。」

「這還不夠！」我的朋友拳頭一緊，隨即鬆開；素來矜持的他，這次力量用得比較明顯。「換個時間，華生，換個時間就好了。現在真是逼人發瘋。我只需要幾個星期的時間，就可以記住郊區的全部新貌。這是一道讓人極感不快的束縛，心頭一片空白，欲振乏力——」

「我們終究能想出辦法來的。」我跟他保證，集中所有注意力。

「怎麼著手呢？」他追問道。「我的本領沒打半點折扣，但腦海裡的資訊過時了。形容那座塔『拔地而起』，應該是個很鮮明的場景，表示正在建築當中，對吧？紅白相間指的是磚頭、石塊拼出來的某種裝飾性設計，顯見經費相當寬裕，應該是市政府營建的某個建設項目，『獨立塔』會不會是教堂旁的高塔？或者是宏偉建築的角樓？說不定根本不是『獨立』存在的。依我來看，最可能的是一座鐘樓。但這依舊無法確切指出——」

「克羅頓（譯註：位於倫敦南郊，當時聚集著製炭、皮革與釀酒業）！」我喘了口氣。「我的天啊，福爾摩斯。他們正在克羅頓蓋一座鐘樓——在您死後那年動工的。」

「在我死後——」福爾摩斯一開口，就不作聲了，實在大違他的本性。

我也是說出口才醒悟過來，沒理由怪他。他面無表情的從椅子上站起來。一般人會以為他正在苦思謎團，但我知道我攪動了他的神經。這位不修邊幅的推理大師只有碰到棘手的課題時才會走神。福爾摩斯不可能因為掉進精心布置的陷阱裡，而方寸大亂；不像我，有時連他人無意的動作，都會讓我手足無措。不過他很快的回過神來，就事論事，一如我的預料。

「華生，你確定我們去克羅頓，就能找到那座塔？」

「絕無疑問。」

「這也不是我們第一次因為收到奇怪的包裹，趕到克羅頓去吧。」我朋友的眉宇間頓時意氣風發起來。

「的確不是。」我同意，想起了六年前蘇珊・柯心莫名其妙的收到一個盒子，裡面有一對醃過的耳朵，那是我們倆最合作無間的時候。

我朋友走到房間另一頭，取來帽子跟外套，瘦瘦的骨架彷彿通了電一般。一轉身，發現我還陷入沉思，眼皮內雙的眼角閃過懷疑的神情。他顯然在搜尋適當的字眼，安撫我有些浮躁的神經，沉默拖得更長了。

「喔，我的天啊。」我站起來，把紙條塞進雪茄盒，跟胸針放在一起，交給福爾摩斯。「您搭來的馬車還在外面嗎？我來看一下火車班次。」

福爾摩斯竄出房門之際，削瘦的臉頰揚起一抹冷峻的微笑；我翻閱火車時刻表的同時，卻突然想起此人總愛莫名其妙的突然消失。以防萬一，在生死一線時，用來保命的玩意兒，還是得帶上。我匆匆的把左輪滑進上衣口袋，即便備而不用，單單沉甸甸的重量就讓人覺得安心。

通往克羅頓的火車溫溫吞吞的。在路上，我想：我跟福爾摩斯心裡都清楚，就算看到那座興建中的鐘樓，也不代表我們能找到正確的方向。在我們逐漸遠離大英帝國核心區域時，雨點依舊不住打在成排的灰黯住宅與郊區滿是瓦礫碎石的空地上。我開始擔心自己的記憶不牢靠。資訊大抵無誤，但萬一弄錯了呢？我會頓失重心，不知道下一步該幹什麼。我絕不閃躲我該負的責任。至於福爾摩斯，我早就習慣他在調查案件時，拚盡全副心力，不查個水落石出絕不罷手的韌性。但今天早上，他的意志卻有些浮動。要麼若有所思的瞪著車外濕答答的樹木，要麼就對著我在車窗上的倒影，投來古怪的一眼。

「您覺得她為什麼要寄那枚胸針給我們？」在翻遍一份晨報，還是沒法勾起我任何興趣、福爾摩斯鷹鉤般的鼻子第三次傳出長長的悶哼聲之後，我終於按捺不住。

「我半點概念都沒有。」福爾摩斯掏出懷錶，瞄了一眼，啪的一聲闔了起來。「華生，我曾經受雇於一個在蘭貝斯開酒吧的女性，懷疑自己的大兒子監守自盜，調查之後，我發現她的指控其來有自，但這是最不用她擔心的一件事——酒吧建築快坍了，耳邊經常響起古怪聲音、房東是個流氓、幾乎每一天都有酒客惡言相向、打到頭破血流。」

「啊……」我說，感覺更恍惚了。

火車依舊轟隆隆的往前行駛。太陽出來了，爬得高了一些。福爾摩斯從齒縫裡輕輕的嘶了一聲，我確定連他自己也沒注意到。他依舊在端詳我似信非信的表情，緊接著說。

「經營酒吧讓她心力俱疲，幾乎難以為繼。她先把那個手腳不乾淨的大兒子打發走，找住在紐倫漢的妹妹來幫忙，日子馬上就好過十倍。」

「那就恭喜她了。」我隨便敷衍了他一句。

「解決內賊後，酒吧經營還是欲振乏力。但她不承認失敗。完全相反，她乾脆改行，開創不一樣的人生。」

「令人讚嘆！」

「你當然明白我講這個故事的用意。」

「我其實聽得一頭霧水。」

我眉毛輕揚，靜待他的解釋。但是，福爾摩斯咬著指甲，嘴裡喃喃唸道應該好好利用搭火車的空檔時間，隨後投入全神貫注的沉思中。我屏氣凝神的盼半天，他卻一語不發；我只得也從口袋裡掏出筆記本來，盤算如何想個辦法——當然是溫和的說服——讓常客掏錢出來，清償積欠我的大筆帳單。直到我回過神來，發現自己正準備戴上起了毛邊，甚至有些撕裂的舊帽子。

才離開克羅頓火車站月台，我們的靴子就一腳踩進軟綿綿的泥巴地裡，一股礦石味兒竄進鼻端。天空變得清朗了些，頭頂上厚厚的雲層鑲著煤色的黑邊，寒風用懲罰性的力道，鞭笞五月份的脆弱葉片。我在第一時間沒找到我說的那個建築工地，心頭一沉；但很快的，我辨識出正確方向，朝著目標前進，心跳隨之加速。

「那邊！」我說，指著鐘樓。「跟我講的一樣吧，是不是？」

在我們面前，有座半完工的鐘樓：受到風吹雨打，磚頭轉成栗色，濕淋淋的白色石板，閃閃發光。如果撇開如下的兩個事實不談——夏洛克·福爾摩斯站在我身邊以及一個可憐的女子等待我們救援——那麼這棟鐘樓簡直普通得沒法再普通了。不過，對我而言，意義不止於此，因為我又重回行動行列了，能夠使得上力、幫得了忙。在這樣惡劣的天氣裡，絕大多數的工人都暫停工作了；但有個傢伙，頭上的綠扁帽壓著蠻牛般卻甚是和氣的臉龐，從鄰近一個光鮮的帳棚裡，推著一部裝滿水泥抹刀與各種裝備的手推車，走了出來。

「我的天啊，如果你是對的，我親愛的朋友，就是這裡了——我說，那位先生！」福爾摩斯叫道。

那個工人把推車的把手一拋，手掌在滿是污垢的燈芯絨褲子上擦了擦，只見得他頭一揚，示意詢問，半笑不笑的，露出一口亂七八糟的牙齒，「哎？」

福爾摩斯立刻伸出手來，這是他對於擁有珍貴線索的人，總會展現的禮貌態度。「您今天好啊！我的朋友跟我是城裡面來的商人——合夥開一家皮箱店，托您的福，生意還相當不錯。您知道嗎？為了把買賣打理得更好，我們希望弄懂所有的相關知識，找幾家皮革廠實地考察，強化生產過程中的品質管制。」

「所以呢？」

「我們希望採行科學手段。」

「那你們今天下午多半會鬧得渾身臭烘烘的吧？」這位老兄有點狐疑的問道。

「我們哥倆秉持著專業興趣，沒問題的。不過多謝您的關心。據我們所知，這附近有幾家皮革廠吧？」

「沒有幾家，但，對，有。」這個和氣的大漢搓了搓他毛茸茸的下巴。「走個一英里開外，翻過一個斜坡，是會經過兩家皮革廠。還有，西邊兒，郵便道路兩旁還有個幾家。走哪個方向都成，打發對方幾個小錢，謝謝他們幫忙，應該可以看到你們想看的。」

「非常感謝您的幫忙。」

「跟著鼻子走就成了。」他又扶起手推車的把手，轉過頭來，朝我們笑了笑。

我朋友刻意的大步前行，我加快速度趕緊跟上。儘管那人指點方向，福爾摩斯卻是一路往北，我們很快的翻過一個和緩的斜坡，兩旁點綴幾棵幽暗低語的橡樹；就在我開始感受到幾許法國情調、回想起過去的同時；赫然驚覺自己在心態上，也得盯著福爾摩斯才行，趕緊在腦海裡回想一下案情的諸般細節。

「您是不是想到了雷劈焦痕的樹木？」我推測道。

「真有你的，華生。她講的地標哪裡都有可能，不過，很清楚的蘊含著『隆起』這個概念。毫無頭緒的懸案，有這麼個線索也彌足珍貴了。」

離開市中心後沒多久，屋舍之間的距離拉開了。我的朋友對鄉間素來沒有好感，但我沒法同意他的想法，哪可能每間獨棟住處都是罪惡的淵藪？只是我也得承認，這次置身空曠的荒野——晶瑩剔透的雨點在黑色樹枝上隱泛寒意、尖尖的小草像刀子一樣，沿著路旁閃閃發光——卻壓得我幾乎透不過氣來。伴隨著我們飛快腳步的，只有刺耳的勁風呼嚎。我們走了將近一英里，身邊的房子越來越稀疏，一股淡淡的臭味，幽幽的鑽進我的鼻腔，我的朋友毫無疑問已經察覺到這一點。

「我想，我們接近了吧？福爾摩斯，怎麼了？」

名偵探此時已經停下腳步，全神貫注，姿態就像是賽馬閘門後的純種良駒。我們左邊是一片荒原、右邊是被高聳圍牆圍住的產業，門口的碎石馬車道，背後厚重的柵欄裝飾雕花門，扣著巨大門鎖，攔住去路，對所有訪客擺出一副拒人於千里之外的傲慢。福爾摩斯走近鐵門，伸出幾根指頭，輕撫其中一根欄杆。

「這房子有蹊蹺。」

他是對的。雖然一時之間想不明白原因。這棟建築讓人感到不安，就像是自以為獨處的時候，卻聽到鬼祟的腳步聲。我湊近他的身邊，透著雕花金屬大門的縫隙往內張望。裡面是一棟看起來很體面的建築，氣派的石材、摩登的設計，高牆上爬滿了濕漉漉的長春藤，好多窗戶的百葉窗都拉得緊緊的，看來是預防大雨掃進去。

接著，我著實嚇了一跳。一棵老梧桐樹，好像是被巨斧狠劈過的斑駁樹幹，留下露出內層的傷口，掉落的樹枝，老早就被運走了。

「福爾摩斯，肯定就是這個地方了！」我吸了一口冷氣，「您說這地方有蹊蹺是什麼意思？」

「我指的是這棟建築怎麼也說不過去。在郊區蓋豪宅，為什麼要選擇在皮革廠邊，聞這種惱人的惡臭？除此之外，最讓我覺得不對勁的，就是圍牆上的這些刺，到底是在防誰呢？」

「設計得很奇怪嗎？」
「是啊，刺是往內捲的。就你來看，意味著什麼呢？」
「我的天啊。這設計是防止裡面的人逃脫，而不是預防外賊入侵！」
「我想不出其他合理的解釋。」
我瞥見幾英尺之外，在大門旁有個石塊，鑲了一面銅牌，鐫著幾個字：「亨利．史道頓醫生私立女子收容所」。
「這是專門治療心理疾病的地方。」我大吃一驚。
「外觀這樣大器，卻建在這種地方，分明是不希望閒雜人等找上門來。」
我們倆交換了憂慮的神色，我的血液加速在血管裡流動。過沒一會兒，福爾摩斯抵住上鎖大門的一個橫桿，牢牢的握住施力處，引體向上；我扶住石牆，讓他小心翼翼的踩著我的肩膀。等他在牆頭上坐穩，一手扣緊離他最近、看了讓人毛骨聳然的倒刺，另一手握住我的前臂，我試了一兩次，才在石牆受到侵蝕的凹槽上，踩著立足點，一把被他扯了上去。我們翻到牆壁的另一邊，深深喘了幾口大氣，拍掉手指頭間的碎石沙礫。
「僕役出入口白天是不會上鎖的。」福爾摩斯說，「快！」
我們疾衝過草地。我看見我的朋友在心裡暗記太陽與被雷劈的梧桐樹，兩者的相對位置；便知道他正在揣摩建築的內部設計與空間配置，讓我們在驚動別人前，找著那位神祕的筆友。福爾摩斯估計得沒錯，我們順利闖進後門，冷不防卻撞上一個相貌古怪的生物，一頭糾結的金髮，套著污跡斑斑的圍裙，叫我們站住。

「你們倆是什麼意思？」巫婆叫道，「憑什麼就這麼闖進來？」

我們倆都沒搭理她，很快衝過一道陰影籠罩的寬敞樓梯、一個又一個的晦暗通道，像是穿梭在峰迴路轉的迷宮裡。儘管我們都沒有來過這個地方，但我朋友在行進之間，卻絕無遲疑。

「您知道我們要上哪去？」

「二樓。」他回答道，「否則的話，應該看不到那座還沒落成的鐘樓。」

最終我們來到一個長廊，貼有壁紙，上面印著長春藤圍繞的圖案，褪色、剝落得很厲害，彷彿冬天也曾經肆虐過這批植物似的。福爾摩斯大步走向盡頭，瘦長的手指在門把上感觸一下，發現反扣住了，屈膝一跪，取出隨身小刀，用細細長長的刀尖，幾秒鐘內，挑開機關。我們倆立即跨進房間。

一個虛弱的女性，氣若游絲，仰面躺在床上；百葉窗簾拉了下來，黯淡的光影罩在她灰敗的臉頰上；昏暗間，看得不甚分明，我馬上就注意到這名女性是一頭瑪瑙般的黑髮，顏色跟放在福爾摩斯大衣口袋裡，死亡備忘錄上的那撮，一模一樣。

我知道我在這種場合裡，該扮演什麼角色，連忙衝到她的身邊。她以前應該是個可愛的女生，薄薄的嘴唇、看起來很是機伶的額頭——但現在臉龐卻是病態的嫣紅、嘴唇乾裂脫皮。我一觸及發燙的肌膚，她的眼睛即刻睜了開來；眼珠是淺綠色的，帶著訝異的神情，手掌緊握住我；我輕輕的掙開，手指按住她的脈搏。她的脈象浮躁，跳動速度比得上急速振翅的飛蛾。

「沒有用的。」她用幾不可聞的聲音說。「我不想待在這裡。我再也受不了了。我按著《聖經》發誓卻也不見好轉。」

「什麼事情沒有用，小姐？」

「治療。」她喘著氣，身子發抖。「醫生不聽。」

「請放心，現在沒事了——我是約翰．華生醫生，我跟你保證，不會再讓任何人傷害你。能不能請你告訴我，他究竟拿什麼東西給你服用？」

「我不知道，某種藥水，看起來是銀色的液體。」

福爾摩斯高亢的聲音，在我肩膀後方響起。「水銀中毒，你同意嗎？醫生？」

「幾乎可以確定。」

「她會不會有事？」

「目前還——」

「你們兩個到底在這裡搞什麼鬼？」一個莊嚴的聲音彷彿雷鳴似的。

那個飽受折磨的孱弱女性，身子害怕得縮了起來；我下意識的張開雙臂，護在她跟入侵者中間。那人的身體幾乎擋住門框，是個有點駝背的紳士，年約五十許，一張強悍的國字臉，嘴唇邊揚起憤怒的冷笑。他的西裝剪裁貼身，褐色的鬍鬚經過精心打理，外表體面，目光閃爍不定，流露出蛇蠍般、冷血動物的陰狠。

「我想你大概就是亨利．史道頓醫生吧。」福爾摩斯坦然面對。「你的蠻橫無理用錯地方了——我們是應召而來。這位女性是我的客戶。」

「你的客戶？」史道頓醫生怒道。「不可能！你們兩人不得再侵害我的權益，立刻離開我的私人土地，否則我就要叫警察了。」

「悉聽尊便！」我說，掏出我的左輪，刻意轉過身子，不讓已經渾身發抖的受害女子看了更害怕。「趕緊請警察過來。」

「這是什麼世界！兩個歹徒闖空門，還掏出手槍，欺負我的病人？」

「我是夏洛克．福爾摩斯。他並不是欺負病人。」福爾摩斯也露出他的手槍。「我可以冒昧的這麼說：他是在救命。華生，你說得對，我實在想不出能給史道頓醫生更好的建議了，趕緊請本地警察過來處置吧。」

「荒謬至極。」史道頓醫生叫道。「這裡是私人機構！我先把狗放出來再說。」我們的客戶尖叫，驚恐迴響在牆壁之間。我往前跨了一步。「千萬不要輕舉妄動。福爾摩斯，您看我們把他扔到哪裡去比較好？」

「先不要激動，華生。當務之急是把他跟他的嘍囉關進地下室。」福爾摩斯面無表情的說，「榮幸之至。」

我跟福爾摩斯身經百戰，一宗又一宗讓人毛骨悚然的恐怖案件，都迎刃而解；相較之下，此時就沒有什麼好說的了——這已經是克羅頓這個寧靜的小城，發生的第二起離奇犯罪。我們不敢怠慢，隨即把醫生與四個護士全都關起來，當然得費點手腳，幸好有手槍押陣，少了許多口舌爭辯。在我照料受虐女士與監視關押疑犯的同時，福爾摩斯跑去馬廄，自己套好馬鞍，請了幾個身材壯碩的警察過來。

接下來的事情，回想起來就噁心。跟隨著幾位警官，我們發現了大批工具，都是史道頓醫生進行邪惡實驗的證據。冰澡、電擊、飢餓療法、孤立療法，還有其他更惡劣的手法，說出來都覺得會弄髒了嘴——無論多麼瘋狂的暴行，都打著進步的旗號，殘民以逞。我這輩子無法忘記「治療室」裡的殘酷景象，這是一個類似封建時代地牢的小房間，怎麼也沒法跟「治癒疾病」扯上邊。一名警官連五分鐘都撐不到，告退到外頭嘔吐。我的朋友跟我勉強支持，深受震撼，現場比我們最不堪的想像還要更加殘酷。

「我總是懷疑：人性沉淪的晦暗，究竟是怎樣的深不見底？」福爾摩斯嚴肅的神情裡，難掩嫌惡與不悅。我們看著牆上掛著各種刑具，也不想深入研究。「在這個房間裡，分辨得出物種的差異嗎？進步的地方、講邏輯的地方、尊重理性的地方，卻有野蠻人用石頭砸爛自己人的腦袋，不能對同類友善些嗎？我問你，什麼才是人類變態的極限呢？」

「我也想不明白。」身邊圍繞一批惡魔，我想不同意都不成。

「地獄淨空。」福爾摩斯的聲音低不可聞，「所有妖魔鬼怪都跑出來了。」

雖說是深受打擊，我依舊握住他仍然過瘦的手臂，示意安撫。「這世上還是有天使的，我的朋友。」

他把一組鉗子放回桌面，下巴緊得跟石頭似的。「還是不夠吧？」

「不夠。有關這點，我是不會跟您唱反調的。」

「可有解決方案？」

「我沒有答案。我不知道世上誰有答案，福爾摩斯。」

我朋友困惑的眼光停在粗縫衣針上。它們原本應該屬於鄰近的皮革廠才對，現在卻跟其他工具一塊兒放在一口大箱子裡。我看他堅毅的眼光中，滿是強壓住的怒氣，趕緊引導他離開這個房間。以前沒見過他這種神情，讓我著實吃了一驚。我只知道他竟然允許我推著他走；一般來說，我是他的跟班，只能根據他掌握的資料，配合他的想像力，在圖案上，描繪他指定的色彩。

福爾摩斯緊緊貼著牆壁，好像身子是從背後的花崗岩上雕刻出來的。他的臉垮了下來，神色木然，卻讓外界不得不高度提防。流亡海外期間，是夢魘，而不是度假；從他展現的生理特徵，我早就推出這樣的結論。但看到他素來無畏的胸懷，竟然受到這般震動，證明我並非杞人憂天。我只覺胸口一陣劇痛，不免懷疑——一如既往，我想，我也應該懷疑——在我盡一己微薄之力，協助調查的同時，卻忽略非同小可的邪惡。

「福爾摩斯，」我握著他的手，態度異常。「您現在的反應沒有意義，甚至會傷害到自己，我絕對不能坐視！能不能聽我說一句？福爾摩斯，夠了！」

我拉高音量，福爾摩斯微微的打了個寒顫，這才回過神來。我讓他冷靜一會兒，仔細觀察。他抬起手來，往額頭一抹，拇指按住緊閉的雙眼，喘了幾口氣，這才說，「這是——目前，我——」

「不，別急，慢慢來吧。好了，沒事了。」

「讓你看到這麼滅絕人性的一幕，請容我誠懇道歉。」

「您別鬧了。」

他輕輕的笑了起來，但我卻無法從他的表情中察覺一絲愉悅。我很有耐心的站在他的身邊，等待恐懼消退，冷靜回填。十秒鐘不到，他身子一挺，又回復憤世嫉俗、事不關己的冷漠模樣。

「非得有人看我出乖露醜，謝天謝地，幸好是你。我知道剛剛讓你擔心了，多虧今天下午有你作伴。」他口氣輕鬆不少，補了這麼一句，「否則的話，今天的見聞想必就更難容忍了。」

「我親愛的朋友，無論我現在承受怎樣的壓力，您都要知道一件事情：看到您在暗處引進光明，總能帶給我無比喜悅。」

「這話不是這樣說的。沒有你的幫忙，我也找不到這個地方。」

「這個嘛，您以前也說過，靠得住的夥伴偶爾也幫得上忙。」

「是『永遠』。」他糾正我的說法，帶著莫測高深的表情，「你嚴重誤會我曾經說過的話了，是『永遠』幫得上忙。」

「就眼前的這宗奇案來說，我沒理由笑納這種美譽。您還是在警察隔離偵訊前，趕緊跟羅登小姐聊幾句吧。」

「我的天啊，我的客戶姓羅登嗎？沒有你真的不成啊。」他開了個玩笑，擠出不大自然的微笑。

「是的。艾蜜莉雅．羅登小姐。那時您忙著跟地窖的那群惡棍周旋。」

「實話實說，儘管這位小姐承受難以言喻的苦楚，我還是急著想跟她談一談。她的身體狀況很差，但感覺起來是個聰明的小女孩。講到這一點，她的身子還支撐得住嗎？」

「不要逼得太緊，我想應該可以。我給她一點溫和的鎮定劑，泡了一杯西洋蓍草茶，舒緩發燒，還追加了一瓶水。受困於此的女性，身心健康都有些疑慮，但沒有生命危險，救護車已經在趕來的路上了。請帶路吧，福爾摩斯。」

待我們重回羅登小姐的病房，我發現我的緊急處置產生了一點效果。至於她的體質能不能從水銀中毒的後遺症中康復回來，就不是我能夠控制的了。福爾摩斯拖了把椅子，挨在床邊說，「你真的是受苦了，羅登小姐。但在我們護送你離開這個恐怖的地方前，我需要跟你講幾分鐘話。」

羅登小姐的頭髮傾洩在枕頭上，感覺像是木餾油潑出來的洶湧黑色瀑布。我找了橡膠冰袋墊在枕頭底下，臉龐的輪廓像是鑿出來的線條，蒼白的底色上，又染上燒出來的嫣紅，綠色的眼睛卻清澈如染色玻璃。只見她點點頭，握住福爾摩斯伸出來的手。

「你知道你是怎麼來這裡的嗎？」

「我罹患癲癇症，福爾摩斯先生。」她氣若游絲，盡可能的把聲音講得穩定些。「病狀不算很嚴重，只是發病很頻繁，變成我們家裡的沉重負擔，還別說我不只一次在公開場合丟盡他們的顏面。最終，他們不再認為傳統療法能夠治癒我的痼疾，送我來這裡，他們唯一負擔得起的專門機構。我寫信給你的時候，燒得正厲害；我忘了醫生的名字，只好看看附近有什麼地標，希望你們能找到這裡。」

「亨利．史道頓。他以後不會再找你的麻煩了，這點我打包票，羅登小姐，請繼續。」

「我覺得我們落入邪惡至極的庸醫之手。治療時間越長，他想出來的折磨花招就越多——」

「這些事情我們已經知道了，今天，無需再強迫自己回憶難以承受的苦楚。」福爾摩斯輕輕的打斷她。

「謝天謝地，我算是很走運的，我知道，我只是慢性中毒的受害者罷了。想想其他人的遭遇……真不知道她們是怎麼熬過去的，這裡的死亡率想來是居高不下的。無辜的犧牲者反映了史道頓醫生對待病患的手段，殘酷邪惡的本質，一眼就能看穿。」

「指的是什麼呢？」

「只要我們裡面有人快被他折磨死了，他就會來問，誰是我們最心愛、最惦記的人？在臨終前，絞下一束頭髮，做個最後的留念。這時，他的眼睛會閃出異樣的光芒——不是同情、不是冷漠，而是喜悅。這實在是……惡魔般的鐵石心腸。福爾摩斯先生，這樣對待一個即將斷氣的病人，好像把她當成戰利品。他大概蒐集了十來個戰利品，親手打包、寫上地址，確認每個命在旦夕的病患，都能有一份最後的紀念送到親屬手上，供他們永久珍藏。儘管有時遺物寄到的時候，人都已經走了。」

「戰利品？」我朋友臉上流露噁心的表情，沉思。「也許他會親自驗屍，也許單是這種儀式就可以滿足他了。你說，他真的會把遺物送給你的父母？還是你的先生？」

「會的，他會。看我們最想跟誰告別。很明顯的是：這種行徑增添他更多的樂趣，預告我們即將死亡，也是一種心理折磨——硬生生的剝奪我們僅有的希望。沒人避得開這套儀式。只要他剪下我們一縷頭髮，問我們要送給誰，我們就知道我們命在旦夕。過沒多久，受害者就會長眠於地下。」

「我的天啊，這個人徹底瘋了！」我深吸一口氣。

「非常可能是精神異常，至少也是惡毒的虐待狂，或者兩者相加產出的怪物。」福爾摩斯刻意保持平和的語調，避免進一步刺激這位年輕的女性；但從他不動聲色的姿態看來，我可以清清楚楚知道，史道頓在這世上苟延殘喘的時間已經不多了。

「四個護士裡，三個跟醫生一樣壞；但有一個腦筋不靈光，工作還算勤謹。」羅登小姐繼續說。「在我也把剪下來的頭髮放進盒子裡，史道頓醫生準備要寄出去之際，我突然想起在《岸濱》月刊上看過你的大名，福爾摩斯先生，記得你的住址，隱約想起雜誌上描繪你的神乎其技，眼前浮現了一幅模糊的影像：你找到我，把我救出去。我保命的唯一機會，就是夾帶一則訊息給你；不管機率多渺茫，我也要嘗試一下。接下來我就看到那個比較沒腦子的粗笨護士，我用無比絕望的口氣說服她說，我把地址弄錯了，家人收不到我的遺物。我恍恍惚惚的沒跟醫生講對，請她務必拿紙筆給我。如果被史道頓醫生揭穿我的詭計，他會怎麼樣報復我啊！我請她把我藏在樓梯間的儲物室裡，點著蠟燭，勉強把信寫完，福爾摩斯先生——我當時神智不清，字寫得肯定很難認吧？」

「想法高明，執行果決。」

「我沒有辦法確認我的訊息有沒有跟晨間的郵件一起送出去，應該有，喔，真的有，因為你們在這裡。」說完這句，她開始啜泣。福爾摩斯緊緊握住她的手。「他可能在一到兩天內，就會殺掉我的。天啊，想想他的狠毒！他已經殺掉我們很多人了。」

眼見著兩人話也說得差不多了，我們再次安撫她的情緒，我給她換上新的涼巾，降低體溫，看著她沉沉睡去，很是香甜。福爾摩斯推理悉數獲得驗證，我可以很榮幸的公告周知：我那不怎麼知道謙虛為何物的朋友，的確名不虛傳；但日後他會說，把惡名昭彰的亨利．史道頓送上絞刑場，他只是「略盡棉薄之力」罷了；而我也有功勞，那個最關鍵的鐘樓，是我先想到的。

消息傳出之後，當天晚上鬧得沸沸揚揚，我跟福爾摩斯對坐在返回倫敦的夜車上。飽受凌虐的女性盡速送往鄰近醫院，我們倆重拾活力，精神跟著振奮起來。福爾摩斯——看起來是活回來了——卻有些侷促不安。途經一片連綿的鄉間，時間長達二十分鐘，一度，他好像要講什麼。我的朋友講話素來不會拐彎抹角，只是神情不知為何看來很彆扭，我則在不安的沉默中等待。

磨蹭半天，福爾摩斯最終開口了。他傲慢的說，「我覺得你應該賣了它。」

我從來沒聽過福爾摩斯這般既冷漠又憂慮的口氣，花了很長的時間研究他異樣的說詞。「到底要我賣掉什麼？」

「當然是你的診所啊。」

有的時候，跟夏洛克．福爾摩斯為伍，還挺愜意的，一起聆聽音樂會、共享一頓安靜的晚餐，更有層出不窮的機會，見證他卓越的智慧、匪夷所思的手法，破解一宗又一宗難以索解的神祕案件。但也有的時候，就像我不時指出，他那種自以為是的權威感，會讓素來謹慎自持、沒啥脾氣的人被他搞得火冒三丈。

「是嗎？那您建議我要住哪兒呢？」

「住哪兒，隨你便啊，不要離貝格街太遠就成了。每次找你幫忙，都得大老遠的奔波，實在很不方便。」

我正待開口，講幾句酸話反擊，他舉起手來，示意安撫。「不，請聽我說完。」

「我不明白我為什麼非得賣房子不可，福爾摩斯。」

「專業的自我要求是一個男人最珍貴的資產，我親愛的朋友。」

「所以，我就得放棄我的專業？」

「你是作家。」

強烈的反感席捲而來，我唯一能做的就是反擊，「您是指『傳記撰寫者』吧？」

沉默再次席捲火車車廂。對方啞口無言讓我享受到殘酷的滿足感。

「就算我是這個意思，那又如何？」他問道。剎那間，神色竟然有些慌張。

「您不斷批評我的筆法拙劣。」

「實在很遺憾。在我返回倫敦之後，需要人幫忙解決莫倫上校，我不會找別人，也不想找別人。我需要你，你不是說過，『隨時隨地，全力以赴』嗎？」福爾摩斯停了一會兒，指節抵住嘴唇，「我不敢期待，只是希望。我欠你的，遠遠不只一個房間。」

他的臉轉向窗戶。我憶及我既是診所也是住家的老地方，還有這些年來，在屋內發生的事情，窗外的樹影，一片朦朧。有笑聲、有共享的安靜，還有亡妻隱藏在我桌邊的亞麻色頭髮以及我始終記得結尾的短柬，「請相信我，我親愛的朋友，誠摯的夏洛克．福爾摩斯」。

「您打扮成二手書商的模樣，出現在我的診所，跟我說，過去三年，您幾次提起筆來，準備寫信給我。」在我能好好講話的時候，這才開口。

「是的。」福爾摩斯的聲音有些許緊繃。儘管我絕對無意傷害他，但還是從眼前的僵局中，感受到異常的快感。

「您想要說什麼？」

「我聽不懂你的意思，醫生。」

「當您提起筆來，打算要寫些什麼？現在我人在這裡，是吧？您也沒死，何妨當面講清楚？

您是想寥寥數筆，跟我說，您還在呼吸？還是您想評論西藏的天氣？也許是更新最新進度，回報您對煤焦油衍生產品的研究，取得新的成果？還是以生花妙筆，鮮活描繪哈利法的神情裝扮，應該是很有趣的消遣吧。」

「華生，請不要這樣。」

「很好，悉聽尊便──我本來也不該強迫您非信任我不可。多少次？」

「我親愛的朋友──」

「『幾次』是多少次，福爾摩斯？」

「我因為罪惡感，在這一點上含糊以對了。不只幾次。」

「那麼您從來沒想到要寫信給我？」

「是幾十次。」他很篤定的說。「就我記憶所及，四十七次。每次我真的準備要寫給你了，想想還是不放心，最終無法下筆。過去三年，大抵如此。我這個人像機器，沒錯，很明顯的，沒有什麼感覺；但我不是傻子，我是約翰．華生惦記在心的高手。我這輩子，從來沒有施加痛苦在無辜的人身上，因而得到快感。你把我當成什麼了？跟史道頓醫生相提並論的怪物嗎？真是如此，你為何強忍苦楚，跟我做這麼久的朋友？在這個世界上，有人需要這麼委屈嗎？」

我嘆了口氣，用手掌腹揉了揉眼睛。「做您的朋友並不痛苦，福爾摩斯。我不該逼問您寫信的事情，造成不必要的壓力，不值得。」

「不，倒也未必。這是一個很合理的問題。」

「反正也不重要了。」

「接下來，我們回到今天討論數次的主題，看來你不弄明白是不肯罷休的。我告訴你，我非常想寫信給你報平安，但我不能。我也要告訴你，回到自己的老房間，坐在同一把椅子上，希望我的老朋友坐在對面。不意外吧？你不在，我心頭總是想著同一件事情。所以，我直接問吧：搬回貝格街如何？」他頓了一會兒，眼神緊盯著自己的膝蓋。「說是為了你，沒錯；當然，這只是部分原因。離開原來的住處跟診所，對你比較好；而我看到你坐在原來的椅子上，對我也比較好。任何時間說『好』都成，我跟你保證，從此不再囉唆。」

我無助的乾笑兩聲，頭往後座一靠。事情經常演變成這樣：幾秒鐘以前，我還被我朋友氣到七竅生煙；現在卻覺得撞上這個奇人，是我三生有幸。搬回貝格街，我想，在財務上可以節省開支、在心靈上，驚險刺激，不時幾近瘋狂：也算是賞心樂事。

「我會考慮一下。」我告訴他。

「但，我們——」

「福爾摩斯。」

我的朋友縮回去了，掏出兩根菸，我們倆對坐，靜靜的吸菸，直到抵達終點。我認真思考，一如承諾。月底還沒到，搬運家具的馬車，在我門口停妥。

# 菲利摩爾先生失蹤奇案

我有言在先，此次撰述的本質是學術研究，無意公開印行。夏洛克．福爾摩斯與我也達成共識：儘管這個故事的主角奇特異常——跟我們先前遇到的委託人迥然不同——同時也是一個絕佳的案例，說明著名的福爾摩斯不可思議的推理能力。

雖說如此，我卻赫然發現，我依舊在振筆疾書，目的明確卻又偏執。不是為了《岸濱》月刊——本案不宜刊登在被福爾摩斯譏嘲為大雜燴的通俗期刊上，揭露調查過程也可能傷害無辜，或者讓罪犯承受不公平的指責——純粹只是為了我私人的緣故。我在結尾的時候，會闡明我不得不然的理由，也可能會跟福爾摩斯解釋為什麼我要匆匆寫就此事原委，明明知道這世上沒人讀得到，當事人也不希望被描繪到這般鉅細靡遺。矛盾從何而來，我心裡有數。無論如何，尤其是此事開場，我實在忍不住，非得記錄下來不可。這是教科書級的好例子，說明我朋友為什麼是全倫敦最差的室友——但，隨著故事逐漸開展，大家也會發現完全相反的例證，原來福爾摩斯也是全倫敦最好的室友。

在他驚天動地的自海外返國之後，夏洛克．福爾摩斯說服我，搬回貝格街的老房間。此人擁有非凡的說服能力，他那無與倫比的睿智心智一旦設定好方略，總能無往不利，而我樂於分享他的好奇與勇於冒險的精神。除了服從老戰友，跟他共同生活之外，似乎也沒有更好的選擇。睡在我熟悉的臥室，不過一兩晚，聽著窗外傳來後院梧桐樹的沙沙聲，彷彿是歡迎我搬回老家，身處這樣的環境裡，就覺得自己是世上最幸福的人了；但這絕不意味著夏洛克．福爾摩斯是個好相處的室友。完全相反。

「我的老天爺！」一八九四年六月二十六日，我一踏進客廳，大吃一驚，只想得到這句話。夏洛克．福爾摩斯穿著晨袍、趿著拖鞋，站在舒適的客廳中央，兩腿劈開站定，張開雙臂，手持一具中等大小的弓，搭上狩獵用的金屬箭頭，瞄準我幾碼開外的書桌。桌上的文件早被清得一乾二淨，好些還是我剛剛整理好的搬家帳單；此時，散落一地，看來是用手臂不由分說掃下去的。帳單旁邊就是我的幾本筆記本、墨水筆、筆架跟吸墨紙，外帶一張金額相當驚人的支票，那是我賣掉住處、結束行醫生涯的代價。此時，桌上放了一大塊煙燻火腿，好幾支箭端端正正的射在正中央。我朋友不時吹噓自己箭術了得，從這塊火腿看來，並非誇張。即便福爾摩斯稱不上是舉世排名第一的左輪槍射擊高手，估計實力相去不遠；至於箭術，顯然也未遑多讓。只是他是如何練就的，原由不明，想來他並不會透露。

「您該不是在……」我高舉雙手，冒險站在名偵探與倒楣的火腿肉中間。「請容我享受一下推理的樂趣：您接了一個案子，極可能是謀殺，破案線索是近距離的射箭傷口，所以您想弄明白——」

「我的天啊，一開口就說錯。我沒接到什麼案子。」福爾摩斯打斷我。他講話的音頻本來就高，由於我的無端介入，讓他氣不打一處來，聽起來更加刺耳。「當我還在蒙彼里埃（譯註：法國南部大城）的時候，戴博拉．蓋瑞夫人，也就是惡名昭彰的浪子阿弗列德．聖愛德華．蓋瑞的孀孀，在一次狩獵活動中，意外身亡。我在《世界報》上讀到這則消息，不認為是意外，而我即將證明我的推論無誤，如果你可以讓開一點的話——」

我雙手一叉，繼續說。「看到餐桌上，早餐已經布置妥當；您自己的書桌呢，還放著昨天化學實驗的各種設備，所以，您就胡亂把我桌上的東西一股腦掃開——」

「這麼一大早，你就能抓住精髓，推斷無懈可擊，倒是很少見，我親愛的朋友。」

「一個星期以來，您都沒有接到新案子。現在為了實驗，把我們住處的每一吋空間搞得沒地方好用了。」

「這不是事實，現在不就有用嗎？」

「用的人可不是我。」

「這點我無暇爭辯。華生，你擋到我的去路了。」

我說過好多遍了，福爾摩斯有著君臨天下的氣勢。即便他無心恫嚇，單單他的身高就有一定的威脅性；只是從來沒人膽敢嘲笑我的羞怯、懦弱，更何況我已經隱忍他長達數日之久。只見他的嘴唇冷冷一撇，有意挑釁，我不由得硬起肩膀，準備還擊。

「請您展現些許善意：在接下來的十分鐘內，把我桌上的東西還原妥當，擦到沒有半點火腿味兒，我就會很愉快的離開現在的位置。」

「辦不到。」他不屑的嘲弄道，憔悴的五官不耐煩的扭成一團。「一定要取得更精確的測量數據。」

「一定要恢復我桌上原本的擺設，否則絕不讓開。」

「華生，我以前沒見過你這樣阻擋我申張正義。」他講話斷斷續續，異常暴躁。

「看來在這段時間裡，我的個性變得跟您一樣乖張了。這是因為年齡增長導致的自然現象。趕緊把我的東西整理好，否則，您昨天研究碘化鉀的實驗成果，就只能麻煩您自個兒到窗戶外面拾回來了。」我指著地上說。

「你敢？」他的口氣裡有難掩的恐懼。

「不妨試試。」我頂回去。

一陣謹慎的敲門聲後，哈德森太太探頭進來。「有位紳士想要見您，福爾摩斯先生。他沒帶名片，自稱是愛德華．菲利摩爾先生，說有非常緊要的事情……唉唷，我的天啊。」

我們的房東太太從來就是泰山崩於前而色不變的淡漠天性，眼見福爾摩斯手上的弓箭隱約瞄向我的方向，也只換來一聲輕呼與眉毛一揚。撥弄了會兒脖子邊的蕾絲，她怯生生的走進客廳。

「我親愛的女士，我正在著手實驗，偏偏遇上不曾預見的難題。」福爾摩斯回答說，瞄準我的方向並沒有改變。

「我幫得上忙嗎？我只是懷疑此處並不算太安全，福爾摩斯先生，嗯……怎麼在屋裡玩這玩意兒呢？」

「我跟你保證，講到射箭，我可是訓練有素的專家；但我也得承認，此時我惱怒不堪，料不準會不會有閃神的時候。現在，請你離開好嗎？」

「但是那位可憐先生的弟弟失蹤了，他堅持說，只有您才能幫他。」哈德森太太不肯放棄。

「他很擔心呢。」

「很抱歉，我們倆嚇到你了，哈德森太太，請那位先生上來吧。」我要求說，從桌上取塊餐巾，蓋住那塊火腿。哈德森太太感激的笑了笑，轉身退出，順便把門掩上。

「你到底在玩什麼花招？什麼時候變成了我的業務經理？」福爾摩斯叫道，終於把手上的弓箭放在窗邊。

「您以為全倫敦就這麼一個地方可以住嗎？」我很不耐煩，順口嗆回去。

福爾摩斯被嚇著了，我相當得意。灰色的眼睛睜得大大的，嘴巴也闔不上來，我的反擊攻勢如此凌厲，倒是前所未見。愛德華．菲利摩爾先生進來幾秒之後，完成必要介紹，我立刻坐進扶手椅，準備聽取他的說明。

哈德森太太說得沒錯，愛德華．菲利摩爾先生的憂慮溢於言表。他是一個不起眼的瘦小男子，穿著黑色西裝、灰色背心，圓頂硬呢帽上面有一圈低調的亮黑色飾帶，一條銀色的細錶鍊橫過前胸，僅有的飾物是一枚謹小慎微的翻領別針。我不需要倚仗我朋友出色的觀察力也可以看得出來：他因為弟弟失蹤，整個人失魂落魄。他的手抖得很明顯，不安寫在臉上，眼珠邊緣閃閃發光，沉重的壓力讓他的睫毛有些濕潤。西裝鬆垮垮的套在單薄的骨架上，這幾天看來毫無食慾，如果他的兄弟不及早尋獲，遲早也會把他拖垮的。眼前的他讓我不禁想起毛色黯淡的老鼠，緊張兮兮，眼睛無神，不斷抽搐，茫然不知所措。

福爾摩斯根本無意跟來賓打招呼，撿起扔在地上的文件，坐在椅子上，忙著整理。意想不到的發展，著實受寵若驚，我心滿意足的看著他忙活；而他忙裡偷閒，老鷹般的目光偶爾投在菲利摩爾先生身上，銳利得彷彿能把他劈開似的，我心下了然，他已經獲致幾個結論了。

「你應該發現我們今天早上有點混亂，菲利摩爾先生。首先向你致歉。我目前手頭上有緊要的事情等待處理，所以，只能利用有限的時間提供諮詢。事不宜遲，這就開始。除開以下幾個事實，我對你今天大駕光臨想要討論的案情，可以說是一無所知：你是單身漢，做喀什米爾絲進口生意、滴酒不沾、雙胞胎，跟你弟弟長得一模一樣。」

菲利摩爾先生一臉訝異，讓我一度以為他的身體不舒服，聽完這段話，汗珠子成串的滾到眉毛上方，嘴巴一張一闔，跟撈上岸的魚一樣，連我那不大近人情的朋友，都忍不住悶哼一聲。

「冷靜、冷靜。你的婚姻狀況還有你對烈酒反感，是我從你沒有婚戒和翻領別針研判出來的。」我目瞪口呆的看著福爾摩斯從地上撿起筆記本，甚至有些恍惚，原來他也會打理家務——單這發展就是奇蹟了，更何況他還在客戶面前這般降尊紆貴。「其他的就不值一提了。我是今天早上在《每日電訊報》上讀到相關報導。你的進口生意做得不錯——菲利摩爾、薩克斯森與葛利爾織品公司——我想是叫這個名字吧。公司的業務現在多半由合夥人打理，因為你把所有時間都用來尋找失蹤的雙胞胎弟弟，詹姆士．菲利摩爾先生。除此之外，我就欠缺牢靠的資料來更進一步剖析你的難題了。」

這話講完之後，現場一片沉默。「多謝您的體諒，請多提供一點資訊。」我催促正在滿地拾筆的福爾摩斯。「我們非常關切這個案件。」

我們的客人百般艱難的吞下口水，雙手緊握，勉強遮住不斷顫抖的窘相。「您一定要幫忙，福爾摩斯先生，我已經無計可施了。我弟弟詹姆士跟我住在一起——您剛也提到，從各個方面來看，我們倆都非常相像。住處是單身漢風格，氣氛愉快平靜。我沒什麼嗜好，就是喜歡工作，過家庭生活。三天前，詹姆士離開我們位於密德薩克斯恩菲爾德鎮的住家。出門的時候還是好天氣，走沒兩步就發現下午可能會下雨，於是折返回家拿傘。從此之後，就沒再見過他了。」

我的朋友持續把我的墨水瓶、吸墨紙歸回原位，我只好繼續扮演自行任命的引言人。

「確實離奇。」我滿懷同情的說。「很明顯的，你們兩兄弟算是相當親密的了——難怪他的不辭而別會影響你到這種程度。」

「擔心他的安危，弄不明白到底怎麼了，越想越恐怖……福爾摩斯先生，我實在撐不下去了。」菲利摩爾先生幾近聲嘶力竭，懇請名偵探惠賜一點關注。「我們的僕人是最可靠、最謹慎的女人了。她敢發誓：早餐過後，在清理餐桌的同時，她從客廳窗戶望出去，看到舍弟走出門外，折返後，也是她把雨傘交給他。他在玄關停一會兒，翻閱火車時刻表，女僕並沒有聽到大門再次關上的聲音。十五分鐘後，她突然覺得身後有股古怪的氣體吸過來，才發現大門洞開，順手關上。我弟弟從此無影無蹤，福爾摩斯先生，我到現在還是六神無主。」他深深的吸了一口氣，絕望的閉上眼睛。

「你那時候在哪裡？」我的朋友問道，漫不經心的舉起一個蓋著餐巾、像是巨大針墊的玩意兒，隨後把那塊火腿從我的桌上移到騰出空位的餐桌上。要不是菲利摩爾先生面臨的情勢如此嚴峻，我多半會忍不住笑出來。

「那時候我在斯特普尼（譯註：在倫敦東區）的辦公室裡，福爾摩斯先生，請務必接下這個案子。」這個不幸的男子懇求道。「我弟弟的……素行不算檢點。他的惡習一度把生活攪得面目全非，我擔心他又重蹈覆轍。只要想起他莫名其妙的離家出走、會不會遭遇不測，我的心頭就是一陣劇痛。他絕不是會把我蒙在鼓裡的那種人。我的個性穩定，詹姆士也有理由感謝我先前的慷慨。儘管我們之間矛盾重重，大致上還能折衷；兩人相依為命，也無需大張旗鼓的宣揚。只是一想到他過去的豬朋狗友可能會傷害他，我就心如刀割。」愛德華．菲利摩爾先生乾咳了幾聲，掏出手絹。

見到我想笑不敢笑的尷尬局面，福爾摩斯卻在用自己的手帕擦我的書桌，旋即轉身，一屁股坐上面，點燃菸斗。我們的客戶真情流露，再怎麼無情的人，也應該覺得心頭一陣悽慘，但是，傷感似乎只感染到我們兩人；只見他盯著菲利摩爾先生，眼神逐漸集中。

「你說的是老毛病吧。」我朋友客客氣氣的開口。這徵兆意味著來客已經博得福爾摩斯的好感，而他，正在調整狀態，準備全力以赴。「我想我必須詳細調查你們這對雙胞胎的老毛病，菲利摩爾先生；最終，我們會發現這有助於尋獲令弟。」

這個可憐人畏縮的模樣，再也藏不住。「我會盡我一切所能，找到舍弟；即便毀掉他狼籍的聲名，也在所不惜。從哪兒開始呢？詹姆士賭博，在外面欠了好多錢，也喝得爛醉如泥。我知道他過去甚至還抽鴉片，亂搞男女關係，肆意妄為，經常惹上一些愚蠢的麻煩。他一度還包養低級歌廳的歌女當情婦。但請不要對他過去的脫序行為，留下過多偏見；事實上，眼前的情勢如此離奇，我根本不知道該怎麼想。」

「跟我們回報各種相關線索是對的。他突然失蹤，是不是陷入什麼危機？」

「據我所知是沒有。詹姆士最近生活規律得多；莫名其妙的不見了，實在是史無前例。我還以為他收斂放蕩，已經準備過正經日子了呢。至少……他給了我希望的理由。」

「你剛也承認，你很容易被誤導。那麼，你最近有跟他那批豬朋狗友聯繫嗎？」福爾摩斯不依不饒，眼睛研究天花板。

「我擔心最壞的情況，的確是有跟他們接觸過。再怎麼說，這些混混都不能輕信；但是，最近這三天發生什麼事情，他們也說不出個所以然來——無論我還是蘇格蘭場都一無所獲。我受困在一團黑暗中，快要窒息了，福爾摩斯先生。我睡不著、吃不下，沒法照料生意。我弟弟覺得快要下雨了，卻在光天化日下，人間蒸發。」菲利摩爾先生抖得骨頭都散了。

「這挺精采刺激的啊，是不是？」福爾摩斯掩不住喜色，一臉幸災樂禍的表情轉向我。

「在一般情況下，突然失蹤是不會用『精采刺激』來形容的。」我提醒他。

在外人眼裡，福爾摩斯總是無動於衷的模樣；但我卻能在他冷漠的五官中，察覺出一絲懊惱。「這話說得是。為什麼你沒有名片呢？菲利摩爾先生？」

「名片？怎麼了嗎？訂單才剛送到印刷商那邊。我現在煩得要命，顧不上去取了。」這個內心受創的男人又開始眼淚汪汪。「能不能請您務必提供協助？」

「沒問題，我一定幫忙。我會把全副精力、心思投注在這個案子上。但要等我吃完早餐再說。」

眼見福爾摩斯已經振翅準備高飛，沒想到這宗被他視為「精采刺激」的奇案，重要性竟然排在早餐之後，吃完了，才要開始偵辦。我相信我的眉目出賣了我的驚訝之情。

「把你的地址告訴我。」福爾摩斯命令道。隨手拿起他剛從地板上撿回來的筆，寫在袖口上。「非常好，幾個小時後，我們在密德薩克斯會合，菲利摩爾先生。在這段時間裡，我要你絞盡腦汁，把不小心忽略的細節全部翻出來。再會！」

聽完這段話，渾身顫抖的報案者也只好離開了。我直視福爾摩斯，默不作聲，眼神果決堅定。我猜這種表態可能比直接問更有效果。的確如此，福爾摩斯的回覆遠比我冀望得還要快。

「聽了半天也沒法釐清案情。」福爾摩斯從他的扶手椅上取了兩個枕頭，整個人往火爐前的熊皮地毯一躺，雙手交扣往後腦勺一枕，悠悠的吐出一個菸圈。「假設我們跟他一起去現場，就沒有時間分析到底發生了什麼事情、沒法神乎其技的補足失落環節，有負於你經常以誇張筆法描繪我的推理能力。這樣也好，留時間你吃一兩個蛋。真的想幫忙的話，在這段時間裡，請免開尊口吧……」

「樂意之至。」我回應道，非常滿意的看著我恢復原狀的書桌，準備往餐桌移動。

協助福爾摩斯，我可不只默不作聲這一招而已。就在這個時候，沉重的腳步聲響起，一個出人意表的訪客緊接出現——從我朋友幾乎被賽巴斯欽・莫倫上校扼斃的那一剎那起，我便繃緊神經，絕無懈怠——此時，我的注意力已經高度集中，身體移向正在打開的房門。房門一開，我們面對的是一張永生難忘的面孔。他的眼睛斜成一條縫，閃著毒蛇似的狡詐，體型肥胖，皮膚卻是病懨懨的蒼白——這個討厭的男人帶著威脅，逐漸逼近，穿著浮誇的褐色格子褲、繫著俗艷的猩紅領帶，洋洋得意的蠢笑在臉龐上，劃出一道歪七扭八的線條。他讓我想起自鳴得意的蛆，厭惡之情反映在我的肢體語言上。

「好啦，夏洛克・福爾摩斯先生。」他一踏進房間就開始嚷嚷，發現我朋友以一種匪夷所思的姿態躺在地毯上，臉上浮現不屑的神情。「我叫做阿特蘭塔斯・B.・康爵，有件事我很介意，非要當面講清楚不可。」

「真是不幸。」我朋友慢吞吞的回覆說，歪著腦子打量這位入侵者。「對貴我雙方而言。」這已經是今天早上我第二次卡在福爾摩斯與神祕來客之間。「說明你的來意，先生，請別含糊。我們比較習慣跟約定好時間才登門拜訪的朋友打交道。」

他指著福爾摩斯，指甲剪得亂七八糟，阿特蘭塔斯．B．康爵頤指氣使的說：「你是不是接受委託去找詹姆士．菲利摩爾？他的廢物哥哥哭哭啼啼的上門來？他跟你說了什麼，一五一十的招來。我勸你老老實實的跟我合作，否則，就讓你知道我的厲害，懂嗎？大偵探！」

「懂啊。」福爾摩斯敷衍他，眼睛一閉，彷彿無聊得要命，都快睡著了。他懶洋洋的朝著樓梯揮揮手，「康爵先生，還是請你打開大門，打道回府吧。」

「喔，下逐客令了？」流氓咆哮道，握緊他肥肥胖胖的拳頭——像是發過的麵團——滿是傷疤，飽經世故，看來經常以暴力相向。「我得讓你知道詹姆士．菲利摩爾最近經常造訪小店，賭牌下注，沒個節制，起碼欠了我三百二十九英鎊。」

「損失不小。」福爾摩斯細細的抽了一口菸斗。「你的小店？我也知道幾個去處，專門騙人大筆大筆的掏錢。實話實說，我還真不知道哪家規規矩矩的俱樂部或者賭場，是由前裸拳拳擊手經營的，還偏好顏色如此刺眼的領帶。拳擊手改行沒關係，但是選擇領帶的品味……」他揚了揚眉毛，「難以想像。」

「我的小店可是有江湖信用的，跟別家比也不差。痲煩你嘴巴放乾淨點。」康爵暴跳如雷。

「當然，當然。這種頂級賭場的老闆，在早餐時刻，會不由分說的闖進陌生紳士的房間。」福爾摩斯轉了轉眼珠，由於他是仰臥，也只能轉向旁邊的火爐。

「你愛擺臭架子，就擺吧，就算你自認高我一等，也無法否認他欠我──」

「三百二十九英鎊，記得，你講過了。」

「不妨拿出你身上最後一個硬幣跟我賭一把！他還抽了我十英鎊的鴉片菸，加一加，就得三百三十九英鎊。我只是出手大方而已，沒理由蒙受這種損失。」

福爾摩斯莞爾一笑，點亮了憂鬱的五官。「天啊，竟然有人要教我算數？」

「你真是油嘴滑舌。希望腦袋被打扁嗎？還是想知道對手有多狠？我跟你說，比你刁的人都被我痛扁過。」這個賭場騙子口沫橫飛，嘴巴歪得更厲害了。

「我真不相信你有這本事！」我抗議，隨即站起身來。

福爾摩斯的菸斗僵在被他徵用為置放架的茶杯與嘴唇之間，平視著我，對於一個多愁善感的人來說，這表情很容易被誤以為是眷戀。

「康爵先生，讓我總結一下，」福爾摩斯嘟噥道，懶洋洋的打了個呵欠，惡棍氣到牙齒都快咬碎了。「你曾經在那精心打造、品味出眾的賭場裡，招待過詹姆士．菲利摩爾先生，請他抽了不少鴉片菸，結果，他卻欠你一屁股債。你上門來間接否認你跟他的失蹤有關，我沒說錯吧？比起一般街頭混混，你的腦筋動得不算快；但也沒笨到請我調查你親手犯下的殺人案。很好──如果你願意通力合作，協助我調查；等我找到詹姆士．菲利摩爾先生，確認他有誠意解決跟你的龐大財務糾紛，我會勸他出面好好談。請牢記以下這一點：如你不相信我，我會很樂意將你擊潰，這還要假設華生醫生沒率先出手。如果你說到做到，我至少能保證把調查結果與你分享。好了，請你離開吧。」

事情鬧成這樣，算是相當難堪的了。賭場老闆幾近爆炸，但無可奈何，咒罵幾句，乖乖遵照福爾摩斯吩咐，走前狠狠的摔上門，把我新裝框裱好的戈登將軍像震得嘎嘎作響。福爾摩斯稍早若有所思，現在內心卻頗為激盪，在我眼裡，甚至稱得上焦躁。菸斗柄抵住嘴唇，良久，才放回茶杯上頭。

「看來，詹姆士．菲利摩爾先生的失蹤，事出有因。我們是不是碰上什麼棘手的難題了？」我落座之際問道，順手把蛋架拉近湯匙邊。

「沒。」福爾摩斯皺著眉頭回答道。「我也不在乎。坦白說，這起案件不只離奇失蹤而已，本質更黑暗得多。」

我聽不明白他的言下之意，只得以短暫的沉默相應。福爾摩斯轉過頭來，發現我正平靜的從剛剛被他當成標靶的火腿，切下一片，用來佐水煮雞蛋，由衷的笑了。這是一種意在言外的同志情誼，遠遠超過瑣碎無謂的小體貼。等我回過神來，發現自己瞪著我碰都沒碰的碟子乾笑。

「世人都以為我瘋了。」

「就像貓跟愛麗絲說得一樣，我們都是瘋子（譯註：華生引用的是《愛麗絲夢遊仙境》第六章）。」

「華生，那位上門討罵的訪客倒是讓我想明白不少事情。」福爾摩斯倏地站起，黑髮往腦後梳攏，看來整齊不少。「快點吃。我去著裝。咱們趕緊出發。」

「我查一下到密德薩克斯的班車時刻。」我同意道。

「去斯特普尼。」糾正我的同時，他迅速溜進自己的房間。

※

「描述菲利摩爾先生？」合夥人提摩西．葛利爾先生重複我朋友提出的問題。我們來到菲利摩爾、薩克斯森與葛利爾織品公司。這裡規模不大、陳設樸素，卻是生氣勃勃。

福爾摩斯以不合情理的速度，風急雨驟的催我趕到斯特普尼，看來就是想訪談我們客戶最親密的事業夥伴葛利爾先生。他是個圓滾滾的紳士，態度慷慨大方，健康的臉色讓這樣的幸運兒看起來年輕很多，穿著打扮也講究，內搭一件低調內斂的素面栗色背心。當然，我們置身庫房，身邊滿是花色斑斕、艷麗的進口絲織品蓋在模特兒身上，要不就是折成窗簾模樣，堆在寬大的裁切桌上，相較而言，單色的背心比較不會構成視覺衝擊。工作場合讓人看了眼花撩亂，葛利爾本人也很熱心，領我們到一個小小的私人空間，裡面有兩張扶手椅。我朋友在行進間，已經把來意說明清楚了。

「誰也不知道探詢第二意見會不會帶來無價的發現？」福爾摩斯解釋說。「多方訪談提供調查者更清晰的認知，掌握危機成形的關鍵點，就像是考古學家篩檢各種碎片一樣。我可能不知道每根線索代表什麼意義，直到我把它們安置在正確的位置上；一旦拼湊完成，羅馬帝國毀敗的圖像也就呼之欲出了。」

「您的想像力真的是天馬行空啊，先生。您真覺得有迫切的危機逼近——某種悲劇已經降臨在詹姆士身上？」

「我並沒有這麼說，只是這種無端失蹤的案件，難免要求我們翻遍每個角落。雙胞胎因為彼此的相似性，更容易被蒙蔽。我們客戶的弟弟可能有明顯的行事特徵，他哥哥卻視而不見。如果方便的話，能不能從頭開始，把你知道有關菲利摩爾先生的事情，全部告訴我？」

「當然。」房間不算小，卻顯得侷促。我們落座之際，葛利爾掏出一塊手帕，在眉頭輕輕的點了點，「只要能幫得上忙，當然是全力以赴。我必須坦承，聽到您有意來訪，福爾摩斯先生，我實在心懷感激，這個失蹤的——」

「呃，但是——請你原諒——我指的不是詹姆士．菲利摩爾先生。」福爾摩斯豎起一根手指頭，制止了我的驚訝。「能不能請你描述愛德華．菲利摩爾先生，跟你一起做生意的夥伴？我會非常承你的情。」

「我的生意夥伴？」葛利爾先生再次重複，感覺跟我一樣困惑。「就是今天早上請您幫忙的那位？」

「是的，確實如此。你的合夥人愛德華．菲利摩爾先生看起來壓力非常大，嚴重抑鬱的程度可能會影響偵辦方向。所以，我有責任弄清楚。」

「您總不會懷疑他對於弟弟的關懷不是發自內心吧？」葛利爾質疑。

「完全相反，他的憂慮完全全是真情流露。請想像你面對一個藝術品的鑑賞名家：假設我正在判定一幅前所未見的安德亞烈．德爾．薩爾托（譯註：佛羅倫斯宗教畫家）畫作，我當然要檢查每次落筆的筆觸、細究色彩沉澱的諸般變化。我可以跟你保證：細細描繪愛德華．菲利摩爾先生，有助於我找到詹姆士．菲利摩爾先生。」

「因為他們是雙胞胎，行事作風有一定的相似性？」葛利爾先生依舊疑惑，臉色卻開朗起來。

「也許吧。」福爾摩斯衷心同意。

「我一定盡我所能。這兩人的確很像，這點您沒錯。但是……愛德華・菲利摩爾先生非常穩定、工作拚命，心思縝密，不過，整個人會浮現一種極端焦躁的情緒。陌生人容易感受到這點，於是公司的對外社交幾乎都由我一肩挑起。我只能遺憾的說，這個毛病他從小就有了——在學校，他不時遭到同學霸凌；跟他相處久了，我慢慢的從各種黑暗的線索，歸納出一些道理來：他始終無法培養活潑開朗的自信，多半歸咎於他缺乏一個自由自在的童年。從許多角度來看，儘管脾氣好、做事能幹，但愛德華其實是一個受困在夢魘裡的人。」

「除了害羞，他的躁鬱會影響到工作嗎？」

「一點也不會——事實上，完全相反，福爾摩斯先生。愛德華行事謹慎，嚴於律己，手頭上的工作打理得無微不至，也從不苛責他人的缺點。這人是虔誠的道德主義者，舉個例子來說，全心全意呵護鬧失蹤的弟弟……我可以絕不遲疑的告訴您，他這次的人間蒸發雖說讓人毛骨悚然，我卻不全然意外。他年輕的時候行事荒唐，多虧愛德華多次拯救他於險境之中。抽鴉片、爛醉如泥、賭桌上一擲千金——他的過往實在很『多彩多姿』。」

「這點我們也相信。」福爾摩斯的手指頭紡錘般的敲在扶手上。「我能不能大膽推測愛德華節制行事的作風源自以往處處小心的經驗？」

「絕無疑問。他一生謹慎，信守不渝，每天都戴著我們公司的徽章。」

「是啊，今天早上他來找我，我也注意到了。而你有沒有聽說什麼事情，可能讓詹姆士遭人勒索？」

「這我說不上來，福爾摩斯先生。」葛利爾先生皺緊眉頭，好像很不情願回想跟失蹤相關的齷事。「愛德華一直擔心他弟弟，我也沒法排除任何可能性。很遺憾，對於他雙胞胎弟弟，我講不出好話來。但是，我得重申：今天換成愛德華坐在這裡，估計也講不出另一個版本來。」

「詹姆士自我毀滅的傾向，難免造成兄弟間的緊張；但愛德華覺得兩人之間『親密』嗎？」

「他們之間不可能有背叛，先生，即便他弟弟陷入最低潮，也不會出賣自己的親哥哥。萬一詹姆士有個三長兩短，我很難想像愛德華會變成怎樣——彷彿兩人在媽媽肚子裡的時候，都只長了一半：一半是荒唐孟浪、壞事做絕，另一半又是自重謹慎、小心翼翼。您讀過《化身博士》嗎，福爾摩斯先生？」

「沒有。但你不是在暗示我：所謂的菲利摩爾雙胞胎其實只有一人吧？」

「當然不是。只是兩個人的言談動作——好像是在照鏡子。我知道聽起來很玄，雙胞胎當然神似，但我從來沒見過像到這種地步的兄弟。」

福爾摩斯的手指壓在眉心，我知道這個看來無關緊要的動作，其實傳遞出嚴重關切的訊號。「在這對兄弟裡，有沒有任何一人顯露過暴力傾向？你曾經提過愛德華經常要面對自己的心灰意冷與陰魂不散的憂慮。如果他弟弟受到威脅，他會不會想親自處理？」

「天啊，福爾摩斯先生，我從來沒想過這種事情。我們認識這麼多年，他一貫秉持良知行事。但是……」葛利爾先生停頓下來，「如果詹姆士有危險，愛德華一定會毫不遲疑的去保護他的：這點我非常確定。」

「這是一定的。最後一個問題：三天前，愛德華．菲利摩爾先生請假，說去找失蹤的弟弟，他是親自告訴你這個消息的嗎？」

「這個嘛……回想起來，沒有。他是打電報通知我的。您確定沒有其他細節需要補充的嗎？」

「我想，這樣就足夠了。你說明得夠清楚了，葛利爾先生。」

福爾摩斯再三謝過葛利爾先生，我們便離開絲織品庫房，進到滿是海風鹹味兒的倫敦碼頭商業區，周邊圍著簡陋的小工廠與破舊的貧民窟。在不斷向外侵蝕的市集裡，當地居民擺個簡陋的小攤，做點生意餬口。我的朋友頗出我的意料之外，對於剛剛的對話極表滿意。他轉向我，好像要講什麼，卻又遲疑起來，搖搖頭，準備找輛馬車。

「福爾摩斯，到底是怎麼回事？葛利爾先生不是把我們已經知道的事情，又重新說了一遍而已嗎？」福爾摩斯朝著逐漸接近的馬車駕駛吹了聲口哨，我趕緊問他，「他剛描繪的愛德華．菲利摩爾先生，可比今天早上出現在我們客廳裡的那位要準確得多。」

「我知道。」福爾摩斯承認。「所以我更擔心了。」

※

恩菲爾德最著名的就是連綿的如茵綠地、十六世紀的宮殿、饒富魅力的地方市集。此地只能靠鐵路支線通勤，成為經濟寬裕族群落戶的天堂；只要不在乎每日的往返，就能在倫敦任職。剛剛掙脫斯特普尼混亂污濁的氣氛，我格外能感受到犧牲時間換取生活品質的好處。空氣清甜、房舍整齊乾淨，少了倫敦裏屍布般的烏雲罩頂，連陽光感受起來都愉快得多。

敲了敲門，我們被引進客廳。除了刻意炫耀的上好喀什米爾絲織品鋪在每件家具、掛滿每個牆面以外，布置尚稱得宜。整體來看，或許有點紛亂，但是配合著葉片厚實、隱含光彩的懸吊盆栽植物，卻使得室內洋溢著一種喜悅的氛圍。一隻橘子果醬色的貓蜷縮在沙發末端曬太陽。室內有著單身漢的特質以及賓至如歸的舒泰感。只是空氣中似乎有些異樣，雙胞胎的身影彷彿總在繪畫玻璃的反射中、在沒關好的門縫陰影裡，若隱若現。

愛德華．菲利摩爾先生坐在一張古典造型的寫字桌後，研究帳本。在我們靠近之際，目光一瞥，希望短暫的點亮了他的五官。福爾摩斯脫下禮帽，嚴肅得像是上門來看病的醫生；菲利摩爾期盼的喜悅頓時轉換成痛苦的扭曲。

「菲利摩爾先生，我只有一個問題，請你務必誠實作答。」我朋友用特別溫柔的語氣問道。這種態度專門保留給神經機能性病患，他頗為同情他們的處境。

「請說。」菲利摩爾先生回答，嘴唇有些顫抖。

「你哥哥，愛德華．菲利摩爾先生是怎麼死的？」

我只覺得天旋地轉，偷瞄了我朋友一眼，隨即轉回可憐的客戶身上。這個問題單刀直入，卻又體貼溫柔，但聽在我們的新朋友耳裡，卻無異喪鐘。他原本愁眉深鎖的臉龐，頓時垮了下來，身子往桌面一靠，無助的啜泣起來。我不忍直視，卻感受到他的痛苦，沉默起來；但是，福爾摩斯依舊以犀利的目光，集中在他的身上，彷彿在研究罕見的標本，並不在乎對方是不是活生生的人。幾秒鐘之後，他挨近客戶身邊，按住他的肩膀。

「說吧。」他說，一貫命令式的口吻。「抒發痛苦也是人之常情；而我只能跟你保證：我無意增加你的愧疚。」

「天啊，在這地球上，最不配得到您同情的人就是我了，先生，而我敢說我也是世上最需要被原諒的罪人。」詹姆士．菲利摩爾先生雙臂傾頹，坐了下來，抖個不停，瞪著不斷冒冷汗的雙手。「喔，您會怎麼看我呢？」

「我的朋友華生醫生會告訴你，對於『過錯』，我自有獨特的定義。要說這起事件中有什麼罪行——頂多只有偽證，我想實情就是如此吧——你找我辦案，我根據良知指引行事，不會受拘泥的法律條文約束。所謂的法律，從我的經驗看來，只不過是字母的氾濫與堆砌罷了。行了！堅持下去，我可幫不了忙。好吧，你要我告訴你破綻在哪兒嗎？衣服套在你較瘦的身體上，略顯寬大，因為原本屬於你已故的哥哥。不管從哪個角度來看，他都稱得上是一位正直的紳士。愛德華．菲利摩爾據說個性有些焦慮；而你卻受困於戒斷鴉片之苦。」

我訝異福爾摩斯的鐵口直斷，只見詹姆士．菲利摩爾卸下心防，挺挺身體，重重的點點頭。我的朋友在書桌周圍繞了一圈，隨後往桌前的椅子上一坐，翹起二郎腿，臉上一副無所謂的冷漠表情。

「我想您先前就已經看出徵兆了吧？」詹姆士．菲利摩爾先生低聲道，眼神低垂，愧疚到抬不起頭。

「是的——焦躁、痙攣、麻痺、失控的眼淚，各種跡象。你在貝格街展現的肢體語言，就已經洩露天機了——而我們親自去斯特普尼查訪，又獲得更堅實的證據。」福爾摩斯沉思之際，眼神空蕩蕩的朝著土耳其地毯望了一眼，用意莫測高深，或許是不想把客戶逼上絕境。「如果我扯到別的地方去，直接制止我無妨，但我相信線索已經牢牢的揪在我手上。我知道你試著改掉惡習一段時間了，但是，鴉片上癮卻不是可以輕易戒除的。比你更堅強的人都不免屈服於菸癮發作。三天前，你老毛病又犯了，欠了阿特蘭塔斯．B．康爵一大筆債——不管從哪個方面來看，這傢伙都是惹不得的狠角色。」

「您是怎麼知道的？」菲利摩爾先生抬起頭來，突然有了力氣。

「我就是靠知道別人不知道的情報混飯吃的。只是我推敲不出在你過足了賭癮跟菸癮之後，跟你哥哥愛德華有過怎樣的對話，只能請你親自說明了。」

詹姆士．菲利摩爾先生又開始顫抖起來，用一種承受酷刑的語氣低聲道。「我幾乎不知道我是怎麼回到家的——那幾天我放縱自己，爛醉如泥，上桌賭到天昏地暗，直到眼前一片迷茫，才蹣跚的走向康爵布置好的菸榻，養足精神再上賭桌。我回到家，昏睡在沙發上，我哥哥，願上帝讓他安息，搜查我的口袋，唯一被他找到不該出現的東西，是一張欠條。我欠了惡棍康爵三百英鎊。我哥哥……唉，上天寬恕我。」他喘到難以吸氣，拚命想控制住自己。

「他嚇壞了，無庸置疑。」福爾摩斯慢吞吞的說。「他認定這個噩耗會重創你們的兄弟情誼。」

「愛德華其實是個很敏感的人。這些年來，他想方設法掩飾他的脆弱。歸根結柢……我們不算是很有錢的單身漢。福爾摩斯先生，家兄開了一間進口貿易公司，而我擔任法律事務所職員，生活過得還可以；但我們住不起倫敦市，這點您一定看得出來。我們有負債、房子需要整修。您大概不難想像我描繪的景象——但請特別注意：我哥哥心臟病發作，純粹是因為我故態復萌，實在承受不了接連不斷的打擊。幾個小時之後，我醒過來，我哥哥已經死了。就在我的身邊，孤伶伶的離去。」

菲利摩爾先生再次啜泣，福爾摩斯靜靜的說，「以下涉及犯罪了。時值午夜，沒有僕人在身邊，沒人妨礙你的異想天開，也沒人制止你的膽大妄為。在你先前的浪蕩歲月裡，認識好些邪魔歪道；這時，你找來幾個，請他們把你哥哥偷偷埋掉。我想，你應該給這些活躍於底層社會的傢伙不少好處吧？不管是誰出面，應該都破費不少。你請他們把令兄的遺體移出住處，交給不知情的外人——日後即便他們漏了口風，也追究不到你身上來。所以——你叫來幫手，請他們在日出之前，幫愛德華找到長眠之處。你是把遺體交給屠夫大卸八塊，隨處一拋？還是替他舉行了簡單的葬禮？」

「我怎麼敢褻瀆愛德華的遺體？」這個痛苦的人哭泣著說。「我這輩子絕對不會幹這種事情，福爾摩斯先生！我只是用化名把他送去另外一個教區安葬……是的，葬禮光明正大，花了我好多錢。」

「實情如此，也沒有什麼需要我再去調查的了……不過，」福爾摩斯看了詹姆士．菲利摩爾一眼，銳利如刀。「在你雙胞胎哥哥悄悄下葬後，你一如平常的穿戴，離開家，很快的回頭拿雨傘，刻意讓女僕看到你在幹什麼、讓她有機會記清楚。然後你悄悄上樓，換上你哥哥的服飾，身分就此轉換完成。這是你家，想要神不知鬼不覺的離開，並不是難事。等你再次回家，你已經是愛德華．菲利摩爾了。儘管類似的替身案，在普利茅斯與利摩日都出現過，但這個計畫依舊稱得上是頗有創意、大膽果決，我要脫帽向你致敬。初期的騙局布置好了，你就去電菲利摩爾、薩克斯森與葛利爾公司宣稱你要去找詹姆士，確認他的下落前，暫時不會回去上班。你唯一的問題就是忘了拿他的名片，像你哥哥這樣認真的商人，不可能忘記隨身攜帶名片。現在，我只剩下一個問題了：菲利摩爾先生，你打算怎麼面對接下來的人生？」

我們的客戶用塊手絹遮住臉龐，點點頭。

「我借了一筆高利貸，準備今天下午把錢還給康爵先生。」他的聲音嘶啞。「我想盡可能的拖延一陣子，研讀我哥哥的記錄，把帳本仔細的看一遍，然後才回公司上班。愛德華是個我比不上的好人……不，是這世上最好的人，我……」

再也無以為繼了，詹姆士．菲利摩爾先生重搥書桌。「詹姆士．菲利摩爾已經死了，福爾摩斯先生。我妥託您的是不可能達成的任務，目的是混淆執法當局，別再來找我的麻煩。我都願意登門拜託大名鼎鼎的福爾摩斯先生出馬了，誰還會懷疑我呢？很抱歉欺騙了您，但我的苦惱是真的。我要清償我的債務、我要改正我的放蕩，我要盡一切所能，以正直的形象，彰顯愛德華．菲利摩爾的名譽。這就是我的計畫，福爾摩斯先生——做一個好人，繼續活下去；那個屢次被原諒，卻始終執迷不悟的浪子，已經默默的死去了。」

我的朋友思考了幾秒鐘，感覺頗為漫長，挑高的眉頭間，鏤刻了幾許憂慮，但他還是點點頭，站起身來，把黑絲帽戴回頭上。「走吧，華生。」他說。我們離開這個亮麗輝煌的憂愁之屋。

一出門，他馬上握住了我的手臂。

「你不同意？」他問道。眉頭垮了下來。

「不，絕無此意。」我說。真相大白，只是我無能為力。

福爾摩斯抿著嘴唇好一會兒，才又補了一句，「不是每個人都有死後還魂的機會，而且在重生之後，還能變得更好。你先前說過……」

他突然停下來，輕輕的、壓抑的一咳。我這素來超然冷漠的朋友，彷彿有些惱怒。福爾摩斯方形的下巴滿是挫折，緊繃起來；瘦瘦高高的線條顯得更僵硬。我明白他的心情，微微一笑，引導他往車站的方向走去。

「貝格街的套房不是我在倫敦唯一可以棲身的地方，但卻是我個人最留戀的歸宿。」我這麼跟他說，「如果您讀過《岸濱》就會知道，在您的本來面目之外，我實在無從想像要怎樣描繪，才能讓您顯得更加完美？」

福爾摩斯故示無動於衷，掏出口袋裡的懷錶看了一下，嘴裡嘟囔了兩句關於火車的閒話，看來是相信我的保證，不再議論這個話題。只是下一次，福爾摩斯多半會忘記明擺著的事實、忘記我對他的欽佩不受他層出不窮的怪異行徑影響；就算我拿這篇尚未付梓的草稿給他看、即便證據清晰如印刷精美的雜誌書頁，想來，他也有視而不見的可能。

柳條籃子大冒險

「一個擁有超群技藝的巧手工匠，」夏洛克・福爾摩斯回應我最新的挑戰，順手捲出一支細細的香菸，「說得清楚點吧，是個吹玻璃的師傅，我險些就誤以為他是專業的音樂演奏家。太恐怖了，也不過是吃了一頓飽飯，心思竟然會墮落至如此荒唐的地步——我看我從明天起只好嚴格禁食，免得我在需要急智的時候，腦海一片茫然。」

我著實驚訝，瞪著眼前的這個人，只見他憂心忡忡的看著所存無幾的菸草盒。

「我的天啊，我得去菸草鋪子一趟，等我們……」

「不，這我沒法接受！」我輕輕拍了隔在我們中間的白色桌布，我們的威士忌心有戚戚焉，開心的抖了一下。「一口氣辨識出八個也太多了吧？福爾摩斯！就算您，也不好裝出未卜先知的樣子吧？」

「你傷害我了，親愛的朋友。」他點燃手上的香菸，強壓住臉上的調皮表情。「我這輩子從來沒有偽裝過先知。我曾經一口氣把十一個惡棍關在碼頭，要他們把詐騙來的財物，一股腦給我吐出來。其中一個，伊拉謨斯・杜雷克先生，靠著一面鏡子、一具哨笛跟巧妙混拌染色的中國火藥，就成功欺騙了十來個寡婦。我這才想起來，這位先生在未來三年內，想來都不能在街上鬼混了。」

「那好，咱們先把未卜先知按下不表，您有什麼通天本事，一眼就看出八個人幹什麼行當？

他們可是全然的陌生人啊，我得一個一個的挨過去，請他們把工作履歷、生活習慣，一五一十的告訴我，才有辦法證實您的說法。」

「華生，你當然知道無需大費周章，何必辛苦自己？」

「好吧──您是怎麼知道他是個吹玻璃的工匠？」

名偵探的眼睛一亮，就跟他收進外套內袋的銀菸盒一樣，閃閃發光。我們選的是辛普森餐廳，坐在我倆最愛的桌子前，以往，我們可以透過毛玻璃瀏覽路人。雖說此時已經到了倫敦亮燈的時刻，大批工人逐一點燃煤氣燈，簌簌顫抖的玻璃窗外，卻依舊昏暗，就連我那目光如炬的好友，也無法施展他聞名遐邇的洞悉力，難以辨識任何細節。於是，我們倆換個方向，打量室內的顧客。

繼開胃菜之後，福爾摩斯的比目魚跟我的羊腿陸續撤去。如今，我們靜靜坐在小小的舞池中，周邊是飢腸轆轆的記者跟專心致志的年輕棋手（譯註：辛普森餐廳原本是一間棋室，至今尚存，名菜也依舊是當年的片切牛肉），擠在熟悉的階梯上，目光不是集中在餐廳內的片切牛肉或者雪茄，就是緊盯著方格棋盤。他們來自四面八方、形形色色，卻沒有任何一個人逃得過我朋友的法眼。他就跟鱗翅類昆蟲學家一樣，一眼就能看穿眼前蝴蝶的類別。他這種卓越的本領讓我驚艷，也能讓他自得其樂。這天晚上，我們沉浸在好友相處的恬淡時光中，除了再點一輪威士忌，也沒有什麼急事等著我們處理。

「我認定他是一個吹玻璃的工匠，是因為他並不是一個專業的音樂家。」福爾摩斯擺出一副教授的模樣，食指輕點。「他的衣服質地頗佳，可能只比你我差一點，意味著他雖不是身世顯赫的貴族，卻也不是一般基層勞工，一定是擁有絕佳手藝、備受尊重的達人。他的臉頰有些凹陷，下巴肌肉發達，更明顯的線索是他的嘴唇周圍，有好些浮起的靜脈血管。他的肺很強——不知道十分鐘前，你有沒有聽到他咳了一聲？一入耳我就心知肚明。顯然，他需要把氣體從肺部逼出來，次數密、力道用得足。我險些掉進外行人陷阱裡，誤以為他是某種銅管樂器的瘋狂愛好者，也許是交響樂團的成員，常駐在還不錯的音樂廳裡演奏。這次失誤，我必須怪罪辛普森餐廳精心烹調出來的海鮮美味。」

「然後呢？」

「我看到了他的手，頓時醒悟，趕緊修正——他的指尖看不出強壓按鍵導致的扁平跡象，反倒出現好些細小疤痕。所以，他是吹玻璃的工匠。如果他身上的昂貴錶鍊沒有誤導我，我敢跟你賭十英鎊，此人開的是前店後廠的私人工作坊，而且你完全不需要打擾他用餐，華生。」

我輕輕的鼓起掌來，笑到身體微微顫抖。「最卑微的歉意。我太傻了，怎麼膽敢質疑您呢？」

「一般認為懷疑是健康的。」福爾摩斯善意的提醒我，隱隱上揚的薄嘴唇，出賣了他的矜持，看來他對於我的稱讚是非常受用的。如果有知音看懂他的驚人造詣，福爾摩斯不略微致意回禮，就不是做人的道理了。

又上一輪威士忌，四十分鐘過後，我們還是坐著，沒有離開的意思。聊兩句也好，靜下來也罷，我承認我喜歡這樣的相處。我的朋友今天的狀態很罕見——辦案會激出他全副精力；但，清閒下來，他又是若有所思、沉默不語。這種極端的性格經常讓他的室友大惑不解、讓他的好友憂心忡忡；但我猜福爾摩斯倒不在乎自己的陰晴不定。看著這個絕頂高明的犯罪學家，偶爾放鬆一下，算得上是賞心樂事。以往的他總是一動也不動，或者黏在沙發上，以靜默的方式抗議圍繞著他的無聊世界。

我們在辛普森餐廳待夠了，時值六月中旬，暮春的空氣還沒有轉成窒息的濃霧，我正想建議福爾摩斯犯不著招馬車，乾脆走回貝格街算了，卻發現他的臉色一變。懶洋洋的眼睛，原本半睜半閉，此時倏地睜開，銳利得跟針尖一樣；有氣沒力的吸完最後一口菸，嘴唇突然繃緊了起來。

「怎麼了？」我問道，身子半轉過去。

「麻煩事兒，華生。讓我們祈禱這個案件只有刺激，不要讓人作嘔。」

然後，我就見到老朋友雷斯垂德正在巡視餐廳，緊張得不停旋轉手上的小黑帽。他的五官依舊分明，卻看不到平常浮現在臉上的沾沾自喜。他的身形本來就瘦小，裹在淺色的防塵外套裡，顯得更縮水。我舉起一隻手，他飛也似的衝到我們桌旁，像是一隻聞到氣味的小獵犬。

「我的天啊，又發生一起謀殺案。」福爾摩斯斷言，面對這樣驚人的發展，在他的語氣裡卻沒有一絲一毫的不快。「雷斯垂德，拉把椅子過來。要不要來杯咖啡，還有——」

「沒有時間喝咖啡。」雷斯垂德勉強坐下，還是一副彆扭樣。

福爾摩斯眨眨眼，閃出內斂的訝異光芒。我也不好怪他，因為我自己也是驚疑不定，探長焦躁的底層似乎隱藏著某種恐懼——此人大驚小怪，但做人絕不唐突，不可能跑大老遠來跟我們寒暄。

我暗自沉思，打量眼前這個典型的蘇格蘭場老兵的僵硬脊椎與嚴峻面容。我看不出什麼端倪，不過，有件事倒很明顯：他現在非常的緊張，實在想不出到底發生什麼事情。時值一八九四年，四月間逮捕賽巴斯欽・莫倫上校之後，我就沒有見過他了。當時，大家都以為福爾摩斯墜落雷清貝瀑布，摔了個粉身碎骨，沒想到他卻奇蹟似的生還。但雷斯垂德既然找上名偵探，就應該有十足的把握，再離奇的案子也會迎刃而解，畢竟我們這麼經常合作，又無往不利，但不知為何，他卻是一臉驚恐。

「說說謀殺案吧，」福爾摩斯問道，「居然連喝杯咖啡、喘口氣都不行。」

「您說啥？」陷入冥想的雷斯垂德，手指頭按摩兩邊太陽穴，近似咆哮的答道。

「把凶殺案的具體事實，一五一十的告訴我，既然你拒絕了由咖啡豆烘烤、泡製而成的刺激性飲料。」

「我自然知道，福爾摩斯先生。」雷斯垂德刻意的咳嗽一聲，示意不耐，慢慢的回過神來。「這起案件很棘手，兩位先生，匪夷所思，否則我也不會趕來麻煩你們。我先去貝格街，哈德森太太說兩位在這裡用餐。」

「這我可以推論出來，從你的——」

「我們這次可以省略推理過程嗎？福爾摩斯先生。」雷斯垂德很不耐煩，相當不尋常。

福爾摩斯黑色的眉毛揚到新高，多半出自於好奇而非挑釁。四月間，福爾摩斯返回倫敦，在康登大屋，兩人曾經有過簡短互動，匆匆討論了起訴莫倫上校的罪名，隨後就不曾碰面。我坐回馬毛座墊，滿是困惑，趨近不悅。

「是謀殺案無誤。」雷斯垂德承認，清清嗓子，「今天接近中午的時候，約翰・威茨夏爾先生被發現陳屍在巴特錫住家的臥室裡，屍體僵硬，查不出我們知識所及的任何毒藥，也找不到任何傷口，無法辨識具體死因。」

「這就怪了，既然如此，你如何判定這是謀殺案呢？」

「他全身的血都被吸乾了，福爾摩斯先生。身體裡沒有半滴血。」雷斯垂德強行壓住身體的顫抖。「不見了。」

一陣寒意從我的脊椎末端湧上來。我曾經在別的地方，寫出讓我混亂的回憶：儘管我不應該刻意強調他天性中詭異的傾向，但福爾摩斯真的特別喜歡可惡、可怕的事物——此時，我還必須補充，福爾摩斯全神貫注；而雷斯垂德則是汗毛直豎，只能用滿是寒意形容。

「有人會以為這起案件過於恐怖，但我想，你一定不屑與之為伍吧。」探長抬高挑戰的眼神，正視福爾摩斯。

「我很坦然的承認：根據不同死狀，我也會感到程度不同的恐懼。」福爾摩斯懶洋洋的打了個呵欠，回復他典型的漠然。「事實，方便的話，只講事實。」

「我掌握的事實如下：約翰．威茨夏爾先生死亡的當天晚上，跟妻子、老友共進晚餐，稍後，海倫．威茨夏爾太太招呼下人，給她先生備洗澡水。管家說他聽到鈴聲，燒好熱水，其他就記不大清楚了。領班能夠確認的是：威茨夏爾太太當晚睡在自己的房間裡，不想妨礙她先生安靜的獨處時光。至於我，稱不上事實的觀察是：很明顯的，有人中了魔法，全身的血被吸乾了。希望沒有打擾你們吃晚飯。」

「你現在應該清楚，需要福爾摩斯的時候，要盡快趕過來才對。」我果斷的回覆。過了一會兒，才想起我的文法好像有語病。

一杯威士忌放在探長面前，他朝著穿著背心的侍者輕輕的點點頭。福爾摩斯命令道，「多少喝一點吧——人都到餐廳了。」

在他嘗試威士忌的同時，雷斯垂德的臉色慢慢緩和下來——顯而易見在極力克制——轉成類似訕笑的表情。「這也是推理？」

「看來你的心理負擔夠沉重的了。」福爾摩斯說，不屑一顧似的，「拜託，你要我們怎麼做？既沒人請我辦案，也沒人上門委託。難道要我翻翻備忘錄，找到吸血鬼的住址，打電報通知你？還是看我有沒有耐心陪你去犯罪現場？屍體移動過了嗎？」

「沒有。我直接跑過來找你。」雷斯垂德反駁道，又嚥了一口威士忌。「不論想不想，也由不得我。」

我的嘴巴不由自主的張開，福爾摩斯深邃的眼睛微微的睜大了一些。既然他已經露出不耐的徵兆，我預期接下來就是對著雷斯垂德一頓痛斥。大出我的意料之外，他只站起來，朝餐廳內典雅的菸草鋪子點點頭，冷冰冰的說，「聽憑你的差遣，雷斯垂德，容我先去買點香菸。你剛剛描述的場景讓我覺得少不得抽上幾根。華生，請你大發慈悲，把帳單結清好嗎？」

※

我永遠也忘不了那個犯罪現場，緊跟在閒散、愉快的一天之後，急轉直下，就像馬車一般輕快，直接將我們送入恐怖的地獄。約翰・威茨夏爾陳屍在他的獨居臥室裡。房間布置的品味不錯，翡翠深綠色的厚重窗簾拉得大開，原本是希望曬太陽，現在，只能透進勉強從濃密烏雲中鑽出來的黯淡星光。他橫躺在浴缸裡，披上一件細紋棉質罩袍，房間的氣味陳腐，警察來來去去，神色緊張，更讓人感到不適。地毯上鋪著橡膠防水布，到現在還是濕淋淋的，這告訴我們：法醫先前驗過屍體，這會兒已經恢復原狀。

我們看見威茨夏爾先生的頭顱與上半身，嘴唇完全癟了下來，顏色跟白蠟似的。周遭的環境與房中的精心布置，原本大器堂皇，如今卻都圍繞在看起來異常恐怖——不，噁心——的凋萎屍體上。如果我觸摸死者，感覺起來他的皮膚會像一張歷經幾個世紀、嚴重乾脆的紙張，輕輕一按便化為灰塵。他生前是一個相當瘦小的人，眼袋很深，有張微微向下撇的闊嘴。

法醫寫完報告，依舊帶著嚴肅的表情。雷斯垂德朝他比個手勢，他退到一旁，讓福爾摩斯跟我可以檢查死者。我的朋友興趣盎然的吹了聲口哨，引來蘇格蘭場同仁訝異的眼光。

「肌膚白得跟布一樣，完全都乾了，血管裡應該沒有血液，外表萎縮，變成一副空殼子。」這是我的推論。「我們能確定的是：觀察不到任何外傷，找不到明確的致死原因。我想，屍體應該放在橡膠布上檢查過吧。」

「的確如此，醫生。我們在這個房間進行過仔細的檢查，但是，雷斯垂德探長堅持要把屍體擺回原狀，維持我們最初看到的姿態與浴缸的水位，以便提供最翔實的線索給這位福爾摩斯先生。」法醫答道，客氣的點點頭。

「我的天啊。」福爾摩斯冷冰冰的說。「我還以為凶案現場是今天唯一發生的奇蹟呢。了不起，雷斯垂德。」

我的朋友終於恢復冷嘲熱諷的德行，彎腰檢查浴缸陳屍的同時，我聽到雷斯垂德探長咬牙切齒的聲音。福爾摩斯投入全副注意力，化身為驗屍專家，從水裡撈起死者的手臂，仔細檢查象牙白色的角質層，再擱在威茨夏爾先生的嘴唇上，研究手臂的背面、觀察死者的黑色頭髮與看不出異狀的頭皮，接著，他又掀起鬆弛的眼皮，端詳死者的瞳孔。我很想幫忙，但只能袖手旁觀，眼前的景象跟醫學無關，簡直就是夢魘。福爾摩斯伸出他瘦長的手指輕撫浴缸銅邊，探進微溫的洗澡水裡，放在鼻端聞了聞。

「我的老天啊。」雷斯垂德在我的耳邊嘟囔——就我聽來，並不是抱怨，只是表達老同志的關切。

我的手臂舉到鬍鬚附近，遮住忍俊不住的微笑，低聲的跟他說，「如果福爾摩斯不是世上最縝密的調查者，今天也不會出現在這裡了。」

「實在抱歉。」見到我的朋友直起身體，雷斯垂德嘆了口氣。

「我的聽力可是異常敏銳的，你知道。」福爾摩斯語帶諷刺，「真有意思。我想我可以信任你的細心，法醫——亞當斯，對吧。是的，亞當斯先生，你說身體上找不到外傷，這一點，你的判斷是正確的。如果他是被殺，無論如何都會有徵兆；但是，浴缸裡的水相當純淨，並沒有生命力流失的跡象，此外，也看不出血跡。因此，微量檢驗變得很有必要了；我是有這種能力，證據保存尚稱周全，所以我們就優先處理緊急事項吧。」

「這點請放心，先生。樣本保存得萬無一失。」

「非常好。我跟你一樣，也察覺不到毒物的存在，而且在醫學上，毒物也無法吸光死者身體裡的血液，除非世上有現今科學還未發現的物質。眼前最矛盾的是：屍體的血液被抽乾，洗澡水卻又很清澈。假設屍體曾經被移動過，這現象還說得通，但是……」

「但是屍體並沒有被移動過，」亞當斯先生聽出福爾摩斯刻意留下話頭，順口接下去。「脖子後方有壓出來的凹痕，前手臂也有——這裡，就是手臂擱放的地方——各種事證指出他的血，就在這裡，被抽乾，就此死亡。」

「沒錯！」福爾摩斯附和道。

「是啊，我們琢磨半天，毫無頭緒，福爾摩斯先生。」雷斯垂德很是無奈。

夏洛克．福爾摩斯懶得回應他，全副心思集中在犯罪現場；亞當斯先生告退，協助現場員警搬運屍體。福爾摩斯持續搜索，跟以往一樣，每個角落都要看個透澈、四處走動，瘦長的雙手忙個不停，稍有蹊蹺、任何蛛絲馬跡，都要探究明白。花十五分鐘研究地毯、照片相框、桃花心木床腳、房間內每個物品、每條縫隙之後，他握緊拳頭，抵住嘴唇，轉向雷斯垂德。

「方不方便告訴我這個不幸犧牲者的履歷？」

「早就打聽好了，福爾摩斯先生。威茨夏爾先生任職於市裡的某間銀行，大概有六年多的資歷。我們還沒有足夠的時間，詳細盤查每一個關係人；但是，今天下午他的直屬長官交給我們一份詳盡的報告。他家的僕人認為他是一個嚴謹的紳士，相當體貼下人。他沒有積欠大筆債務，也沒有仇家——生活很低調，靜靜的跟夫人過日子，海倫太太——」

福爾摩斯的手指啪的一聲，「相關細節沒忘，但也得承認，我的注意力被離奇的屍體帶開了。昨晚他們不是招待一位老朋友嗎？他太太，帶我去找他太太。」他命令道，隨即離開房間。

雷斯垂德緊跟著，我也連忙跨步，追上前面的小個頭。「我有點憂慮，我們倆出現在這個場合裡，會帶給您不必要的壓力，探長。」

他回望的眼神有些訝異。「兩位拔刀相助，我怎麼會感到壓力呢？每次見到你們我都很開心。只是福爾摩斯先生有些——不打緊，反正他也不在意我的想法。我不明白他現在的盤算，就不多說了。在這個階段，找人談談是對的。昨晚的確有一位訪客、通知僕人準備洗澡水的是他太太無誤。我沒有機會詢問威茨夏爾太太——見到她先生的慘狀，就昏死過去，直到我去找你們，這才甦醒過來。這宗謀殺案如此棘手，福爾摩斯先生有什麼奇思妙想，就由他去吧，我總是這麼告訴自己。」

我也是如墜五里霧中，別無他法，只好跟著下樓。我們在一個精緻的小廳等候，燈火通明，滿是色彩燦爛的裝飾瓷器，牆上掛滿裝著綠色植栽的瓶瓶罐罐。只是在舒適的氛圍中，我卻有一種異樣的感受，可能是因為這裡光鮮亮麗近似俗氣，而我的感受卻始終停留在樓上鬼魅般的慘狀以及接下來的處置步驟：皺縮的乾屍被運到後屋，通過僕人進出的側門，最終送進停屍間。

驚魂未定的海倫．威茨夏爾太太走了進來，標緻的臉龐上蒙著陰影，看起來病懨懨的，碧綠的眼珠外是一圈血絲，一頭凌亂的慘白金髮，想來是剛才極端震驚時，雙手不由自主扯出來的。她跟已故的先生年紀相仿，大概在三十到四十歲之間，儘管氣色灰敗，卻是不折不扣的美人胚子。我的朋友立刻起身，引導她在長椅落座；但她卻坐立難安，好像馬上就要騰空飛去似的。

福爾摩斯坐回原位，臉上浮起溫和的笑容，帶著催眠的效果，展現出他鮮少在異性面前流露出的體貼：這是他想從她們身上套出線索的標準做法。我並無意把福爾摩斯講成一個算計的人，他固然不喜歡女生作伴，但他更厭惡無辜的女性受害。

「你還好嗎，夫人？需不需要一點什麼提振精神？我的朋友是醫師，他應該很樂意幫你調配一杯安神飲料。」

「我……我不認為會有什麼幫助……」威茨夏爾太太挪了挪重心，想要擠出笑容，卻徒勞無功。夏洛克．福爾摩斯面帶鼓勵，威茨夏爾太太還是沉默不語。

「根據我的觀察，你的老家在蘇格蘭。如果我的耳朵沒有鬧笑話的話，應該是倫弗魯郡佩斯利附近。」

淡淡的血色回復到威茨夏爾太太枯白的臉頰。「是啊，福爾摩斯先生，儘管我現在講話已經不太有老家的腔調了。」

「沒錯，幾乎聽不出來。你今天早上是不是散了很遠的步，威茨夏爾夫人？一定很舒服吧，這裡離巴特錫公園這樣近，步道宜人，特別是每年的這個時候——但是，我看你的靴子，這一次，你應該沿著泰晤士河走了一大段路吧。」

她抬起目光，在珊瑚紅色的裙子前，絞著手指。「這個嘛，是的，福爾摩斯先生。我的確是外出散步去了。這也就是為什麼我接近中午才知道——喔，我沒法，沒法講下去了。」說著說著，她便啜泣起來。「為了健康的理由，我經常會走很遠的路。但今天下午，我實在無法原諒我這個習慣。等我回來，家裡一片混亂，警察已經趕到，調查這起……這起……」

「是的。」

「事後，我難過到不支倒地，只剩喘氣的力氣——希望您能原諒我的軟弱，但是……」

她的聲音再度微弱下去，福爾摩斯繼續問道，「請你告訴我昨晚到訪的人是？」

海倫．威茨夏爾點點頭，眼眶飽噙著淚水。「他叫做何瑞修．史旺，非常有名的探險家。」

「是他！」福爾摩斯叫道，「有，我聽說過他。好多學術專著都討論過這個人，萬眾矚目！」

「是的，就是這個人。」她的嘴唇隱隱抽動，同意福爾摩斯的說法。「我先生跟他在幾年前相識，之後史旺先生轉往暹羅，研究當地野生動物。昨天晚上，我們吃得開心，聊得非常起勁，喝了不少紅酒，約翰覺得有些疲倦。我請人替他備好洗澡水，留他一個人獨處。他有時會……顯得憂鬱，福爾摩斯先生。但誰也沒料想到，厄運竟然會落在他的頭上……」

聽到這裡，我們所有人都覺得於心不忍，威茨夏爾夫人也到了瀕臨崩潰的邊緣，匆匆奔離房間。

雷斯垂德跟福爾摩斯交換了眼神，原先的不快已被拋到腦後。他的身子前傾，手肘枕在膝蓋上。「她一定深愛著她的老公。」

「表面看來如此。」福爾摩斯想也沒想，應聲回覆。

「這個可憐的女人見到這種慘狀，精神打擊大概到了承受的極限。我們現在應該去找何瑞修．史旺。」我是這麼推測的，「確認他跟這起凶殺案有沒有關聯。」

「一如既往，華生，你總能以不可思議的精準度，擊中最明顯的關鍵。」福爾摩斯面無表情的說，「但我懷疑……查下去可能一無所獲。」

「一無所獲什麼？福爾摩斯先生。」雷斯垂德問道，額頭上迸出深深的皺紋。

「只是心念一動罷了，也許是一件微不足道的瑣事。為什麼一個人會走到泰晤士河邊呢？那裡又髒又臭，為什麼不穿過巴特錫公園呢？」福爾摩斯沉思，站起來，搖了桌上的鈴鐺。

幾秒鐘內，女僕出現了。「請幫我找管家過來。她尊姓大名？」福爾摩斯問道。

「史塔伯太太，先生。」

「那麼請史塔伯太太過來，謝謝。」

雷斯垂德心不在焉的點點頭，兩腿伸直，好像是同意福爾摩斯傳喚證人的決定。我衷心期待福爾摩斯只是突然閃神，過一會兒，就會恢復正常。史塔伯太太是一個粗壯結實的女性，一頭仔細打理好的捲髮，眼神頑固，幹練穩重全寫在臉上，一看就知道是個直接、乾脆的人。她站在地毯上，雙手平靜的交臥在前，但是塌下來的肩膀還是洩漏玄機，看來今天她心力交瘁，真的是忙壞了。

「有事嗎？各位。」

「史塔伯太太。」福爾摩斯還是站著，上上下下的把史塔伯太太打量個夠，這才開口。「我叫做夏洛克．福爾摩斯，這是我的朋友兼助手，約翰．華生醫生，再過來的這位是蘇格蘭場探長雷斯垂德。或許你能夠替我們釐清案情。你在這裡服務了幾年？」

「六年了，先生。打從威茨夏爾先生住在巴特錫開始，我就來幫忙了。」

「你還勝任愉快嗎？」

「挺愉快的啊。」

「能不能請你大略描述已故雇主的個性？」

「約翰．威茨夏爾先生是個很好的老闆，但我沒什麼機會跟他講話。他有時會心情低落，但不會找下人麻煩，我的印象是跟倦怠感出現的頻率差不多。」

「那麼，據你觀察，他們夫妻倆感情算是好的嗎？」福爾摩斯單刀直入。

史塔伯太太悶哼一聲，看來是覺得不耐煩，而不是受了冒犯。「跟一般夫妻差不多吧，希望是。從沒看到他們吵過架，先生每天都在忙銀行的事情，夫人也沒有抱怨說沒時間陪她。」

「真是如此嗎？這事兒只有她自己才知道吧？他們倆的親密有些不大尋常。昨天晚上發生什麼事情，你可有想法？」

最後一句看來觸動了她，但她依舊面無表情，嚥了口水。「這就要交給各位專家判斷，這點我確定。」

「今天早上有沒有外人入侵的痕跡？」雷斯垂德插嘴問道。

「沒有，準確來說，應該算沒有。」

聽到這句，福爾摩斯跟雷斯垂德都定住，緊張起來。

「『應該算沒有』是什麼意思？史塔伯太太。」雷斯垂德追問道。

「說來挺蠢的，有個新來的洗碗盤幫傭，不知道把購物用的柳條籃子放哪去了。」史塔伯太太聳聳肩，「她是一個頭腦簡單的人，今天尤其漫無章法——但我相信我料理得了。上週她清洗完工作人員的餐盤後，把輪狀起士放到麵包盒裡去了。」

雷斯垂德洩了氣，整個人軟下來。

「能不能跟我們描述一下這個籃子呢？史塔伯太太。」福爾摩斯突然問道，又開始邁步兜圈子了。

所有人的目光都轉向他，不敢置信。

「就是一個柳枝編成的籃子，很簡單的，大概一呎半長，不算很寬，有個肩用的把手，藍色廚房抹布鑲邊。」史塔伯太太答得篤定，儘管語氣中滿是懷疑。

「謝謝你。」福爾摩斯說，踱步的速度加快，在火爐前兜的圈子越來越小。「拜託你再回答我一個問題。在何瑞修．史旺先生離開後，威茨夏爾先生的神情如何？」

「悶悶不樂，先生。」管家面無表情的回答道。

夏洛克．福爾摩斯停下腳步，眉頭古怪的輕輕一揚。「跟以往一樣的難過？」

「更痛苦，先生。或許他也有預感吧。」史塔伯太太嚴肅的抿起嘴唇。「如此離奇的死去……神應該知道要在事前提醒他一下。如果各位還需要別的什麼，儘管通知我；我手上有處理不完的雜事，恕我先告辭了。」

在她離開之後，雷斯垂德拍拍膝蓋，一躍而起，原先的氣勢全部回來了。「剛才的盤問很認真啊，福爾摩斯先生。」

福爾摩斯調頭看著他，高高的髮線下，眉頭蹙了起來，面對雷斯垂德的冷嘲熱諷，還是第一次動怒。「我跟你保證，每次的談話我都很認真。」

「喔，對啊。我也敢跟你保證：一個不知道放哪去的馬鈴薯籃子能夠發揮奇效，協助我們找到真凶！我們乾脆這樣辦案好了——你去偵訊那個洗碗工，肯定是好的開頭——然後我就將凶手繩之以法！我要去看我的手下完事了沒有。」雷斯垂德怒吼一聲，風馳電掣般的走了出去。

「這傢伙是有什麼毛病？」我暗自尋思，一臉狐疑的看著福爾摩斯。

我朋友的指尖順著臉龐周圍，輕輕的劃了一圈，看起來著實惱怒，搖了搖黯鬱的臉龐。「今天晚上一開始，我就想出六個理論，現在已經排除其中五個。」回報進度之後，他站起身來，朝著大廳外頭走去。

「又怎麼了？」我連忙戴好帽子、手套跟上。

「解決一道我想不明白的難題。」

我正想開口，卻發現夏洛克．福爾摩斯的臉色跟先前一樣木然。我們離開這棟受到詛咒的威茨夏爾宅邸，福爾摩斯雙手往口袋一插，繞著我打轉。

「這是一起謀殺案啊，福爾摩斯！難道不用問個詳細，把所有僕人都——」

「難題應該解得開。」福爾摩斯打斷我。「說得清楚點，我想我已經解開了，大概五分鐘前吧。原來謎底不過如此。走吧，華生，我們得去看看何瑞修．史旺先生有什麼話好說。」

⁂

直到第二天早晨，才算是諸事皆備，得以啟程拜訪何瑞修．史旺先生。雷斯垂德匆匆忙忙的離開巴特錫，先去貝格街，發現我們不在家，再轉往辛普森餐廳，已經是七點過好一會兒的事情了。史旺先生住在幾英里之外，沃爾瑟姆斯托附近的一棟大宅子裡。雷斯垂德支援我們一部四輪馬車，配置兩名員警，以防萬一。一路經過好些磚房小鎮與搖搖欲墜的破舊教堂，路旁的山楂樹叢，花開得很熱鬧，微風過處，白色花瓣像灰塵一樣的揚了起來，要不是雷斯垂德一臉陰沉、福爾摩斯一語不發，這趟旅程還算相當愉快。我的內心澎湃翻攪，滿懷期待，看我的朋友要怎麼出人意表，破解這宗恐怖的謀殺案。

最終我們三人站在莊嚴大器卻又疑雲重重的建築前——豪宅周邊是一圈挺雅致的灰石圍牆，曲曲折折的小徑蜿蜒通向弧形的階梯，成排的直櫺窗戶閃閃發光，反照著雀躍飛舞的白色柳枝——福爾摩斯在碎石小徑上遲疑起來。雷斯垂德跟我習慣性的停下腳步，看他是不是要跟我們分享他的想法。

福爾摩斯整個人卻是凍結似的，只有脊椎微微顫動。我們屏息以待——至少我是如此。

「您這會兒又有什麼大道理要推論啊？」雷斯垂德還是冷言冷語，跟先前惹惱我朋友的口氣，一模一樣。

福爾摩斯乾笑幾聲，搓了搓雙手。「這也太完美了吧？昨天跟你們提到，我聽說過何瑞修．史旺先生這個人，對不對？我看過幾本他的專著，討論某些淡水生物的特殊照料方式。」

「那又怎麼樣呢？」雷斯垂德逼問道。

「對科學家來說，這個住處真偏僻啊，你說是不是？請你把員警召來，他們可能派得上用場！」

雷斯垂德褐色的眼睛突然睜大，滿是訝異，趕緊照他的吩咐，回頭朝巷子走幾步，比個手勢，叫兩個員警過來。等兩人現身，福爾摩斯已經開心的敲了敲門，得到主人的允許，門一開，我趕緊跟上。

沉默寡言的管家領著我們——耗費一番口舌，好不容易說服他，讓蘇格蘭場的員警跟著我們一道——進了史旺先生的書房。我一踏進去，目不暇接，眼光都不知道往哪兒擺了。這位先生的實驗室，琳瑯滿目，裝備齊全，各式各樣的化學實驗設備、成套的燙金標題大部頭巨著，還有標本罐子，一排又一排的，擺滿好幾個架子，像是許多化石衛兵在站哨。我朋友瞧見了，笑嘻嘻的嘴巴咧得更開了。

史旺先生吃了一驚，從書桌後鑽了出來。此人體格強健，一頭蓬鬆的紅髮，散亂堆在粗獷英俊的臉龐上。我們的主人還穿著睡袍跟居家拖鞋，看來我們太早出發，來得過於冒昧。原本對於我跟福爾摩斯的到訪，還覺得很有趣味——但等到他瞥見雷斯垂德跟他身後兩名員警之後，臉色丕變，一臉微笑轉為一肚子火氣。

我的朋友兩手一攤，開門見山。「各位先生，容我介紹查爾斯．卡特摩爾先生，以偷天換日的手法矇騙蘇格蘭當局、惡名昭彰的杜倫蒙德銀行竊案的幕後主謀；此外，他還是二十幾篇科學論文的知名作者，更是以匪夷所思的詭計，成功謀殺約翰．威茨夏爾先生的真凶——而威茨夏爾也是化名，本名麥克．克羅斯比。大概在七年前吧，他協助眼前這個人偷走了六千英鎊。這兩名匪徒還有一個女性同夥，被大家稱為海倫．威茨夏爾太太，為這件離奇的命案，再添上意想不到的一筆。雷斯垂德，你大概也會這樣形容吧？」福爾摩斯挺開心的。

探長站在原地，一時愣住了。只聽得查爾斯．卡特摩爾先生一聲怒吼，就往門口暴衝，大家也沒時間細想，兩個肌肉發達的員警倏地採取行動，揪住發了瘋似的俘虜，給他銬上手銬。

「你們沒有權利！」查爾斯．卡特摩爾惡狠狠的叫道，「過了這麼久的時間，老天爺啊。你們憑什麼覺得有權利逮捕我？」

「這正是我的問題，卡特摩爾先生。」福爾摩斯說，「你在暹羅躲了這麼多年，享用贓款不好嗎？幹嘛冒險回來？」

這個銀行大盜緊閉雙眼、憋足全勁，死命想要掙脫手銬。被員警拖到隔壁的房間，聽候發落，沿路穢語連篇，把我們每個人都罵了一通。

「這到底是在搞什麼鬼？」雷斯垂德按捺不住了，「認罪倒是認得很爽快，前所未聞，但這怎麼能解釋——」

「是不能，但這個可以！」福爾摩斯的口氣異常自信，一轉身從架子上取出一個罐子來。好些小紅蟲子，一撮撮的，在碧綠、渾濁的水裡，浮浮沉沉。每隻都比我的大拇指甲大不了多少，看起來像是蛆的幼蟲，讓人作嘔。我覺得皮膚上起了好些雞皮疙瘩，渾身不對勁。牠們沒有眼睛，小小軀體的另一頭有一個咧開來、像是吸盤的嘴巴。

「鄭重介紹暹羅紅水蛭。」福爾摩斯的語氣也變得鄭重起來，指著手上的這個罐子。「牠們並不是凶器，雷斯垂德，真正的凶手是牠們的親戚。我在研究血液的過程中，連帶也對水蛭產生興趣。暹羅紅水蛭的變種，應該是已知世界中唯一致命的一種。牠的口器會分泌特殊的生化酵素，在吸血的時候導致受害者麻木、暈眩——而牠在吃完意想不到的大餐之後，身體會鼓起來，比餓著肚子的乾癟狀態，起碼脹上百倍。這種水蛭製造的化學物質非常神奇，會讓吸食部位的傷口逐漸縮小，直到肉眼無法辨識。」

「這怎麼可能呢？」我大感驚訝，難以置信又反胃，兩者難分軒輊。「人體裡起碼有十磅重的血液，這麼小的生物怎麼可能吸得乾呢？」

「一如既往，問題尖銳，直指核心，親愛的醫生。這種水蛭的新陳代謝可以一路追溯到人類根本沒有見識過的洪荒時期，演化時間長達幾千年之久。牠在本質上就是一塊海綿，軀體能伸能縮、耐腫耐脹，吃多少都塞得下——我得提醒你們，牠們的原居地在人跡罕至的沼澤裡，很少見到美食，間隔又長，下一頓不知道在哪裡，逮到機會就要吃到撐才行。一旦吃飽了，就像是一隻變形的水母，起碼可以活上好幾個月，就像是大蟒蛇吞了倒楣的獵物一樣，開心的慢慢消化。」

「我的天啊，這真可怕。」探長深吸一口氣，附和我的想法。「但你是怎麼知道的？」

「大家都知道查爾斯．卡特摩爾跟麥克．克羅斯比是杜倫蒙德銀行搶案的罪魁禍首，但是這兩人深藏在幕後，外人難以察覺。」我的朋友解釋道，順手放下標本。「儘管外型特徵已經廣為通報，但始終沒有人拍到克羅斯比的照片——這個在幕後操控搶案的銀行黑手，無人得知其廬山真面目——卡特摩爾當時卻已經在水生動物、沼澤植物、淡水居地等研究領域，取得重大成果。竊案東窗事發之後，他的照片被蘇格蘭當局大量印發通緝，所以我才認得他。這兩人在愛丁堡念書的時候就是同學，但相對而言，外界對於卡特摩爾的了解要比對克羅斯比多一些。七年前，竊案發生的時候，卡特摩爾跟我們先前打過交道的海倫．恩思利已經論及婚嫁。直到昨天，我才意識到查爾斯．卡特摩爾跟何瑞修．史旺就是同一個生物學家。」

「我還是弄不懂。」我打岔道，「您剛才也問他為什麼要回來。經過這麼久的時間，卡特摩爾會有什麼理由謀殺克羅斯比呢？」

「以下就純屬我的推測了。」福爾摩斯也承認，「要知道確實的詳情，就得仔細盤問卡特摩爾。我是這麼推論：搶案發生之後，卡特摩爾拿走了與風險不相稱的大筆贓款——你們只要比一比兩人的住處就知道了。隨後，卡特摩爾潛逃暹羅，以化名發表多篇論文。風頭過去，英倫三島想來沒人記得他以後，卡特摩爾也就回來了。同時，克羅斯比呢，卻帶著海倫·恩思利，隱身在倫敦這個大污水池裡，並且在卡特摩爾流亡海外之際，與海倫成親，繼續在銀行界服務，不時為他失去的財富痛心疾首。他們倆可能一度以為背叛他們的人，永遠不會回來了。但如果我們假設，卡特摩爾對於海倫·恩思利，始終舊情難忘呢？對於自己當年冷酷無情，拋棄愛人，感到懊悔呢？當然也有別種可能，比方說：當初是海倫·恩思利拒絕跟他遠走高飛、流浪異國呢？昨晚的重逢，據說氣氛融洽，卡特摩爾甚至可能承諾把拖欠的好處還給他們——結果就是我們看到的慘狀。」

「所以，你認為這是糾葛的情殺案？」雷斯垂德的身子挨過來，眼睛發光。

「也算吧。處心積慮、盤算已久的那種。你們不也見識過查爾斯·卡特摩爾？」福爾摩斯提醒他，屁股挨在桌子邊。「他跟威茨夏爾太太訂過親。如果他想要回到某個地方、找到某個人、做到某件事，就我看來，他不是那種會一輩子隱姓埋名的人。」

「那她的先生又該怎麼辦呢？」

「我想各位應該也看得很清楚：她跟威茨夏爾結婚、委屈的當上威茨夏爾太太，只是權宜之計——他們犯下的惡行，三個人心知肚明，命運綑綁在一起。箇中詳情我無法確切掌握，但有誰聽過哪對夫妻跟史塔伯太太的形容一樣，從來不吵架？如果他們很少吵架，那是一對婚姻幸福的夫妻；如果他們經常吵架，那就是一對怨偶。從來不吵架？哪算是夫妻？要我，不浪費半分鐘，現在就去逮捕她。」

「用什麼罪名？」雷斯垂德質問道。

「吩咐僕人替她心神不寧的先生放洗澡水，暗中放進一隻暹羅紅水蛭是什麼罪名？」福爾摩斯回答道，高亢的男高音轉趨穩重。「各位總不可能以為查爾斯．卡特摩爾走上樓梯，放進水蛭，會沒人注意到吧？我剛問他為什麼要回來，他不是拒絕回答嗎？不過他的表情已經出賣了他——他是在保護他的未婚妻。行為非常高尚，可惜他的女友不會因此逃脫法律的制裁。我還沒有找到確切的證據，看來要等她認罪之後，才能證實柳條籃子裡真有我猜測的東西。但從她在屋內的言行看來，一旦卡特摩爾被起訴，她也脫離不了關係。我相信，在他返回英格蘭、買下豪宅沒多久，這兩人就開始私會了。」

「不知道被扔到哪去的柳條籃子？這樣就說得通了，我的天啊！」

「水蛭又在哪裡呢？雷斯垂德。」福爾摩斯誇張的攤開雙手，彷彿不堪受到長期虐待似的。

「我的天啊。」我深吸一口氣，「福爾摩斯，您是對的——沒有別的可能了。他們是共謀。您還說她那天走到泰晤士河邊，沒去公園。那是因為她帶著水蛭，用布裹好，裝進竹籃裡。那隻水蛭現在多半在河裡。」

「想到牠游在人類有史以來最噁心的河裡，我就不怎麼舒服。」福爾摩斯乾笑兩聲，雙手一拍。「精采啊，我的朋友。」

「他雖然拋棄了海倫．恩思利，卻是念念不忘。想得到她，最終還是失去了她。」我沉思道，「悲傷的故事。」

「你是說真的嗎？」雷斯垂德朝我的朋友逼近，「你昨天就琢磨透了？」

福爾摩斯厭惡的眼光順著他的鷹鉤鼻滑到雷斯垂德身上。「你在開玩笑吧？你的意思難道是，我昨天跟你講，約翰．威茨夏爾被一隻暹羅水蛭吸光了血，導致死亡，你就相信？」

「我說不定真的會相信你。」

「你比較可能當面嘲笑我。無情的迫害只讓我覺得乏味，雷斯垂德。」

「迫害？我敢迫害你？這話新鮮，福爾摩斯先生，挺逗的。」

「這就奇怪了，我怎麼覺得一點也不好笑？」

「兩位——」我開口了。

「咱們就打開天窗說亮話吧，好嗎？男人對男人，事無不可對人言？」雷斯垂德的肩膀拱了起來，雙手緊握，好像想幹上一架，發洩心中所有的怒氣。

「我的天啊，好，來吧。」我的朋友吸了一口氣，直起身子。

「也許我該給兩位留點隱私？」我自然無需擔心我朋友的安危，只是覺得站在這裡著實尷尬。我剛退開一步，卻發現雷斯垂德怒氣沖沖的指著我。

「這個人，」雷斯垂德氣勢洶洶，「是——不，你別走，華生醫生。你留在這裡聽我發的牢騷有沒有道理。福爾摩斯先生，這個人是肯幫你擋子彈的哥們兒，我敢用我的生命跟你賭。」

福爾摩斯沒開口，我目瞪口呆，不知道這兩人是要怎樣。

「結果你做了什麼？」雷斯垂德氣紅的臉現在漲成紫色。「你跟他共患難了嗎？你把醫生一扔，讓他以為你已經死了。你盡了朋友的交情，陪他一起站在婚禮的祭壇上，難道會以為醫生把你從腦海中抹去，是很開心的事情？你可曾想過，你的死訊是我從街頭小報販那裡知道的，我又做何感受？在我發現蘇格蘭場的派特森探長突然衝了出去，抓到你追蹤三個多月的歹徒，我心裡又是什麼滋味？我一直以為我們應該更受你重視才對，福爾摩斯先生，難道你不知道嗎？」

聽著雷斯垂德的慷慨陳詞，夏洛克．福爾摩斯那張素來蒼白的臉，變得病態似的慘白，但還是面無表情，猜不透他心裡在想什麼。我的心臟都快跳到喉嚨了，正想開口，福爾摩斯舉起他那文風不動的穩定手掌，制止了我的發言，冷冰冰的說，「你想知道我為什麼把足以瓦解莫理亞提犯罪組織的文件，交給派特森，而不是給你？」

「我對這事的確特別感興趣，沒錯。」這個矮小的探長立刻接嘴。

福爾摩斯挺起胸膛，糾集他獨有的非凡能量，散發出難以逼視的貴族氣質。「我選擇派特森辦這件事情就是因為他不是你。」

「但你偏偏……」雷斯垂德氣急敗壞，快要不知所云了。

我朋友突然冷漠的屈指算了起來。「證據顯示，莫理亞提教授至少直接或間接殺害了四十名犧牲者；但根據我的估算，真正的數字應該是五十二人。就蘇格蘭場的水平而言，派特森的能力要比他的同事好得多，但我也只跟他合作過兩次，而你跟我，探長，」他繼續，彷彿算不出正確的數字，「在一起出生入死……讓我想想，天啊，聯手偵辦過三十八個案件，加上今天，就是三十九起了。我也知道，一口氣報出這麼多案件，你的腦子一時無法應付；但我想再補充一點，就不多說了。在我們剛剛回顧的小把戲裡，你們要不要問：我挨了多少記冷槍？」

「幾記？」雷斯垂德淡淡的問了一句。

「十九記。」我朋友回答道，激情暗藏在冷若冰霜的語氣裡。「如果你覺得我不了解『這個人』、不知道他會替我擋子彈，那麼你比我先前的預料得更笨。」

說完，福爾摩斯旋風般的離開房間。

「喔，我的天啊。」雷斯垂德呻吟道，伸手捂住嚴肅的五官，抹了幾把。「我大概是基督教世界裡最蠢的笨蛋了。這簡直是……老天爺幫幫我吧。」

「我想……」我說，姿態百般無助。

「對，對，走！」探長催促我，推了我的肩膀一把。「我一邊跟員警開會，一邊自我反省。福爾摩斯罵得對，我真笨。快點，小跑步！」

我還真的急匆匆的小跑起來。我絕難想像我那極其剛愎的朋友，會願意待在這棟剛上演過鬧劇的大宅子裡；更何況他的冷漠已經到了不近常理的邊緣，於是我連忙朝門口奔去。春天溫和的清晨遠方，透出淡藍色的天光。

我發現夏洛克．福爾摩斯站在三十碼開外，靠著長春藤覆蓋的牆壁。看來是在等我趕到，不過，他的眼神卻聚焦在菸頭前方，逐漸散入空氣的煙柱。我來到他的身邊，強壓住險些從舌尖衝出的字眼，心裡明白目前的局面要小心處置。我考慮幾種說法，選擇一種不會造成進一步傷害的委婉陳述；心思已定，我的呼吸跟著順暢起來。

「如何？我的朋友。」我始終不發一語，福爾摩斯催促的聲音有點緊繃。結實的雙腿交叉，單邊眉毛一揚，還是沒有正眼瞧我。「有關剛剛的話題，不知有沒有什麼要補充？請說，請說，我很需要所有的高見，以便我——」

「福爾摩斯，」我說，親切的握住他的前臂。「我想說的事情，想來已經劃過您的心頭。」

他這才正視我，焦點如剃刀般的鋒利，細細搜索我的臉龐。一般來說，在他遇到異常複雜、難以索解的犯罪現場，才會出現這種專注力。這番檢驗感覺像是經年累月般的漫長，好不容易，一抹略帶歉意的微笑，慢慢的爬上他的嘴角。

「我的答案可能與你的大相逕庭。」他繼續低聲說。「你還挺得住吧？」

「沒有問題。」我很篤定。

我們兩人坦然相對，不過，我卻察覺到一絲抽動橫過他鷹隼似的臉龐。他拍拍我仍握住他前臂的手，把菸頭往牆外一扔。

「探長很抱歉對您發了一頓脾氣。」

「不用道歉啊。連查爾斯．卡特摩爾也發現回來遠比離開造成的傷害更大。」

「福爾摩斯——」

「這個案子揭露了許多方面的意涵，但你知道嗎？我厭倦到了極點，我親愛的華生。」他完全回復到先前的驕傲與務實。「我們跟雷斯垂德還有他的兩個手下，坐馬車一道回倫敦吧。這個案子的調查接近尾聲。等我們到了貝格街，先來上一壺熱茶。我呢，把今天的晨報仔細的看上一遍，而你呢，把我們的冒險事蹟，加油添醋，隨你寫成聳動誇張的故事。接下來，我們換上乾淨的衣領，吃頓牡蠣大餐，八點左右，去聽馬斯奈的《瑪儂》。」

老好人雷斯垂德探長也踱了過來，他不再覺得福爾摩斯的假死是下三濫的伎倆，改用新的角度，體會他的用心。我不知道他還有沒有義憤填膺的再找我朋友抗議，但這兩位客氣紳士都沒跟我提過。我是覺得他們應該不會舊事重提才對。不過，截至目前為止，只要福爾摩斯需要一個體格強健的幫手、雷斯垂德需要全英國最能幹的犯罪科學家，他們都會毫不遲疑的通知對方。銀行家克羅斯比的離奇死亡案最終會被法院認定是謀殺，依法處置。雖說查爾斯·卡特摩爾與海倫·恩思利的命運未卜，但多半會判以重刑。罪犯無所遁形，全靠我最忠實的朋友，無與倫比的夏洛克·福爾摩斯先生。

# 第四部

# 晚年

# 黯淡少女大冒險

「你別再擔心籌錢囤貨了，我親愛的朋友。」夏洛克．福爾摩斯鋼鐵般的目光，短暫與我的眼神交會，隨即低頭有一搭沒一搭的讀他的《迴聲》雜誌。「『艾略特優質菸草總匯』雖說即將結束營業，但是，我敢保證，根據最權威的研判，他們其實只是搬到布拉斯通宮的街角，找個更體面的店面罷了。」

「您怎麼知道我正在囤積他們家的香菸？」我很驚訝。

我們剛吃完簡單的早餐，哈德森太太收走了桌上蛋架跟咖哩碟。我的朋友坐在對面，低著頭看專欄，臉上有些不耐煩的神氣。只有看過他深陷麻醉藥品與低潮、百無聊賴模樣的人，才會知道他情況壞起來會有多壞，也才能想像福爾摩斯接下滿手工作、任務結束後，還願意吃飯、睡覺，身為朋友的我有多滿足了。他還沒換裝，頭髮倒是捋得很整齊，謝謝熱茶的助力，他的精神飽滿，臉色看起來幾近正常人。

「根本不用花力氣觀察，我跟你說。我抽菸就是死命的抽，快到好些人認為這種抽法是種警訊；而你不管做什麼事情都比較中庸，喜歡菸斗或雪茄——如果你要買菸草，一般去牛津街布萊德雷菸草鋪，偏好維吉尼亞與阿卡迪亞綜合，當然他們也有香菸銷售，以往，你每兩週去一次也就成了。根據我的統計數字，相當節制——脫帽向你致敬！」

我坐著沒動，微微躬身回禮。他吐了口氣，示意感激，然後才接著說。

「直到我經常造訪就在貝格街附近的艾略特，購買他們上好的產品；你這才發現他們提供一種攙有中度烘烤的土耳其、維吉尼亞混和菸草的香菸。你試抽後覺得味道很好。從那個時候開始，你的香菸消耗量增加百分之二十二。在艾略特貼出停業的公告，打折促銷，你打量菸盒的眼神，明顯警覺很多——就像剛剛不由自主的看了兩次放在桌上的菸盒。我想還是趕緊提醒你，不要窮操心了。艾略特沒有關門，只是搬家，無需改變你那有礙健康的嗜好。」

「是嗎？既然如此，我跟我那有礙健康的嗜好就一併跟您道謝了。但您是怎麼知道搬家的事情？」

「這個問題把我帶進純然抽象推理的聖潔領域。」

「能不能跟俗人解釋一下？」

「我直接問收銀櫃臺的店員。」他拖著長長的尾音說。這個答案妙不可言，我們倆大笑起來，過了一陣才安靜下來。我給我們添滿茶，靜靜享受愉快的沉默時光。

持續撰寫夏洛克．福爾摩斯冒險事蹟的我，曾經在某處寫道：一八九五年，疑難雜症紛至沓來，不僅是數量——還有衍生而來的複雜情節——一再壓迫福爾摩斯施展全副本領，無論深度或者廣度都屢屢突破極限。客戶絡繹不絕，心智體力沒有消停，委託一宗接著一宗，幾乎毫無間隔；我不免擔心，長期接觸險惡人心，會讓我朋友陰暗的傾向隨之滋長。但福爾摩斯在那十二個月裡，絕大多數時間，都能展現絕佳的一面。我記述在這裡的是那年的最終一案，反映他的更加好轉——儘管偵辦所需的邏輯推理，比他預期得少，但是過程峰迴路轉，讓他素來無動於衷的鐵石心腸，也為之激盪。

喝完茶之後，我的心思又開始飄移起來，這一次不再是憂慮香菸存量不足。我的眼神懶洋洋的看著窗外冰霜傑克（譯註：西方傳說的精靈，玻璃窗外的蕨葉狀花紋據說就是他留下的痕跡）昨天晚上在我們客廳窗外繪製的圖案，渾然不覺我手上的報紙外緣，已經垂到尚未加蓋的奶油碟子裡。這時，我的朋友一聲輕咳打斷了我的遐想。

「我看你還是趕緊更衣吧，華生。」他說，講這話的時候，連頭都沒抬。

「有這必要嗎？」

「如果我的推測沒錯，我們倆很快就要接待客戶了。所以呢，有，請趕緊更衣。」

「您這推論是打哪來的？」

「她跟我約好時間了。」朝我眨眨眼，福爾摩斯站起身來，從晨袍的口袋裡，掏出一張長條形的紙片交給我，逕自朝他的臥室走去。「自己讀讀看，親愛的朋友，再告訴我，我們是不是即將面對一個很有趣的案件呢？」

我把信件帶上樓，一如既往，依照我朋友的方法仔細檢查。但我只推論得出寄信人是女性，用的是廉價的紙張，隨後，我便全神貫注的讀了起來，果真十分古怪，值得在這裡全文照引。

親愛的福爾摩斯先生：

雖然哈洛德一直說沒有用，您不會來；我卻不理會他潑的冷水，因為我讀過很多關於您的事蹟。如此富有想像力的名偵探，最樂見的事情莫過於發現科學進展的神速。在《暗紅色研究》裡，華生醫生曾經寫到您發明了難以置信的血液測試法，正確率無庸質疑！真是了不起的成就！我的直覺告訴我，就熱愛實驗進展這一點而言，我們稱得上是精神盟友。儘管我也必須承認我只是個參與者，並非原創研究的主導者。

即便如此，我還是以喜悅的心情，推動我力不能及的創舉，並且由衷希望地球上最著名的犯罪學家能夠分享我們無與倫比的熱情！誠摯邀約您在十二月二十一日，冬至之夜，親眼見證世界上第一位通靈學家透過光學過程與亡靈接觸。哈洛德堅稱一紙通知不足以邀請您的大駕光臨，懇請您同意在十八日賜見，我們將登門拜訪，當面確認您有意參與現代發明的不世奇蹟。

您的僕人，誠摯期盼
康斯坦絲．庫克小姐
伯恩茅斯
漢普夏

說我對這封信不屑一顧，失之公允。只是我的朋友是個頗有成績的化學家，對於鬼怪、陰魂盤據的冥府世界，興趣之微薄，大概只有錯綜複雜的國際股市，差堪比擬。換句話說，謀殺案，無論再怎麼匪夷所思，所謂的鬼怪作祟，就他看來，頂多擺盪在空穴來風與無稽之談間，絕對不可能是他主要的偵辦方向。我曾見過有人開了面額很大的支票給他，但他就往餐具架上一扔，看它冒著被烤肉肉汁、肉油浸壞的風險，也沒去兌現；他連來自地獄的燐光惡犬都愛理不理的，遑論來路更加不明的幽靈與怪獸。

這也就是我下樓跟福爾摩斯會合時，一臉怪異表情的緣故。他穿了一件黑色的長西裝外套、下搭灰格子長褲，正在用房東太太忘了收的餐具加熱器，湊合著點菸斗。沒過多久，哈德森太太出現，飛也似地撲了過去，嘴裡還訓斥幾句，警告福爾摩斯一個不小心，鬧出火災可不得了，想想她的年紀可承受得了這樣的驚嚇？更何況馬上就要過耶誕節了。她再次消失前，福爾摩斯遞給她一臉冷漠的告別。

「您到底為什麼同意接見這對江湖術士呢？」我揮著手上的短柬問。「我還以為您一見到這麼荒唐的內容，就直接把它燒了呢。」

他聳聳肩，吐出個菸圈，頗有些憤世嫉俗的意味兒，跟嗶剝作響的爐火，混成奇特的氛圍。

「這有什麼傷害呢？如果他們實話實說——」

「您相信他們會實話實說？」

「倒過來想吧，如果他們想要矇騙我們——」

「您不曾相信茶葉占卜師、催眠師或者動物磁性論（譯註：相信人體內有磁流，磁流不順就會生病）等諸多荒誕不稽的說詞。調查這類犯罪等同於證實物體下墜是地心引力影響——推理結果只會讓人啞然失笑，犯得著大費周章嗎？一定有具體的事證讓您同意這次見面。到底是什麼？」

福爾摩斯灰色的眼睛閃出強行壓抑住的笑意。「天啊，你在推論我，醫生？」

「我用不著推論——我了解您。」

笑意一閃而逝，很快恢復冷靜。「墨水跟紙張不搭。」

「您說什麼？」我又瞥了一眼短柬。腳步聲在樓梯間響起，一組重一些，一組尾隨在後，幾不可聞。此時，兩人已經踩在我們窄窄的階梯上。

「除非我瞎了眼，否則他們用的可是最高級的自來水筆，法國華特曼上翹鋼筆尖，紙張卻是粗劣不堪。」福爾摩斯刻意降低音量。「也許一點也不相干——請進！」

這人才一推門，一種不悅的預感讓我開始討厭他。毫無疑問，福爾摩斯已經摸清這個人的底細，而我有限的直覺只是提醒我，如果在一團和樂的撞球俱樂部裡，也要遠離此人，甚至此後絕不踏進他會出沒的地方。他的皮膚黝黑，頭髮油光精亮，一絲不亂，領口上披著細心梳理過的捲髮，身穿一件鮮綠色背心、搭配淡黃褐色長褲，紅絲絨色領帶，上面還別了一顆小玉石。在他光滑的臉頰上，有兩撇細心修剪、刻意張揚的小鬍鬚，學究般的面容，一雙充滿算計的藍色眼睛，瞇著打量我們。照理來說，這身裝扮、這副神情，不至於引起我什麼異樣的感受——但是他抬著洋洋得意的下巴，卻矜持的抵出一個漩渦，腰圍明顯憋著氣，箍住突出的胃部，難免讓我覺得他給自己精心設計出的模樣，頗為矯揉造作。

「我是哈洛德．史雷馬克。」他自我介紹，一個箭步握住福爾摩斯的手。「我未婚妻跟我說，您願意撥冗賜見的時候，實在是受寵若驚。我們滿心歡喜，卻也誠惶誠恐，福爾摩斯先生，希望這樣說不會讓雙方都覺得難堪。」

「這是我的朋友，華生醫生。」福爾摩斯語無表情的回答道，儘管我看到他半睜半閉的眼睛，早就把這兩人神態與服飾細節，盡收眼底。「要說他跟我一樣，見到兩位也是心情激動，我想你們也不會覺得訝異吧。我叫做夏洛克．福爾摩斯。你說得沒錯，我很樂意接受小姐的請求。」

「我是康斯坦絲．庫克。」這位年輕的女性說，聲音像是鳴禽顫音般的悅耳。「非常感激見到兩位，福爾摩斯先生……華生醫生。」

我們的客人跟福爾摩斯輕輕的點點頭之後，落座。我仔細研究庫克小姐，因為她的外觀如此亮麗，再怎麼無動於衷的人，也忍不住被她吸引。五官細緻，精靈般的無瑕，好像是為她湛藍海洋般的雙眼出場，預做鋪陳，眼神時而流轉，在冬天貝格街黯淡的冬季街燈下，閃閃動人。她的體型嬌小，卻像模特兒般的完美，穿著象牙白的旅行服裝，沒有鑲邊，頗見陳舊，但是她的頭髮——我從未見過這樣超脫靈動的淡金黃色，蜷成幾近白色的波浪。雖然頭髮在小小的草帽下，用一根髮簪箍住，尾端依舊狂放不羈，把庫克小姐裹進一種揉合著空靈與俏皮的氣質中。我迎向她晶瑩的雙眼，那樣的迷人與坦誠，在她深邃難測的眼珠裡，我看不到任何雜質。但我不會說庫克小姐美得了無生氣，因為她還搭配著讓人沐春風般的優雅。

「我要先向兩位道喜，希望不至於太過冒昧，庫克小姐。」福爾摩斯說。我大吃一驚，他竟然還彎腰牽過庫克小姐的纖纖玉手，看起來是展現紳士風度，但我很快就發現：他只是在研究那枚讓庫克小姐手指格外出色的戒指罷了。隨後他往扶手椅一坐，長長的腿舒服的伸直、交叉。

「喔！」她嬌嗔，微笑，「多謝您。您真的很好心。我們預定在三個月後，舉行個簡單的婚禮，邀請幾位家族成員到法院觀禮，然後到我們新家開個小小的慶祝派對。我妹妹會過來幫忙料理食物，我嬸嬸負責安排花飾，即便是這麼樸素的儀式還是會衍生不少沒預料到的費用，您應該明白吧。哈洛德說，最好等到他的驚人發現出版、財務狀況穩定以後再結婚比較妥當。」

這番話講得天真爛漫，毫無心機，徹底推翻了我先前認為她意圖詐欺的假設。我甚至覺得如果庫克小姐終其一生都相信這個承諾，她也不會扯謊騙我們。

「您提到光學過程？」我提問。

「的確沒錯——康斯坦絲始終鼓舞我的實驗精神。事實上，在這世界上，我找不到比她更不遺餘力的支持者。我們能夠出現在這裡就證明了她的努力不懈！這幾年來，我們的辛苦沒有白費，終於取得巨大的突破，」哈洛德．史雷馬克插嘴道。「我講話並不太像科學家——我還是跟兩位從頭說起吧。」

「一般而言，從頭開始都是比較理想的敘述起點。」福爾摩斯嘆了口氣。他的眼光低垂，若有所思的給自己裝了一斗菸草。

「是的，我想，研究的起始點一定是某種祖傳淵源。我出身自一個對於精神世界極度敏感的家族。」史雷馬克的口氣裡充滿了懊惱與沉重，彷彿是一個無辜的路人被套上莫名的命運枷鎖，只得屈從。「我的親戚使用的方法太過幼稚，難入您這種方家法眼。有人認為他們的操作過於粗糙，還有的……我想，就不在這裡重複那些把我們家講得一文不值的批評了。」

「哈洛德的嬸嬸是通靈大師，擅長與死後的生命型態對話。她在普爾用塔羅牌幫人算命，遠近馳名。」庫克小姐趕緊補充。「好多人不遠千里而來，請她幫忙，趨吉避凶，順便瞻仰她難以思議的收藏品。她有好些靈異照片，真實性無庸置疑、具有靈性的各式燈盞、平平無奇的繡花針擁有非凡的法力，可以判斷哪一方在說謊。哈洛德的妹妹也會用水晶球占卜。他的堂弟，喬治——」

「康斯坦絲，福爾摩斯先生不見得想知道我們全家的過去。他們是狂熱分子，算不上科學家。」史雷馬克有點懊惱的跟我們說。「他們有偵測異象的能力，這點斷無疑問；但他們過於追求炫人耳目的效果——結果做得太成功了——反倒被貼上江湖術士的惡名，壞了我們的形象。而我從事的是嚴謹的科學研究，一絲不苟。」

「請問這指的是？」福爾摩斯針鋒相對。

「召喚靈魂。」庫克小姐輕輕吸了幾口氣。「或者，說準確點，召喚那個靈魂——伊娃．雷蒙，伯恩茅斯的黯淡少女。」

哈洛德．史雷馬克繼續訴說召喚靈魂的故事。我還以為越發不耐煩的夏洛克．福爾摩斯，隨時會出言反駁；但這位名偵探自始至終都坐在椅子上，態度祥和，一語不發。我實在猜不出為什麼我朋友如此寬容，或者這個故事為何如此荒誕不經。這個傳說大概起自十七世紀前後，第一代的雷蒙家族搬到伯恩茅斯定居，距離驚濤裂岸的海邊半英里之遙。他們在濃密森林中闢建一片規模不小的建築，四周還有小塔樓守護。這是一個厄運罩頂的貴族世家，始終無法擺脫悲劇的糾纏。從那個時候開始，不可一世的雷蒙家族開始一點一滴的破敗，投資眼光之拙劣，更使得這堪稱英國最奢華的豪宅，土崩瓦解，成為不忍回眸的破落戶，久而久之，還成為見證歷史滄桑的奇特美感，在海線遠近知名。不散的陰魂非常可能至今還盤據在每個閣樓、每個儲藏間裡。雷蒙家族後裔星散，多半在鄉間另覓住處，或者搬到大城市定居。但是，有意問津的人都可以透過資產仲介安排，造訪這個地產。流落倫敦的雷蒙家族成員希望老家在徹底毀成廢墟、變為傳說前，趕緊脫手了事。

一個世紀前，繁華落盡前的雷蒙家族，手頭仍有家產可以揮霍，還能在染色玻璃、燙金大部頭圖書與莊嚴輝煌的織錦掛毯間，過點苟安小日子之際，人丁逐漸稀少的他們，迎來了一個可愛卻不幸的嬰兒。這個神祕的女孩叫做伊娃．雷蒙。從呱呱墜地開始，有關她舉止怪異離奇、性喜離群索居的傳言，就在鄰近的鄉間不脛而走。我一邊聽，一邊試著掩蓋血液翻攪的焦躁——姑且不論史雷馬克先生與庫克小姐究竟是何方神聖，至少這兩人都是說故事的高手；我的手指發癢，很想拿起筆記下來。只有在夜幕逐漸低垂的時候，村民偶爾能瞥見伊娃小姐。看到她在太陽餘暉中，在院子裡面趕圈圈玩兒，或者在雲朵隱入黑色的夜空之前寫生。很少看到她在白天活動，村民這麼說。非常偶爾她會跟女性的家庭教師一起出來騎馬，從頭到腳都用黑紗裹得緊緊的，手套戴得嚴嚴實實，無論晴雨。

「我最初聽到伊娃小姐的遭遇，只覺得這是好事之徒穿鑿附會捏造出來的故事。您看嘛，所有離奇的現象都可以找到合乎邏輯的解釋。」庫克小姐的結論讓人印象深刻。

「據說，她受到詛咒，要徹底避開陽光。」史雷馬克先生有條不紊的解釋說。「在她父母發現之後，想方設法的維護她的周全；實質上，等於是把她給關了起來——但遺憾的是：到頭來，終究徒勞無功。悲劇還是發生了。某日天剛破曉，待字閨中的伊娃．雷蒙，從馬背上摔了下來，不幸身亡，得年二十歲。等到天色大亮，救援趕至；但她傷勢過重，已經回天乏術了。」

「太陽中毒（譯註：指的是特別嚴重的曬傷）。」我說，此時，沉思中的福爾摩斯突然朝我拋來懷疑的眼神。「極為罕見的過敏性疾病，在極端嚴重的情況下，是可能致命的。一般可使用聖約翰草（譯註：歐美常見的草藥，主要的功能是舒緩頭昏以及消腫）濕敷，或者用檸檬油消腫。非常奇特。我略有耳聞，但從來沒有見過任何因為這種症候群發作而喪命的病例。這種病人一般都離群索居，體質最敏感的個案，經常年紀輕輕的就死於各種意外。」

「您馬上就要看到一個了。」庫克小姐驚呼道。「如果兩位跟我們一起到伯恩茅斯參加降靈會的話。這位小姐的鬼魂，至今仍在老家徘徊；而我，簡直像是她從墳裡回來的雙胞胎妹妹。哈洛德給我看過，這是一種光學過程——」

「請講慢一點。」福爾摩斯豎起手掌，「這裡要講清楚些才成。」

她嚥了口口水，點點頭，淺金色的髮梢微微顫抖。史雷馬克朝庫克小姐投來溺愛的一瞥。「全部產業就只剩西廂房還能住人，掛著一幅伊娃．雷蒙的畫像。別急著笑我荒唐，只要您親自看一眼就知道了。簡直就是跟我站在鏡子前面，看著自己一樣。哈洛德引領我進行比較研究，喔，相似度——」

「你那時候跟史雷馬克先生認識多久了，庫克小姐？」

「多久？我猜可能有兩個星期吧。」

福爾摩斯懶得掩飾緊皺的眉頭。「是嗎？這個郊遊約會的地點太奇怪了。除了史雷馬克先生的驚人科學發現與他直系親屬的特殊興趣之外，在那時，你應該聽過許多超自然傳說吧？」

「我其實沒見過哈洛德的家人，福爾摩斯先生。」

「沒有？」我的朋友說。目光狀似懶散，實則犀利，焦點精準鎖定史雷馬克先生。

「跟親戚敬而遠之是很痛苦的。但他們走江湖賣藝為生，還帶點詐騙性質。」那傢伙攤開雙手回答。「而我是科學家。在這個議題上，我們恐怕是談不到一塊兒的。我不喜歡他們的招搖；

他們也不喜歡我的做法。」

福爾摩斯把注意力轉回小姐身上。「你說你酷似已故的伊娃小姐？」

「不可思議。」她很驕傲的回答道，「她經常在森林的邊緣或者海邊出現，哀怨自己一生無人憐愛。當地好多人都看過她。」

「你有嗎？」福爾摩斯若無其事的問了一句。

「月圓那天，我覺得我好像看到了。但是，哈洛德總是說：除非能展現『再現性』，否則結果不足以信賴。我很容易慌張，直覺是瞥到她一眼，但沒法滿足哈洛德專業上的嚴謹要求。所以，我想嘗試補救這個缺失。」她臉紅了。

「你不是在伯恩茅斯長大的，庫克小姐。」我的朋友好像不會造問句似的。

「您怎麼知道？」

「既然兩位像到不可思議，當地傳說又是那樣的深植人心，早就有人會跟你提到這件事情，輪不到這裡的史雷馬克先生。」

「喔，原來如此！我明明知道您有多精明，竟然還質疑您，請多多見諒。對的，我的老家在西邊一點的衛爾翰，直到我在提貝里烏斯．克拉克先生的地方法律事務所，找到打字員的工作，才搬到伯恩茅斯來。他不想找倫敦女孩，而我又急需工作。福爾摩斯先生，我必須幫忙家計。我父母的境況並不太好……我孃孃幫著料理家務。媽媽身體很差，我妹幾乎等於是全職護士。以往，我很寂寞，跟他們也不太親近；來到伯恩茅斯，在海濱步道遇見了哈洛德。」她頓時眉開眼笑，朝著他望了一眼。「在那個驚喜的場合之後，我再也不覺得孤單、不覺得沒人重視。我們在一起很幸福。」

「你這麼說，讓我備感榮幸。」史雷馬克轉過身來，親吻她的手。

「至於你，就完全相反了，史雷馬克先生，你是伯恩茅斯土生土長的。」福爾摩斯推論道。「雖然你的口音差沒多少。我剛說過，黯淡少女的傳說流傳極廣，庫克小姐如果在當地長大，那麼，她早該聽過流言蜚語；而你是在認識她的兩週內，才跟她提起這件事情。」

「您說得一點也沒錯，福爾摩斯先生。我得跟您實話實說：很久以前，我對這個故事就很著迷。」

「這個傳說跟你正在進行的化學研究有什麼關聯呢？」

「我們終於談到真正的關鍵了！鬼其實藏身在一個我們看不到的平面裡，我找到一個方法，逼它們現形。無數的學者假設說，由於某些遺憾，精神會在星界（譯註：當時有人相信在出生與死亡途中，靈魂會穿越星體，在星界暫時棲身）徘徊——或許是懊悔、有仇未報、失去至愛，或者像是伊娃，英年早逝，心願未了。但我們要把這些因素先撇到一邊，因為我尋找的是更嚴謹的數據。當然，在我的研究中，有一部分情緒變數，或者，您也可以稱之為精神能量，但主要的精力是放在特殊的光譜分析上。」

「哈洛德是天才。」庫克小姐斷言道。

「康斯坦絲，請你不要過分吹捧我，否則他們會以為我們是江湖術士，沒有內涵。」史雷馬克先生短短的告誡她這麼一句。

美麗的康斯坦絲竟然如此迷戀這個男人，輕信荒唐可笑的理論，我發現自己對她的好感大打折扣。我非常擔心福爾摩斯不知道什麼時候會失控發作，拆穿他們敝帚自珍的把戲，讓兩人難堪到無法收場。但是，我再次發現我又錯估了福爾摩斯，只見得他身子前傾，手肘架在膝蓋上，眼神滿是期待。

「庫克小姐，請你為我描述一下，史雷馬克先生使用的方法好嗎？」福爾摩斯提出要求。

庫克小姐慢慢起身，走到火爐前，然後轉身面對大家。

「我穿上前一個世紀的古著——一件白色鑲著銀邊的寬鬆內衣，外面罩著一件無袖長袍——每處細節、每個針腳都精準俐落。」她的眼神掃過一個個聽眾，無法掩飾內心激動。「跟鬼魂接觸，必選月圓之時，因為光線最合適哈洛德施展他的科學方法；而且，不管從哪個角度來看，都是各種精神力量最活躍的時候，您能不同意嗎？我會沿著森林邊緣行走，」她在我們家中緩步前行，「待我來到空地，靜止不動，沐浴在月光底下。」

庫克小姐停下腳步，站在客廳中央，眼睛緊閉，恍若出神，手掌平攤，置於身體兩側，史雷馬克先生也是全神貫注。我自然不信這一套；而此時，福爾摩斯的兩道眉毛卻向鷹鉤似的鼻子聚攏，彷彿怒氣越來越重。他已經讓這兩人在面前裝神弄鬼老半天了，我實在不明白他在打什麼算盤——但想來他失望透頂、確定庫克小姐對這些胡言亂語，深信不疑。如果是面對惡徒，我朋友跟我的耐心早就磨光了；但對於執迷不悟的傻瓜，或許還能再維持一會兒。

「我動也不動，站在原地一段時間，希望伊娃．雷蒙能夠見到我——發現自己宛如生前、發現浸潤在月光下無損於她分毫。」庫克小姐低語，眼睛祥和的閉著。「喔，當下實在很難保持平靜；哈洛德告訴我，靈魂只能隱約看到我們的世界，所以，不能有任何動作。同時，他在附近的樹林暗處製造光源，光譜會吸引她過來，在我閉上的眼睛角落……經常能夠意識某種存在正在徘徊。我感受得到她的光芒。我說過，她從來沒跟我們說過話，但總有一天她是會開口的！」這個年輕的女孩輕喊。她睜開眼睛，雙手緊握。「月圓的靈性不足，但是又剛巧適逢冬至，二十一號，福爾摩斯先生——喔，難道您能不大駕光臨嗎？」

該攤牌了。我再度以為：鬧了半天，一定會招來福爾摩斯的迎頭痛擊，要我們從倫敦跑去伯恩茅斯，看這種搞笑的偽科學把戲，勢必惹惱我那講求方法、邏輯的朋友，鬧到雙方都下不了台。但只見得夏洛克．福爾摩斯站起來，走到書桌邊，抽出他的記事本。

「十二月二十一日？」他的臉上浮現燦爛的微笑。「我們很樂意前往伯恩茅斯與兩位會合。順道問一句，庫克小姐，在你那封信裡，史雷馬克先生有幫什麼忙嗎？」

「喔，您知道得真多，福爾摩斯先生。哈洛德幫了不少忙呢，他就是這麼熱心的人。我在寫信的時候，他剛好來看我，於是我跟他借了筆。他的筆可好寫著呢。但是，文字、情感都是發自我的內心，這點可以跟您保證。」她回答道。

「我半點懷疑都沒有。眼下，我們還有別的事情要忙，祝兩位有個愉快的下午。兩位放心，二十一號我們一定趕到伯恩茅斯，絕不食言。」

我們的客人離開了。我一肚子疑問轉向福爾摩斯。

「這件事情頗有蹊蹺啊，赫瑞修（譯註：莎劇《哈姆雷特》中，男主角的好朋友）。」我還沒發問，他就搶先告訴我。

「他們的降靈會不可能是真的吧。」我問道。

「當然不可能。」他也同意。說完，人飄進房間，慎重其事的把門關上。

※

出了伯恩茅斯火車站，通過大門，走下斜坡，來到維護良好的碼頭，如果是夏天，眼前這幅景象，肯定賞心悅目；更何況還有多座精雕細琢尖塔圍住的鐘樓、暗紅色的公共浴場、日租的四輪輕便馬車。點點陽光撒落海浪，碎成一片片泡沫，輕輕拍打著遠處慘白色的沙灘。如果是七月，我一定會心曠神怡，深深迷戀此地。但現在可是十二月的夜晚，不管倫敦有多冷，掠過海洋的刺骨寒風，還是可以像鉛錘一樣，把溫度再往下帶個幾度，讓我的下巴顫抖個不停。而在我們行經兩旁都是海濱植物的海邊泥巴路，準備跟那兩個神經不確定正常的客戶會合之際，福爾摩斯投來意味深長的一瞥。

「你覺得我這決定下得太草率了，是不是？」他看穿了我的狐疑，但語調裡也沒有不滿。

「親愛的福爾摩斯，我從沒見過您行事這般乖張，一開頭不搭理他們不就好了嗎？」

「你覺得我輕信人言，這點比較嚴重。」

「完全不是這樣。我可能會覺得您行徑詭異、口風過緊，但您始終如此，所以應該不會在意我的情緒才對。」

「過去幾天的研究證明確有神效。」他自顧自的說。「找到最關鍵的連結，脈絡就此貫通。我會從頭到尾跟你解釋明白，在時機成熟的時候——」

「那是當然。」我冷漠的回了一句。

「——但不要把話說得太滿。我也有可能弄錯。」

我知道此時再逼他，只是白費力氣。我們離開海岸線，朝高處走去，眼前出現一棟漆成黃色的酒吧，外頭搭了個灰色的簡陋棚子。在旅遊淡季，這地方算是夠荒涼的了，對映著冬天冷硬的海浪、海鷗在高處打轉的剪影，眼前一片淒涼，更增寒意。待我們走進到處都嘎嘰作響的建築物時，魚乾與潑出來的麥酒氣味冷不防的竄進鼻端。

「福爾摩斯先生！」哈洛德・史雷馬克叫道，從一張矮木桌上跳下來。在他身邊有一個用地毯製成的大旅行袋，應該裝了他的實驗器具。他精明的臉龐上同時浮現感激與顧慮的神情，張揚的八字鬍，根根直豎，頗為興奮。「不敢相信兩位真的趕過來了。歡迎，歡迎！康斯坦絲，這算得上是美夢成真了吧？」

庫克小姐坐在未婚夫身邊，裹著一件邊緣略見磨損的羊毛長袍，古靈精怪的眼睛閃閃發光，盯著我倆瞧。「喔，實在是太棒了！我就跟你講，他們不會誆我們——我感受得到。我們的努力一定會得到回報的，哈洛德，你將親眼見證！」

我對於這番奔波頗有意見，埋怨的表情大概閃過我的臉龐，因為在我們倆坐定之後，福爾摩斯在桌子底下意味深長的踢了我一腳。我們的客戶各自喝完面前的一小杯酒，福爾摩斯也不客氣，直接逼問主題。

「庫克小姐、史雷馬克先生，天氣很壞，恐怕不適合做這類的實驗吧？」福爾摩斯宣稱，「是不是最好延期——」

「但是冬至夜的天氣從來沒有好過啊，福爾摩斯先生。」庫克小姐甜甜的反駁道。「我們還是秉持著科學實事求是的精神，勇敢面對惡劣的天氣吧——畢竟，事前準備千頭萬緒，我承受了好大的壓力，渴望這一天的到來！您可以親眼看到奇蹟！喔，我們這就出發吧！」

「既然已經萬事俱備，我也就不阻止兩位了。」福爾摩斯回答。「但是，一切後果請兩位自行負責。」

他並沒有理會我明顯的不安，轉向史雷馬克，用一種警告的語氣，提醒可能導致的嚴重性。史雷馬克充耳不聞，並沒看到他多點提防謹慎。三十秒後，我們出到門外，步履沉重，頂著把臉吹到麻痺的海風，走向鄰近的灌木林。遠處的樹木飽受朔冬的寒氣與鹽霧折磨，圍成一個鬼影森森的圓圈。在黯淡的微光中，看起來好像承受了幾世紀的魔法詛咒，而不是在惡劣天氣裡卑躬屈膝的野生植物。

「福爾摩斯，如果您隱藏實情，沒告訴我庫克小姐的生命，其實受到莫大威脅，那麼，現在是您坦誠以告的時候了。別再故弄玄虛、累積戲劇張力。」我低聲道。

「別擔心，華生。」他以理性的語調回答我。「她並沒有立即的危險。」

這句話讓我安心了不少。我不再提心吊膽，陰風也不像先前，爪子似的撕裂我的骨頭。接著，我們抵達一條窄窄的小徑，眼前是一道平緩的斜坡，分開了陰鬱的森林與海灘。庫克小姐朝著我轉過身來。

「能不能勞您大駕，替我拿一下外套呢？」她要求道，「哈洛德正在製造必要的光源，騰不出手來。」

我沒吭聲，懶洋洋的接過來。她戴著一個綴著花圈的頭冠，穿著她在貝格街描述過的百年古著，蒼白的手腕，纖細脆弱，像是陰暗中閃閃發光的冰塊薄片。我真覺得她是畫家筆下的寫真人物，空靈古怪，美得不似凡人。庫克小姐沒有浪費半點時間，筆直朝灌木林走去，保持著她在貝格街演示過的虔誠姿勢。

「真是難以言喻的情景。」史雷馬克輕輕的感嘆道。「如果這樣還無法召喚黯淡少女，我的研究顯然就需要全面重新評估了。跟我一樣投身於純邏輯研究的科學家，從來不敢夢想這樣完美的契機。我發現我竟然如此情不自禁。請原諒我，兩位先生，我必須要退開十碼左右的距離——用來暴露鬼魂身影的粉末，一定得控制得異常精確才行。」

我永遠不會忘記這一幕。我跟福爾摩斯並肩站著，雙手交叉在胸前，脖子縮在厚厚的圍巾裡，看著庫克小姐逐步走向灌木林。哈洛德．史雷馬克在我們的右手邊徘徊，手裡拿著一個看起來很像平底鍋的東西，還有一個簡單的閃光燈。此時，月色清朗，將浪頭照得一片明亮，白得如同庫克小姐身上的長袍滑落，露出的細嫩香肩。此時，只見得她突然將手一伸，解開了髮環。象牙白色的頭髮瀑布般的披在肩頭，康斯坦絲．庫克走到灌木林邊緣。她緩緩的朝天舉起手掌，如夢似幻，像是幾千年前向太陽祈求的埃及女王。周邊幾度亮起化學藥劑製造出的閃光；我們知道這是哈洛德．史雷馬克運用照明手法，標定他所謂的科學研究。我感覺得到我旁邊的福爾摩斯身體僵硬起來，但我還是大惑不解：製造這種無謂的場景，究竟所為何來？我只知道康斯坦絲細緻的五官、鈷藍色的眼睛在月光下，變成淡淡的灰色，簡直是美極了。只是在這樣的低溫下，進行招魂儀式，也一定把她凍壞了。

「這鬧劇我看夠了。」福爾摩斯突然厲聲叫道，轉身離開。

緊跟著福爾摩斯的我，滿腦子迷惘，卻聽到身後的史雷馬克傳來一聲驚呼。我回頭看了庫克小姐一眼——不再是夢幻般的精靈，只是個可憐兮兮的女孩——站在細沙小徑上，沮喪的看著我們離開。我的朋友沒有絲毫遲疑，急匆匆的拋下這個荒謬的場景，好像慢了一步就會變成鹽柱似的。

「拜託您，福爾摩斯。」我算是求他了。得不到回應的我抓住了他的手肘。「這個可憐的小女孩有沒有危險？是不是發現醞釀中的犯罪陰謀——」

「一點點兒犯行都沒有。」他咆哮道。「除了這傢伙連做人的資格都沒有，應該從這世上剷除掉！」

「等等，但是，」我開始結巴了，「您的意思總不會是說庫克小姐——」

「哈洛德．史雷馬克讓人類為之蒙羞。」福爾摩斯看了一眼我那條不太靈便的腿，節制前進的速度。「我可以毫不誇張的告訴你，華生，我由衷希望這是可以繩之以法的罪行。看著事件逐步開展，我們唯一的收穫就是證實我最初的假設——我想要有所作為，實際能做的卻不多。但我一定不會袖手旁觀。你得相信我，我一定要讓他付出代價。抱歉，這樣冷的天氣，還把你拖到這裡來；不過，我必須確認我掌握的事實。現在是找家旅館過夜，還是你的身子夠硬朗，可以一起搭車回倫敦？」

「這沒問題——我受凍的情況跟您差相彷彿，可比庫克小姐好得多。但是，福爾摩斯，接下來我們要怎麼辦？」

「我們要窩在火爐邊，親愛的朋友，來上一杯香甜熱酒，談點有趣的話題，一天辛苦的忙碌奔波之後，這不是兩位紳士應該得到的慰勞嗎？而明天，」他的聲音變得憤怒起來，「我還要料理幾件事情。我有充足的信心，在執行過程中，會帶來無窮的樂趣。」

就算福爾摩斯在盤算未來行動的時候，樂在其中，搭乘火車返家的路程上，也看不出任何表情——只見他時而皺眉、時而坐立難安。在我們終於回到貝格街，照著他先前的建議，在火爐邊喝點小酒暖身，我也沒法從他嘴裡套出任何一個跟案情相關的字眼。

⁂

回來兩天之後，我沒有聽到任何關於史雷馬克案的消息；儘管我實在擔心，壓迫福爾摩斯好幾次，他總是簡單的回答：庫克小姐很平安，沒有受到任何傷害。耶誕節過完了，福爾摩斯才在一個冰霰肆虐的午後，站在我的書桌前，細長的手指握著一個信封。郵戳上蓋著普爾的字樣，從地址看來，是寄給我朋友的，封緘完好，沒有拆開。

「請吧。」他說，把信硬塞進我的手裡。「我已經知道內容了，所以，拆封的特權就交給你吧。」

破解黯淡少女神祕事件的鑰匙，終於落到我手上了。我撕開封蠟，差點喘不過氣來，隨後一陣狐疑席捲，好些廉價的沖洗照片，霹靂啪啦的掉在我桌上。

一大落照片，像是那種在海邊小鋪子，幾分錢就可以買一張的風景卡，散落在一篇我左思右想，勉強命名為《孤單單車騎士》的草稿上。照片上有一個鬼魅似的人影，周邊有一道樹林線與破碎的波浪，幾個頗為熟悉的姿勢，就跟冬至夜我們看到的庫克小姐一樣，彷彿真是伊娃・雷蒙的靈魂。料想這個噱頭在海灘景點一定可以大賣牟利，我滿是驚訝的轉頭望向福爾摩斯。

「現在明白了?華生，的確如此。」他態度誠懇，靠在我的書桌上。「看了實在難過。這麼做太過分了。我給你三十秒思考，然後我就要揭開謎底，再無懸念。」

的確如此，何需三十秒，十秒就夠了。

「史雷馬克太卑鄙了，竟然偷拍她！」我叫道，朝這批劣質明信片狠狠一搥。「她在伯恩茅斯是外地人，沒想到史雷馬克竟然動了歪腦筋，利用她來漁利！他把她打扮好，宣稱在月圓之際做實驗，用閃光燈，補充亮度，還吩咐她不要動——在此同時，他一定安排同黨，在附近的樹林裡，備妥相機。」

「一定不在我們參與的那個夜晚，要不然我會聽到附近森林裡有動靜才對。可能在先前——對，應該沒錯。」

「喔，這個下流胚子！竟然利用自己的未婚妻搞這種把戲！實在可悲，福爾摩斯。這批東西您是怎麼弄到手的？」

「從他那群搞詐騙的親朋好友那邊。他還聲稱不願意跟他們來往呢。這些人做郵購，或者在街頭擺個小攤，生意不錯。找到這些人，那還不是小菜一碟？」

「您是怎麼察覺蹊蹺的呢？」我轉過椅子，面向他，渴望知道答案。「既然在這裡，在貝格街，您就破解了他們的把戲，為什麼會同意去伯恩茅斯呢？」

「我不曾傾心於任何女孩，華生。」福爾摩斯答道，口氣裡只有淡淡的譏誚。「如果我真的關心她們，一個女孩穿著如此襤褸，花半便士買疊廉價信紙，寫信給父母報平安，把收入寄回家，我怎麼會因為荒謬的科學實驗結果，耽擱婚期呢？我會立刻娶她，讓她過點像樣的生活。儘管我這個人出了名的冷淡，捨得買昂貴的書寫工具，又怎麼會送她一個銅質的訂婚戒指呢？」

苦澀的短暫沉默。看著桌上的明信片，我搖搖頭。

「我已經寫信給庫克小姐，附上其中一張照片做為證據。」福爾摩斯起身，拍拍我的肩頭，朝著自己的扶椅走去。

「已經寫了？」我重複一遍，難以置信。

福爾摩斯在扶椅上坐定，伸長手去拿他的史特拉瓦里小提琴。

「每次想起瑪麗．蘇得蘭（譯註：曾經在《身分之謎》出現過的人物。她的未婚夫在婚前失蹤，卻要求她信守誓言）委託我們的案件，我就後悔。」他語氣溫和，坦言道，「她是我的客戶。我從沒告訴她，她的繼父其實在跟她示愛。不確定當時的我在怕什麼——不想把場面弄得太難堪？怕揭露醜聞？時機不宜？擔心她寧可相信事情沒我說得那樣骯髒，也不相信我？還是她會因此受傷？我的膽怯竟是如此駭人，我親愛的朋友。我明明可以警告溫德班克先生（譯註：瑪麗．蘇得蘭的繼父），卻沒有採取進一步的行動，究竟是純屬疏忽，還是擔心蘇得蘭小姐的反應？我說不上來。但她是會昏倒、會啜泣、會斥責，還是會說我是騙子，其實並不重要。跟她得以擺脫困窘的生活以及婚後財務自由支配等好處相比，這些可能性又算得了什麼呢？我只希望，儘管機率非常低，今天的我會比較堅強。庫克小姐與蘇得蘭小姐的聰明程度相去不遠，但並不意味著兩人的遭遇也會一模一樣。」

「命運一定是不同的。」我同意他的看法，微笑。

福爾摩斯用一根指頭頂住小提琴的尾端，仔細調整，試著找到平衡點，同時，目光冷不防的朝我射來。「您剛剛的想法實在莫測高深。」

「真的？」

「我跟你保證。」

「這是非常好的一年，我親愛的朋友。蓋棺論定。非常卓越、美好的一年。」

接著，福爾摩斯的全副注意力轉向複雜的演奏上，測試協調與靈巧的極限。但他還是朝我閃過一個會心微笑，我知道他完全了解我的意思。

# 泰晤士隧道大冒險

一九〇〇年九月，在我的記憶裡，永遠甩不脫「鐵手」的陰影。這個諢號既指一個惡名昭彰的犯罪幫派，強佔聖凱薩琳碼頭為地盤，橫徵暴斂，魚肉鄉民；也指的是受到嚴密保護的首腦，姓名無人得知，只知他冷酷無情，有一群護法執行他的命令，會眾在大手臂上刺了一個邪氣的爪子。如果這群惡棍只是普通的地痞流氓，多半不會引起福爾摩斯關注，同樣的道理，你會聘請雕刻大師去砌磚牆嗎？但是他們的暴力行徑日趨張狂，圍繞幫主的神祕傳說，甚囂塵上；福爾摩斯這才留意到這個幫派竟然能躲避正常警力搜捕的異常現象。兩週不到，八起先前破不了的謀殺懸案、無數宗罪證不足的起訴，突然迎刃而解；大家因此發現，所謂的「鐵手幫主」根本子虛烏有，不過是犯罪幫派編造出來的神話罷了——即便是最八卦的報刊雜誌也無從得知，是福爾摩斯甘冒奇險，出生入死，才將這批歹徒繩之以法。

在勝利的那一夜（我的朋友機關算盡，布下匪夷所思的陷阱，繁複縝密，環環相扣，我實在無法在回憶錄中呈現），福爾摩斯跟我回到貝格街，被雨淋得濕透、渾身泥濘、瘀青、疲乏，幸好沒有受傷。我們協助蘇格蘭場圍捕「鐵手幫」的各大護法，驚險程度大概僅次於剿滅莫理亞提盤根錯節的犯罪網絡，鬧到現在已經是凌晨三點鐘了。

進門不過幾步路，也像是長途跋涉。福爾摩斯素來優雅的動作看起來有些魯鈍，多半是長時間熬夜累積下來的疲倦。不久前，一個銅頭棒險些砸爛了我朋友的腦袋，餘悸猶存，我的眼睛到現在還睜得大大的。名偵探倒了兩杯純威士忌，頭一仰，乾掉一杯，隨即融化在他的搖椅裡。

我細啜手上的這一杯，琢磨他的破案手法，也把酒給喝乾了。「福爾摩斯，您會把家具弄濕的。」

「這是我掙來的自由，容我隨意揮霍。」他的語調倒是挺愉快的。「論起歹徒，還有比剛剛被一整隊『黑色瑪麗亞』（譯註：英國警方裝載罪犯的馬車）載走的那批，更讓人髮指的嗎？」

「我真希望沒有了。」

「天啊，足足耗費了我兩週的時間與精力！你有沒有想過，華生，火焰會不會保有原始的記憶？把火車拖上阿爾卑斯山的煤炭餘燼，會不會傳出奮戰後的迴響？」

我世故的看了他一眼，確認這是他體力耗盡，超過負荷極限，隨口冒出來的胡言亂語，並沒有比先前的謎語更難以索解。這時感覺他好像要站起來，隨後重心回落，外套的衣領一豎，貓似的縮了起來，安頓在臨時湊出來的窩裡。這是他精神極度耗弱後的最終考驗，看來他連梳洗的意願都沒有了。

「喔，我的天啊，您至少能多挨上幾步，上床去睡吧。」

「不可能。」他嘟囔道，「半點機會都沒有。」

「我親愛的福爾摩斯，您還沒有脫靴子呢。」

他強睜開眼，友善的瞄了我一會兒，順手拉來一塊阿富汗毛毯往肩膀上一裹，隨即閉上眼睛，不再動彈，無比滿足。「晚安啦，老朋友。」

我有點心疼，搖搖頭，趕快洗個澡，臉頰還沒沾到枕頭就睡著了。彷彿只是一眨眼的工夫，醒來發現福爾摩斯結實的手指握住我的前臂，蠟燭把他的黑髮照得閃閃發光。

「現在到底幾點鐘了？」我粗聲粗氣的問道，只是聲音沙啞罷了，並無惡意。

「早晨七點鐘。」福爾摩斯的眼睛有些泛紅，熬過深夜的奔波操勞，稜角分明的臉龐，有些地方看起來好像是夜魔。

「您還好吧？」

「如果你指的是跟一個二十噸重、揮著銅頭棒的大漢扭打一整晚的話，今天的狀況堪稱完美！多謝你捨身相救，我的腦袋現在還安在脖子上。這玩意兒可是少不了的。」

「我想，我們倆都該慶幸吧。又出了什麼事情？」

「華生，你真是個無可救藥的悲觀主義者。你怎麼不想是有好事發生，我跑過來報喜的呢？」

我強忍住呻吟，翻過身，臉朝上，伸手捋了捋頭髮，嚴肅的告訴自己，現在派得上用場的課程就是軍隊教的忍耐、刻苦。「洗耳恭聽您的好消息。」

「我這個人素來不樂意閒坐，無所事事，我親愛的醫生，但是，剛解決完『鐵手幫』，暫時無力處理過於複雜的大案。我現在的心態呢，有點像是擺盪在緊繃與懶散兩個極端間的鐘擺，對我的思考過程造成莫大傷害。但是呢，我們倆非常走運。」

「確實也沒錯。」我敷衍他的態度溢於言表。

「霍浦金斯探長就在樓下，手上顯然有一宗謀殺疑案——因為呢，他緊張的時候，雙手一定會先露相，五分鐘不到，我就看到他撥了好幾次袖口。我給你十五分鐘盥洗、著裝，然後一起去了解這個可憐的傢伙碰上什麼難題。同時，我去找人備茶。」

講完這段話，他跟野兔一樣，一溜煙就不見了。我運用天生的專業意志，飛快的驅除睡意，強忍痛楚，硬是把自己逼起床。我告誡自己：做醫生的，本來就沒有享受固定睡眠時間的權利，同樣的道理，史丹利．霍浦金斯也不會為了芝麻綠豆的小事，跑來打擾備受尊重的福爾摩斯先生。

我發現兩人都在抽菸，福爾摩斯小心翼翼的把腳上的拖鞋縮進扶手椅底下，霍浦金斯脊梁筆挺的坐在沙發上，好像穿著深藍色外套、釦子擦得精亮的送貨員。我們的朋友霍浦金斯探長是警界出類拔萃的聰明人，從來不敢低估神探神鬼莫測的本事——福爾摩斯說話之際，倒是沒看到他的大拇指蹭袖口，不過，臉上洋溢出異樣的光彩，渴望的表情還是出賣了他內心的激動。他的身材勻稱，相貌尚稱英俊，臉頰上有塊小疤痕，要不是那對褐色的眼珠情深意切，好像能看穿人心，也就是個過目即忘的一般人。

「再次致歉，這麼早來打擾兩位。」霍浦金斯嘴唇抿得緊緊的，很不好意思。「我非常清楚兩位出生入死，剿滅『鐵手幫』，局裡面的人講起昨晚的戰績，都是口沫橫飛，興奮得不得了。兩位一定視若等閒吧，但我心裡明白，碰到這麼離奇的案件，最好不要耽擱，趕緊來找兩位求救。」

「不客氣，你做得對，探長。」福爾摩斯彎起左手，若有所思，昨晚痛擊某個惡漢造成的瘀青，現在看起來更清楚了。「我們始終樂意幫忙，是不是呢？華生。」

「義不容辭。」

「差點忘了。請用茶，醫生——哈德森太太剛來過又出去了。喝點茶會讓你看起來比較像人。」

我高度懷疑這句話的可信度，但還是依照他的指示。喝了茶，果然好一些，順手給霍浦金斯也倒上一杯，我說，「福爾摩斯認定十之八九是謀殺案。希望在早餐前，不要太倒胃口。」

「那不至於。只是犯罪現場讓我一頭霧水。我已經替兩位找來一輛馬車，不過呢，火車沒法叫它停下來；考慮到人來人往的，帆布也派不上用場——我們被迫移動了屍體，不過，我還是叫來兩名員警看管現場。」

「霍浦金斯，你這樣顛三倒四的交代案情，乾脆跟蝙蝠一樣掛起來，倒著說好了。」福爾摩斯建議道，臉上掛著天使般的微笑。

「您說得是。」霍浦金斯尷尬的咳了兩聲。「首先，有件事情要先跟您報告，死者的身分並不難查。他的名字叫做佛瑞斯特．海德。」

「我的天啊！」福爾摩斯驚呼，「不就是六年前，被我送進旺茲沃斯監獄的闖空門大盜？」

「說得沒錯，不過這是我晉升探長前一個月的案件。」

「華生，我想我們也保有自己的記錄吧？」

我已經覺得精力充沛了。福爾摩斯向我揮揮手，我連忙站起來，朝書架走去，那裡存放著我的採訪日誌與他的筆記本。「沒問題，我想我可以很快的找到相關資料。一八九四年。你說海德已經身亡了，探長？」

「以一種離奇的方式慘死，的確是，華生醫生。」

「你確定是謀殺案嗎？」

「他被一顆子彈擊中，當場死亡，不可能是自殺。」霍浦金斯苦笑道。

福爾摩斯的眼睛瞇了起來。「我先假設他是在火車站被槍殺，你考慮早晨交通尖峰，人來人往，區域管制棘手，還講到你無法阻止火車行駛，想來指的是上班期間、班次密集的火車路線。通勤者是這個城市真正的英雄——勞工朋友們。那麼，會是哪一站呢？」

霍浦金斯乾笑了兩聲。「瓦平站，東倫敦鐵路。」

「華生，聽探長詳述案情前，是不是麻煩你重新喚起我們對於海德案的記憶？」

「好的，我找到了。」我的手指頭劃過福爾摩斯做的索引，翻到相關記述，找地方坐下來。「啊，我也記得。佛瑞斯特．海德的體格健壯、舉止瀟灑，在縱情聲色的社交圈裡，深受歡迎，尤其能博得女性青睞——這邊還附了一幀被捕現場的木版畫，結實的下巴、傲慢的臉龐、整理得油光精亮的小鬍子，還上了蠟。他自稱從咖啡莊園賺進大筆財富，經常購買各種類型的藝術品，特別關照女性藝術家的生意。他還同時撰寫好幾個專欄，一度是頗具知名度的劇評家，表面上是個頗為悠哉的紳士。」

「他的確給人這種印象。」福爾摩斯的菸斗，原本勾在手指上，此時重新握好。「但他卻是個包藏禍心的江洋大盜，爭取她們的信任，只是入侵保險箱的手段而已。一旦女性朋友放下戒心，他就用記錯約會時間之類的藉口，混進她們的住處，看到什麼就偷什麼——手法挺高明的，我必須補充一句，他從來不在親密的社交圈內動手。其實，他來自皮市花園一帶，出身微賤，卻能展現出絕妙的表演與模仿本領，算是我平生僅見。如果他想要給外界留下起居奢華的印象，就去開旅館房間；其他的時間，他只是在蘭伯沃克租一間公寓。」

「一點兒也沒錯！您能識破他的騙局，就是跟某位芭蕾舞名伶討教之後，確認他的衣著露了餡，對不對？」

福爾摩斯一本正經的聳聳肩。「你可以在一個人身上看到很多套高貴的行頭、更換不同的流行領結，也可以把腳上的靴子擦得雪亮，但如果身邊沒有僕人、沒有車伕，還是可以輕易識破他的虛張聲勢。」

「這怎麼說？」霍浦金斯問道，渴望得到指引。

「這個混混顯然是每天準備自己的全副行頭。舉些例子來說，背心洗好，沒有經過仔細的刷挺，或者袖子、長褲沒有好好的曬乾，那麼衣著再貴，也顯不出質感來。連三件頭的打理都這樣馬虎，在在指出這傢伙是個西貝貨。」

「精采！」霍浦金斯叫道。

「其實挺簡單的。那位不希望透露姓名的芭蕾舞名伶早就起了疑心。我才看一眼，就知道她是對的。這個人吃相難看，又走漏風聲，照理來說，早就該被揭發了——但他只要定期發表劇評，郵寄最新作品，設法在報端贏得讚美，或者送上漂亮的花束，就有機會平息外界的疑心。其餘時間，他斷斷續續的擔任過營造工程師。」

「然後，您跟著葛里格森探長帶著逮捕狀，一路尾隨他到蘭伯沃克的住處，並且在手提箱的暗格裡，發現了那枚藍寶石，除此之外，卻是毫無所獲。」我繼續。

「天啊，想起來就一肚子氣。」福爾摩斯拍了一下膝蓋，站起來。「我蒐集到的證據，只夠起訴他幾宗竊盜小罪，就無以為繼，無法聯繫到特定的寶石切割商或者當鋪，經過漫長的搜索，無功而返。他可能一次拿一丁點去賣，靠贓款過日子，從來沒有整批傾銷，很難找到足夠的證據。有的時候，他還會故意破壞窗戶鎖，製造外力入侵的假象——凡此種種，就是避免將嫌疑攬在自己身上。」

「單單舞者的首飾在他家發現，不就人贓俱獲，足以定罪了嗎……喔，看來海德不知道在過去什麼時候已經獲釋了。」我自問自答。

「週三，兩位先生，他在兩天後遇害。」霍浦金斯補充了這個訊息。

「啊，我們終於觸及問題的真正核心了。」福爾摩斯躺在搖椅上的身體，興奮得微微顫動，不留意根本無從發覺。「週三到今天早晨之間，發生了什麼事情？探長。」

「佛瑞斯特．海德——看來在牢裡還是拉幫結派，施展渾身解數討好獄友——所以，他獲釋之後，並沒有引起什麼騷動，而是默默的回到這個城市，畢竟，他的罪行不過是犯下單一竊案。他離開監獄之後的行蹤不明，但是在這兩天中，他似乎想重操舊業，回頭再去做營造工程師。我們在他身上搜出一本筆記本，上面有三個工頭的聯繫方式；但我們也知道出獄後的受刑人，有多難找工作。其他的物事不太值得一提——一個不算太貴的香菸盒、一副應該是他住處的鑰匙跟一個繫著銅鍊的懷錶，上面有縮寫的英文字。他的衣著品質不差，卻是二手貨，口袋裡有一張烈酒吧的收據。」

「到目前為止，處理算得上是井井有條，霍浦金斯老友。之後，他遭到什麼厄運？」

「他在近距離被開了一槍，凶器是很容易貼身藏妥的小口徑左輪，子彈貫穿心臟。外套上有火藥燒灼的痕跡。海德中槍後，還往前爬了幾英尺，我們推測，他在一分鐘內就不支斷氣。從血液凝聚的情況研判，他的屍體並沒有移動過。法醫說，死亡時間約在午夜到兩點之間。」

「你說他是在瓦平站遇害身亡的？」福爾摩斯問道，有些難以置信。「當然不可能。不，不，這太怪異了，即便在深夜也說不通。我們沒法想像，一個人在月台被槍殺，竟然沒有驚動任何人？」

「當然沒那麼簡單，神探！」霍浦金斯身子前傾，雙手握緊。「一個人在泰晤士河隧道中央的鐵道旁，遭到槍擊，您就相信沒人目擊了吧？」

「哈！」福爾摩斯歡叫一聲。眼睛閃出光芒，水晶般的透明清朗，帶些睡眠不足的狂亂，志得意滿，興味盎然。「請繼續你的案情報告。」

霍浦金斯說，當晚稍早發出的列車，在十二點十四分的時候，由於緊急煞車裝置被觸動，曾經暫停在隧道中間。駕駛員們立刻清查是否有安全疑慮，並沒有找到確實的肇事原因——就在採行必要的預防措施之後——列車繼續行駛。

「很明顯的，這就是問題的關鍵了。」福爾摩斯質疑，「我們現在還沒辦法確認當時海德究竟做了什麼，但是火車停下來之際，多半發生劇烈的爭吵，屍體從列車銜接處被扔到鐵軌邊。火車一鑽進泰晤士河底，煤灰又髒又臭，想想幾十年前那裡擠滿了衣著講究的紳士淑女，還有好些精緻的小攤（譯註：泰晤士隧道最早是一條行人步道，每年吸引兩百萬人來朝聖，裡面還有市集），現在火車一進入拱門，眼前伸手不見五指。車長再怎麼謹慎，可能也看不到海德陳屍的所在。」

「同意。至少部分同意。事後，我們在車廂間找不到任何血跡，現場遺留下的泥濘更是詭異。腳印在距離陳屍地點五英尺外開始出現的，止於血液匯聚處，但沒有從火車上躍下的足印或者泥水飛濺的痕跡。事實上，從地面的狀況研判，他壓根就是突然出現在隧道裡似的。」

「霍浦金斯，」福爾摩斯刻意喬裝語氣，展現耐心，實則惱火已難遏抑，「我們討論過不只一次了。我寧可認為你是睜著眼睛看不出腳印來，也不願意相信你覺得歹徒會飛不成？」

「您可以自己去看啊，泥濘、煤灰清清楚楚，跟印出來的一樣，福爾摩斯先生！更何況，我們在死者身上還找不到車票。」

「聽起來跟華生在《岸濱》月刊上，信口開河，胡亂捏造是同一個調調。」

我微笑，很明智的說，「如果手上的證據這麼離奇，那麼，再睡幾個小時，應該可以讓腦筋清醒一點吧。」

「不，不，我當然要去現場看一下。」福爾摩斯嗤之以鼻，好像我的建議大逆不道似的。「太陽底下，什麼事情都找得到答案。」

「屍體安置在前往瓦平站的路上。」霍浦金斯放下茶杯。「如果您同意的話，我們先去那邊，再轉往瓦平車站。我派了好些很精明的員警在現場照看，確保無人破壞原狀。」

福爾摩斯跟我取過外套，穿好皮靴，晾了幾個小時，已經乾了。「那麼，我就任你差遣吧，霍浦金斯探長。」

「等檢查過遺體之後再說吧，先生。一想起來就渾身哆嗦。」

「你指的是槍傷嗎？」福爾摩斯問道，明顯不解。

「不，是某些印記。我剛才沒說，免得誤導您的判斷。」霍浦金斯身體顫抖，「這不是一宗單純的謀殺案，這點我可以跟您保證。」

※

太平間，不管維護得多好，總是散發一種凡人終究會來此一遊的氣息；混雜著金屬與腐敗的味道，提醒你思考哪一種元素支持得更久？脆弱的生命線，又會在什麼時候，啪的一聲，嘎然而斷？死亡的感受在夏天分外強烈。當我們走進石頭斂房，來到桌邊，看到一具屍體蓋著一條被單，心頭上沉甸甸的陰影重重的壓下來。霍浦金斯掀開被單，福爾摩斯偏高的額頭，立刻浮現驚愕的線條，我自己則是噁心得快要吐出來。在我眼前的是一個更老、更憔悴的佛瑞斯特・海德——滿是肌肉的國字臉、勻稱的五官倒是依稀相識，只少了誇張的鬍鬚——我的眼睛幾乎不敢正視他的臉。

「這麼多擦傷是怎麼造成的？」偵探嘴裡嘟噥出這一句。

「我們也大惑不解，福爾摩斯先生。」霍浦金斯加重語氣，「華生醫生，你最好看仔細一點。」

福爾摩斯的眼光轉去別的地方，我彎身看懂了讓他大吃一驚的緣故。子彈傷痕極為筆直——乾淨俐落，著彈處周邊的血塊都已經清除乾淨了。最刺眼的卻是死者的手掌：指尖處滿是淤青與刮傷，指甲破碎、幾近脫落，拇指邊緣大量出血，然後才被槍殺身亡。就算他把雙手放進絞肉機裡，再抽出來，頂多也就是這副德行。

「可有結論？」福爾摩斯問道，注意力還是集中在屍體的小腿與膝蓋。

「我想到一個例子。但我擔心講出來非但無法釐清案情，反倒把大家搞得更糊塗。」

「為什麼呢？」

「我前一次遇到類似的情況是一棟廢棄大樓，突然發生火警，在非常短的時間內，出口就堆滿瓦礫。男男女女拚命想要挖出一條生路，手指各處傷痕累累。最後，消防員把窗櫺砸碎，才把這些人全都救了出來。」

福爾摩斯點點頭，左手輕柔屈伸，好像在把玩一個細緻的瓷器。「我可能也會有類似的表述，醫生，這種傷是自己搞出來的，沒別的可能了；想不到有哪種酷刑，會把趾骨摧殘到這麼誇張。假設他想要攀爬，膝蓋應該也會有同等的挫傷才對。不——他是想要逃離什麼地方才對。」

「這也是我最憂慮的地方。」霍浦金斯探長哀嘆道，「就跟華生醫生說得一樣，使得這起案件更讓人大惑不解。」

福爾摩斯小心翼翼的把肢體放回原位，我特別注意到他的動作，穩定，還展現出乎尋常的流暢。我決定在他繼續調查前，強迫他吃點東西。

「完全相反。」他說。「就因為這是很不尋常的事實，所以極有幫助。一件不尋常的事實等同於二十個鞋印、彈殼、雪茄菸蒂之類的物證。海德在獲釋之後沒多久，有可能就被逮住——至少也是掉進陷阱裡。隨便什麼人都查得出他離開監獄的時間，但他在幾年之前，就沒有落腳處了；除了密友之外，不會有人知道他要去哪兒。在他離開旺茲沃斯之後，顯然被人盯上，要不就是遭到親信出賣。巧合的機率，跟出現這種傷勢一樣，分母都是天文數字。」

「我們要怎麼辦？」

「請你找人拍通電報給獄方，查查海德最近有沒有頻頻收到什麼來信？」

「對啊！是該這麼做！您一下子就想到了。福爾摩斯先生。我馬上去拍電報，然後再去瓦平車站。」霍浦金斯一個轉身，風馳電掣般的上了樓梯，留下我們倆一肚子狐疑，分站兩旁，打量這具疑雲重重的屍體。

「您還有沒有什麼別的發現？」我問道。

「沒什麼值得一提的。他有一邊膝蓋受傷了，沒去治療，可能是審判定讞前就有的舊傷，也可能出自別種原因，比方說，打網球時發生意外，說不上來。我們在這裡沒有別的事情好做了。」

我慢慢的把床單蓋回去。「我們找個地方吃份三明治，福爾摩斯。至少也來點烤起士。」

「你知道嗎？我從來沒喜歡過佛瑞斯特・海德。」回想起往事，他的眼神迷離，好像失落在過去的時光中。「當然啦，他的行徑也不像是犯罪天才，單就這點，我對他就沒有任何興趣了；而且我還記得他是一個卑鄙小人，記仇，暴躁易怒，不受控制。這種人喜歡欺負異性，行搶、詐騙，面不改色，腦海裡沒有絲毫的騎士精神。壓榨弱勢女性毫不手軟，因為他知道她們無力報復。即便我們都在法庭，一看到害他失風被捕的芭蕾舞演員，明明隔個大老遠，他還是朝在旁聽席的她吐口水。儘管過了這麼多年，你應該還記得她吧？」

「伊麗莎白・蓋兒小姐。」我很篤定的答道。「我知道那時她的情緒相當低落——任憑誰都不免吧，慘遭背叛——鬱悶歸鬱悶，但她順其自然，依舊展現靈光一閃的幽默。她的衣著一反同行的喜好，揚棄浮誇、俗麗的風格，偏愛簡練的摺線，黑色的衣料穿在她身上，不顯疲態，反而熠熠出眾。她蒼白、纖細的身影好像一棵優雅的樺樹，淺褐色的頭髮閃閃發光，打理得有款有型，眼睛又圓又亮，靜靜的臉龐帶點哀傷，幸好俏皮的丹唇，讓她整個人活潑起來。她是那樣的吸引人。當然，我記得她。」

我朋友的手指壓在鼻梁上，帶著似笑非笑的譏誚神情，轉身尾隨霍浦金斯。

「我說，福爾摩斯啊，沒跟您開玩笑，我覺得我們倆都應該吃點東西。」

「省省吧，華生。我們應該保留所有的智力應付接下來的場面，至少我得全力以赴才成；至於你的腦子，倒是可有可無。」

我也懶得勸了，跟這個人講道理只是白費力氣。我向街邊的小朋友買了兩個蘋果裹腹，跟著霍浦金斯，前往現場勘驗。

※

實在很難不嫉妒在泰晤士隧道全盛時期，領略過它絕世風華的過客；竟然能在河底另闢天地，恍如置身另外一個世界，堪稱工藝極致：打磨晶亮的大理石階梯、藍白交錯的馬賽克地板、煤氣燈照射出淡藍色的光芒，衣著華麗的紅男綠女，來此尋歡作樂，或者停留在算命攤前占卜運勢，或者傾聽美妙的共鳴歌聲。這幅景象在當時一定是世界奇觀，但這段美好的往事早就成為過眼雲煙。如今，泰晤士隧道就跟我朋友形容的一樣，只是一條結滿煤灰硬殼、負責連結瓦平站跟南倫敦線的圓槽而已，每天運送貨物、提供疲憊的乘客往返，還有誰會讚嘆它飛速穿越量以噸計的骯髒河水，到達彼岸的神速？眼前盡是筋疲力盡的工人，每張臉都跟皺報紙一樣，誰會敬畏科技的巧奪天工？窗戶外一片漆黑，又有什麼風景好欣賞？

我們從樓梯間下到月台，立刻被污濁的空氣包圍、鼻端滿是煤灰味兒。四名制服員警看守瓦平站，霍浦金斯說，在隧道的另外一端也有相同的配置：每兩人監測一邊月台，共計八人。他拍胸脯跟我們保證，絕對不會有人破壞現場遺留痕跡的完整性，福爾摩斯用咳嗽掩飾險些失控的笑聲。臉色凝重的霍浦金斯難掩高傲的神采，再命令一組四名的警察，禁止火車通行，拿出最亮的牛眼燈，以供檢驗現場之用。

「謝天謝地，還好你在這裡，醫生。」福爾摩斯壓低聲音說。

「我一直很樂意幫忙，但您講這話是什麼意思？」

「如果我們的朋友霍浦金斯再這樣亢奮下去，雖說他年輕力盛，我卻怕他的心臟受不了。看他緊張成那個樣子。」

霍浦金斯跑來告訴我們一切就緒，我費了半天勁，好不容易壓住放聲大笑的衝動。我們跟著兩個警察，緩緩的走下鐵梯，來到鐵軌旁維修工使用的小徑。福爾摩斯衝到隊伍前方，我們只好停下腳步。

「每個人都要打點起十二萬分的小心，只能踩在鐵軌間的枕木上，千萬不要踏到鐵軌之外，請務必合作！」福爾摩斯叫道，響亮的聲音被濃濁的空氣裹得異樣含混。「當然，我們追捕的嫌犯也可能採取同樣的行進方式，走在鐵軌中間，但在無人警示火車動向的前提下，他真的得膽大包天才行。我們在十五分鐘內，一定能夠離開這個地下世界，平安返回地面。」

福爾摩斯施展激勵人心的本事，化身成為口若懸河的推銷員。他的這番話迎來員警的掌聲與歡呼，「聽好他的話！」「聽清楚！」我難掩憂慮，搖搖頭。他的動作並沒有特別出格，眼睛卻跟水銀一樣明亮，講完話之後，肢體擺動的幅度也開始誇張起來。我的朋友擁有鋼鐵般的意志，卻缺乏人類最基本的維修機制，經常把自己驅策到當場昏厥，這是我極力避免見到的場面。

我們小心翼翼的沿著枕木前進，嚴重污濁的空氣，濃度直追倫敦家常湯（譯註：黃豌豆燉成濃湯，黃黃稠稠的，很像當時倫敦嚴重污染的空氣），昏黃黯淡的燈光幾乎無法穿透。每一個人都用圍巾摀住臉龐，避開懸浮在空氣裡的煤炭渣。

「我們到了，福爾摩斯先生！」霍浦金斯打頭陣，緊跟我的朋友，一聲胡哨，明確要求隊伍暫停。「每個人都點亮提燈，遵照福爾摩斯跟我的指示，第一時間就要立即執行！福爾摩斯，請容我向您展示命案現場！」

我只能勉強看到福爾摩斯的身影，卻能清楚的感受到他瞪著我的目光中，流露出的幽默詼諧，雖說周遭鬱悶至極，我還是忍不住彎了腰——這是裝給外界看的假動作——趁機把胸中的濁氣跟著笑聲一起吐出肺部。

「腳印從這裡開始，」我聽到霍浦金斯熟悉的聲音，不過，從我站的地方卻看不到他，所以我乾脆雙手往口袋裡一插，跟著明滅不定的光線往前望去。偵探背影時而被照亮，勉強分辨得出他正全神貫注，觀察每一處細節。「這裡就是足跡最集中的地方。照您的說法，他踏著枕木一路走過來，然後才跳到鐵軌的這一邊，當然說得通；又或者他是從暫停的火車上跳下來——儘管身受致命重傷，卻沒有斷氣——也算合理。但是這兩個假設都有費解之處。我想您看得出來，他在這個地方轉過幾次身、面對不同的方向，腳底下的泥巴被他攪得一片混亂。在這裡有靠雙手、膝蓋爬行的痕跡，鮮血從背心的位置一路滴落。請問您看得見嗎？」

「是的，這點絕無疑問。」福爾摩斯說。

他的語調中傳出一種讓我為之一震的張力。夏洛克．福爾摩斯顯然發現了什麼。他從一個原本有些冷漠、嘻笑怒罵的路人，轉化成一隻毛色潤澤的獵豹，伏低身體，躲在繁密的植物叢後，悄悄接近獵物，環境中最細微的動靜，都能激起牠提高警覺。

「身負重傷的海德盡一切可能往前爬，」霍浦金斯繼續，「就在這個略大一點的髒水坑附近斷氣。」

「沒錯，跟我的判斷相近。你說得也沒錯：就算他被迫從車廂間跳下來，也沒有發現著地的痕跡。但是，霍浦金斯，你看不出來腳印開始凌亂的地方，暗藏玄機嗎？」

「這話怎講？」

「我得承認我可能非常異想天開，就我看來，某些步伐的重心很不尋常。請注意這裡，他好像是往前移動——我想你應該可以看得出來，一個腳印深一些，另外一個淺一些，證實了我先前沒什麼用的觀察結果，也就是他的膝蓋受過傷——無論如何，這批腳印就是跟那批不一樣，舉個例子，你看，他在這裡踉蹌往後。對你這樣聰明機智的人來說，這意味著什麼？」

「對！」這位年輕的探長讚嘆道。「我的天啊，您是對的。福爾摩斯先生，錯不了！我要脫帽向您致敬。」

神探頓了一下。「我到底是哪些地方說對了？我是不是能有至高的榮幸，請你說說，我心裡在想什麼？」

「他在這裡搖搖晃晃、反反覆覆的，福爾摩斯先生，可能是因為震驚以及痛楚——從一開始，他的重心就是先落在腳尖，再轉往腳跟。這樣一來，我們可以排除他是從隧道某一頭進來的可能性。凶手干擾火車運行，在煞車前，開槍射殺海德，利用車輪急煞的尖銳噪音掩蓋槍聲，把還沒有斷氣的海德從車廂銜接處推落，再以高超的方法逃離現場。在我們發現這宗命案前，他已經把車上的血跡清理乾淨了。我的推論正確嗎？」

「這個嘛，我只能說部分沒錯。在這個理論裡，有一點說不過去，所以我正在思考一個更離奇的可能性。嘖，嘖，不管我了——我不時會胡思亂想吧，你了解吧？」

「您的想法可以與我分享，先生，我會仔細聽的。」

「我一定會的，等蒐集到更確切的證據再說。到那時候，我還要請你幫忙。」

「任憑差遣，福爾摩斯先生。」

「麻煩各位員警！點亮手燈，讓我在袖口記點資料，多謝！現在，霍浦金斯，請你告訴我海德想重操舊業之際，寫下哪幾位工頭的名字？非常感激。」

我們移動腳步，等待兩人交接情報之際，身邊響起一陣刻意壓低聲量的竊竊私語。等兩人講完，我的朋友謝過一肚子狐疑的探長，重新回到隊伍裡。

「動作快點！小夥子們！」他叫道。「在這種空氣裡不宜久留！我跟你們講，喝一整杯的獸毛，都比這裡乾淨——早走早好。還有，霍浦金斯，你可以打發兩邊的員警離開了。喔，但要先找人把腳印拍照存檔。這不會太麻煩你吧？」

「我？當然不會！」探長趕緊傳令。「你們聽到福爾摩斯先生的話了，各位！先回車站，再派兩個夥計來這裡拍照。」

走上月台之後，福爾摩斯輕輕的揮手告別，快步登上階梯，好像後面有魔鬼在追他似的。等我們站在地面，天光閃得我們幾近失明，我這才有點懊惱的發現福爾摩斯急切的眼神中，燃起狂熱的熊熊火焰。

「有家餐廳就在不遠的地方，我們去那裡坐一會兒，聽聽您有什麼發現。」我強烈要求。

「沒時間啊，華生。」他已經在四處找出租馬車，瞥見一輛，趕緊舉起手杖招呼他過來。「至於你，沒問題，先去梳洗休息。我沒有更好的建議了。因為接下來的一兩個小時，你暫時幫不上忙，會很無聊。所以等會兒我們在貝格街碰頭。好好吃一頓吧，老好人，我會在抵達目的地後喝一杯咖啡。」

「敢問目的地是？」我無助的插了這句話。

「蘇格蘭場。」

「為什麼？」

「跟隨我的直覺。」

「福爾摩斯，您是血肉之軀，又不是機器人，需要足夠的養分維持生命機能，才有辦法跟隨您的直覺吧？」

「華生，你的好意跟伊甸園裡的住民一樣純潔，但我累到連消化一個比司吉的力氣都沒有，四十八小時內，大概連根指頭都舉不起來。祝我好運吧。」

「祝您如有神助！但是，福爾摩斯，您剛剛在鐵軌附近到底看到什麼？」

福爾摩斯剛踩上馬車階梯，又轉回身來，每一根血管都在顫抖，陶醉在追蹤的快感裡。「霍浦金斯太在意腳印了——你還記得黑彼得案吧？俄羅斯婦人夾鼻眼鏡案處理得更糟（譯註：深受福爾摩斯器重的霍浦金斯，在這兩個案子裡，鎖定的線索全都錯了）。他的目光侷限在案件裡唯一可能的結論，這點沒什麼好責怪的，因為真相出人意表。」

「我這輩子，見識過不少匪夷所思的行進路線，」福爾摩斯說，斜倚在漢索姆馬車窗戶邊，用俐落的角度闔上車門，「但我從來沒看到如此清楚的跡證指認有人居然從結實的磚牆中鑽出來。前往偉大的蘇格蘭場，駕駛！動作快！」

※

不消說，我回到住處，看到哈德森太太料理的午餐，便惡狠狠的開懷大嚼，好好安撫胃部的焦慮。福爾摩斯當然是開玩笑，海德怎麼可能莫名其妙現身在隧道內，等著人朝他開一槍？我朋友瘋狂燃燒體內能量，顯然已經瀕臨崩潰邊緣；這種狀態我以前也看過一次，想起來就毛骨悚然。但在我將一碗羊肉燉湯喝得點滴不剩之後，心思轉趨樂觀。福爾摩斯的聲音裡除了他找到不容反駁的線索之外，聽不出半點他餓到快要暈厥的蛛絲馬跡。所以我倒在沙發上，在腦門後面墊了一個枕頭，一本小說擱在前胸，等他回來。

客廳大門砰的一聲打開，陰影快速往前移動，力竭的陽光展開戰略性撤退。我張開眼睛，福爾摩斯旋風般的走了進來，嘴裡唸了幾句，也許是因為語調太輕，我聽不見，但比較可能是寓意過深，我聽不懂。

「抱歉，福爾摩斯，我等到睡著了。您有什麼發現嗎？」

「一定是這樣，除此之外別無解釋。」他吸了一口氣，拳頭往手掌上一搥，「但是我破解的機率只有千分之一，要怎麼逆轉劣勢？我總不能指望奇蹟吧。」

「我的天啊，如果您願意的話，坐下來慢慢解釋好不？」

福爾摩斯還真坐下來了，眼袋已呈淡淡的薰衣草色。「華生，你知道充當我的傳聲筒，是多麼有價值的工作嗎？」

「不管我能做什麼，哪怕只是袖手旁觀，我也樂意嘗試。」我倒了兩杯威士忌，一杯給他，順便坐回我慣用的那把椅子。

「你真是我的知己，老友。雖然不知道我接下來要申明的重點，也不會催我揭開謎底。這點真是無與倫比的明智。」

「犯不著巴結我。」

「不，不，你就像純淨無瑕的玻璃，總能折射燈塔光芒，你是——」

「能不能把客套話放到一邊，先聽聽要緊事。」

福爾摩斯從牙間吐出一口氣，手肘架在搖椅扶手，指節不住的輕敲眉心。「我們需要回頭走個一兩步。我曾經跟你說過，我素來討厭佛瑞斯特．海德；但你也應該記得：以單一竊盜的罪名起訴他，我是多麼不甘心，偏偏又找不到他窩藏其他贓物的地點。這真的很古怪。我把他想得太簡單了，認定他沒有能力興風作浪——我真蠢！你應該警告我，我沒有投注足夠的注意力，華生。」

「您的意思含糊到了極點，我完全不知道您在說什麼。」

他猛然從椅子上竄起，瘦長的手指在臉前搧了搧。「一個人發現自己精通某種行當，華生，他會怎麼做？甘願掩蓋才華，勞碌終身？還是他偶一為之，接著連續幾個星期幹苦力活，過一陣子再說？」

「不會。」我明白他的要點，一個字、一個字的講清楚。「不，他會持續的幹，絕不縮手。」

「對，這是他會幹的事情。」不管他要什麼花樣，我一一接招。「海德一獲釋，立刻接觸了下面這三個人——李查．布萊克、大威．柏崔與史蒂芬．麥凱。這是我今天下午在蘇格蘭場做的筆記，還有去市檔案局清查的結果，看你能不能剖析出什麼端倪？」

我朋友的字跡龍飛鳳舞，但落筆還算清晰；只是體力耗盡，幾近油盡燈枯，辨認起來卻不大容易。我花了快一分鐘時間才看明白這三個人的經歷，共通點突然清晰的呈現眼前。

「您是說十年前，佛瑞斯特．海德還沒被我們繩之以法之前，就是跟這三個工頭一起，把泰晤士河底的人行步道，改裝成供火車通行的隧道？」我驚呼。「福爾摩斯，這——我想不出有什麼意義。很明顯的，這個發現顛覆了一切，但要從哪個角度切入呢？您是認真的嗎？就是當您說——」

「我身體裡的每一盎司都是認真的，醫生。佛瑞斯特．海德的步伐，從磚牆中走出來，心懷渴望——我不是說驚慌失措的，從腳印的深度來看，這麼說是很公允的——沒想到，卻迎來自己的死亡。表面上看來，這是不可能的，所以必須重新檢驗我們掌握的事實，有沒有足以影響推論過程的錯誤。他是在獲釋不久之後遇刺身亡，很難不假設他是處理入獄前的舊帳，因而招來殺機。我們也知道偷竊受害者，不只伊麗莎白・蓋兒小姐一人，卻找不到跟他合作的收贓商家或者寶石切割業者。我們還知道他是一個建築工程師，發表一些壽命短暫的藝術評論，用以博取女性藝術家的信任，趁機偷竊她們的財物。再加上我始終沒有找到他的贓物藏匿處，還有他從牆壁鑽出來的事實——」

「福爾摩斯！」我叫道，「好了，好了，我知道您的想法了。」

「毫無疑問，你會想通的，終究會。」

「他偷偷的把贓物藏在隧道裡面的某個暗室裡。但請您先等等——您說看來他是從牆壁中鑽出來的，但您卻沒找到路徑不是嗎？就算是他真的在隧道中，開闢一個暗室，也說不通啊。」

「的確是說不通。狡兔三窟，出入口當然會多做幾個，尤其是火車來來去去的危險所在，這點更該謹記在心，存在另外一個出入口的可能性是相當大的。」

「那好，至少解釋了腳印。但剩下的部分還是一團混亂、相互矛盾，至少我無法釐清。」

「我倒不覺得有這麼奧妙。」福爾摩斯講話的速度慢了下來，彷彿是昏昏欲睡的邏輯學者。（我之所以這麼認為，是因為他終於坐下來，放鬆一點，於是整個人幾近崩潰。）「一步一步來，容我用這樣的方法解釋：佛瑞斯特・海德在發現他的建築設計天賦之後，找來幾個當地的夥伴協助，打造一間無法滲透的密室——所謂『無法滲透』指的是除了他的死黨以外，外界無從得知的祕密所在；位置在裝飾內牆與最堅固的支撐結構之間，沒有同謀，單憑一己之力，是造不出來的。我猜他付了一大筆封口費請他們幫忙，還誤導他們，說密室別有用途，比方說是進行祕密研究啦，或者說，是暗地派工作的祕密基地……否則的話，他們一定會要求分贓，他也就白忙活了。佛瑞斯特・海德口若懸河，有能力把人唬得一愣一愣的，花足夠的代價，要人閉嘴，並不算太難。」

「這點明白。倫敦多的是異想天開的波希米亞人。您哥哥創辦的第歐根尼俱樂部，唯一的目的不就是避免閒談？」

「這例子非常得當。」

「在他獲釋之後，為什麼慌不迭的去找這批同黨呢？」

「這一點的確很微妙，但我幾乎確定原委了。在我抓到他之後，他的同黨聽到他入獄的消息，一定驚覺自己上當了，那間密室可能根本是用來儲藏贓物的地方，也可能會進去查看。但他們都是建築工頭，總不好捲走財寶潛逃吧。所以，贓物說不定還原封未動呢？這麼推理清楚嗎？」

「相當明白。」

「非常好。現在允許我描繪一個純然假設的情景。你知道，這是我找不到可靠證人時，慣用的手法：福瑞斯特・海德身上沒有車票，是因為他根本不需要。他通過泰晤士河底密道進入密室——入口在哪裡，目前說不上來，但可以假設月台邊有一道隱密的門戶——想取回贓物，再從原路撤離，但在這過程中，不知道發生什麼意外，某個出乎意料的威脅，強迫他逃向鐵軌，但最終還是難逃一劫。意圖置他於死地的凶手，不知道用了什麼手法，讓駛向瓦平站的車長拉起煞車。這是不是意味著布萊克、柏崔跟麥凱也有涉案呢？」

「究竟是誰動的手呢？如果只是黑吃黑，幹嘛一定要置他於死地？」

「我很坦然的承認，華生：我毫無概念。」福爾摩斯倒也大方，在挫敗中不掩詼諧，整個人像是一件隨意亂扔的大衣，攤在他的椅子上，全身骨頭都被抽掉似的。「我們知道他在哪裡遇害，卻不知道他為什麼被迫逃進隧道。他發現時間所剩無幾，原本以為打開逃生出口就可以脫身，沒想到那道嵌在牆壁上的暗門，儘管沒有上鎖，卻因為年久失修，早就坍塌得不成樣子了。如果他又沒法從原路退回，那麼，接下來他能怎麼辦？」

「他的手指！」我搖搖頭，方才的景象，纖毫畢現，倏地出現腦海。「福爾摩斯，您當然知道自己是天才，但我要第一千次認證這個事實。他沒時間琢磨自然衰敗的過程以及為什麼裂縫裡塞滿煤灰與砂礫。一發現門重到推不動，就知道自己受困絕境，危險迫在眉睫。但眼前是唯一的出路，他只好用手刨出一條逃命通道——我們在殮房裡看到難以解釋的傷痕，就是這個緣故。」

「你跟我想到一塊兒去了。」福爾摩斯輕輕的說，瞪著地毯，好像解答生命疑問的線索就埋在那裡似的。「等他好不容易挖出活路，一腳輕、一腳重，跌跌撞撞的來到鐵軌外，轉了幾次身，發現火車朝他駛來的燈光。接下來發生的事情，就需要我們自行研判了，就我看來，幾近無解。」

「怎麼說？」

「可能性太多了。我們不確定是哪一個同黨在瓦平站盯上了海德。考慮他最近曾經與他們聯繫過，三個前同事任意組合、搭檔，協調行動、鞏固不在場證明，還可以用各種謊言交叉掩護——我們要怎樣突破銅牆鐵壁，釐清案情呢？我只有一具屍體、確認了幾個同黨，運氣好，再加上幾張拍了古怪腳印的照片。我們當然可以調查隧道內的密室，確認他是從哪裡鑽出來的，但還是追查不到凶手的下落。」

福爾摩斯看起來有些灰心喪志，我也不知道該怎麼回覆他。接下來十分鐘，我們就回沖茶葉，做點輕鬆的零碎活兒，要不就無聊的瞪著窗外；就在這個時候，一通電報送到了。我至今還能開心的回想起來，銀盤在我們客廳裡泛出灰濛濛的微光以及福爾摩斯急促的呼吸，照理來說，讀封信犯不著這麼緊張。

「什麼壞消息？」

「完全相反。」福爾摩斯的眼光閃電似的瞪著我。「我拜託霍浦金斯做的事情，收到預想的效果：佛瑞斯特．海德入獄期間，曾經跟一個人固定通信。我不由得認為：這個人可以為撲朔迷離的案情，帶來一線曙光。」

「對方是哪位呢？」

「伊麗莎白．蓋兒。」

「我的天啊。」出人意表的發展讓我大吃一驚，但很快就恢復冷靜。「那麼我們去拜訪她好了。」

「我想不出更好的建議了。」

「知道她住在哪兒嗎？」

「梅菲爾，海斯區。」

「也只是搭趟馬車的距離。福爾摩斯，為什麼一個女人會莫名其妙的固定跟在牢裡的佛瑞斯特．海德通信呢？雖說她的靈魂纖細敏感，擁有藝術家的氣質，卻不是不曉世事啊，至少她第一時間就知道來找我們。」

「這種異常情況的背後，隱藏各種理由，從單純的受騙到她跟海德偷偷生了小孩，很難說。」他把瘦瘦的手臂伸進外套，若有所思。「也可能是我們無從得知的動機。我早就放棄揣摩女性深不可測的內心世界了，華生；就跟探索『無限』這個概念一樣——幾近精神冥想，有價值，但注定白費功夫。」

⁂

我已經形容過伊麗莎白．蓋兒小姐了，因此無需細述她如柳樹般輕盈的姿態以及略帶惆悵的微笑，但我還是得加上一句，這些年來，歲月只是輕輕拂過她的臉龐而已。她深蜂蜜色的頭髮如今綁成波西米亞風的辮子，穿了一件深灰色的旅行服、打摺燈籠袖，上罩一件栗色流蘇披肩。我們還發現她正在匆忙的整理一個小旅行箱。一見到這樣的場景，我的心頓時揪了起來，因為這等於宣告我朋友推理是對的——她顯然完全掌握了命案的最新發展，才會十萬火急的出門避風頭。儘管全身裝束停當，我還是可以依稀想見她苗條、優雅的身段。她急著離開的房間，大致已經清空，只剩下長春藤圖案的壁紙。我們在這當口貿然闖入，只見她疲憊的眼睛裡，滿是血絲。

「蓋兒小姐，恕我們冒昧來訪，能跟我們聊幾句嗎？」福爾摩斯脫下帽子，客氣的問道。

「福爾摩斯先生，怎麼是您？多年沒見！請問兩位來這裡有何貴幹？」

「這要過一會兒才能確定。請坐，你的行動恐怕必須受到一點限制。」

蓋兒小姐摔進座椅裡，四肢不斷顫抖。「果然難逃這個下場，福爾摩斯先生。我知道您一定有問題要問，我素來敬佩您追根究柢的韌性，所以在您開口之前，請容許我自己將來龍去脈和盤托出好嗎？您也看得出來，這可以節省大家寶貴的時間，更何況我真的很趕。我發誓會把前因後果，坦誠相告——事實上，我認為我該跟您解釋清楚。我這個人從來不欠人情——所以，我自己的故事，自己交代，犯不著鬧到警局接受偵訊，這樣不是比較斯文嗎？好些原委想來您並不知道。提起來，一把辛酸淚，我想還是從頭說起比較好。」

「要求很合理，我沒有反對的意思。」福爾摩斯同意，「我們配合你的時間。」

她指著一張破舊的沙發，我們倆先後落座，看著她慌張的重吸幾口氣。蓋兒小姐調整披肩，端端正正的蓋好肩膀，搖搖頭，好像對於過去，不知是該哭還是該笑，這才緩緩的訴說她的故事。

「首先，兩位弄錯了我的名字。我在表演舞台上，叫做伊麗莎白．蓋兒，但在法律上，卻完全不是這麼回事。」

「那您究竟叫什麼名字？能否見告？」

「佛瑞斯特．海德太太。」她低聲說。

見到我們錯愕的表情，她反倒笑了。「從頭開始，好嗎？」

「請吧。」福爾摩斯慎重的說，全神貫注。

「兩位已經見過他了，我就不詳述此人的魅力，但他真的擁有催眠的能量。一見到我，他就上前自我介紹，這是他的老把戲了，看起來跟都市上流階級沒兩樣——自信，散發氣場。佛瑞斯特英姿煥發，他身邊的其他人，相形之下，就只是庸庸碌碌的路人，跟版畫印出來的一樣呆若木雞；但他不同，有血有肉，生氣勃勃。我們祕密結婚，他說，這對我們倆的職業生涯都有好處：我還是可以自由自在的跟藝術同好、知識分子來往；而他也可以毫無顧忌的讚美我的表演，不至於被外界視為徇私。我真的是傻得可以！他的旅館就是我們臨時的家，偶爾，也相聚於我那簡單的住處——簡單是簡單，但也比兩位眼前的地方要寬敞像樣得多。他宣稱自己經常旅行，而我壓根沒想到他在倫敦還有別的落腳處。但我一直懷疑他有外遇，有一天，實在按捺不住疑心，跟蹤他，因此發現他的祕密生活，原來我先生是這樣的人。

「佛瑞斯特的心裡，其實是痛恨女性的，福爾摩斯先生，態度之殘酷，遠遠超乎外界想像。在我揭發他是雙面人之後，他非但不感覺慚愧，反倒開始自吹自擂——說他得手過多少珍藏、潛入民宅行竊的手段有多高明，又是如何高瞻遠矚，在泰晤士河底興建密室。如果我膽敢跟他離婚，他就要以藝術評論家的身分，徹底摧毀我的職業生涯。見到我痛苦，他好像更開心了。在兩位眼裡，我忍氣吞聲，毫無作為，或許難以思議；但就我的立場而言，我識人不明，輕信花言巧語，婚姻觸礁，卻是見不得人的醜聞。舞蹈是我悲慘生活中唯一的寬慰，在精神上，我也無法犧牲我的藝術，乃至於唯一的經濟來源。起初，我選擇隱忍坐視，敷衍他，說我只愛他一個人，繼續扮演愚婦的角色——冷眼看他惡形惡狀、志得意滿，至少這種做法挽救了我的生涯。」

「你其實不需要委屈自己，何苦做這種選擇？」我忍不住，提醒她。

「沒錯——無論如何，我還是接受了。我也知道，他對於我的凌虐，多半會故計重施在別人身上，除非徹底除去這個性喜傷害別人的惡棍，否則他是不會罷手的。你在福瑞斯特箱子暗格裡發現的藍寶石，是我的沒錯；但是福爾摩斯，連您也沒意料到是我故意放進去的吧？」

「你栽贓給他，做為他行竊的證據？」福爾摩斯肯定的語氣中帶著欽佩。「他在法庭上，對你的行徑，惡劣得出格，原來是這麼一回事。」

「檢舉下流的惡棍，絕不是怯懦，而是勇氣的展現。」我誠心誠意的補上一句。

「沒錯，我無意批判你的作為，至少暫時幫倫敦市除去一個危害。但我們來這裡拜會，是為了一件更緊急的案件，截至目前，你都還沒有提到。」福爾摩斯繼續，「你是怎麼跟分居的配偶取得聯繫的？刺客又怎麼會在前往瓦平站的火車上，等到列車暫停，迎面給他一槍呢？你無需否認，看你這樣急匆匆的想要離開住處，就知道這件事情，多半跟你脫離不了干係吧？」

蓋兒小姐臉上的血色又褪去一些，但她還是挺住了。「不，我不會否認，我會誠實以告的，福爾摩斯先生。儘管他在《護身符》雜誌中，惡意批評我的表演，做為他啷噹入獄的臨別紀念，但我還是恢復了跟他的聯繫。我自有盤算。」

「他明明知道芭蕾舞是你的摯愛與經濟來源，還玩這一手，實在是夠下流的。」福爾摩斯鄭重的回應道。

「確實如此。」她歪著頭想了一會兒，往事讓她畏縮起來。「我需要錢。您也看得出來，我的手頭並不寬裕。我裝腔作勢，好不容易博取他相信我依舊迷戀著他之後；決定更進一步的說服他，說我想跟他回復過去那種祕密關係、過體面的日子。我做到了，某種程度上。佛瑞斯特認定我走投無路，只能無怨無悔的跟著他。恢復通信並不難，但要聊什麼呢？他並沒有寄給我半毛錢，兩位先生。他朝思暮想的就是出獄之後，取回他的珍藏。他滿腦子貪欲，全副心思都放在密室裡的寶貝上，就像是一頭被迫離開金山銀山的惡龍，暗自飲泣。所以，他才剛出獄，就立刻寫信給協助他建造密室的工頭，威脅他們，如果膽敢捲寶逃離倫敦，突然起居奢華，即便躲到法國南部，他也一定會給他們好看。沒人敢輕舉妄動。他們都是頭腦簡單、沒用的東西。更重要的是，密室外頭有一把設計精巧的鎖，他們沒有鑰匙，跟我一樣無計可施。」

福爾摩斯的表情變了，注意力突然集中，眼睛周邊的細紋變深，一陣寒意從我的肩頭往下竄，陰森森的拂過我冰冷的指尖。

伊麗莎白．蓋兒小姐——我始終覺得她該叫這個名字——又露出陰鬱的苦笑，這一次多了咬牙切齒。

「福瑞斯特自己也是個頭腦簡單、沒用的東西。喔，沒錯，人是我殺的，福爾摩斯先生。」她的聲音有些朦朧，實事求是，冷靜漠然。「這樣是不夠的——判刑這樣輕，沒多久就放出來了。人關進石牆包圍的監獄裡，無可奈何、無從宣洩怒氣，只好不停的虐待我。不過，他也透了不少口風，讓我取得必要的訊息——知道了他的偏執，還有他的同黨——布萊克、柏崔跟麥凱。」

「你到底做了什麼，蓋兒小姐？」我喘了幾口大氣，福爾摩斯卻是沉默得像一尊雕像。

「她自己寫信給那批工頭。」我的朋友突然從冥想中驚醒，機器似的回答我。「她叫他們在海德釋放那天跟蹤他——要提高警覺，尾隨他，查明白泰晤士隧道裡的密室入口，還有鑰匙的下落。但她也知道還有一個更祕密的通道。隨後，她做好相關準備，買張通勤票，搭上火車，前往瓦平站。」

「非常厲害，福爾摩斯先生。」她招認了。「不論結果是什麼，我都很開心——就算工頭們取走贓物，我只要再偷回來就好。一如預料，佛瑞斯特鎖住上層的門，延遲同黨的行動，被迫從祕密通道，轉向鐵軌方向逃逸。沒想到隧道毀損的狀況過於嚴重，險些壞了我的大計；幸好他在最後一刻，驚險脫逃，滿手是血，還不忘拎著袋子。趁著他想要上車之際，我一把搶過袋子，順手除掉這個危害英格蘭的惡棍。在這電光石火的剎那發生好多事情——列車人員的驚呼聲、蒸汽引擎急煞後的尖銳聲響跟車輪哐啷的噪音，誰會注意到裹在厚羊毛毯中的槍響呢？這批珠寶不在我手上，在今天之前，我已經陸續查明，物歸原主了。除了這個，我什麼也沒留下。」

她站起來，從褶襬後的暗袋裡取出一把小小的左輪來。

我正待起身，福爾摩斯舉起手掌，果斷的警告我別輕舉妄動。

「我心裡很清楚：如果你認為有必要，一定會毫不猶豫的開槍。」福爾摩斯講得很白，「但我也必須提醒你，還有很多更好的選擇。」

「我有選擇嗎？沒有吧？到頭來，還不是比誰的拳頭大？您無法縱容一個處心積慮的謀殺犯，我更沒有資格請您背叛您的良知。」她低語，似笑非笑，滿臉淒苦，「我可以讓兩位沒有行為能力，也可以輕鬆取走你們的性命，但是過去兩位曾經幫過我、幫過別人不少忙——佛瑞斯特已經殞命，我也沒什麼牽掛了，傷害兩位非我所願。現在，我要拎著這個小行李箱去火車站，如果你們膽敢攔阻我，可就有苦頭吃了。再見啦，福爾摩斯先生、華生先生。道謝，可能不大適當——但我還是想謙卑的感激兩位，就算是放我一條生路吧。」

她以一貫輕盈的腳步，優雅的告別，一手掛著黑色風衣，一手輕輕闔上門。我們倆呆坐在原地好幾秒鐘之後，福爾摩斯才開口，「我看我們還是追吧。」

「對，我想應該去追。」

但我們倆並沒行動。福爾摩斯雙手交握，彷彿祈禱般的沉思起來。

「華生，在我被捲進這起離奇命案的好幾年前，海德太太就已經是我的客戶了——雖說是一起栽贓案——現在呢，霍浦金斯又找我幫忙，你覺得我有沒有一點利益衝突？」

話中有話，我想。「有可能，您先前的那位客戶動用私刑報仇，血濺五步；既然您立誓捍衛法律，自然該重新思考立場。」

「喔，這當然。」他聳聳肩，強睜滿布血絲的睡眼，奇案偵破了，疲倦立刻席捲而來。「換個角度說，身為獨立調查者，也不得不承認：一介平民在工作過程中，面對中槍的風險，總不太好吧？」

「這個自然。您又沒受雇於蘇格蘭場，也不具有軍隊或者近衛軍的身分，只是個顧問罷了。」

「你是退伍軍人沒錯，但你可以申辯說，解甲歸田之後，你致力於文學創作，並不是犯罪調查。至少我個人不希望傷害到你的文學理念。」

「您真的是非常貼心。」

大概一分鐘以後，福爾摩斯看看手錶，蹣跚的站起身來。「咱們也別磨蹭了，華生，不是還有個女性謀殺犯逍遙法外嗎？總得指點我們的老友霍浦金斯一下，告訴他破案的真正關鍵。」

福爾摩斯並沒有規避他的天職，準備一五一十的把案情告訴霍浦金斯，但他顯然也不急著出發。我們又斷斷續續的聊了一會兒，這才慢條斯理的招來一部馬車。究竟是因為他比較同情凶手，對於被害者深惡痛絕；還是因為他的體力枯竭，導致行動緩慢，實在無從判斷。我們在泰晤士隧道的月台樓梯後面，尋獲隱藏的密道入口。我的朋友搖搖晃晃，連站都站不住，只能靠我攙扶著手肘勉強支撐。海德太太，或者蓋兒小姐早就不見蹤影，於是乎霍浦金斯乾脆把所有責任往她身上推：這個女人機智百變、神出鬼沒，再厲害的偵探也拿她沒輒。

喜歡社會新聞的讀者大概還記得一則讓人大吃一驚的花絮，同一天的貝格街，福爾摩斯從馬車走下來，直接昏倒在路邊。我曾經在《諾伍德的建築師》裡說過，這種現象先前發生過四次，只是從來沒有公諸於世罷了。我攙他走進室內，聞了嗅鹽，喝了一小杯威士忌跟一大碗熱湯，也就沒事了。該說的說了，該做的也做了，我很慶幸這次公開場合的丟人現眼，鬧得人盡皆知，以後，我應該有足夠的理由，預防同樣的災難再次發生。

# 男中音大冒險

在我有幸同住在貝格街的時候，經常有千奇百怪的各路人馬來拜訪夏洛克．福爾摩斯。想要逐一記錄他們的形形色色，即便是一個孜孜不倦的傳記作家，耗費無窮的精神力氣，大概都沒法照顧得周全。如果寫個簡介，那麼，首先鑽進腦海的一定是一波波湧來、源源不絕、名副其實的怪人。我們倆經常得坐在那兒，聽著天馬行空的請求、莫名其妙的猜想以及夢魘般的敘述，在我們執業期間，多到讓我不禁懷疑倫敦市本身——或者在偌大地球上其他的大都會，是否也窩藏這麼多的惡棍、是否市民也得強忍著隱身在樹梢、石板路間，妖魔鬼怪（儘管本質上全都是人類）的肆虐？絕少的個案跟何瑞修．法爾科納先生的難題一樣，初見面就是警鈴大作；而他闖入我們生活的那一剎那，至今思之，還是不寒而慄。

時值一九〇〇年，十一月的夜晚朔風如刀，冰雪夾雜，傾洩而下，好像立誓要驅除所有住民，聖徒與罪人不論，再闢新世界。我先前描繪過，跟所有深富創意的人一樣，面對無常的天氣，福爾摩斯也是秉持著一種觀眾欣賞的心情，將其視為背景音樂；於是呢，謝天謝地，他完全不受窗外風急霰驟的影響，全心全意的研究一份十八世紀的法律文件。書寫者是某個產業的「監管者」或是莊園裡專門跟官員打交道的執事。如果這份文件是真的，足以毀去一個巨大的家族，傾覆他們靠著不乾不淨的手段，積累出難以想像的驚人財富。他坐在桌前，一吋一吋的研究羊皮紙，直至午夜。

我非常滿意口中的雪茄、手中的波特酒和晚報，但福爾摩斯時而感嘆，時而驚呼，誘使我不時走到他身後，越過肩頭望一眼。我的好奇心並沒有得到滿足，我看到的只是一堆亂七八糟的縮寫，除了VIIber意指九月，我還破解得出來之外，其他的壓根就是天書，看了約莫二十分鐘，我還是離他而去。有些睏意的我打起盹來，一聲驚叫，讓我握著酒杯的手為之一震，趕緊站起來。

「我的天啊，福爾摩斯，怎麼回事？」

「其實也沒什麼，我的好室友！」他朝我的方向，倏地別過頭來；先前拿著羊皮紙小心翼翼，現在卻胡亂揮舞，一點也不在意，身軀扭動，喜孜孜似的。

「加斯科伊內家族可以高枕無憂了。明天我打電報通知他們，問題解決了。」

「您真是有一套！」我喘了口氣。「的確是可喜可賀。但您是怎麼——」

「這張羊皮紙是我有史以來有幸目擊、最獨特的詐欺嘗試。但絕無疑問，這是份西貝貨。你看這裡——不，別擔心，碰一下沒事的，這個聰明的歹徒不知道在哪裡發現一堆廢棄的古老羊皮紙，得來這個混淆視聽的靈感。而且我告訴你，墨跡禁得起反覆檢查，書法也是出自行家之手。只是在歷史上，最終遺囑是由口頭宣布的，並不是用『口述的』方式記錄下來；這裡還有『遺囑載明』的字眼，完全忽略了古代的法律用語。其他還有五處，讓我覺得費解，但不在這裡一一說明了。感謝偽造者誤用詞彙，加斯科伊內家族還是可以逍遙過日子——我也無需跟你補充，他們家小女兒的婚事就此保住。我的處理乾淨俐落，你多半也這樣認為吧？」

一邊說著，福爾摩斯一邊把假文件一扔，隨它飛騰一會兒，掉落地板。他的雙手交叉抱在胸前，對著我，臉上一副陶醉的表情，在他最信任的觀眾面前，再次展現了他捍衛正義的非凡能力。

「精采！」我不加思索的叫道，握住他的手臂。

他在燦爛的笑容中，伸了個懶腰，精光四射的眼睛，瞥了一眼狼狽躺在地毯上的文件。「專心致志到戰勝了人類的慣性思維，華生，我現在頭疼得要命。」

「這也很自然。」

「當時你不在現場，加斯科伊內家的族長找我的時候，都快瘋了。他女兒的婚事難保，已經到了解除婚約的邊緣。坦白說，我比較喜歡跟靠聰明才智、苦幹打拚的人打交道，素來不喜歡跟這種靠祖產混吃等死的有錢人來往。不過，知道詭計無法得逞，樸素的心願得以實現，還是覺得很慶幸。」

「聽您說的。」

「不過，」他的口氣一變，一根手指在長長的下巴上敲了敲，「這群傢伙稱得上是這行裡的高手，想想他們的創意、專業與勇氣，我要脫帽向他們致敬。聽說偽造者是出身大學城的貧困家庭，負責養家餬口的主人剛失業。這個膽大包天的計畫，別出心裁，超乎所有可能性，真沒想到除了我之外，還有人能把技術與藝術結合得這般天衣無縫。」

「在詐騙這個行當裡，您應該也稱得上是箇中高手了吧？對不對？」

他得意的撇撇嘴。「你應該可以接受我的無與倫比。」

我搖搖頭，正想從我的醫事包裡，取出一包止頭疼的藥粉，就聽到樓下有人狂扯了好幾下門鈴，幾乎在同一時間，又響起了重搥大門的聲音，彷彿使盡吃奶的力氣似的。

福爾摩斯揉揉犯疼的太陽穴。「我的天啊，三更半夜了，還有人上門，不是想在午夜搶佔民宅吧？果真如此，也只好跟他痛幹一場；要不然，就是急需我們的協助，這麼一來，靴子不免濕透。想想這兩個場景，我都懶得——」

「等會兒，我會拿些止疼的藥物給您。」我跟他保證，加快腳步下樓去，頓時想起離家探望生病親戚的哈德森太太，但願老天也能夠多加照顧。

我是醫生，早就被訓練出一副科學的心靈，從來不信鬼神作祟、不信超自然感應，不管預兆多麼清晰也沒用。不過，直覺這種事情是有的，我也不嘴硬。大門吵得震天響，隱隱附和夜晚的脈動，我自然也提高了警覺。

「千萬留神，華生。」我聽到福爾摩斯的聲音，回頭看見他出現在階梯末端的欄杆後，睡袍下襬微微鼓動，顯然跟我一樣，繃緊神經，準備面對不測。

我開了鎖，轉動門把，正準備退後，讓訪客進來，一個巨大的身影半壓半推的衝過玄關。我被他絆個踉蹌，匆忙一瞥，只見得一團襤褸間，出現一把左輪手槍，一步兩個階梯，飛也似地往二樓奔去。

「福爾摩斯，這傢伙帶著凶器！」我叫道，連忙跟上。

我緊追不捨，不過幾秒鐘的時間，心裡翻騰如攪，像是承受猛烈的砲擊，腦海中滿是恐怖的念頭：夏洛克．福爾摩斯可能是面對死亡威脅次數最高、花樣最多的倫敦市民。十來個惡棍吧，有陣子，一心一意就是要置他於死地。我別無選擇，只能一把抱住入侵者，朝硬木牆板一甩，就此完事；但我又考慮流彈可能誤傷我的朋友，寒意頓時湧入血管，就跟門外肆虐的冰霰一樣陰冷。

等我終於爬完階梯，時間滴噠滴噠的，彷彿又慢了下來，我看到福爾摩斯站穩腳步，擺出搏擊姿勢，準備伏低、閃躲。站在他前面的是一位肩膀厚實的矮個子，一頭蓬亂的黑髮，身上的外套冒著蒸氣，好像剛從泰晤士河打撈上來似的，一把槍緊緊握在顫抖的手上。

「我真的會開槍！」他的聲音渾厚迴盪，像是訓練有素的男中音。「我跟上帝發誓，我真的會開槍！把這事兒徹底做個了斷！」

「你看起來相當激動啊，先生。」福爾摩斯原本高亢的語調，現在卻像河裡的鵝卵石一樣柔滑，但我注意到他靈活的手指正在屈伸，眼光打量四周，確保最有效的移動路線。「當然啦，我沒有任何理由譴責你。哪位神智清楚的紳士忍受得了順著領口滑落的雪水呢？我發現你顯然沒帶雨傘——」

「誰說我神智清楚了？」這人氣勢洶洶，「又有誰說我是紳士來著？」

「這個嘛，」福爾摩斯客氣的輕咳兩聲。「我得承認，意識清不清楚、是不是紳士，無關緊要，我只能確認你來自柯爾切斯特某個居住環境不差的地方，說確實點吧，萊克斯頓區，對不？這是我倆第一次見面……」我的朋友停頓下來，看了我一眼，確認我知道此人並非宿敵，但眼前情況瞬息萬變，難以控制。「我的習慣就是善用——」

「我說過了，我會開槍！」訪客叫道，舉起左輪，槍口抵住自己的腦門。

我喘了口大氣，恐懼悄悄爬上福爾摩斯的臉龐。過了一會兒，他突然施展出我在別處描述過的耍蛇人技巧，給人一種奇特的印象，彷彿走進群情激奮的暴民當中，單靠平和的語氣，就能安撫他們亢奮的情緒。

「喔，你不會開槍的，你自己也明白。」福爾摩斯的語氣轉趨輕快，聊天似的。「不，我沒法接受。你看嘛，你跑來貝格街不就是要訴說自己的委屈？難道不是嗎？難道你來這裡是讓我親眼目睹你的死亡過程，確認你斷氣？我可以就此推論出五六種原因。但我根本不知道你是誰，假設你開了槍……」他悲傷的聳聳肩，「我就永遠沒法認識你了。我的朋友在這裡——就在你身後，留著兩撇小鬍子的那位，很熱心——是個醫生。如果你有什麼病痛，他會盡全力來協助你。至於我呢，你也知道，我是犯罪調查高手，斷然無法容許一位來自萊克斯頓的紳士，衝進我的住處，勾起我的興趣，卻留下無解的謎團。」

我有點糊塗了。雖說福爾摩斯的話有些油滑，但的確深情款款，收到效果。這個人似乎察覺到眼前的局勢很難收拾，聽進我朋友的開導，三人都慢慢的回過神來。他還是抖個不停，渾厚響亮的聲音中，糾結著濃濃的絕望與痛楚。

「我想也許你，也只有你，能夠救我。蠢！沒人會相信我的。」

「我可能會出乎你的意料之外。有人告訴我，我非常難以捉摸。」

「看來我真的瘋了，大半夜跑到這兒來，在兩位好人面前揮舞槍枝、尋死覓活——這不是坐實了他們對我的指控嗎？怎麼可能在我身上發生這種事情？」

「你看嘛，我是這世界上數一數二的專家，最擅長判斷什麼事情可能，什麼事情不可能。既然你人都來了，不把來龍去脈講清楚，不是白跑了一趟？」福爾摩斯安慰他，微微一笑。

這個可憐人苦笑回應，癱坐在地板上，好像一條爛抹布扔在那兒似的，隨後啜泣起來。「老天幫我，老天幫幫我啊。」福爾摩斯腦筋動得快，趕緊把左輪收進口袋裡，直截了當的按住他的肩膀。

「好啦。」他的聲音恢復原本的冷靜理智。「你中邪了，不管是什麼鬼使神差帶你來到這裡，放心，此時，沒人可以傷害你。知道嗎？你現在唯一需要做的事情就是冷靜下來，把剩下的事情交給我跟我的朋友。非常好。我去準備一點白蘭地，隨後把衣架子移到火爐邊，烤乾你的外套，再考慮接下來怎麼處理。」

「白蘭地！」這傢伙用痛苦的聲音重複道。「老天垂憐啊。再給我一點麵包？多謝你們啊，還有一杯茶？我要盡一切可能的讓自己振奮起來，實在無法表達我的羞愧——」

「嘖嘖嘖，不要再講這種話了。請你同意我暫時保管手槍來交換你的歉意，這樁買賣還算公平吧？那麼，好啦，請你移駕到那邊的客廳好嗎？我去拿衣架還有三明治。這些事情我們得自己處理了，因為那位全英國最不負責任、態度最輕佻的房東太太，不管哪個孀婦奄奄一息，一定會棄我們於不顧，跑去送終。接下來，雖然行禮如儀，但還是得過個場。我是夏洛克．福爾摩斯，順帶提一句，這位是我的朋友，約翰．華生醫生。」

我們訪客這才發現福爾摩斯已經伸出手來，趕緊彎腰握住，好像那是一根救生繩。「何瑞修．法爾科納，神探，欠您的恩情這輩子是還不完了。」

「不敢當。請你先到爐邊暫坐，我們料理點家務事，馬上過去陪你。」

法爾科納先生邁開蹣跚的腳步，朝著火爐走去，眼淚還是掉個不停，進到客廳的那一剎那，我的朋友一個踉蹌，差點沒站穩，體力看來已經全然放盡。

「我的天啊，福爾摩斯，您還好吧？」我驚喚道，趕緊迎上去，「剛才的演出嘆為觀止，我親愛的朋友，您還站得住吧？」

「當然沒問題。」

我扶住他站穩腳步。在微弱的光線中，他的氣色看來還算健康，但剛剛歷經生死交關的他，卻比以前多了點震撼。這並沒有什麼好批評的，我自己也有相同的感受。

「如果今天的場景日後再度上演，那麼，我要給這次表現打個高分。」

「你說得沒錯，今天的經歷的確不常見，希望以後別再來了。」他變得保守了點，小跑步下樓梯，甩甩提防得有些緊繃的四肢。

「福爾摩斯，我還以為他是上門報復來著。」

「是啊，我也這麼想。剛看到你準備捨身救人，我要很謙虛的跟你道歉。」

「不管為了什麼，都不需要感謝我，更何況您跟『謙虛』一點關係都沒有。」

「那麼你對『謙虛』長什麼樣子，應該是沒什麼概念才對；果真如此，你要如何判斷我這個人的『謙虛』具有何種本質、出現的頻率是高是低呢？」他嘲弄的說。把大門關好、鎖上之後，精力似乎已經完全復原。「醫生，我要去做三明治，我的廚藝跟別的技能一樣，水平相當不錯。請你大發慈悲，把大衣架拿到樓上去，順便幫我調製一杯止頭疼的通寧水，我現在急需來上這麼一杯。」

大概十分鐘以後，福爾摩斯跟我分別落坐在個人習慣的椅子上，聽著架上大衣的滴水聲、看著它慢慢的乾了。通寧水很快被福爾摩斯喝得一乾二淨，等著這個不速之客坐在沙發上，狼吞虎嚥吃完幫他特製的冷牛肉起士三明治。這個空檔讓我們有餘裕觀察法爾科納先生。他年紀大概在四十五到五十五之間，看外表就知道他毫不猶豫拒絕白蘭地是有原因的。來我們家前，他已經喝醉了，動作遲緩、刻意，線條鏤蝕的臉龐，嵌上紅色血管的印記，青筋浮現的皮膚，泛著病態的蠟黃色。一個彎彎的鷹鉤鼻，糾結的黑髮亂七八糟的披在肩膀上，西裝跟外套一樣資深，瀕臨崩裂邊緣；但是在一片狼藉的外表下，卻有一對清澈的淺藍色眼睛，儘管透明得幾近玻璃，散發著藝術家的氣質，神采奕奕。我由衷的為他感到委屈，究竟是為了什麼，要摧殘健康，把自己搞得這般狼狽不堪？他終於吃完三明治，細啜手中的熱茶，吐出一聲滿是倦意的嘆息。

「兩位先生，我實在不知道該怎麼謝你們；但在我感受兩位熱情的招待之後，還是得老著臉皮，再討一個不情之請。我無法以現金支付調查費用，福爾摩斯先生，我會跑一趟當鋪，但恐怕要請您等到明天了。」

一邊說，一邊見到他取出一個金色的護身符，顯然對他有極其特殊的意義，衣著襤褸成這樣，都還保留在身邊。我轉交給福爾摩斯。我的朋友點著菸斗，伸長鸛鳥般的長腿，打了個交叉，若有所思。這金光閃亮的飾物在他的指尖一轉，隨後拋出一道弧線，扔回給我們的客戶。

「聖則濟利亞。謝謝你，法爾科納先生，如果我們的客人手頭不便，無法付足調查費用，乾脆就不談錢了。考慮你現在的狀況，應該適用上述原則。解雇你的是哪一個歌劇團？」

法爾康納的下巴都快掉下來了。他搓了搓兩頰短短硬硬的鬍渣。「您是怎麼知道我是歌手的？」

「我要怎樣才會不知道呢？你一開口，有誰不會發現你是受過嚴格訓練的聲樂家？你最近睡得很差——多半是在海德公園或者聖詹姆士公園過夜吧？那裡的土壤都是淺褐色的，好些沾在外套上——你現在失業中，但是，才華如此出眾的藝術家，只要情況改善，應該不難找到工作。剛剛樓上的那一幕，請恕我直言：沒點創意的敏感度，還演不出來呢。再加上聖則濟利亞是守護音樂家的聖人，答案也就呼之欲出了。」

憶起自己的孟浪行徑，我們的客戶顯得有些畏縮。「我的前雇主是嘉瑞克街曲藝團。我經常扮演莫拉雷斯、古列爾莫跟福克醫生（譯註：分別是歌劇《卡門》、《威廉．泰爾》以及《蝙蝠》中的角色），也在劇團拿到終身職。但是，您看得出來……」他比了一下自己的寒酸模樣，「我最近的確都湊合睡在海德公園裡。」

「發生什麼事情？」

法爾科納搖了搖滿是污垢的臉龐。「一肚子辛酸從頭說起，福爾摩斯先生。失去摯愛、養成了可怕的習慣——這種老套故事提起來，簡直跟回想剛剛那丟人現眼的嘴臉同樣痛苦。」

「但這不是把你逼到失魂落魄的真正原因吧？」

「的確不是。」

「請你慢慢的告訴我們原委好吧？」

「福爾摩斯先生，我被綁架了。」

「真的嗎？」他吐出一股白煙，「幸運逃脫？希望我將綁架你的歹徒繩之以法？我說對了嗎？」

「福爾摩斯先生，」我們的客戶慢慢的說，「我被綁架，然後毫髮無傷的被放回倫敦街頭，前後三次了。」

福爾摩斯身子前傾，兩眼餘燼般的明滅不定，他覺得意外時就會這樣。「是有點古怪。」

「是啊，非常的莫名其妙。」

「我只要事實。如果可以的話，請你從頭說起好嗎？」

「我盡力。」法爾科納先生豎起一根指頭，劃著碟子邊緣。「我是家中獨子，很小的時候，父母就過世了，世上剩下我孤伶伶的一個。你們看到的是我最落魄的低潮，承受莫名的折磨——不，不，我必須說，現在的我徬徨無助，禁不起這個古怪遭遇帶給我的直接壓力。我第一次被綁架、獲釋，一時之間還搞不清楚到底是荒誕的惡作劇，還是揮之難去的夢魘。我常去的酒吧，狐齒，還願意給我一張冷板凳。我跟很少數人描繪我的經歷，卻被譏為癡人說夢。第二次，一模一樣的事情又發生了，我跑去蘇格蘭場報案。他們也不願意受理，還叫我眼睛最好放亮點，別來警察局開這麼荒唐的玩笑，小心被關進監牢裡。第三次發生在今天早上，我去當鋪當了我父親的手錶——只摘下聖則濟利亞護身符——換來一把手槍。我自己也無法判斷是要保護自己，還是想了斷自己。一如既往，我又放任自己擦槍走火，無法自拔，衝到這裡來。如果兩位也不相信我，我大概只有徹底瘋掉。」

「幸好你還能夠自制，也有自信，把故事交代清楚。」

「您還看不出來嗎？先生，我哪還剩什麼自信？」法爾科納先生反駁，隨即苦著臉咆哮，「也好。反正除了這條命，我也沒有什麼好損失的了。

「正如您所說，福爾摩斯先生，我來自萊克斯頓，過去二十年，我靠我的聲音混飯吃。年輕的時候，跟著好些巡迴劇團跑江湖；雖然生活很開心，也很熱鬧，但在年近四十的時候，我還是累了。於是我加入了嘉瑞克街曲藝團，在他們的演出季裡，固定登場。巡迴在不同的城市間，至今還是我無法擺脫的喜好，只是我現在沒有能力向兩位好好描述這種感受。就在這個時候，我遇到了這輩子的冤家，愛上了一個不該愛的女人。她對我壞得很——即便是世仇，也不可能更惡劣了——幾十年來，我小心翼翼的走在鋼索上保持平衡，但我掉了下來，如您所見，鼻青臉腫。我失魂落魄、萎靡不振，整個人都毀了。我不敢說我能始終保持清醒跟記憶力。連我自己都不相信自己，又怎麼好怪別人不相信我？

「大約一個月前吧，我在科芬花園賣唱，賺了幾先令，足夠買吃的喝的，我就朝狐齒走去，準備用最廉價的琴酒淹沒一切記憶。九點、十點，毫無意外的，我的意識開始模糊，不清楚酒吧裡發生了什麼事情，更沒法告訴你我是什麼時候離開的，甚至不確定我是不是真的跑去海德公園，在灌木叢裡找了一塊比較乾的土地，和衣躺下，躲避警方的盤查。天啊，這樣說來，我其實什麼都不確定。我想我一定是最爛的客戶吧？算您倒楣，碰上我這樣的人。」他苦澀的補了一句。

福爾摩斯聽他敘述之際，眼皮早就垂下來，至此，已經完全闔上。「法爾科納先生，最爛的客戶是來找我捉姦、要我去追查丟掉的火車行李。別再跟我說你不知道的事情，開始講你知道的事情吧。」

「有道理。」法爾科納先生果決的點點頭，「我不會再浪費兩位的時間了。是的，就在剛剛提到的那個晚上，我陷入昏迷，醒來時，發現自己置身在一個全然陌生的環境裡。我的頭僵得像塊木頭，雙腿無力，眼前狂冒金星——不像是宿醉反應，老天知道那有多痛苦。不，這像是吸完鴉片之後的夢境。我發現自己有些頭暈，從這道牆摸索到那道牆，膽戰心驚。不知道誰把我關在這裡，又是為了什麼。」

「請描述那個房間。」

「頭一回，我害怕極了，毫無頭緒，一片茫然，什麼也弄不清楚——到了第二、第三次，雖說我還是很不舒服、驚疑不定，卻能冷靜下來，仔細觀察環境。這是一間臥室，福爾摩斯先生。很尋常，淺色條紋的牆壁、有張胡桃木桌子，抽屜裡什麼也沒有，橄欖色調的窗簾，綠色的棉被跟一張舒適的床，還有非常奇怪的光線。」

「怎麼說？」

「每一次，我醒來，房間的燈都滅了，浸潤在藍色的夜晚氣氛裡，我敢發誓。儘管以我現在的狀況來說，發誓好像也沒用。」

「這個嘛，姑且說，我們相信你，否則的話，就無以為繼了。」

「這話說得是。我想這是因為我被人下了藥的緣故。先不管了，反正有一次，我憋足了氣，盡全力呼救。就在我喊到失聲，喉嚨沙啞、頭昏腦脹之際，我聽到悶悶的吵架聲。一個女子在哀求，一個男人拒絕了她，至少我是這麼認為的。他們講些什麼聽不清楚，那時我的腦子千瘡百孔，也不可能記清楚。但我確定他們的語氣是在爭吵，不時可以聽到女子在哭泣，福爾摩斯先生。」

「聽起來不妙。」

「的確是如此。這些聲音讓我更加恐懼，爭吵的急迫性與激烈程度，逐次俱增。您問我有多少把握？我只能告訴您，我不怎麼確定。除了聽他們吵架、扯緊嗓子向外界求救，我的腦海裡就沒別的了。」

福爾摩斯眼睛突然張開，鋒利的眼光瞪著他。「在釋放你的時候，你總跟某人接觸過吧？」

法爾科納先生看來極為膽寒，怯懦的看著手裡的茶杯。「有。」

「那麼，我們總算是切中要害了！綁架你的是哪一類的人？」

「我從沒看過綁架者，因為他總是趁我爛醉如泥、神智不清之際下手。」法爾科納先生低語。「釋放我的時候就不同了……他的個頭很高，福爾摩斯先生，幾乎跟您一樣，一身黑，戴著斗篷，活像是劊子手。」

想到這幅景象，我只覺脖子一陣刺痛。

「眼珠是什麼顏色？」福爾摩斯語氣冷靜，像是大夫在看診。

「很抱歉，先生，不知道。我嚇壞了。這傢伙足足宰制我三次，把我綁架到藍光房間裡，雖說並沒有對我造成什麼傷害。第一次是在一個月前，第二次是在兩週後，第三次就是昨晚。這一次，門一開，我暴起攻擊，但徒勞無功。」

「講話的聲音有特徵嗎？」

「他從來不跟我講話，只是帶著一塊抹布，往我臉上一抹。假設我的記憶還算牢靠，我猜上面有氯仿之類的東西，這解釋了我為什麼會失去意識。」

「他的手長什麼樣子？」

「我說不上來。」

福爾摩斯眉頭深鎖，有些受挫。「那好，暫時把這個斗篷男撇到一邊去好了。你總有從窗戶望出去吧？對街長什麼樣子？」

「一排搖搖欲墜的磚房，福爾摩斯先生，倫敦很常見的景象。」

「倒也未必，法爾科納先生。我真的認為，只要釐清手上線索，應該可以取得進展。什麼顏色？」

「喔——紅磚，福爾摩斯先生，鑲著灰邊。」

「幾層樓？」

「三層。」

「你說維護得很差？」

「就是很便宜的爛房子，沒有特色。窗戶破了，用報紙塞一塞。這種地方倫敦到處都有。唯一奇特的就是地面會泛出藍光，讓我十分不安。」

「你醒來的時候，發現自己在哪裡？」

「在科芬花園。」

「啊，這倒是有價值。」

「怎麼說？」我問道。

「法爾科納先生曾經在那附近賣唱換點小錢。斗篷男有可能就是在那裡聽過他的表演，不自覺的把受害者跟那地方聯繫在一起，自然而然的把他送回原地。你最近有沒有遇到異樣的聽眾？」

「我沒看到什麼古怪的人。」

「我倒不意外，不過，還是值得一問。我想，你應該說不出別的了吧？」

他長長的嘆口氣，筋疲力盡，搖搖頭。

「這個案子我免費接了，法爾科納先生。」福爾摩斯取下菸斗，手指波浪鼓似輕輕的敲著。「你的遭遇很特別，對我別具價值。但我有一個條件。」

「隨您吩咐，福爾摩斯先生！」他叫道，「如果我知道有人願意相信我，一定會信心倍增的，真的！」

「我相信你，但缺乏具體的線索，沒法擔保能立即破案。請你發誓，在我代表你調查謎團的期間，絕不用這把手槍做什麼傻事。我還沒查個水落石出，你就選擇自我了斷，只會讓我覺得白忙一場，所為何來？」

我們客人已經紅通通的臉龐，漲成紫色。「不可能發生這種事情，福爾摩斯先生！我發誓，絕不自殺。這條命是我欠您的，再怎麼不尊重，也不能在承您天大的人情後，還輕易拋棄。」

「那麼，我們就跟你道晚安了，法爾科納先生，我盡力而為。如果有需要，我會派人送信到狐齒去，應該找得到你吧？」

「沒問題，福爾摩斯先生。」他取走我朋友暫時保管的手槍，放進西裝口袋裡，然後去找半濕半乾的外套。

「你身上還有沒有錢？晚上找得到地方住嗎？」我忍不住問道。

「兩位不用替我擔心，我不會找自己麻煩的。」回覆之際，他的臉上浮現空洞的神情，讓我想起死去的哥哥，心頭一痛。「好些更需要幫助的人——男女老少都有——都在這樣的晚上餐風露宿呢。新堡街的雕像後面，有個小空間，知道的人不多，多半時間都是乾的，我到那裡將就一夜就好。晚安，再次感謝兩位無微不至的關照。祈禱您可以替我找到答案。」

法爾科納先生告辭之後，我起身給火爐添了點柴火，繞過他那件外套滴出來的小水潭，盡量不去想我那嗜酒如命的哥哥。「這故事實在匪夷所思。」

「的確非常奇特。我剛剛一直在追憶，卻想不出可以與之匹敵的案件。你有什麼看法？」福爾摩斯問道，塞了菸絲到菸斗裡面。

「陰氣森森。本質就是兩個字——夢魘。明明命在旦夕，親身經歷卻沒有任何人相信，想來不寒而慄。我們的確該幫他偵破這起案件才行。」

福爾摩斯停頓了一會兒，從頭到腳的把我打量一番。「你看來很不安，華生。」

「這個夜晚真的很不安寧啊。」

「不是一般的不安，是很特別的感觸。」

我放回火鉗，沒否認。「我的家族經驗讓自己更感同身受也說不一定。」

「當然。」他明白了，皺緊的眉頭鬆開了。「我們不時遇到自我毀滅的例子，但沒見過你這麼放在心上。」

「把它看成情緒上偶爾的波動吧。」

「華生，看在老天爺的份上，」他規勸道，甚是關切，「說出來吧，兄弟。」

「您堅持的話。法爾科納先生是這地球上，最不能把槍交到他手上的人。」

「我還能怎麼辦？」他抗議道，高高的額頭上，堆起深深的皺紋，看起來相當認真。「在他生命遭遇危險的時候，把槍偷過來？」

「當然不成。」

「我親愛的朋友啊，我想你大概以為我是幫凶吧。」

「您完全誤解我了。」

「你覺得我有別的處置方式？」

「我知道沒有更好的辦法了，福爾摩斯；所以，我是無可奈何。」

「喔，那就別操心了。我可沒法像你這樣胡思亂想，特別是在頭疼得跟小針亂扎的時候。」我的朋友難掩落寞，輕快的朝房間走去。「晚安了，華生。如果還有帶槍闖門的入侵者，麻煩你直接轟走就好，不要再來諮詢我了。」

福爾摩斯摔上門，比尋常刻意的用力一點；所有犯頭疼的人，都不免不耐煩吧。我也退回到自己的房間，準備就寢，聽到屋外鬼哭神號般的風聲，看見雪泥不住的撲在窗戶上，我暗自懷疑何瑞修．法爾科納先生瞪著琴酒的空瓶底，還會記得自己的承諾嗎？我變得更加沮喪了，即便是他沒濫用手中的武器，一了百了；也難保他不會留戀狐齒，自我摧殘：不管哪種情況，都會使我朋友的努力成為鏡花水月。

⁂

天剛朦朧亮，氣溫奇低，我很早就醒了，睡得不好，整個晚上始終夢見一把槍抵在福爾摩斯輪廓分明的臉上。梳洗、修面的同時，再次想起法爾科納先生。深夜坐在火爐邊，窗外怒吼的狂風抹去理性的現實世界，他的故事不容質疑；但在光天化日，回想起來，卻是難以置信。雖說我們已經成為朋友，我還是擔心會上他的惡當，儘管情有可原。此人控制不住紛亂的心思，也承認自己腦筋糊塗了、用誇張的方式強行闖入我們家。儘管福爾摩斯就是偏愛這種難以索解、天外飛來的奇案，但我們真能相信他嗎？我下定決心，要跟福爾摩斯好好談一談。

待我來到起居間，卻看到福爾摩斯留張紙條告訴我：他已經出門了，午餐前回來。這還挺蹊蹺的，經歷昨晚驚心動魄的場面，福爾摩斯還是沒半點倦怠，果真異於常人。我伏案整理記錄，十一點過一刻，我的朋友微風般輕盈的走了進來，吹著口哨，旋律是《費加洛婚禮》。

「天啊，福爾摩斯，您根本沒睡幾小時啊。真高興看到您精神這麼好。」他在脫外衣之際，我講出我的感受。

「華生，你還真是刻薄啊。」

我笑了，「頭疼好些了嗎？」

「運作非常敏銳。你呢，有什麼進展？」

「對於法爾科納案，我還是百思不得其解。」

「跟你保證，我也是，所以採取具體步驟。」

「他自己都信不過自己了，不是嗎？」我提醒他，筆桿壓在嘴唇上。「所謂的房間可能指的是他的童年幻想、虛構的產物，一種退縮回幼稚時期的人格障礙。」

福爾摩斯一邊朝我走來，一邊整理自己的黑髮，回復到原本的潤澤。「你又在讀《夢的解析》了？」

「佛洛伊德醫生有很多有趣的觀點。」

「華生，華生，經過這麼多年，希望你多少有點進步。」福爾摩斯評論辛辣，卻語帶詼諧。「好吧，就算我們假設他的遭遇都是因為生活艱辛引發的偏執幻想好了，那麼，從我們掌握的事實裡，能推論出什麼？法爾科納先生做了幾次夢，每次都夢到他遭受攻擊、綁架，最後由斗蓬男子釋放。一模一樣的場景屢次發生，醒來的時候，覺得自己不是爛醉，而是被下了藥。這位先生酗酒成性，這點你總同意吧——為什麼這一次會有異樣的感受？我因此更加相信沾有氯仿的毛巾，確有其事。」

「也許吧。」我退讓了，但並沒有釋疑。

「你說，他的神智不清，當然沒錯，但讓我這麼解釋：如果我們的客戶喝多了，做了可怕的夢，各路妖魔鬼怪出籠，恐嚇手段不一而足，那麼，我同意你的看法，大概是酗酒導致的急性意識錯亂，我們幫不了忙。反過來說，假設他承受了某種心靈創傷，對那個房間產生刻板印象，永遠一成不變，今天早上，我大概也就在火爐前伸伸懶腰，裹足不前了。但聽他親口描述自身經歷，你做何感想？」

「極端不可能。」

「但不是絕對不可能。請注意這一點，華生。他還說這事兒連續發生三次。對於拘禁他的地方，描述得很仔細：那是一間裝潢過的房間，有一張舒服的床、一張胡桃木桌子，還有暗綠色窗簾。他總是在夜晚被送進去，窗外泛著古怪的藍光。房門反鎖，他大叫，卻無人回應。綁架他的嫌犯應該是戴著斗篷的男子，手裡拿著沾了氯仿的毛巾。他總是聽到一個女性哀求跟哭泣的聲音，每一次都更加激動，而男人嚴拒的態勢，也相對升高，沒有商量的餘地。」

「依舊可能是幻覺。為什麼要特別強調藍光？」

「難道它沒有提醒你什麼嗎？」

「顯然沒有。」

「那好，就不要傷腦筋了。就我來看，道理很清楚。事實上，這是我調查的起點，儘管目前毫無所獲。」

跟他交道打久了，我心裡明白：如果他沒有進一步的解釋，意味著他壓根不想提。「您的口氣聽起來很篤定。您怎麼知道法爾科納的故事是真的呢？」

「因為他醒來的時候，人在科芬花園。」

「地點在哪裡有什麼重要？」

「如果他只是做夢，不是該吻合他的習慣，在海德公園清醒過來嗎？」

我愣住，考慮一下之後說，「我的確沒想到。」

「這是當然。思考本來就不是你的專長，但偶爾也應該嘗試看看。」

這是陷阱，我當然不會貿然挑釁。「您的推理可能是正確的，但如果我們不能確認歹徒綁架法爾科納的目的，終究沒法查個水落石出。這是走偏鋒的醫學研究？某種異想天開的運動？在我們掌握『為什麼』之前，問題就是無解。」

福爾摩斯大笑，拍拍我的肩膀。「據我所知，除了你之外，沒有其他人能夠提出這麼深富邏輯、必須鄭重以對的回應了，華生。當然啦，世上芸芸眾生，我也不是每個都見過。無論如何，在你的觀點中，有一種我無法認同的悲觀主義。我們並非全然束手無策。」

「真的？」我的臉色轉為開朗。「我們能做什麼呢？您鄭重其事提出來的藍光，截至目前為止，也無助於案情的突破不是嗎？」

「是沒錯，但遲早派得上用場。如影隨形，終究能見分曉。我已經派了一個小密探進行調查，再三再四叮囑他要謹守命令，感覺到絲毫不安，盡速撤退。對這個案件，我一直有不祥的預感。」

「因為線索來自於一個精神不穩定的人？不排除是胡言亂語？」

「不。」他否認，雙手往口袋裡一插。「因為斗蓬男一旦拿下面罩，會變得很危險。而我正準備揭開他的廬山真面目。」

⁂

接下來幾天，我沒怎麼看到我的朋友，但經常發現一個留著大鬍子的工人，戴著鐵匠用的厚皮手套，從我們的住處消失，直到入夜之後，才看到福爾摩斯從房間裡鑽出來，穿著睡袍，滿臉提防。我也沒聽到法爾科納案的調查進度，直到一天晚上，我跟福爾摩斯窩在貝斯諾爾綠地路一家破舊的小吃店角落裡，吃完簡餐，細啜咖啡之際，才又談起這宗奇案。為什麼要從西敏區一路跑來這裡，我毫無概念，只知道福爾摩斯打了一通電報給我，約我在這裡碰頭。電報裡評論了幾句列強佔領北京的新聞（譯註：指的是一九〇〇年，義和團事變，英國加入八國聯軍侵略中國），還大力稱讚這家餐館的牧羊人派有多麼美味。做了這麼久的朋友，他既然不想明言，我也就懶得白費力氣追問；我只淡淡的表達對於周遭環境的訝異，等待福爾摩斯展現神乎奇技的推理技巧。

「你覺得在這種天氣裡散步，會不會太辛苦？」我的朋友問道，嘴角浮現淘氣的微笑。

「不會。毫無疑問，您會領我到您發現重大線索的地方。」

福爾摩斯處理帳單之餘，嘴裡嘟囔幾句，頗有些掃興。「如果你的觀察與推理能力，持續強化的話，我就沒有什麼驚喜給你了。來吧，只要走幾條街就成了，我相信你一定會很感興趣。」

那天晚上真的冷得刺骨，寒氣蔓藤般陰森森的鑽進巷弄的每個角落，邪氣的冰晶結在破裂的玻璃窗上。我跟福爾摩斯一樣，脖子縮進翻高的衣領裡，卻遮不住他著名的鷹鉤鼻。貝斯諾爾綠地路惡名昭彰，人滿為患。時近晚間十點，除了筋疲力盡、連眼皮都快抬不起來的行人之外，只有我們兩人昂首闊步。大概走了兩分鐘，來到安斯里街，轉進一條更窄的巷弄，我停下腳步，一聲哀嘆。

「喔，您一定覺得我是白癡吧。」我非常難過。

「一點也不。我的結論是：法爾科納先生的故事對你來說太離奇，又容易勾起痛苦記憶，兩者相加，顯然超過你想像的極限。」他的回答倒是挺輕鬆的。

我們面對一棟簡陋的紅磚房，鑲著一圈剝落的白邊；而在這條破敗街道的另一頭，也有一棟類似的建築，跟法爾科納描述得一模一樣——成排寒磣住宅中間，硬生生的插進一間警察局，熟悉的警示藍光，閃爍在骯髒的人行道與斑駁的梧桐樹幹上。

「這是J管區。」福爾摩斯評論道。「一八八六年，由於貝斯諾爾綠地及其周邊人口激增，治安惡化，新設的派出所。我應該早點跟你說的，但我花了點時間辨認確實的地點。結果就是這一間，安斯里街四十六號。」

「您怎麼知道？」

「你懷疑前幾天我都幹什麼去了吧？在找到法爾科納先生描述的警局藍光之後，我易容改裝，暗中進行調查。貝斯諾爾綠地是貧民窟，名聲素來不好，一身筆挺的花呢西裝太顯眼，你明白吧？緊挨著左邊的樓房裡，有一個個子奇高的住客，前窗掛了一個行醫招牌。以利亞・阿希曼醫師。」

「斗蓬男？」我驚呼道。

「這是我現行的假設。」

「誰會在這種地方開業？」

福爾摩斯的眼睛在帽簷下閃了閃。「誰會把醫院開在沒人上門的破敗樓房裡？」

我們打量著對面的樓房，交換意見——門打開，出現一名女子，我們立刻噤聲。她的衣著得體合宜，舉止嫻靜，鈷藍色的燈光把她的質感襯托得格外脫俗。福爾摩斯抓住我的手臂。

「哇！」他輕呼，「怎麼盼來一個心事重重、形跡詭異的女人？」

這個古怪女子的臉龐堆滿了憂慮。她的步伐輕快，朝著大街走去，福爾摩斯隔著一小段距離，尾隨其後，我則跟在他的旁邊。待她來到比較寬闊的巷道，等待出租馬車，福爾摩斯一溜煙的鑽到她的身邊，「女士，不知道方不方便跟你講一會兒話？」

「喔！」她有些訝異，轉過身來。

她瘦瘦小小，一頭黑髮，細細的鼻梁微微上翹，很是俏皮，穿著鑲紅邊的灰色套裝。但是她的美卻沒有特色，晶亮的褐色眼睛，很空洞，鬼魅似的。

「我認識你嗎？」她的聲音有些顫抖。「在倫敦這個地方，跟陌生人講話，委實放心不下。」

「你無需過慮，跟我們在一起很安全。我是夏洛克．福爾摩斯，這位是我的朋友華生醫生，我們倆非常渴望知道，有沒有什麼地方是我們幫得上忙的？剛剛離開那棟建築的時候，你看起來憂心忡忡的，請原諒我如此直言。」

「我明白了。」她好像鬆了一口氣，「這麼說來，聊聊倒也無妨。我是莎拉．派特森太太。五年前，我先生有艘船在海外沉沒了，憂憤成疾，終究還是撒手走了。他生前總愛叮嚀我不要回答陌生人的提問，覺得我太過輕信他人；但我分辨得出來，兩位是紳士，不會害人。」

她東拉西扯了半天，我偷覷了福爾摩斯一眼，他一點不耐煩的意思都沒有。

「我們倆受寵若驚啊，派特森太太。」他的語言便給。「啊，前面來了一部馬車。要不就由我們陪你到比較安全的地方？也許你可以告訴我們，為什麼像你這樣的良家婦女，會跑到貝斯諾爾綠地來看醫生？既然你的先生已經不在了，還是護送你安全返家，我們倆會比較安心。」

「有人作伴當然是再好不過了。」她憂慮的看著手套，正面、反面，打量一遍。「這地方實在很恐怖，每次都心驚肉跳。要不是我弟弟詹姆士跟阿希曼醫生是好朋友，我也不會跑到這裡來。阿希曼醫生的專長是很罕見、冷門的科別，算是心理學家吧。他正設法把嚴重崩潰的詹姆士救回來——抱歉。」她低語，說著說著眼淚就掉下來了。「我弟弟神智幾近錯亂，都不認識自己是誰了。」

福爾摩斯扶她走進車廂，「咱們送你回家，邊走邊聊。」

派特森太太的用語頗為晦澀，有點心不在焉，說話跟孩子似的。我跟著福爾摩斯上了馬車，派特森太太告訴車伕地址。她家在特拉法加廣場附近的卡克斯柏街。我們慢慢的離開破敗郊區，福爾摩斯很客氣卻有意試探；我則沉默不語，避免打斷福爾摩斯的如簧之舌，或者驚擾派特森太太滔滔不絕的傾吐。路旁的煤氣燈光透過染色玻璃滲進來，將我們的臉龐映照得明滅不定，偶爾瞥見，就是一陣心驚。

「詹姆士生性放蕩，但我絕沒想到他會墮落到這般田地。」派特森太太套上斗蓬哀怨道，「他結識了一些壞朋友，福爾摩斯先生，自暴自棄——幾乎毀了自己，如果連阿希曼醫生都幫不了忙，我真的要絕望了。我的先生走了，詹姆士是我在世上唯一的親人。我繼承先生的遺產，每個月都給他一筆零用錢。但現在我把支票改開給阿希曼醫生，請他去處理我弟弟的債務，因為我不合適出面跟下流階層打交道。錢拿給詹姆士，他只會盡數拿去買醉。喔，想到他認不出親姐姐，真是讓人心碎。我怎麼忍心看著他孤獨的在這種冷天裡死去？連自己是誰都不知道！竟然說自己是聲樂家。福爾摩斯先生，您能想像嗎？他的聲音頗激勵人心，但他只是個船務公司的倉庫管理員啊。」

她這麼娓娓道來，我的心臟卻是越跳越快。至於我的朋友，表面依舊冷靜，但我可以感覺到他的能量逐漸釋放，姿勢微微顫動。

「在阿希曼醫生治療的過程中，你有定期探望你的弟弟嗎？」他問道。

「喔，有啊。醫生會送信給我，請我來探望他。我可憐的弟弟得了妄想症，胡言亂語，露宿街頭，情況越來越糟。我是覺得，如果面對面看著，詹姆士應該能認出我來；但是阿希曼醫生堅持說，我弟弟的行徑日趨暴力，他的醫療能力有限，不放我進病房。詹姆士的嗓音很美，一聽到，就能讓我放下心來——但阿希曼醫生正在開展療程，希望恢復他的理智，不知道是催眠，還是別的療法；只要能有效果，什麼都不妨試試。但他卻總愛酗酒，怎麼喝都喝不夠，阿希曼醫生一開門，他就會不顧一切的衝出去。」

「實在是駭人聽聞。」

她點點頭。「我們正在考慮把他送進私立精神療養院，這也就是我今天來這裡的原因——我跟律師談過了，只要能把他照顧好，錢不是問題。」

我找不到佛洛伊德的什麼理論，可以解釋派特森太太描述的情況。我的不安顯現在臉上，福爾摩斯突然把手掌壓在我的膝頭示警。

「你弟弟病情突然急遽惡化，醫生不准你進房探望，為時多久？」

「大概一個多月前。」

「那麼，以前在阿希曼醫生的陪同下，你有探望過你弟弟嗎？」

「有啊，好多次——他們倆非常親近，只是我從來沒有看過阿希曼醫生的治療方式。他們會回家看我。兩人一度住在一起，所以我弟弟病發前的徵兆，被他掌握得一清二楚。我常說，他真的不好控制啊。」

「所以大約在一個月前，你開始把零用錢交給阿希曼醫生？」

「對的，福爾摩斯先生，這是一個艱難的決定——但真的，我能做的實在不多。我第一次聽到他嚷著說要我放他走，我就知道這筆錢不能交到他手上。」

「是阿希曼醫生建議你這樣做的嗎？」

「我記不大清楚了。可能是吧。很高興能有人可以談談這些事情，眼前我無計可施，感激兩位先生不嫌麻煩，送我安全返家。」

她開始無助的哭泣。福爾摩斯彎著身體，拍拍她戴著手套的手，我忍不住拿她跟她弟弟相比——感情一樣過於氾濫；一樣缺乏自我控制的能力。馬車終於來到特拉法加廣場，她慢慢的安靜下來，福爾摩斯的臉色極為嚴峻。

「派特森太太，在把令弟移送精神療養院前，你一定要爭取最後的機會，設法恢復他部分的神智。親情一定會奏效的——也許只需雙目相對，家族的聯繫就能產生某種魔力。有什麼比得上親姐姐的呼喚呢？」

「您覺得這有可能嗎？」她深吸一口氣。

「我如此深信。你要答應我，明天堅持要求阿希曼醫生，除非他能確切的說服你，證明詹姆士看到姐姐會造成嚴重的傷害，否則你就拒付精神療養院的各種費用。也許詹姆士不好應付，情況已然失控，你當然非進去房間不可，親耳聽聽令弟的說法。我跟華生醫生會陪著你，你不用擔心自己的安全。」

「實在是太感謝了，先生。」派特森太太摺好手絹，下車前拍拍自己的臉頰。「您是對的，我相信，果然還是要諮詢獨立的第三方比較好。好的，我會遵照您的吩咐去做，請您務必答應我，在貝斯諾爾綠地與我會合。恐怕時間會很晚——阿希曼醫生一直要到午夜前後，才有可能讓我接觸我弟弟。」

「再晚也沒關係。」福爾摩斯滿不在乎，低還的聲音讓我的神經為之震動。「最重要的是立場堅定、絕不妥協。你要講得很清楚，否則就不付精神療養院的費用。請放心，我們一定會在安斯里街的診所外等你。」

派特森太太再次保證會依照福爾摩斯的指示行事，這才下了馬車。福爾摩斯緊緊盯著她的背影，直到她進屋關上門，這才握拳，砰的一聲敲了車廂，好像取得了巨大的勝利，叫道，「駕駛！貝格街。」

「福爾摩斯，這到底是什麼意思？」我極感詫異，「難道這個叫做何瑞修．法爾科納的男子，完全失去理智了不成？」

「我們會發現內情不止於此，華生。」福爾摩斯拉長語調說，不住的搓手，好像準備變一個有趣的牌戲似的。「我不會後悔回到家裡——剛出門的時候，就已經夠冷的了，現在溫度起碼掉七度。」

「您不喜歡有人搞鬼。」

「或許我的疑心病太重了一點。」

「我有時會有這種感覺，但最終都證實您的憂慮並非空穴來風。」

「您過獎了，我親愛的朋友。抱歉的是：在與派特森太太再次碰頭前，假設無法證實。今晚我必須寫封信通知法爾科納先生——我的雜牌偵探隊確認他每天都會出現在狐齒，電報一定能送到他手上。」

「您要告訴他我們曾經見過他姐姐，派特森夫人？」

「我要告訴他，在明天晚上前，無論發生什麼事情，都不能動用槍枝。」福爾摩斯回答說，笑得不懷好意。「單單靠你的那把左輪，就能提供足夠火力完成任務了，醫生。」

⁂

在等待福爾摩斯揭露人心黑暗、破解謎團的高潮前，我的緊張逐漸累積，焦慮全寫在臉上。我們在惡劣的天氣中，從西敏區出發，口袋裡是上好膛的左輪、腦海裡是悲傷的派特森太太與自稱是法爾科納先生的可憐糊塗蟲——時間是第二天晚上的十一點左右，各種感受紛至沓來，混雜著前往貝斯諾爾的車程顛簸，讓我越發不安。福爾摩斯神色自若，冷靜的像是一座大理石雕像，不過興奮之情還是出賣了他。他不時瞥幾眼陰暗的街道，指節輕扣大腿，壓抑不住冒險期盼。

在安斯里街下了馬車，才發現我們並不孤單，派特森太太還沒抵達——但我們的老朋友布雷德斯崔探長正站在路邊，一身低調服飾，圓頂禮帽壓得低低的，雙手抱在胸前，頂著匕首似的寒風。

「福爾摩斯先生、華生醫生，」他誠懇的點點頭，「什麼大案子，值得我們三個冒著天寒地凍跑出來辦？」

「運氣好的話，可以抓到一個膽大包天的智慧型罪犯，」福爾摩斯開心的回覆，「我們在這裡等他的目標來會合，預防一樁駭人聽聞的詐騙案。順帶一提，這是我幾個禮拜來偵辦的第二起了。啊，那位女士到了。」

派特森太太滿懷殷切的朝我們走來，見到有便衣警察在場，原本信賴的表情轉成狐疑。

「喔，我的天啊，原本以為只有兩位盟友，現在卻看到三位。」

「派特森太太，這位是布雷德斯崔探長。有他在場，無論貝斯諾爾有什麼陰謀分子，想來都無法得逞。」福爾摩斯說，「我們置身的社區相當不安全，你應該明白眼前的處境。」

「探長坐鎮！兩位真貼心啊——多謝各位的保護。」

「好啦，既然我們彼此都認識了，是不是一起去看看能不能略盡棉薄，協助令弟恢復神智？」福爾摩斯往前走去，其他人緊跟在後。我伸手握住口袋裡的手槍，感受它的重量。「請問令弟的全名，派特森太太。」

「我沒有告訴您嗎？我們姓亞伯葛芬尼。」她回答道，「我是莎拉．亞伯葛芬尼，他是詹姆士．亞伯葛芬尼。」

「謝謝你。稍後，如果有什麼不幸的事情發生，請你暫時不要涉入好嗎？」

「好的，福爾摩斯先生，我一定會格外小心的。」

名偵探點點頭，果決的拍了拍門。沒多久，門就打開了，原本在大街上還察覺不到，但此時已經可以隱約聽到樓上傳出來悶悶的哭泣聲。一個臉頰削瘦的高個子，站在玄關，目光如炬，瞪著屋外。圓圓的頭顱禿得晶亮，黑色的眼睛嵌在寬闊的眼窩裡，除了冷冰冰的嘴唇，抿出詭異的形狀之外，他的神情大致稱得上是和藹可親。

「不論各位大駕光臨是為了什麼，派特森太太，你心裡應該清楚：現在並不是為令弟表達個人訴求的好時機。雖然我能理解、也深表同情，知道你渴望見他一面。但你何必帶著大隊人馬來保駕？各位先生，很明顯的，我有一位嚴重的病患在樓上等著我照料。亞伯葛芬尼先生不講理，也沒得商量——所以暫時不宜接觸外界。感謝各位的熱心，請讓我用專業的方式來處理好嗎？」

「敝人是夏洛克‧福爾摩斯。我非常清楚的告訴你，亞伯葛芬尼先生的姐姐，今天一定要見到她弟弟。」福爾摩斯回擊，兩腳腳跟緊緊釘在門口。「在訴求完全實現前，我們不會離開——你必須要讓派特森太太進門，由我陪同見證。」

「你有什麼資格命令我？」阿希曼醫生斷然拒絕，怒髮衝冠。「這會危及各方安全，絕不可能。」

「你必須知道，他是有資格的。」我們蘇格蘭場的朋友表達異議，高舉警徽與一份文件。「我是布雷德斯崔探長，我有搜索令，可以進入這棟屋子。」

「膽子真不小，各位！憑什麼呢？」

「目前是涉嫌綁架。」福爾摩斯說，強行從醫生身邊擠了進去，「再多添幾宗罪名也不稀奇，所以，就讓我們保持開放態度吧。方便的話，請你把客房臥室的鑰匙交給我。」

「你會傷害我的病人、我個人的摯友。千萬別激怒他！」阿希曼醫生咆哮道，高高的額頭上冒出緊張的冷汗。「我不可能把鑰匙交給你。」

「別浪費力氣了。這樣能拖住我們多久呢？」福爾摩斯舉起一串萬用鑰匙，叮噹作響，我跟布雷德斯崔探長趁機用手肘拱出一條路，護送派特森太太進入屋內。「盯著這個人，探長，別讓他搞鬼。華生，派特森太太，快！」

我們衝上樓梯，發現福爾摩斯正伏在房門前。嗚咽、吶喊聽得更清楚，我已經辨識出那就是我們客戶的聲音，儘管聽不明白他在喊些什麼。恐懼、絕望籠罩著他，強迫他化身為一隻體型碩大的狼，夾在鋼鐵陷阱裡，疼得鬼哭狼嚎。

「喔，可憐的詹姆士。」派特森太太開始苦惱，淚水又彈回眼眶，「我真不想看到他現在的樣子。」

「看到他現在的樣子，可能會嚇你一大跳！我們要進來了，法爾科納先生，請務必冷靜！」我的朋友叫道，噪音嘎然而止。

福爾摩斯把門敞開，我認識的那位法爾科納先生呻吟著，跌跌撞撞的朝我們走來，骯髒的雙手捂住一頭蓬亂的黑髮。派特森太太目瞪口呆，一聲尖叫，退到牆邊，戴著手套的手撫著心臟。

「喔！喔！這不是我弟弟啊。」

「沒錯，我早就料到了。」福爾摩斯說，相當滿足，「先別激動！華生，有沒有辦法讓他清醒點？雖然我認為最好的藥方就是睡上一覺。派特森太太，你弟弟失蹤超過一個月，但捏造他依舊存在的證據，卻可以讓這位阿希曼醫生——假設這是他的真名，因為窗外的掛牌還挺新的——繼續詐取你的積蓄。顯然，他也趁你弟弟沉迷杯中物之際，從他身上弄走不少錢。我會盡全力查清令弟的遭遇。但現在我得跟布雷德斯崔探長說句話，同時跟他借手銬一用。」

⁂

「案情其實並不複雜。」福爾摩斯跟我說，在我設法讓何瑞修・法爾科納先生恢復部分神智，再把千恩萬謝、哆哆嗦嗦的他送上馬車，離開貝斯諾爾綠地。（順便得到他的鄭重宣誓：在接受傳喚出庭作證之前，要盡全力改善自己的狀況。）「動機足以說明一切，這點你是對的。但在這齣荒謬劇展開之前，恐怕亞伯葛芬尼先生就已經死亡了。」

「我實在無法想像這案子您是怎麼破的？」我實話實說，順便吹了聲口哨，召來一部馬車。派特森太太跟著布雷德斯崔探長，一道押著嫌犯做筆錄去了──在福爾摩斯拆穿替身詭計之後，這位太太的嘴巴就沒停過。

「你忘記了嗎？從一開始，我就推論法爾科納先生真的是一位歌手──他沒說，但我一聽就知道他受過訓練，是騙不了人的。」我的朋友蹭的一聲登上馬車，我跟駕駛說明方向之後，跟了上去。「他來找我們的時候，我確定他講的是真話。但他為什麼會遭到綁架，扔進一個古怪的房間裡？他的聲音很好聽，但是外觀卻被綁架主嫌刻意隱藏起來。派特森太太的故事也是真的，我相信。詹姆士‧亞伯葛芬尼的生活的確過得很不堪，但多半是受到他所謂的『朋友』阿希曼的慫恿。當然，我無法確切告訴你詹姆士沉淪到什麼地步；我只能告訴你，這個壞蛋騙子阿希曼醫生，可能做夢也沒想到，他的運氣這麼好，居然在科芬花園找到一個聲音跟亞伯葛芬尼如此相似的街頭藝人──我告訴過你，地點很重要，因為事後他就是被扔在那裡的。」

「是的，您的推理現在看起來非常合理。」

「亞伯葛芬尼消失，錢當然就收不到了；阿希曼醫生只能繼續維持她弟弟瘋了的假象。我想你也發現了，派特森太太出奇的好騙；但是，阿希曼心思縝密，每兩週才讓她隔著緊閉的房門接觸一次冒牌貨。說不定他連二樓都不給派特森太太上去，藉此蒙混法爾科納先生的聲音。我進一步假設：他花錢收買馬車伕，把被他下了藥的倒楣鬼送來貝斯諾爾綠地，也許編個藉口，說他回家路上撞見一個需要醫療救助的乞丐，或者巧遇某位落魄的朋友。在阿希曼招供之前，我們是弄不明白的。」

「這真是神探風範，福爾摩斯——找到傳說中的房間、識破處心積慮的詭計，一切一切，神乎其技！」我的語氣溫暖而篤定，「但這都稱不上是這起疑案中最傑出的表現。」

「那麼你指的是？」

「兩次拯救法爾科納先生的生命。」

「只有一次。」他糾正我，一邊眉毛帶著疑問皺了起來。

「兩次。第一次在我們的房間裡，第二次就是剛剛——他承諾要振作，在出庭的時候保持神智清醒，不再酗酒。也許現在就一味樂觀，過於幼稚，但為了某些原因，我是相信他的。他重獲新生，全虧您的拔刀相助。」

福爾摩斯冷笑幾聲，臉頰羞得有些紅。「我親愛的華生，你真是我碰過最無可救藥的浪漫主義者。這句話可沒有什麼奉承的意思。」

我或許浪漫，但這次我是對的。出現在法庭上的何瑞修．法爾科納先生，鬍子刮得乾淨，衣服穿著整齊，神采奕奕。沒過多久，我們就有幸獲邀欣賞他在貝里尼歌劇《清教徒》中的精采演出。遺憾的是：福爾摩斯持續調查揭開了真相：在一次酒後衝突中，以利亞．阿希曼殺害了詹姆士．亞伯葛芬尼，意外砸破自己的飯碗，只好綁架我們倒楣的客戶來充數。派特森太太雖然失去摯愛的弟弟，卻保住了財產。不過，她反而抱怨了福爾摩斯幾句，逢人就說：她寧可聽到疑似弟弟的聲音，也不想確認弟弟的死訊。對於這種毫無邏輯的矛盾情緒，福爾摩斯一句重話沒說，也沒有任何駁斥的意思。

# 冠冕俱樂部醜聞事件簿

**摘自顧問偵探夏洛克・福爾摩斯私人日記。貝格街二二一號B座，倫敦W1區**

**一九〇二年四月十二日，週六**

八個小時內，既要忍受哈德森太太的起士豬肉食譜，又得洗耳恭聽查斯理・坦普勒頓爵士的長篇大論，雪上加霜，實在想不出更痛苦的折磨了。

場面之難堪，前所未見。華生的缺席確認一個事實：四月陰氣森森，理應敬而遠之，絕非毫無科學根據的空穴來風。首先登場的是一群來自各國的平庸詩人（絕無疑問，三大洲各有代表），只會替蠢物塗脂抹粉，卻不懂得怎麼替一朵百合勾出金邊。

我朋友決定違逆所有善意提醒，堅持參加現代肺病治療法研討會，之後，轉往我曾短暫入學的母校，品嚐當地啤酒，呼吸新鮮空氣，預計明天返回。此人基於職業興趣，掌握醫學最新進展，理所當然；如果是有關毒藥、彈道與刺殺知識的進修活動，我更能夠充分理解。但是，研討會全部集中在肺部治療，而且還不在倫敦！好像他必須要靠行醫謀生似的。他的傷殘退休金用來支付他的小額賭資、生活所需，綽綽有餘；更何況他的房租只是象徵性的，並沒有攤到一半。（租金並不便宜，就算是華生真的付一半，難道就能堵住哈德森太太的嘴，讓她不再抱怨閒雜人等進進出出她的愛屋嗎？太荒謬了吧。）

如果我待在家裡等著他回來就好了，事情的進展想來會比現在平順許多。摸著良心說，哈德森太太的起士豬肉食譜也不是特別的倒胃口——肉末定型，加入我可以推論出的香料、檸檬皮、肉豆蔻，冷盤上桌，無疑是傳統做法——但前一天，我享用一頓格外美味的午餐盛宴，就別指望我還能嚥得下去。婉拒肉凍後的一個小時，一通電報送達，我壓抑不住拆開的渴望。這次沒法找華生朗讀，也就沒有把資訊分門別類，輕鬆裝入腦子各區塊的餘裕了；這醫生也妙，花三天時間出門，就是為了學習怎麼治療普通感冒。

電報是這樣寫的：

福爾摩斯先生——懇請今日撥冗在攝政公園一晤。詳細地點為三叉路口前的典雅長椅，正對一棵如泣如訴的榆樹，大約與你的住處平行。（句點）不情之請，至為緊急。（句點）我會在西裝衣領別上滑稽的共濟會胸針。（句點）我將在下午三點到四點間引頸恭候。（句點）

邀約耐人尋味，推論不出所以然來，除了幾個明顯的事實之外：此人呆板無趣、肯定不是共濟會會員（他們不會用「滑稽」來形容自己神聖的徽章吧）。出身上流階層，壓根不管我同時間有沒有別的約會，還在電報裡加了些形容詞。我挺不想搭理這種頤指氣使的人，未必貿然聽命；但我除了為廢棄子彈殼論文撰寫大綱，找不到其他有趣的事情，所以，我還是默默的同意了（儘管有某種程度的不悅）。

孰料，不悅程度跟當天下午的憤怒相比，簡直有天壤之別。

我熟悉攝政公園跟倫敦各個區域的每一吋土地——由於華生堅持要我多散步，所以，對於攝政公園可能還更加瞭若指掌。這位潛在的客戶一提，我的腦海立刻浮現當地景象。在經過一個鴨池、一片矮榆樹林、一位未婚女子（其手足在三個月內逝世、喜歡貓、法律事務所打字員），外帶一座噴泉後，下午三點三十七分（即將面對一個不知名卻傲慢的委託者，並無太多閒情逸致），我來到指定的長椅，發現我的當事人窮極無聊之餘，眉宇間竟然還有些戒備。

「喔，福爾摩斯先生，你一定是福爾摩斯，謝天謝地，你終於來了。」我在一個身材修長雅致的人身邊坐下，他立刻低聲跟我說。「天啊，我沒有半點懷疑，你的偵探風格跟你的懷錶一樣精準，你知道嗎？」

我翹起二郎腿，點根香菸掩飾我的厭惡。查斯理．坦普勒頓爵士穿著一套可笑的粗花呢西服，分明是出自傑明街（譯註：倫敦的西服一條街）名家之手，工錢所費不貲，卻故意吩咐他們用劣等衣料，軟趴趴的貼在身上，像是第二層皮膚，一定把他磨得夠嗆。他的確別了一枚頗有歷史的共濟會胸針，五角金星上點綴彩色琺瑯，象徵共濟奧祕的圖案周圍鑲嵌一圈米珠，還追加一顆小寶石，價格非凡，斷非一般工薪階層負擔得起（我看不出來滑不滑稽——只能確定這枚胸針無法贏得我的青睞）。他薄薄的嘴唇扭出一抹尷尬的微笑，顯然早就到了，耳朵被風刮成粉紅色，頭戴掩不住高額頭的布製鴨舌帽，洋溢出身名門氣派的五官，架著一副染成玫瑰紅色的眼鏡，頷下的大鬍子抹了過多的黃膠，強烈的氣味毫無疑問的證明這一點。我真想告訴他，如果沒找到適合的溶劑，很難善後，但終究沒開口。

「我是傑克．史密斯。」他說，伸出一隻手，百合般的白晰。

「查斯理．坦普勒頓爵士。」我回答道，這種招數哪瞞得了我？「我的客戶不乏貴族，搞這套假面人的把戲，不覺得無聊嗎？」

這位紳士瞪圓眼睛，爆出一聲尖笑，好像是小獵犬在叫。「我的天啊！原來我的身分早就被你識破了。真是見鬼了，你真不是普通的聰明，福爾摩斯先生——請你告訴我，你是怎麼認出我來的？」

「不好意思，這恐怕連普通智慧都用不著。我不大喜歡社交版，但是跟所有報紙的忠實擁護者一樣，我也是會看的。從紐約到巴黎的各種時尚晚會中，經常可以看到你的尊容印在上面。」

他微笑。「我想我也算得上名流了吧？」

「你愛怎麼說都成。」

「媽的夠勁！」他以炫耀的口吻、做作的態度，講這種市井語言，口音倒是十足「係金的」。「福爾摩斯先生，我想這種小把戲是難逃方家法眼的，更何況是行家裡的絕頂高手！你能夠包涵我的請求，做到絕對保密吧，是不是？老兄，考慮下？」

我的汗毛幾乎氣到全部豎起來了，實在不想跟這個莫名其妙的人再糾纏一分鐘。「所有的客戶都指望我三緘其口。」

「你的醫生朋友也要一體遵守。這點我應該可以放心吧？他叫什麼名字？威森？威爾森？對，應該是，我們也需要他的參與。想來他也會守口如瓶吧，我是這麼猜想啦。」

「約翰．華生。」我更惱火了，肺部吸滿香菸。「這位醫生遠比外交部裡任何官員，都知道更多國家機密。」

「是個角色！」

「沒錯。」

「我釋懷了，不再有絲毫疑問。照我的吩咐去做，兩位都可以發筆小財。」

「我的顧問費是固定的，客戶也要看我愛接不接。現在請你先說明，我坐在這條長板凳上的來由究竟是什麼？」

坦普勒頓爵士瞪著我，眼睛像頭頂上四月的天空一樣空洞湛藍。「你說得沒錯——開門見山談正事吧。我喜歡你這種人，不證自明，是條硬漢。接下來我們要幹的事情，軟趴趴的那款可不成，是吧，昨天我還跟哈利．伊斯摩爾爵士閒聊。哈利啊，我說，一旦碰上男子漢，千萬要一把抱住，別讓他跑了。」

我完全不想回答。沉默就是上上策。

「你可能會懷疑我為什麼要用化名。」

「還好。沒特別好奇。」

「拜託，老兄，拜託啊。你怎麼可能不懷疑呢？像你這樣的行動派，對吧？如果你裝做無動於衷，多不自然？完全沒道理。好啦，福爾摩斯先生，我來這裡是想邀請你參加冠冕俱樂部的祕密聚會。」

我的下巴一緊，希望他沒有看出來。「什麼是冠冕俱樂部？」

發現我也有不知道的事情，坦普勒頓看起來有些驚喜。他雙手一拍，好像是我手下的雜牌偵探發現嫌犯一樣。「冠冕俱樂部是由我們這個偉大城市引以為豪的卓越心靈所組成，聚會絕對保密，凡夫俗子不得其門而入。如果我說得太誇張，福爾摩斯先生，儘管怒斥我兩句，甚至把我打倒在地都無妨。」

「卓越心靈？」我尋思半晌，語氣中帶有一絲悲劇性的嘲弄。「你說，你是俱樂部的成員？」

「公平競爭啊，福爾摩斯先生，公平競爭！」這個討厭的二百五乾笑兩聲。「你的理解完全正確。我就知道你一下子就能抓到要領。冠冕俱樂部的成員都是貴族——部長也好，爵位繼承者也罷，隨你怎麼稱呼吧。講到與生俱來的天賦，未必有什麼出色的地方，但個個富可敵國、權傾一時，如果你懂得我的意思，就該知道我們為什麼要祕密聚會，一絲風聲都不能外洩出去。這是得用性命保護的祕密。如果劇情按照我的推演發展，那麼，在你出席我們下次聚會的時候，才會知道我的真實身分；但誰能糊弄福爾摩斯精明的眼睛呢？再次證實你的出類拔萃！冠冕上最閃亮的珠寶就是我們的特邀貴賓，只有名聞遐邇、絕頂聰明的一時之選，才有榮幸受邀——參與冠冕俱樂部。」

「你要我……」我慢吞吞的說，「參加這個社群聚會，就是因為我是國際知名的犯罪學家？」

「你還真是說對了！來吧，來吧，不用特別感激我竟然想到你。目前在倫敦，比夏洛克．福爾摩斯更出名的，也只有開膛手傑克……怎麼了？」

他傻笑起來。本質上，我並不是一個倚靠暴力的人——但是，身懷絕技有時難免技癢。華生總是克制，只有情況惡化，威脅到我們的人身安全，才被迫出手。眼前這個渾人只消智取，還不用動手。

但是，不！我連口舌都不想浪費，只坐在公園的長椅上，活動手指。

「是啊。」這個空心大佬官還是很起勁。「冠冕俱樂部一半的成員是藍血貴族，另一半是特邀貴賓——可不是蒐集純種馬、獵犬或者其他平庸不堪的俗人混得進來的。我們總是在黑暗的掩護中聚會，避免招來刺客，但也不至於影響到歡聚的樂趣。創始會員六年前在一艘私人遊艇上成立這個俱樂部——外表是毫不起眼的小破船，停在岸邊，隨著波浪起伏——但內部堪稱舉世無雙！如果克萊兒．溫德翰（譯註：溫德翰家族是英格蘭著名的世系貴族）號的裝潢，夠不上舉世第一，比不上第五大道任何一家名門俱樂部，我願受天打雷劈！」

雷劈坦普勒頓倒是一個不錯的選擇。

「俄羅斯瓷器、中國絲織品、奧地利水晶，還有法國大廚，天啊！」他還在口沫橫飛，「我是最新進的成員，必須留給大家最深刻的印象，你知道吧？其他成員總有可以炫耀的嘉賓，像是畫家啦、科學家或者發明家，所以，假使我用銀盤奉上夏洛克．福爾摩斯與華生醫生，會引起怎樣的轟動？天啊，簡直是政變式的天翻地覆啊。聚會訂在明天午夜。我在兩小時前，想到了這個點子，匆匆發了電報給你。你肯定是與有榮焉，對吧？」

而我——光陰似箭，歲月匆匆——雖然已然逼近半百大關，儘管不時反省，但我即便到了這個歲數，還是受不了被人呼來喝去。紈褲世家子弟當面塞給我一個封好口的卡片，我順手塞進大衣口袋，加緊腳步離開了。

「就此別過，坦普勒頓爵士。」我大步走回貝格街，手杖惡狠狠的戳在地上。

# 一九〇二年四月十二日，週六（續）

我要報復坦普勒頓爵士。言出必行。截至目前為止，雖不知道怎麼著手，但肯定是地球上最恐怖的招數。

我不怎麼喜歡《李爾王》，我的家教也不允許我做出格的事情，光揣摩怎麼教訓他就夠讓我滿意的了。

離開公園裡那個虛張聲勢的白癡之後，我慢條斯理的做點瑣事，抽菸斗、吃了四分之一的晚餐，送回餐盤，穿上我最舊的睡袍，開始思考有關廢棄子彈殼痕跡研判的論文綱要。太陽快要下山了，風勢漸強。我關上所有窗戶，鑽進溫馨的菸草氣息中，眨眨眼，心思一片澄明，文章架構已然呼之欲出。結束規畫階段，我給自己倒杯威士忌，進度不錯，接著閱讀安全廳後起之秀尚─皮耶．柏希曼的相關報告。訊息量不高，幾個側面點到為止，文字倒是雅致。我讀得興味盎然，又給自己倒了一杯。就在這時候，哈德森太太來敲門了。

「有個小男孩上門來，福爾摩斯先生。」她說，帶著一種深深受挫的語氣，發現我並沒有上床躺平。

我揚了揚眉毛，低語，「下週一前，並不是小羅旺輪班送信啊。」

「不，並不是你雇用的小夥子，只留了這張紙條給你，無需回覆，他說。」

「啊，謝謝你。」

「福爾摩斯先生，明天早餐有沒有特別想吃什麼？」

「親愛的哈德森太太，我現在完全無意思考這個問題，」驚覺到日期，我決定再考慮一下，「但我轉念一想，華生明天要回來了——這樣吧，直接把早餐改成早午餐，請在十一點半左右準備好，做點他最喜歡的小三明治。」

「喔，那很簡單，」她很高興的同意了。我好像通過一個暗藏玄機的考試。「那麼，晚安了。」

「晚安。」

我把穿著拖鞋的雙腳靠近剛生好的火爐邊，按捺不住胎裡帶來的習慣，粗略檢查信封後拆開。地址跟短柬上的字跡，出自於我熟到不能再熟的手筆。

夏洛克：

看我薄面，請你接受最近這個客戶的邀約。白廳遇上錯綜複雜的棘手難題，亟需此人援手。我已經代你回覆對方。在你參與冠冕俱樂部活動之際，請向阿德福特·拜瑟爵士帶上我的致意。他與我聯手完成的任務，想來你並不陌生。

始終關切你的

邁克羅夫特

難以置信。英國政府竟然透過我哥哥交付我一個充當獅子狗寵物的任務，去伺候一個貧血的蠢才。此人目光如豆，最普通的路人，也會被他視為擁有絕頂能量的智者。

但，看在國王、國家乃至我哥哥的份上，我能拒絕嗎？

在這莫名其妙的任務中，有件事情倒是足堪慰藉——華生馬上就回來了，時機恰到好處，反正我手上也沒有別的案件可以滿足他行動的渴望。突然竄出的行醫衝動，一定要在萌芽之際，以迅雷不及掩耳的速度，斬草除根。我要跟醫生強調案件的趣味點，甚至暗示有一定的危險性。

但這案件（我現在可以稱之為案件了）裡的確有讓我感到異樣的地方。報復的心思權且按下，現在，得利用時間來漿領子、打理我的絲質背心。

## 一九〇二年四月十三日，週日

約翰．華生對於專業的舞台演出頗有鑑賞力。眾所皆知，我這個人經常會把重要的文件往咖哩碟子裡一扔，任憑蹊蹺的顏料染在賽馬身上（譯註：指的是《銀斑駒》探案，福爾摩斯磨蹭好一陣子才出馬調查），享受自我。只要一點戲劇張力總能激起調查案件的興趣。但……有時，我也不免質問自己：這種把戲還能再玩幾次，不至於激怒我的朋友？答案我始終不很確定。

接近午餐的時候，華生帶著掩不住的活力，舉步踏上樓梯；像他這種年紀還不忘鍛鍊的人，典型會出現的舉止。他看到我攤開又瘦又高的身體，佔據整張熊皮地毯，周邊散落幾個枕頭，讓自己舒服點，穿著襯衣，套件睡袍，端著黑陶菸斗，若有所思。

這種演戲式的排場，意圖傳達幾個印象：我呢，（一）手中有一個耐人尋味的謎團；（二）未必要等他回來才能解決，至少無需他操心；（三）展現他素來敬仰的非凡智慧，阻斷他目前改行行醫的念頭。我朝他滿是泥濘的鞋跟瞄了幾眼（這意味著他沒有坐馬車，而是步行離開校園）、煤灰染黑的帽子（證明他坐的是普通列車而不是快車），我露出一閃而逝的笑容。醫生看起來氣色不錯——旅行讓他精神一振，但是返家還是很開心。他放下手中的袋子，從整齊的小鬍子底下，擠出一個微笑，緊挨著我的頭，坐進沙發，雙手往膝蓋一拍。

「有什麼難題要處理？還是我判斷錯了？」他很溫暖的詢問道。

奏效了，但是，胃口得吊足一點，才會功德圓滿。我聳聳肩，眼神瞄向天花板。「的確是有些蹊蹺，當然，也可能只是浪費時間。步行到火車站，加上搭乘區域線火車的各種辛勞，現在的你應該累了吧？茶跟三明治都是剛做好的——哈德森太太十分鐘前才離開。」

華生苦笑，搖搖頭，把帽子、大衣掛在衣架上。「我應該問您怎麼知道的，但多半是從我身上的泥土、灰塵看出端倪，推論出來的吧？」

「這也就是為什麼我會知道他們又開挖網球場，而你頗感遺憾的緣故。沒法借支球拍，大展身手。」

他揚了揚眉毛，相當訝異。「這次的推理我就毫無概念了。」

「你找到治療全球肺結核病患的方法沒？」我原本無意這樣尖酸刻薄。

「您的醫學常識出乎人意料之外的偏激啊，老頭。不，這種肺病依舊在人世間肆虐。您是怎麼知道他們在整修網球場？」

事有湊巧。我是從大學校友季刊跟目睹他打包網球鞋這兩點推論出來的，雕蟲小技，沒什麼好嚷嚷的。華生朝餐桌走去，等待我的答案。老半天我都沒吭聲，他的臉上浮現藏不住的困惑表情，好像想確認我不是獨處慣了，根本不在意他人的感受。

這種表情不能放任，我趕緊抬起眼神，越過手肘，朝他眨眨眼，帶點惡作劇的意味兒。華生正在環顧室內，神色輕鬆；但對於身邊的動靜，素來捕捉精準。

「今天晚上，我得麻煩你陪我做點事情，華生，不知是否同意？」

「榮幸之至。」

「有沒有可以穿去參加正式晚宴的服裝？」

「我們兩週前聽過歌劇，我可以把那套衣服拿出來吹吹風，幾個小時內應該可以就緒。」華生拿起一條餐巾，平鋪在自己膝蓋上，「任憑您差遣。」

我花了五分鐘，跟華生解釋險些爆發衝突的午後約會以及更討人厭的冠冕俱樂部。交代完來龍去脈，我約略提到我哥哥邁克羅夫特發現一個陰謀正在成形——邪惡的陰影威脅到貴族、白廳，甚至可能是整個英格蘭。在我講完之後，華生已經幹掉三個黃瓜三明治、喝乾兩杯茶，看來跟我一樣惱火（氣我們的客戶）、不解（不明白我要他幹嘛）與好奇（福爾摩斯兄弟聯手自然非同小可）。他結實的下巴側到一邊，餐巾擦過嘴角，陷入沉思。

「前景令人憂心。」他評論道。

「對，可能非常難熬。」

「說真格的，我寧可深入龍潭虎穴，追捕窮凶極惡的凶手。」

「深有同感。」

「被人當成獎盃一樣的展示……坦白說，我不知道這口氣要怎麼嚥得下去？」

「都得怪你，誰叫你這麼誇張，在《岸濱》月刊上，把我描寫成傲慢自負的英雄？」我譴責道。這是老話題了，打從我們結交開始，一天到晚就在抬這種槓。「我也不樂意，但我們能置陛下於不顧嗎？」

「自然萬萬不能，原諒我。我們的職責很清楚。」他的手指頭在桌布上輕敲了一輪，靠回座椅，舒了一口長氣，疲倦歸疲倦，卻是頗有期待。「我去刷一下我的燕尾服。左輪剛清過。」他補充了這一句，眨眨眼。

每想起我的朋友都像是接觸到遙遠記憶中的一本厚書，每掀開一頁，總讓我驚訝不已。我對皇室的態度素來輕佻，沒想到他竟以慷慨無畏與強烈的愛國情操相應。我心情好的時候，伶牙俐齒；心情壞的時候，則是不近常理的冷酷——但我分明無意挑動激情，卻得到對方的鄭重相待，心裡頗為異樣。我實在不好意思，只得把注意力轉向壁爐架上的時鐘；醫生有時過於誠懇，氣勢碾壓了我的沉默寡言。

雖說我是出了名的麻木不仁，但揭開表象，我其實也是一個有血有肉的人。

「你還是別去了吧，我親愛的朋友。」幾秒鐘之後，我漫不經心的跟他說，「我並不想看到你跟馬戲團獅子似的，被人拿出來展示。」

「如果不重要，令兄不會特別寫信給您。」

這碰觸到我心頭上的隱憂，坦普勒頓的說詞裡，隱約有些不對勁，在我腦海邊緣蠢蠢欲動。但念及稍後的聚會，心裡就不舒服，無法細想，難以確認錯失了什麼。

「別把自己繃得太緊了，華生，說不定到頭來，這事兒除了浪費時間之外，一無所獲……」我提醒說。

「吃頓豪華晚宴，還能弄到一大筆錢，有什麼不好？咱們倆把錢湊在一起，說不定又能送幾個雜牌偵探到學校念書。去年，您拿到賀德納瑟公爵那筆獎金的時候，不就是這麼處理的嗎？」

我的下巴險些掉下來，只好招認，「你……我沒有……」

「承認吧，您有。別騙我，再不承認就沒意思了，親愛的福爾摩斯。前兩天，我在街上碰到詹金斯，他從普爾那兒打聽來；普爾呢，又說是詹米跟他講的。至於詹米，他已經和盤托出了。」

這是我最火的一點。「我嚴肅警告過詹米。事關隱私，請他不要胡說八道。」

華生居然當著我的面笑了起來。「喔，拜託，我早就知道您拿了公爵六千英鎊，暗地裡另有所圖。除了您喜歡的紅酒以外，跟裁縫都斤斤計較，老友，您可能是全世界最節省的單身漢了。我不知道聽您講過多少遍，您的生活花費是固定的，只會少不會多。更何況，您會以為我沒有發現好些個雜牌小偵探就此消失，有一天，在這大都會裡再次出現，已經轉行做起文員或者律師來？我無法確定您是不是當我是傻子，否則，我一定會覺得深受侮辱。」

我的臉因為憤怒漲得通紅。對於一個臉色蠟白的人來說，要不是因為憋了一肚子氣，難以控制，斷然不會這樣狼狽。「我當然沒有，但是——」

「實話實說吧，福爾摩斯，我能歸納出別的結論嗎？」我朋友的眼睛晶亮閃爍，非常滿意他的洞悉力。「難道您會莫名其妙的在肯特郡買塊地置產？還是您的菸草花費突然暴增成天文數字？站起來吧——我給您倒杯茶，消消氣。」

我閉嘴，照辦，這比爭論要簡單愉快得多。華生不是天才，但我個人可以證明：他有足夠的能力梳理身邊的各種現象。半個小時前，我找到女皇賜給我的翡翠領帶別針，準備今晚戴著它亮相，我渴望花個幾分鐘仔細端詳一下。

華生是勇敢的士兵，在他心裡，至今沒有改變軍旅本色。那麼，邁克羅夫特的敦促與我的略施小計，激發他強忍委屈、慷慨赴難，又有什麼好驚訝的呢？我原本不確定我的內心為什麼會有這番掙扎，現在我想明白了。

有一天，無需請上帝證明，我覺得我自己也能義無反顧的把忠誠奉獻給英格蘭，就跟約翰·華生對自己的祖國、對祖國僅有的顧問偵探毫無保留一樣，而我希望他能了解我的心意。

## 一九〇二年四月十四日，週一

這本日記屬於苟活於英倫三島上、最愚蠢的大傻瓜。華生不至於這般沒口德，反而會肯定我敏銳的思考。他就是這種人——即便上了地獄般的惡當，說不定還會稱讚對方幾句。

我們換上白手套，戴好高帽子，招來一部馬車，華生照著餐具櫃上的鏡子，調整領結；而我拆開查斯理·坦普勒頓爵士給我的卡片，確認克萊兒·溫德翰號停泊的位置，心頭猛然一驚。

「我的天啊。」我驚呼道。

「福爾摩斯？」幾秒鐘後，華生來到我的背後，朝著肩頭望去。

卡片製作得至為精緻，清晰的凸版印刷，用的是上好的油墨，上面寫著：

夏洛克．福爾摩斯先生與約翰．華生醫生
請於十一點四十五分，抵達克妻巴特方尖碑
冠冕俱樂部敬邀

「有什麼不對勁嗎？」

「非常蹊蹺。」

查斯理．坦普勒頓爵士穿了一套很可笑的西裝，偏偏剪裁又是那樣的完美合身。

「我們總是在黑暗的掩護中聚會，避免招來刺客，但也不至於影響到我們歡聚的樂趣。」他曾經這麼說。

「我在兩小時前，想到這個點子，匆匆發了電報給你。」他也這麼說。

在我斷然離去後，接到我哥哥給我的短柬。我不禁低聲咒罵自己幾句。

「喔，華生，華生！我差點就犯下無可彌補的大錯！幸好在最後一刻，把我從愚蠢邊緣拉回來。我簡直就是隻瞎甲蟲！我相信你的左輪裝好子彈了吧？」

「沒裝哪派得上用場？」醫生的眼睛睜得滾圓。「恕我冒昧的問一句，今天晚上除了參加這個勢利名流舉辦的虛偽晚宴之外，我們真正的任務是什麼？」

「阻止一樁謀殺案。」我回答道，暗地裡非常開心。

我轉身小跑步下樓，單單看到華生的表情，我跟坦普勒頓爵士周旋的每一分鐘都值得了。

一路無話，我心如止水。華生跟我都在這個過場裡有所斬獲——華生的想像力受到激發，我也有足夠的時間集中思緒。我們付了車錢，在街邊下車，不疾不徐的朝著維多利亞堤岸走去。夜晚寧靜，偶爾有幾個散步的行人走過，夾著煤氣燈步道，種植兩排樹木，莊嚴大器，在涼爽的微風中沙沙作響，光影在泰晤士河上跳躍，而我即將要出手阻止一樁血案。我暗自思量，或許我應該重新考慮對於四月的評價。

等我們來到鬼影幢幢——在這種情況下——還隱泛不祥的克婁巴特方尖碑，我們發現查斯理．坦普勒頓爵士斜倚在尖碑底座，像是基督教世界裡最沒用的紈褲子弟。他這次倒沒有給鬍子上了過多黃膠，臉頰刮得很乾淨，高帽子下壓著相互推擠的淺色捲髮，凌亂中不失文雅，一如預期。我強忍住笑意，裝出一副睥睨不屑的神情，我平素就是這樣，所以毫不費勁。

「我的天啊。著名的兩人組抵達了。」坦普勒頓爵士叫道。「如果我不是冠冕俱樂部今天晚上最亮眼的王子，儘管嘲笑我無妨。萬一我說錯了，就把我撂倒在地上吧。福爾摩斯先生，我們又見面了；華福醫生，真高興能認識你。」

華生揚了揚眉毛，不愧是道地的英國紳士，握手之際，並無不悅。我實在無法譴責醫生流露出的狐疑神情，這位貴族西裝內搭紅紫色背心，如此講究，價格足以買下一個小國。

「這邊請！」他很熱情的招呼我們，布局已久的小把戲，終於要揭開序幕。「我們有一個私人碼頭，當然，克萊兒．溫德翰號馬上就到。今天晚上一定很有趣，不會錯的。」

我的朋友深知現在不是發問的時候，朝我拋來一個深具諷刺意味兒的眼神，我無可奈何，只能苦笑以對。

我的朋友華生一定會這麼下筆：他滔滔不絕的議論著倫敦的空氣品質，此時，霧霾卻像藤蔓一般悄悄的滲進漲潮的波浪間。走著走著，破敗的私人碼頭與落魄的克萊兒．溫德翰號同時出現。破破爛爛的窗簾掩住窗戶，船底滿是附著的甲殼生物，船體鏽蝕，輪槳處的紅漆斑駁剝落。在我們被引進寒傖船艙的同時，他依舊口沫橫飛的介紹頭上的吊燈是如何金碧輝煌、倒進銀製高腳杯的香檳又是如何珍貴。船上有二十來位與會貴族與他們帶來的寵物嘉賓，都在高談闊論；船隻駛進泰晤士河之際，我們耳朵湧進各式各樣的噴發聲浪。

眼前的景象，我不予置評。我們倆早就知道來冠冕俱樂部就是這個下場。

我們也被引介給船上的各色人等，每個人都展現了高度的熱誠，熱烈歡迎我們的到來。我被安排在坦普勒頓爵士身邊用餐，華生緊挨著一位女男爵（小說作家、匈牙利血統、明顯出身自音樂世家）。這位女士長得頗具野性美，胸前橫七豎八的掛了一堆珍珠項鍊。喝完湯之後，我轉身向左，跟阿德福特．拜瑟爵士握手致意。這個矮個頭有兩撇上了蠟的八字鬍、一對濃濃黑黑的眉毛，讓我想起羞怯的甲蟲。他的肩膀因為緊張而僵硬，眼神倒是相當果決，看不出喜怒哀樂。眼前的飲料、食物，他連碰都沒碰。

「你與家兄邁克羅夫特合作的成績斐然，有口皆碑。」我輕輕的說，「談判進展如何？」

「比我們預期來得順利，福爾摩斯先生。」他轉身，低語。「如果我們談成了，就能爭取日本做為盟友，對於我們的國際處境，將有極為深遠的影響。」

「我也是這麼聽說。」

「令兄高瞻遠矚，是個聰明人。」

「親愛的兩位朋友，在上魚之前，要不要陪我去甲板散散步？」坦普勒頓爵士朝著我跟華生開心的說，還摟著我的肩膀。「我好想抽根菸，要不然真的喘不過氣來。兩位務必作伴，免得我無聊致死。如此良辰美景，『無聊』豈不是最折磨人的酷刑？」

我篤定的按住阿德福特爵士的手臂，站起身來，三個人一起走了出去。我們躲在煙囪陰影隱蔽處，坦普勒頓爵士遞來兩根細細長長的法國香菸，用尖銳的高音說，「感謝兩位拔刀相助，福爾摩斯先生、華生醫生。我想令兄已經解釋過這次的任務了吧？」

原本敗家的各種偽裝完全蒸發。華生倏地閉緊嘴唇，方下巴往下一抵，真是好樣的。

「你的西服與卡片揭露了你的意圖。」我已識破玄機。「你故意告訴我，你是在兩個小時前突然冒出一個點子，邀請我參與冠冕俱樂部的活動。但是，你卻能身穿傑明街巧手裁縫剪裁的西服，這就是絕大的破綻，更別提那張印了我名字的卡片，哪裡是一時半刻置辦得了的？邁克羅夫特插手的痕跡至此昭然若揭。阿德福特爵士可有性命之憂？」

「絕對是驚險可期的，福爾摩斯先生。」坦普勒頓爵士慎重的點點頭。「確實是如此。我的運氣不錯，還能在俱樂部裡穩居一席之地，但是，如果令兄沒有及早介入……」他搖了搖頭，「其中一名來賓，偽裝成頂尖物理學家，其實他是一名間諜，叫做路易斯·拉·羅蒂埃（譯註：此人的名字不時出現在福爾摩斯的故事中，是當時最有名的國際間諜之一）。」

「來自諾丁丘？你是說那個個頭高高、滿頭髮油、穿著織錦背心的那位？」

「哇，對，沒錯。你以前見過他。這麼說沒錯吧？」

「素未謀面。他自稱薩克森後裔，上知天文、下知地理；俱樂部把名貴的陳年凱歌皇牌香檳（譯註：法國最著名的香檳品牌）取出來以饗嘉賓時，他的讚美，只有土生土長的法國人才說得出來。分辨每個人的口音與身世，是我的特殊嗜好。我一整晚都盯著他的一舉一動。」

坦普勒頓爵士笑了，儘管表情依舊凝重。「為了明顯的理由，我無法出手干預——維持眼前的身分，才能為英格蘭奉獻最大的價值。這事只好拜託夏洛克．福爾摩斯與約翰．華生雙人搭檔了。幸好到目前為止，兩位還不曾引起過多的關注。評論香檳的口音——絕妙至極！我們的交叉掩護完美無瑕。真相就在眼前，靜待揭發，功勞全都是兩位的。白廳再次感謝你們的付出。」

沒多久，我敏感的耳朵察覺到細碎的聲波，但並非竊竊私語。我趕緊從陰影裡走出來，卻發現華生的鄰居，女男爵也在甲板上抽菸，似乎集中了全副注意力。

「這壓軸真是絕了！福爾摩斯先生，一拳把他撂倒。」坦普勒頓爵士叫道，又回復成虛有其表的公子哥兒模樣。「喔，女男爵，你的蒞臨真是三生有幸。你聽到我剛剛為福爾摩斯先生與華特森醫生草擬的劇本嗎？我在戲裡，將要飾演絕頂精明的間諜，周旋在波耳戰爭、印度、伊朗衝突與中國宮廷間。肯定會造成轟動，絕無冷場，是吧？我願意賭上一千英鎊，我可是用生命在寫喔。啊，差不多了，我們進去吃魚如何？」

剩下的場景只需要隻言片語就交代完了。時近午夜，我找到拉．羅蒂埃藏在身上的利刃。接下來的拳腳相向，可能是整晚最刺激的一幕。我的手掌被小刀劃破，湯碗跟各種豪華的器皿、擺設，全都成為伸張正義的犧牲品，最終還是華生的左輪取得決定性的壓制力，擺平衝突。我解釋完原委，贏得全場的掌聲，有點造作，卻也無法省略。華生老母雞似的一直叨唸我的傷口，掏出手帕，綁住止血，直到上岸才拆下來。（儘管我們兩個性喜冒險，卻都討厭看到真正的流血場面。日後，我再也不想為這矛盾感到訝異了。）船隻在克妻巴特方尖碑附近停妥，三名蘇格蘭場警探早在岸上等候，隨即把拉．羅蒂埃押上車載走。

「認識你真是平生樂事！福爾摩斯先生。」坦普勒頓喜孜孜的，拍拍手，手掌托住下巴，活像是音樂劇裡的純真小女孩。「當然還有華爾頓醫生。真開心。請向令兄問好，福爾摩斯先生，順便幫我跟《岸濱》月刊的插畫師帶句話，別再給你安上那頂難看得要命的帽子了。這是冒犯、醜化正義。你改走都會流行服飾比較好看，若有虛言，任憑處置；意見發自肺腑，否則盡可揍我一頓。再見啦！」

我們跟他道過晚安，華生還是一臉不敢置信，我強忍住笑意，直到另外一個想法浮現腦海才讓我冷靜下來。

「如果有人拜託我，我會做一樣的事情。」我說，看著查斯理．坦普勒頓爵士苗條的背影，蹦蹦跳跳的離去。

「您剛說什麼？」

華生有一種特質鼓勵著我，非把腦海裡的想法不假思索的說出來不可，好像我迫切的想要他知道來龍去脈，一開口就得細數從頭，沒法三言兩語的簡單交代。我也要鄭重譴責他另外一個缺點：藻飾繁複的文風，嚴重衝擊我實事求是的邏輯方法以及呈現方式。

我在心裡已經受其擺布，只能繼續解釋，「查斯理．坦普勒頓爵士是絕佳的表演者──一顰一笑，演活了紈褲子弟，同時還能勻出心思去蒐羅線索、推論前因後果，計畫下一步處置。當然，我也是戲劇行家，說句不怕見笑的話：這角色交給我演，才算是真正找對人。如果陛下要我執行什麼任務，哪怕經年累月，我也會毫不猶豫的應允。我不知道我是不是比別人更會橫越沙漠、反擊敵人的砲火，或者命令弟兄們犧牲生命，但只要……」我朝著逐漸逝去的剪影點點頭，「只要我能夠勝任，一定義不容辭。」

「福爾摩斯，」華生彷彿有些惱火，皺著眉頭，語氣聽來頗為在意，「你以為我連這些都不知道？」

我想不出合適的字眼回答。他有些心疼的乾笑兩聲，「先假設國家不需要您，可以嗎？否則就真的麻煩了。您的刺探功力請停留在理論層次，願我們倆有生之年，都沒機會看到您客串間諜。好啦，我去找輛馬車來，在驚心動魄的冠冕俱樂部聚會之後，我衷心期盼的收場，或許有些平淡無奇——我只想仔細的把傷口包紮一遍。」

## 一九〇二年四月二十日，週日

「怎麼了？華生。」早晨，在郵差二度上門送信後，我頭也沒回的問道。我坐在桌前，整理廢棄子彈殼研究的學術參考目錄（題目冷僻，沒有太多資料），醫生並不在我的視線內，但眼前的化學燒瓶，亮得足以讓我看清背後動靜。

「您在做這事兒的時候，實在讓人不舒服。」醫生的語調平穩，手裡握著來信，緊皺的眉頭出賣了他的心事。

「我在做什麼事的時候？」

「頭也不回的偷看我的時候。」

「這叫效率，親愛的朋友。有什麼不對勁嗎？」

「也不算。」華生把手上的信紙往桌上一扔。「我剛收到冠冕俱樂部那晚，坐在我身邊的女男爵來信——很明顯的，她也是個作家，問我介不介意讓她借用克萊兒・溫德翰號上的經歷寫成小說？您在案件中只是配角，而我也不方便透露坦普勒頓爵士介入的痕跡。既然派不上用場，乾脆答應她算了。」

我震驚之餘，一個轉身。「又來一個捏造是非的作家，想要搞得天下大亂嗎？」

「冷靜一點好嗎？不，我只說我是您的傳記作者，其他就不提了。」華生歪著嘴笑了起來，筆尖輕輕的點了點桌面。「既不能提到您，又不能出賣白廳，我想不出還有什麼好寫的。當然啦，這些顧忌我會在回信裡講明白。」

「她叫什麼名字？」

「艾瑪絲姬・奧希茲（譯註：劇作與小說家，代表作為《紅花俠》）。」

「沒聽過。」

「我也沒有。但適當的提醒她，點出難處所在，應該沒有什麼壞處。」

華生提筆回信。古怪案件的古怪附錄，我想。所幸，一篇研究犯罪調查技術的科學論文即將問世，寄望它的品質多少能平衡汪洋恣肆的煽情描述：不論它是來自隨意演繹事實的傳記書寫者，還是全憑想像揮灑的冒險傳奇作家。